Ali McNamara prétend qu'elle n'aurait pas eu une imagination si débordante si elle n'avait pas été fille unique. De ses rêveries d'enfance, elle a gardé mille et une histoires qui ne demandent qu'à être racontées. Le déclic se produit lorsque celles qu'elle propose sur le site de Ronan Keating deviennent si prisées qu'elles permettent de lever des fonds pour son association de lutte contre le cancer. Non seulement Ali prend un plaisir fou à écrire, mais en plus ses lecteurs en redemandent. C'est la preuve qu'elle doit persévérer dans cette voie.

Ali vit dans le Cambridgeshire avec son mari et ses deux enfants. Lorsqu'elle n'écrit pas, elle se plaît à engloutir autant d'émissions de télé-réalité que de tablettes de chocolat, et, pour rétablir l'équilibre, à se dépenser lors d'impitoyables séances d'exercice physique.

Ce livre est également disponible
au format numérique

www.editions-hauteville.fr

Ali McNamara

Notting Hill With Love… Actually

Traduit de l'anglais (Grande-Bretagne) par Cédric Degottex

Hauteville

Hauteville est un label des éditions Bragelonne

ISBN : 978-2-8112-3252-8

Bragelonne – Hauteville
60-62, rue d'Hauteville – 75010 Paris

E-mail : info@editions-hauteville.fr
Site Internet : www.editions-hauteville.fr

À tous ceux qui rêvent de décrocher la Lune…

Chapitre premier

Je vois mal comment j'aurais pu m'imaginer à la place de Julia Roberts en émergeant du métro bondé : pas l'ombre d'un paparazzi. Deux touristes japonais en train de photographier un taxi noir londonien qui abandonnait là son passager, ça ne comptait pas vraiment. De toute évidence, je ne lui ressemblais pas plus, tandis que je traînais sur le pavé ma vieille valise bleue à roulettes, subjuguée par Notting Hill, ce quartier londonien que je croyais connaître comme ma poche.

D'ordinaire, les gens me trouvaient plutôt une ressemblance avec une autre star de cinéma… mais d'une époque révolue : avec mes cheveux longs et mes yeux verts, tous s'accordaient à retrouver chez moi les traits de Vivien Leigh dans *Autant en emporte le vent*. Pour parfaire l'illusion, mes parents avaient eu l'idée, prophétique s'il en est, de me baptiser Scarlett…

Notting Hill me semblait bien différent de ce que m'avait promis le film alors que, descendant Portobello Road, je longeais les nombreux ateliers d'artisans et autres boutiques d'antiquités. Où se trouvait l'effervescent marché qu'avait arpenté Hugh Grant, animé par ses camelots excentriques et leurs marchandises aussi foisonnantes qu'improbables ? Il n'y avait là qu'une poignée de marchands de quatre saisons et quelques étals de fruits et légumes. Sur un autre stand, je repérai un homme à l'apparence aussi douteuse que celle des montres qu'il refourguait. Pas grand-chose à voir avec le décor hollywoodien.

J'aime tous les films dans lesquels joue Hugh Grant. Pourquoi ? Je l'ignore... Je ne suis pas persuadée d'avoir particulièrement craqué sur lui ; c'est juste que j'adore le voir à l'écran. Je crois que la période Grant que j'ai préférée, c'est celle de *Quatre mariages et un enterrement*, *Coup de foudre à Notting Hill* et *Le Journal de Bridget Jones*. J'ai toujours éprouvé un certain réconfort à regarder ses films : on ne risque pas de voir qui que ce soit se faire exploser la tête au cours des trois premières minutes, les scènes de torture nous sont épargnées, et la vision la plus terrifiante que l'on puisse concevoir, c'est ce Gallois dégingandé en sous-vêtements en train de manger de la mayonnaise.

Bon, là, normalement, je crois que je suis censée tourner une fois arrivée au niveau d'un petit resto... J'examinai le bout de papier dans ma main. D'abord, trouver la maison. Les délires de groupie, on verra plus tard...

Où est-ce qu'elle est, cette rue...

Ah tiens ! La maison avec la porte bleue, là, ce n'est pas celle de Hugh Grant dans le film ? Raah, Scarlett, arrête de rêvasser ! Reste concentrée sur ton objectif au moins une fois dans ta vie... Si tu es ici, c'est justement pour leur prouver à tous qu'ils se trompent à ton sujet !

Après avoir trouvé la bonne rue, je quittai Portobello Road et poursuivis mon chemin... Mais je piétinai une fois encore mes bonnes résolutions et me laissai de nouveau distraire. Mais cette fois-ci, c'était justifié ! D'ailleurs, cela aurait presque été impoli de ne pas m'arrêter pour prendre le temps de savourer ma trouvaille… Je venais de tomber sur *la* librairie. Vous voyez de laquelle je parle ? La librairie *Travel Bookshop* ? C'est là que Hugh et Julia se rencontrent pour la première fois ! Je me suis prise à hésiter quelques secondes devant la porte… Je devais me dépêcher de trouver la maison, certes, mais… c'était tout de même la librairie du film ! Et quelques minutes ne changeraient pas le cours des événements. Décidée, je tirai ma valise à l'intérieur, et tâchai de ne pas avoir l'air trop surexcitée quand je m'aperçus combien la boutique ressemblait à celle du film.

Je déambulai parmi les bibliothèques, étudiant les étagères comme si j'avais la ferme intention d'acheter quelque chose tout en m'appliquant à avoir l'air de tout sauf d'une touriste. En réalité, je n'espérais qu'une chose : apercevoir Hugh Grant derrière le comptoir.

— Un pays magnifique, le Népal… lâcha une voix derrière moi.

Je ne m'étais même pas rendu compte qu'il y avait quelqu'un ici, transportée que j'étais par cette immersion providentielle dans l'un de mes films préférés.

— Vous y êtes déjà allée ? reprit la voix de plus belle.

Je baissai les yeux vers l'ouvrage que je tenais dans les mains, consacré à l'Himalaya.

— Euh… non, jamais. Et vous ?

Je me tournai pour découvrir un jeune homme qui replaçait un livre sur l'étagère accolée à la mienne.

— Oui. Mais ça remonte à quelques années, maintenant... Si cela vous tente, n'hésitez pas une seconde. Je vous le recommande vivement.

— Merci... Je m'en souviendrai. Vous... vous travaillez ici ? demandai-je, pleine d'espoir à l'idée de vivre là un authentique conte de fées.

C'était trop beau pour être vrai : un jeune prince venait de m'adresser la parole dans le *Travel Bookshop* mythique de Notting Hill ! Finalement, j'avais peut-être plus de points communs avec Julia qu'il n'y paraissait...

— Non. Qu'est-ce qui a pu vous faire penser ça ?

À y regarder de plus près, l'homme portait un long imperméable noir, un porte-documents et un sac de courses bien rempli.

— Oh, non, désolée, rien du tout ! répondis-je, me maudissant de m'être une fois encore laissée emporter par mes indécrottables espoirs de romance hollywoodienne. J'avais la tête ailleurs...

— De toute évidence..., lâcha-t-il en me toisant d'un regard dédaigneux.

Puis, sans un mot de plus, il tourna les talons et quitta la boutique.

Je restai là quelques secondes, interdite, la sonnette de la porte tintant longuement à mes oreilles.

— Charmant ! grommelai-je en saisissant la poignée de ma valise. J'espère que ce n'est pas typique du quartier... Bref, j'ai une maison à trouver, moi. Où est-ce que j'ai pu fourrer l'adresse...

Je demeurai sur le trottoir, fouillant pendant plusieurs minutes mes poches, mon sac, encore mes poches, à la recherche de ce satané bout de papier.

Prise d'un soudain accès de panique, je me retournai vivement, prête à entrer de nouveau dans la boutique où je l'avais peut-être laissé tomber.

J'étais à ce point submergée par l'angoisse que je ne vis pas l'homme qui dévalait le trottoir dans ma direction. Insouciante, j'avançai d'un pas, lui barrant la route et provoquant l'aboiement du chien que l'inconnu tenait dans ses bras. Apeurée, je sursautai et me figeai sur place. Malheureusement, pour ne pas me heurter, l'homme dut s'arrêter de façon si abrupte que, s'il parvint à ne pas tomber et à éviter aux nombreux sacs jetés sur son épaule de se déverser au sol, il ne put empêcher au jus d'orange frais qu'il transportait dans une grande tasse de prendre d'assaut ma chemise blanche…

—Oh, zut, zut ! Je suis désolé ! lança-t-il en posant rapidement par terre son sac et son shih-tzu.

—Non, non, c'est ma faute, l'excusai-je en tentant de tenir ma chemise trempée loin de ma peau. J'avais la tête ailleurs.

Mais l'homme ne semblait pas m'écouter. Avec un flegme troublant, il posa les yeux sur ma poitrine.

—Tu ferais bien d'enlever ta veste, sinon elle va y avoir droit aussi…

J'hésitai un moment, me demandant sur quel genre d'homme j'étais tombée. Présentement, il avait l'air tout de même particulièrement intéressé par mes seins, et très soucieux de me voir retirer quelques couches de vêtements. Je le jaugeai du regard. Il portait un jean, un cuir noir et des lunettes de soleil. Il avait apporté une touche saugrenue à son look en y ajoutant une cravate rose et un béret noir. Qui plus est, les sacs qu'il avait déposés sur le trottoir portaient tous l'inscription « The Kooples ». Je soufflai un peu.

Il avait raison : je n'avais aucune envie de me retrouver avec une veste en daim imbibée de jus d'orange… Je m'exécutai donc, et retirai ma veste sous laquelle trônait la vilaine tache.

— Désolé, mais tu vas faire tremper ça dès que possible : faire partir une tache de jus d'orange incrustée, c'est l'enfer. Rien de moins. Rentre chez toi tout de suite et éponge, éponge, éponge tant que tu peux, ma chérie ! Sans cela, Delilah et moi allons cauchemarder longtemps à l'idée d'avoir ruiné ton petit ensemble. Superbe, d'ailleurs…

Je lui souris, mes craintes quelque peu dissipées.

— Ne vous inquiétez pas. Je devrais pouvoir le sauver.

Il fouilla dans l'un de ses sacs et en sortit une carte de visite.

— Tiens, mon numéro. Si la tache te résiste, appelle-moi et je te rembourserai tout ça.

— C'est gentil, mais ça devrait aller, je vous assure, dis-je en refusant la carte d'un geste de la main.

— Pas de « mais » : tu prends cette carte. J'insiste.

Je saisis la carte sur laquelle figurait l'inscription :

AU PAYS DES MERVEILLES
Collections chimériques et designs divergents
Oscar St James – Propriétaire

— J'ai un magasin sur King's Road, m'expliqua Oscar, mais Delilah et moi vivons à l'angle, là, à Elgin Crescent. Tu es du quartier, toi aussi ?

— À vrai dire, je n'en sais trop rien…

— Ah ? Ta réponse est troublante, chaton… Tu t'en rends compte, hein ? Rassure-moi…

— Oh, je viens juste d'arriver. Je suis là pour un mois. Je me rendais à l'endroit où je suis censée loger, mais je crois que j'ai égaré l'adresse, expliquai-je en haussant les épaules, dépitée. Je vais encore devoir appeler une amie pour qu'elle me guide…

— Ah… Et que viens-tu faire ici pour un mois ? Oh, et puis, non ! Oublie ma question, dit-il en ponctuant sa phrase d'un geste théâtral. Il arrive parfois à ma langue d'oublier les règles élémentaires de la politesse. Enfin « parfois »… Tout le temps, en fait ! Hein, Delilah ?

Le shih-tzu le dévisagea, occupé qu'il était à uriner contre un lampadaire.

— Écoute, mon chou, je ne peux pas décemment te laisser à la rue. Tu ferais mieux de venir à la maison. Tu pourras appeler ton amie et lui demander de t'indiquer comment te rendre à destination. Pendant ce temps, moi, en quelques secondes à peine, je te débarrasse de cette vilaine tache. L'ancien styliste des Red Hot Chili Peppers m'a filé un vrai petit produit miracle, me glissa-t-il sur le ton de la confidence. Ça fait disparaître n'importe quel type de tache en un clin d'œil ! Et comme tu peux t'en douter, avec ces énergumènes, des taches, il y en avait à revendre…, ajouta-t-il en baissant d'un ton.

— Merci, mais je vais me débrouiller, le remerciai-je en souriant.

Je sentais que je n'avais rien à craindre d'Oscar, cependant je n'étais pas habituée à ce que des étrangers se montrent aussi bienveillants à mon égard. Surtout à Londres.

— J'insiste, ma chérie. Qui plus est, j'ai rarement l'occasion de secourir des demoiselles en détresse. De vieilles drag-queens qui font le trottoir, oui, mais ça, ajouta-t-il en m'adressant un clin d'œil, c'est une autre histoire… Alors, qu'en dis-tu ?

— Pourquoi pas…, acceptai-je de guerre lasse. C'est vraiment très aimable de votre part, Oscar.

Il passa son bras autour du mien dans un geste amical, puis me fit pivoter de telle sorte que je me retrouve dans la direction de sa maison.

— Je t'en prie, ma chérie. Allez, Delilah, tu te fais attendre, lança-t-il en donnant un petit à-coup impatient sur la laisse bleu pastel d'un shih-tzu bien résolu à ne pas bouger d'un pouce. Ça ne te fera pas de mal de marcher un peu pour une fois !

Une fois arrivés devant chez lui, Oscar ouvrit la porte et éteignit rapidement l'alarme.

— Et maintenant, déclara-t-il en se tournant vers moi, tandis que Delilah trottait vers la cuisine pour se rafraîchir, que la bataille contre la tache commence !

Nous suivîmes Delilah dans une cuisine qui semblait tout droit sortie des pages de *ELLE Décoration*.

Mon ébahissement manifeste flatta visiblement Oscar.

— Bienvenue dans ma superbe demeure ! Mon chez-moi ! Ma fierté ! s'exclama-t-il en gloussant. Dessinée par Iko Katwatchi en personne ! ajouta-t-il, rayonnant.

— Elle est… fantastique ! commentai-je, devinant qu'il s'agissait du genre d'adjectif qu'Oscar affectionnait.

— Et le mot est faible ! Iko est le Michel-Ange des cuisines, aujourd'hui !

— Ah, ça... lâchai-je, même si à mes oreilles, Iko Katwatchi sonnait davantage comme le nom du dernier régime miracle à la mode.

— Bon ! Avant toute chose, la tache ! lança Oscar en tendant une main vers moi à la manière d'un chirurgien attendant un scalpel.

Je jetai un regard hésitant au haut de ma chemise.

— Oh, mais je manque à tous mes devoirs ! s'exclama-t-il encore. Laisse-moi te trouver dans mes penderies de quoi te changer pendant que je m'occupe de nettoyer tout ça.

Oscar franchit une autre porte qui donnait, semblait-il, sur une buanderie.

— Tiens, dit-il, une fois de retour. Je l'ai lavé ce matin même, ajouta-t-il en portant le vêtement à ses narines. Ah, le muguet ! Rien ne se marierait plus harmonieusement à ton exquise peau de lis !

— Merci, dis-je, les joues roses, tout en prenant le tee-shirt qu'il me tendait.

J'avais toujours été pleinement consciente de la pâleur de ma peau, à tel point que j'avais d'ailleurs souvent tenté de la cacher par divers moyens – bronzage, maquillage –, et voilà que quelqu'un en chantait les louanges. Je commençais à me prendre d'une certaine affection pour Oscar.

— Je serai de retour en moins de temps qu'il n'en faudra à Delilah pour remuer deux fois la queue, promit Oscar en nous laissant, son chien et moi, dans la cuisine.

Le shih-tzu posa les yeux sur l'encadrement de la porte où son maître venait de disparaître, et j'aurais juré le voir rouler des yeux exaspérés.

J'enfilai rapidement le tee-shirt avant le retour du maître des lieux.

— Tu es dans une tenue décente ? demanda-t-il en passant la tête dans l'entrebâillement de la porte.

— Oui, c'est bon, merci.

Il m'adressa un clin d'œil.

— Non que tu aies quoi que ce soit à craindre de moi… Mais ça, tu l'avais compris.

Sans grande difficulté, oui.

— Peut-être veux-tu appeler ton amie, maintenant ? Je vais m'occuper de la tache, pendant ce temps.

Oscar prépara deux tasses de tisane, tandis que j'appelais ma meilleure amie, Maddie. Après quelques-unes des traditionnelles questions inutiles que l'on s'impose en de telles occasions comme : « Où est-ce que tu l'as perdu ? » ou : « Tu as regardé au dernier endroit où tu l'as vu ? », Maddie m'expliqua qu'elle n'avait pas l'adresse sur elle, mais qu'elle me contacterait dès que possible.

Une fois le téléphone raccroché, j'observai Oscar s'occuper de ma chemise. Tandis qu'il savonnait, pulvérisait et frottait, il me confia qu'il avait hérité de cette maison à la mort de sa tante, et qu'il avait lancé son affaire grâce à l'argent qu'elle lui avait laissé.

Il en avait presque terminé avec la tache.

— Alors, chaton, tu comptes me dire pourquoi tu t'installes à Notting Hill pour un petit mois… ou est-ce que je vais devoir te le demander ?

— Rien d'extraordinaire. Je dois juste m'occuper d'une maison en l'absence des propriétaires.

— Oh, c'est tout ? demanda Oscar d'une voix où perçait la déception. Je m'attendais à une histoire un brin plus palpitante…

— Bon…, poursuivis-je, soucieuse de raviver la flamme de son intérêt autant que de confesser enfin à quelqu'un la véritable raison de ma venue ici. Les secrets, ce n'est pas trop mon truc, de toute façon… Ce n'est pas la seule raison pour laquelle je suis ici. Mais je préfère te prévenir, c'est une longue histoire.

— Je le savais ! lâcha Oscar en claquant avec enthousiasme ses mains gantées de caoutchouc. Je te demande juste une petite seconde, le temps de terminer ça. Après, on file dans le salon, et tu pourras tout me raconter !

Quelques brèves minutes plus tard, nous nous retrouvâmes confortablement installés sur le canapé d'Oscar, dans un salon aussi chic que l'était la cuisine. Je ne savais pas véritablement pourquoi je ne m'en étais pas tenue à cette histoire de sous-location d'un mois. C'est ce que je m'étais pourtant promis de servir à tous les curieux avant d'arriver à Notting Hill. Mais il se trouvait qu'il y avait en Oscar un je-ne-sais-quoi qui vous poussait à vous confier à lui et à lui raconter votre vie sans omission.

— Très bien, ma chérie… Dis-moi tout.

Oscar cala ses talons sous ses fesses, et Delilah vint se nicher en boule sur ses genoux.

Répondant à l'invitation, je commençai à lui expliquer l'étrange concours de circonstances qui m'avait vue arriver à Notting Hill un peu plus tôt dans la journée…

Chapitre 2

« L'*oscar est attribué à…* »

Johnny fit durer le suspense quelques secondes. Sous ses longs cils noirs, ses yeux chocolat scrutaient le public.

Il nous tenait tous dans sa paume, nous et les millions de téléspectateurs des quatre coins du monde, se jouant encore de notre anxiété tandis qu'il déchirait lentement l'une des extrémités de l'enveloppe dorée qui ferait le bonheur de l'une d'entre nous et le malheur de toutes les autres.

Avais-je rêvé ou m'avait-il gratifiée d'un coup d'œil furtif avant d'ouvrir l'enveloppe ? *Il sait quelque chose ? Peut-être qu'il est dans la confidence, et qu'il sait qui a gagné… À moins qu'il y ait… une autre raison qui l'ait poussé à me regarder comme ça ?* Je m'étais toujours dit que Johnny Depp et moi formerions un beau couple, et voilà qu'avec ce regard, je me rendais compte, durant la soirée la plus importante de ma vie, qu'il partageait sans doute ma vision des choses…

« Scarlett O'Brien ! »

C'était moi ! Oui ! C'était mon nom que venait de prononcer Johnny ! Enfin ! J'allais recevoir, des mains de l'un de mes acteurs favoris, « mon » oscar et – je l'espérais tandis que je glissais vers lui, gracile, dans ma robe Stella McCartney, les félicitations des autres nominés nourrissant l'épiphanie – bien plus encore… Car c'est de ce matériau fabuleux que sont faits les rêves…

« Scarlett ! » lança-t-il encore, sa voix se faisant plus pressante, cette fois-ci. « Scarlett, tu comptes prendre racine ? Tu as l'arrière-train collé au siège ou quoi ? Le spectacle est terminé ! »

Je secouai la tête.

De toute évidence, cette voix-ci n'était pas celle, veloutée, de Johnny Depp m'appelant à le rejoindre sur scène. On aurait plutôt dit celle de…

Mais quelle cruche ! Je levai les yeux du vide dans lequel ils s'étaient perdus pour me rendre compte que j'étais à des milliers de bornes d'Hollywood ! De fait, j'étais dans un théâtre, mais, au lieu du Théâtre Kodak, je me trouvais au Royal Shakespeare Theatre, à Stratford. Qui plus est, l'homme en costard cravate qui se tenait devant moi n'était pas le splendide Johnny Depp, mais mon fiancé, David.

— Dé… désolée, David, m'excusai-je, réunissant mes affaires à la hâte. J'ai dû m'assoupir quelques minutes.

— C'est ça.

David me dévisagea comme il savait si bien le faire. Malheureusement, même s'il avait la même couleur d'yeux, son regard n'avait rien de celui dont M. Depp m'avait enveloppée un peu plus tôt.

— On en reparlera plus tard, Scarlett, poursuivit-il à voix basse en se penchant vers moi. Pour l'heure, on a plus important à faire : juste là, il y a douze hommes d'affaires japonais qui attendent qu'on les emmène dîner.

Si tu as enfin débarqué du petit monde chimérique où tu t'étais perdue, alors je pense qu'il est grand temps de s'y mettre.

Hésitante, je tournai la tête vers la droite et vis une rangée d'hommes orientaux aux costumes immaculés en train d'observer nos moindres gestes. Je fermai les yeux une seconde. Bon sang ! Je voulais tellement que tout se passe bien ce soir pour David… Pourquoi est-ce que, pour une fois, je n'ai pas essayé de profiter de ce qui se passait dans le monde réel plutôt que de m'immerger dans la tourbière de mes fantasmes cinématographiques ?

J'ai essayé pourtant. Vraiment ! Mais chaque fois que je m'ennuie, c'est la même chose : je pars. Or cette soirée avait été d'un ennui mortel…

J'avais tout de même passé deux heures au premier rang d'un théâtre, coincée entre douze businessmen japonais – et un David infiltré parmi eux. Sur la scène, à droite, à gauche, devant, derrière, des gens mouraient, et je dois dire que j'ai été tentée plus d'une fois de bondir sur les planches pour en finir moi aussi.

J'étais là, assise, à regarder les comédiens interpréter *Le Roi Lear*, et ma tête bourdonnait de questions comme : « Est-ce que je vais survivre à une tirade de plus ? » ou : « Est-ce que ces Japonais comprennent vraiment ce qui se passe ou est-ce qu'ils acquiescent en souriant par pure politesse ? » ; la plus anxiogène étant : « Est-ce qu'il me reste assez de fantasmes cinématographiques dans ma besace pour remplir une tragédie shakespearienne tout entière ? »

Pour tout dire, j'avais toujours espéré que ma première rencontre au théâtre avec notre bon vieux dramaturge de légende serait davantage de l'acabit de *Shakespeare in Love*. Et, de fait, si Joseph Fiennes ou Ben Affleck s'étaient trouvés sur scène durant la représentation, elle m'aurait semblé un brin plus divertissante… Tant que j'y suis, je tiens quand même à préciser que j'ai eu un peu de mal avec Colin Firth en gros méchant, dans ce film. Pour moi, quel que soit le film dans lequel il joue, Colin, c'est le type sympa que tout le monde adore…

Pour surmonter l'épreuve du théâtre, j'ai bien essayé d'imaginer plusieurs de mes idoles en collants, mais l'entreprise a vite fait chou blanc : les hommes en collants, ce n'est pas vraiment mon truc… Super-héros compris. Même lorsque j'en suis arrivée à Johnny Depp, son costume shakespearien s'est presque aussitôt changé en celui du capitaine Jack Sparrow… Le plus beau moment du spectacle, incontestablement.

Ma marche triomphante vers l'oscar le long de l'allée centrale avait eu lieu à notre retour de l'entracte. Habituellement, au cinéma, je me prêtais plutôt à l'exercice en fin de film, au moment où l'on descend les marches vers la sortie, pendant le banc-titre. Souvent, j'imagine que je reçois l'oscar de la meilleure actrice, mais il m'arrive de varier les plaisirs et d'opter pour celui du meilleur scénario ou autre chose de plus exotique. La plupart du temps, c'est Will Smith qui me remet ma statuette, mais, lorsque je suis vraiment remontée contre David, c'est Brad Pitt ou Johnny Depp qui s'y colle. En général, ils finissent par m'enlacer et me confier qu'en plus d'admirer mon travail depuis des années, ils meurent d'envie de me voir nue.

C'est exactement ce dénouement qui se profilait ce soir lorsque David m'a surprise…

Personne ne semble comprendre ma passion pour les films. Moi-même, d'ailleurs, je ne suis pas tellement sûre de savoir pourquoi j'en suis à ce point accro. C'est comme si j'avais ça dans le sang… L'analogie est d'autant plus farfelue que je n'ai pas le moindre souvenir d'avoir vu mon père regarder un film à la télé, et encore moins d'avoir payé pour en voir un au cinéma. Quant à ma mère, je ne la connais pas assez pour pouvoir tout lui mettre sur le dos.

Malgré tout, David ne me reproche pas cette passion. La plupart du temps, il se résigne à accepter mes « idioties », comme il dit, tant que, de mon côté, je le laisse regarder ses documentaires télévisés sur la nature ou l'une de ces émissions de bricolage qui l'obsèdent et qui pullulent sur nos chaînes depuis quelque temps. Il les engloutit depuis que nous avons acheté notre maison – une maison d'époque défraîchie qui nécessitait quelques réparations – et que, pour faire des économies, il a décidé d'entreprendre lui-même les travaux.

Cela aurait été l'idée du siècle si David avait été du genre bricolo, mais force est de constater qu'en matière de réparations, David tient moins de Bob le Bricoleur que de Bob l'éponge. Aussi, six mois après, je vivais dans une maison dans un état si déplorable que, si elle avait été un animal blessé, il aurait mieux valu abréger ses souffrances.

C'est David qui avait eu l'idée d'impressionner les hommes d'affaires japonais ce soir-là ; jamais auparavant il ne m'avait impliquée dans la vie de son entreprise.

Mais comme nous allions nous marier, m'expliquait-il, les choses devaient changer. Et il trouvait de bon aloi que je l'accompagne à ses dîners d'affaires et qu'à l'avenir, je me charge de faire passer un agréable moment à ses clients lorsque nous les recevrions à la maison ; une fois que celle-ci serait présentable, bien entendu.

Je n'étais pas tellement inquiète à propos de cette échéance-ci, d'ailleurs : à la vitesse à laquelle progressaient les travaux, j'en avais encore pour quelques décennies avant d'avoir à faire passer un agréable moment à qui que ce fût. Sauf si David avait l'intention de régaler ses clients d'un délicieux repas servi sur un seau renversé ou un établi de menuisier.

— J'ai eu un petit ami exactement comme ton David, m'avoua Oscar, tout sourires, en tendant la main vers un biscuit. Dès que je venais le voir, sa maison me hérissait le poil. Un vrai foutoir ! C'était trop pour moi : lorsque j'étais là-bas, je passais mon temps à faire le ménage.

— Oh, j'exagère toujours un peu ; ce n'était pas aussi affreux que ça..., rectifiai-je en m'emparant d'un cookie dans l'assiette que me tendait Oscar. Cela dit, un jour, j'ai écrit à la BBC pour savoir si l'équipe de *D&CO* pouvait voler à ma rescousse avec son équipe de gros bras.

— Et ils sont venus ?

— Non. Il semblerait que ce programme télé ne soit plus diffusé. De toute façon, il n'est pas dit qu'ils auraient accepté de tout retaper du sol au plafond... murs compris.

Oscar pouffa.

— Voilà qui ne me fait pas regretter un seul instant d'avoir confié à un autre le lifting de mon petit chez-moi ! s'exclama-t-il en admirant un instant son intérieur impeccable. Mais que ça ne les empêche pas de venir, tes gros bras ! J'ai toujours eu un faible pour les ouvriers bien costauds.

— J'imagine, approuvai-je en souriant.

— Cela étant, je suis sûr que tout le monde ne peut pas se permettre de s'offrir les services d'une pointure de la déco... Je ne doute pas que ton fiancé fait de son mieux, ajouta-t-il en me tapotant le genou d'une main rassurante.

— Oh, mais justement, Oscar ! Le fait est que David est loin de manquer d'argent. On aurait largement pu financer quelqu'un pour faire le boulot. Mais non ! Il s'est dit qu'en faisant tout lui-même, on économiserait quelques sous. Ce qui est sûr, c'est qu'au final, avec l'ardoise qu'on a chez le carreleur, l'affaire va finir par nous coûter plus cher que si on avait engagé un ou deux apollons en marcel...

— Monsieur est du genre prudent côté argent ? demanda poliment Oscar en sirotant son infusion.

— Prudent ? Non. Précautionneux ? Même pas. C'est un gros radin ! D'où les émissions sur le bricolage ; c'est quand même l'idée du truc, hein... Raah, Oscar ! C'était l'enfer... L'enfer jonché d'outils électriques.

Je portai ma tasse à mes lèvres et avalai une réconfortante gorgée de café brûlant.

Oscar s'esclaffa de nouveau.

— Oh, Scarlett ! Je suis désolé ! Tu me parles de ta vie, et moi, je pouffe. Mais tu le racontes d'une façon… Comment dire ? C'est désopilant !

Je me forçai à sourire.

— Ne t'excuse pas. Au moins, tu ne t'ennuies pas.

— Pour sûr, ma chérie ! Loin de là ! Mais revenons-en à ton histoire, tu veux ? J'ai hâte de connaître la suite. Alors, où en étions-nous ? Rembobinons, rembobinons…, dit Oscar en agitant les mains comme s'il remontait un poisson tout juste ferré. Oh, oui ! Tu étais au théâtre avec ton fiancé et une horde de Japonais chicos !

Donc, si, pour une première, je n'avais pas véritablement réussi à divertir qui que ce soit – dans le bon sens du terme, tout du moins –, j'étais bien décidée à me faire pardonner.

Après l'incident embarrassant survenu un peu plus tôt, David et moi parvînmes à réunir nos invités à l'extérieur du théâtre. Nous nous trouvions à présent sur le trottoir, essayant tant bien que mal de héler suffisamment de taxis pour nous conduire tous au restaurant où nous allions dîner, lorsque les notes familières de « *Let Me Entertain You* » commencèrent à s'élever de l'intérieur de mon sac.

Au regard que me lança David, on aurait pu croire que le véritable Robbie Williams m'appelait pour confirmer un rendez-vous galant la semaine suivante.

— Excusez-moi… balbutiai-je en fouillant nerveusement dans mon sac. Je l'éteins tout de suite…

— Ah, Wobbie Williams – « Take That » ! lança l'un des Japonais en montant dans son taxi. Très bon chanteur ! J'aime ! Vous aime aussi ? demanda-t-il à David qui s'apprêtait à refermer la portière derrière l'homme d'affaires.

— Euh… oui, monsieur Yashimoto, j'aime beaucoup, mentit David en lui adressant un hochement de tête enthousiaste.

Je baissai les yeux vers mon téléphone pour l'éteindre au plus vite, mais aperçus tout de même clignoter sur l'écran le numéro du *Grand cinéma*.

La poisse ! S'ils se donnaient la peine d'appeler, ce devait être important…

— Je m'absente une minute, David, lançai-je en m'éloignant.

Je connaissais bien le directeur du cinéma local. Lorsque Kate Winslet avait joué Ophélie avec la Royal Shakespeare Company, il l'avait invitée dans l'une des salles, et je ne lui ai jamais pardonné de ne pas m'avoir appelée pour me prévenir : peut-être qu'il recevait une autre célébrité, ce soir ?

Mais non, ma vie n'était pas de celles durant lesquelles on croise des stars, et dès les premiers mots de mon échange avec George, je compris que nous allions simplement parler boulot.

— Allez, Scarlett ! m'interpella David depuis l'intérieur d'un taxi dont la porte ouverte n'attendait que moi. Si on ne part pas tout de suite, ils vont nous attendre !

— Je suis vraiment désolée, David. C'était George, du *Grand cinéma*… m'excusai-je en brandissant mon téléphone comme pour me disculper. Leur machine à pop-corn est encore cassée. Je vais devoir aller les dépanner.

— Maintenant ? C'est une plaisanterie, Scarlett ! Ne me dis pas que tu vas aller travailler ce soir ?

Je hochai la tête.

David roula des yeux exaspérés.

— Si tu étais médecin de garde, je comprendrais que ce soit urgent... Tu ne crois pas qu'ils pourraient se débrouiller sans pop-corn pour une fois ?

— Tu ne comprends pas, David, lui dis-je en m'approchant du taxi. George tient une réunion importante de son ciné-club ce soir, il lui faut du pop-corn... Sans pop-corn, ce n'est plus une soirée ciné-club ! C'est le boulot, David... C'est comme ça. De tout mon entourage, s'il y a quelqu'un pour comprendre ça, c'est bien toi, non ?

— Mais ça aussi, c'est le boulot, Scarlett ! rétorqua-t-il en agitant le bras vers les hommes d'affaires japonais qui, attendant encore leur taxi, observaient notre échange avec une politesse faisant presque oublier leur incorrection. C'est « mon » boulot.

Le message en filigrane planait dans l'air du soir : « *Et il est plus important que le tien.* »

— Ne m'oblige pas à choisir, David, poursuivis-je à voix basse.

Il plongea son regard dans le mien, et je sentis scintiller dans ses yeux une lueur de défi. Pour autant, il décida que le moment était mal choisi pour une confrontation : il claqua la portière et en abaissa la vitre.

— Combien de temps est-ce que ça va te prendre, de réparer cette machine ? me demanda-t-il sans me regarder.

— Pas trop longtemps, j'espère.

— Je te commande quelque chose ? s'enquit-il en tournant lentement la tête dans ma direction.

— S'il te plaît.

— Je vais faire ce que je peux pour les faire patienter au bar avec quelques verres, mais en sortant du ciné, je te conseille de prendre le premier taxi pour le restaurant, m'intima-t-il d'une voix ferme, mais suffisamment basse pour que nos invités ne l'entendent pas.

— Je ferai de mon mieux, David, je te le promets, assurai-je, reconnaissante qu'il se soit calmé, plutôt que d'exploser rageusement comme l'enfant impétueux qu'il était parfois.

David regarda sa montre.

— Je te laisse une heure, Scarlett, pas plus, alors ne va pas te remettre à rêvasser. Je sais ce qui se passe quand tu mets le pied dans un cinéma, et tu m'as assez ridiculisé comme ça pour ce soir.

Je regardai en souriant le taxi s'éloigner. Ne pas rêvasser… Je sais me contrôler, quand même !

Non ?

— Oh, donc ton métier, mon chou, c'est de réparer des machines à pop-corn ? s'enquit poliment Oscar, alors que je marquai une pause pour m'assurer de ne pas avoir perdu son intérêt.

— Mon père et moi possédons une petite boîte qui fournit des distributeurs de pop-corn aux cinémas, et c'est moi qui m'occupe des réparations en cas de pépin. David aussi bosse dans le milieu : sa famille possède une grande chaîne de cinémas.

— Ah, oui ? réagit Oscar qui, à en juger par le ton de sa voix, commençait à s'ennuyer ferme. Bon, et tu comptes me raconter la suite, rassure-moi ? Que s'est-il passé après ça, chérie ? Tu as réussi à arriver au restaurant à temps après avoir réparé la machine ? Ou est-ce que tu t'es remise à rêvasser une fois au cinéma ?

Hmmm. On s'est rencontrés il y a une heure à peine, et Oscar me connaît déjà un peu trop bien…

En descendant du taxi qui m'avait conduite devant le cinéma, je commençai à farfouiller dans mon sac à la recherche de mon argent.

— Parfois, je me demande si je n'ai pas emprunté son sac à Mary Poppins, plaisantai-je à l'adresse du conducteur.

— Vous êtes bien coquette pour une séance de ciné, me vanna-t-il gentiment en occultant ma remarque.

Je baissai les yeux pour observer ma tenue : bien qu'elle ne fût pas au niveau de la création de Stella McCartney dont j'étais parée pour recevoir mon Oscar, ma robe droite noire et blanche de chez Zara n'en était pas moins élégante.

— Oh, je ne suis pas venue voir un film, l'informai-je tandis que, mon portefeuille retrouvé, je lui tendais un billet de dix livres par la fenêtre ouverte. Je viens réparer leur distributeur de pop-corn.

Et, sans attendre sa réponse, je fonçai à l'intérieur du cinéma, telle une urgentiste attendue pour une trachéotomie.

— Scarlett ! Dieu merci, tu es là ! haleta George, alors que nous traversions à grandes enjambées le hall des lieux. Elle est encore tombée en panne : ça a grésillé, puis plus rien. C'est l'AG du ciné-club, ce soir ! Il nous faut absolument du pop-corn !

— Calme-toi, George, le rassurai-je d'une voix douce. Je vais te réparer ça, tu vas voir.

Je m'agenouillai près du distributeur et commençai à en étudier les mécanismes familiers à l'aide du jeu d'outils que George m'avait préparé.

J'ai beaucoup d'affection pour George. Il a des airs de Thomas Jacob – dit Jack Black –, en plus calme et bien plus réservé que l'acteur hollywoodien. C'est un excellent directeur de cinéma, et il m'informe systématiquement des nouvelles sorties, me conseillant les films qui me plairaient à coup sûr. Je le considère davantage comme un ami que comme une relation pro. C'est pour cette raison que cela ne m'avait pas dérangée le moins du monde de voler à sa rescousse ce soir.

— Elle va s'en tirer ? me demanda-t-il au bout de quelques minutes.

Le cou passé par-dessus mon épaule, il avait l'air inquiet.

— On dirait que tu parles de ta fille, George…, lui fis-je remarquer sans détourner mon attention de la machine.

Si je resserre cet écrou, elle devrait pouvoir reprendre du service…

— Ben, c'est que Marguerite est avec moi depuis un bout de temps maintenant…

Je me mordis la lèvre pour ne pas pouffer.

— Marguerite ? Tu as baptisé ta machine à pop-corn ?

— Tu sais combien ce cinéma compte pour moi, Scarlett… Ici, c'est un peu comme si on formait une grande famille… Les humains comme les machines.

Je relevai la tête et aperçus Marcus, l'un des employés du cinéma, qui, à un mètre à peine, se versait un gobelet de Fanta. Il m'adressa un clin d'œil.

— Exactement ! Une grande famille ! Pas vrai, Naomi ?

Naomi fit glisser un paquet de Maltesers sur le comptoir à l'attention d'un client.

— Hmm ? marmonna-t-elle sur un air interrogatif, tandis qu'elle ouvrait sa caisse pour récupérer de la monnaie. Tu disais, Marcus ?

— George considère qu'on forme une grande famille, ici, au ciné.

Naomi leva les yeux au ciel et servit un nouveau client. Pauvre George… De toute évidence, personne ne comprenait à quel point ce cinéma comptait pour lui. Tout comme personne, quelque part, ne comprenait combien les films étaient importants pour moi.

— Et voilà, George ! C'est réparé, le rassurai-je en refermant la machine.

Je me relevai et ôtai les quelques morceaux de pop-corn accrochés à ma robe comme autant de grains de pollen.

— Par contre, ajoutai-je, mieux vaudrait garder un œil dess… sur Marguerite. Il se peut qu'elle se montre de plus en plus capricieuse. Comment dire, George…, confiai-je en baissant la voix pour aborder la question de la façon la plus diplomatique possible. Il se peut que nous ayons bientôt à… remplacer Marguerite. Elle se fait vieille, tu sais… Si tu veux, on a de nouveaux modèles vraiment sympathiques en stock.

George me lança un regard horrifié.

— De nouveaux modèles ? Marguerite va mal ? Elle a bien eu quelques hoquets, mais elle me sert fidèlement depuis des années ! Pourquoi est-ce que je la remplacerais ?

— Dans ce cas, on va juste se contenter de la surveiller de très près, OK, George ? lui dis-je, compatissante. J'ai pu la réparer encore une fois, mais qui sait combien de temps elle pourra encore tenir…

— Très bien, Scarlett, acquiesça George en tapotant d'une main bienveillante la machine qui recommençait à faire danser derrière sa vitre ses flocons de pop-corn. Je comprends, dit-il en se retournant vers moi. Si son état se détériore, je te passe un coup de fil. Quoi qu'il en soit, je pense qu'on se reverra rapidement : le prochain Hugh Grant sort la semaine prochaine.

J'acquiesçai avec enthousiasme.

— Tu me connais comme si tu m'avais faite, George. Je passerai le voir un de ces soirs. Ou un de ces après-midi, tiens, si je peux m'absenter du boulot quelques heures.

George me fit un clin d'œil. Il savait bien qu'il m'arrivait de quitter le boulot de temps en temps pour me faire une petite toile. Mon job, lui aussi, avait ses avantages, au nombre desquels celui de me rendre au cinéma dès que j'avais une machine à réparer…

Je saluai George et, sitôt assaillie par le froid nocturne de janvier, me mis à frissonner sur le pavé. En l'espace d'une seconde, la chaleur que j'éprouvais chaque fois que je me trouvais dans un cinéma venait d'être remplacée par la réalité glaçante du quotidien. J'enfilai mon long manteau et jetai un rapide coup d'œil à ma montre. Si je me dépêchais, j'avais une chance d'arriver à temps au restaurant. J'étais sur le point de faire signe à un taxi, quand mon téléphone sonna de nouveau. Je le récupérai dans mon sac, m'attendant à ce que ce soit David qui venait aux nouvelles… C'était Maddie.

—Non, ne décroche pas ! couina Oscar. Tu vas être en retard, si tu décroches !

Je me mis à rire.

—Quelque chose me dit que tu commences à trouver mon mélo accrocheur, hein, Oscar ?

—Je ne résiste jamais à un bon soap, et ton petit récit ressemble étrangement à ça… Alors, tu as décroché ou pas ?

—J'étais bien obligée : c'était ma meilleure amie, et je n'avais pas eu de ses nouvelles depuis des lustres.

—Ah, pourquoi donc ? Désolé, je suis vraiment un petit curieux…

—Vu que je suis assise sur ton canapé à te dévoiler absolument tout de ce qui s'est passé dans ma vie cette dernière semaine, je crois que tu n'as plus trop à t'en inquiéter. Quoi qu'il en soit : Maddie se marie bientôt, du coup, elle est assez occupée…

—Maddie, ça faisait un bail, dis donc…

—Je sais, Scarlett, je suis vraiment désolée. C'est juste qu'avec le mariage qui approche, j'ai un emploi du temps infernal.

— Ne t'inquiète pas, je suis bien placée pour comprendre ce que tu traverses !

— Ah oui ? Je croyais que vous aviez fait appel à une organisatrice pour t'éviter de paniquer le jour J. Vous avez changé d'avis ?

Je me mis à visualiser la fameuse organisatrice que les parents de David nous avaient poussés à engager pour le grand jour. Cruella, c'est comme ça que je l'appelais. Rien que d'y penser, je me sentis submergée par une vague d'angoisse.

Je n'aurais pas frissonné à ce point si la fameuse organisatrice avait été, comme je l'avais espéré, du genre de Jennifer Lopez dans *Un mariage trop parfait*. Ou comme Martin Short dans *Le Père de la mariée*, histoire de rigoler un peu. Mais non, la mienne se trouvait à mi-chemin entre Meryl Streep dans *Le Diable s'habille en Prada* et Glenn Close en Cruella dans *Les 101 Dalmatiens*.

— Bon ! lançai-je pour changer de sujet, ne souhaitant pas m'appesantir sur mon mariage. Quand est-ce qu'on se voit, dis-moi ? Tu as un créneau pour moi dans ton agenda de ministre ?

Maddie se mit à rire.

— Arrête tes bêtises ! Tu sais très bien que j'ai toujours un créneau pour toi. Ce week-end, ça t'irait ?

— Et pourquoi pas demain ? proposai-je, espérant trouver une bonne raison d'échapper à la sortie prévue par David au magasin de bricolage qu'il avait déniché sur le net, et qui proposait des prix « irrésistibles » sur une incroyable sélection de carreaux.

Qu'est-ce que ça va être cette fois ? Du carrelage pour le sol de la cuisine ? Pour les murs de la salle de bains ? Il me l'avait certainement dit, mais…

— Qu'est-ce que tu voudrais faire, Maddie ?

— Oh, je ne sais pas trop. Je te laisse choisir, tiens… Enfin, tant que ça ne touche pas de près ou de loin au cinéma !

— Eh, je ne suis pas monomaniaque, non plus ! lâchai-je, faussement vexée. J'ai des tonnes d'autres centres d'intérêt !

Maddie pouffa.

— Ma chère Scarlett O'Brien, les fois où tu as choisi le programme et où nous ne nous sommes pas retrouvées devant un film se comptent sur les doigts d'une main. Si je revois ne serait-ce qu'une fois les visages de Thelma et Louise, je te jure que je hurle… Non, pire : que j'arrête de fantasmer sur Brad Pitt. Oui, ça, ce serait vraiment *trash*…

Même si la justesse de la remarque me fit sourire, je ne pouvais pas laisser mes deux illustres héroïnes se faire cracher dessus de la sorte.

— Je comprends, mais entre nous, Maddie, tu n'aimerais pas faire comme elles, parfois ? Tout laisser tomber, partir à l'aventure et découvrir ce que le monde a vraiment à t'offrir ?

J'entendis Maddie soupirer au bout du fil. C'était loin d'être la première fois que nous avions ce genre de conversations.

— Non, Scarlett. Désolée. L'aventure, j'ai déjà donné, et je suis bien contente de ce que la vie a à m'offrir maintenant. D'ailleurs, si je peux me permettre, tu te souviens de la fin du film ?

Avec Maddie, ce genre de débat tournait vite court : elle était du genre à organiser sa vie au millimètre, et à façonner à la main chaque brique de son bonheur. Le destin, pour elle, ça n'existait pas, ni aucun de mes « petits délires » comme elle se plaisait à les appeler ; et ce, même si elle avait rencontré Félix, son futur mari, en un lieu totalement incongru : sur un char de parade à Disneyland Paris.

— OK, OK, j'abandonne... Essayer de te convaincre, c'est peine perdue. Qui plus est, ajoutai-je en jetant un coup d'œil à ma montre, si je ne me trouve pas dans un certain restaurant dans quelques minutes, mon mariage pourrait bien ne jamais avoir lieu...

Ma voix s'était faite traînante, trahissant la pensée qui venait de me traverser l'esprit : ce dénouement aurait-il été si regrettable que cela ?

— Comment ça, Scarlett ? Qu'est-ce que tu racontes ? me demanda-t-elle. Tu es où, au fait ? Non, attends... Au cinéma, c'est ça ? Pour changer...

— Dans le mille... Cela dit, je ne suis pas à proprement parler au ciné, mais juste devant : j'ai été appelée d'urgence pour réparer un distributeur de pop-corn. Je viens à peine de sortir.

Maddie s'étrangla presque de rire.

— Il n'y a que toi pour qualifier d'urgence la réparation d'une machine à pop-corn !

— Je rendais service au directeur ; son ciné, c'est toute sa vie.

Que personne ne fasse montre de la moindre considération pour ce qui avait de l'importance, à mes yeux et à ceux de George, commençait à m'irriter. Cela étant, je n'avais aucune envie de me lancer dans une dispute interminable avec Maddie. Je n'avais pas le temps.

— Bon, je suis désolée, Maddie, mais il faut vraiment que je file. David m'attend au restaurant. Dis-moi juste ce qu'on fait ce week-end. Puisque tu penses que je ne suis pas capable de nous trouver quelque chose, je te laisse choisir.

Le silence au bout du fil me laissa craindre une nouvelle idée retorse dont Maddie avait le secret. Enfin, « retorse » pour moi ! Pour Maddie, elle serait probablement tout à fait saine et normale.

— Et si on se faisait une petite galerie d'art ? finit-elle par proposer d'un ton égal.

— Une galerie d'art ? répétai-je, suspicieuse.

Notre bonne ville de Stratford était célèbre pour bien des choses, mais certainement pas pour la richesse de ses galeries.

— Oui, il y a une exposition itinérante qui me dit bien. Elle ne va rester qu'une semaine.

— Une exposition itinérante… de ?

— De peintres. De peintres russes. Juifs.

« BAM » ! La Bête avait frappé… La « Démence de Maddie », comme je l'appelais, avait une fois de plus fui la cage de sa raison. Je ne doutais pas une traître seconde que des juifs russes aient pu produire un jour des peintures de qualité, mais j'avais beau me creuser la tête, pas un seul nom de tableau ne me venait en tête.

Pourquoi ce n'était pas une exposition des œuvres de Monet ? Ou même de l'autre, là, celui qui s'était coupé une oreille ? Lui aussi, je connaissais quelques-unes de ses toiles… Bon, OK, c'était parce que j'avais vu un vieux film sur lui avec Kirk Douglas, mais quand même…

Quoi qu'il en soit, cela faisait si longtemps que je n'avais pas vu Maddie, que j'estimai qu'elle méritait que j'endure pour elle une journée éprouvante à observer, sceptique, quelques peintures à l'intention nébuleuse.

—OK, très bien. Va pour la galerie d'art. Je devais accompagner David dans un magasin de bricolage, mais ça ne devrait pas poser de problèmes. D'autant moins, d'ailleurs, que notre sortie n'a rien à voir avec le cinéma.

—Ça, Scarlett, je te confirme que même toi, tu auras du mal à trouver le moindre lien entre le cinéma et une série de tableaux de peintres juifs russes.

—Et alors ? Tu en as trouvé un, de lien, entre les deux ? me demanda Oscar, me renvoyant quelques secondes au réel. Et le repas, Scarlett ? Tu ne m'as toujours pas dit si tu étais arrivée à l'heure !

Je n'arrivais pas à croire que quelqu'un puisse se passionner à ce point pour le récit d'une vie aussi fade que la mienne.

—Tout vient à point à qui sait attendre, Oscar, lui répondis-je en souriant. Et puis, j'y venais, justement…

Chapitre 3

Je déboulai dans le restaurant au moment même où l'on servait les entrées.

Je m'excusai aussitôt auprès de nos hôtes japonais, puis me glissai discrètement à ma place. David me jeta un regard noir depuis l'autre côté de la table. Tandis que j'avalais une lampée généreuse du vin que le serveur avait eu le professionnalisme et la sagesse de verser dans mon verre dès mon arrivée, je remarquai que mon fiancé, nerveux, agitait sa main de façon étrange : il n'arrêtait pas de passer ses doigts sur sa tempe, furtivement, comme s'il voulait que personne ne s'en aperçoive.

Je lui lançai un regard interrogateur. *Qu'est-ce qui lui prend ?* Son geste était étrangement efféminé, et me donnait l'impression qu'il essayait de se lisser les cheveux. Mais voilà : les cheveux de David se trouvant ce soir – comme à l'accoutumée – d'une présentation impeccable, son attitude m'apparaissait totalement saugrenue.

À la recherche d'indices, je tournai la tête d'un côté, mais David rougissait de plus belle, et ses yeux, rivés sur moi tels deux viseurs laser, s'écarquillaient de plus en plus. Finalement, il tourna la tête à son tour, me présentant un profil digne d'une publicité pour un après-shampoing.

— Pardon, mademoiselle, me dit le Japonais assis à côté de moi. Je crois monsieur David vouloir parler ceci.

Il tendit la main et retira de mes cheveux un énorme morceau de pop-corn.

— Oh… oh, d'accord. Mer… merci, répondis-je en hochant.

— Je vous en prie, renchérit l'homme d'affaires en s'inclinant légèrement.

Je me tournai vers David, et constatai qu'il avait troqué son attitude de midinette contre celle, plus sauvage, d'un grizzly menaçant : de l'autre côté de la table, son faciès animal grognait de tous ses traits.

Je soupirai et avalai une nouvelle gorgée de vin, aussi généreuse que la première…

On va dire qu'à ce niveau-là, ce n'est plus moi, c'est le Destin…

Après l'incident du pop-corn, les Japonais se montrèrent particulièrement courtois à mon égard durant nos courtes conversations, et ce tout au long de la soirée, mais voilà : ils étaient là pour parler affaires avec David, et c'est ce qu'ils firent sans retenue le repas durant.

C'était assez ironique, à bien y regarder, que le sujet de leurs échanges se trouvât être mon sujet favori, car ils parlaient, non pas du côté divertissant du cinéma, mais de cet aspect sans saveur à mes yeux qui était celui des chiffres et des devises ; et force était de constater qu'aucun d'entre eux n'éprouvait la moindre curiosité pour une petite entreprise qui fournissait des machines à pop-corn aux cinémas locaux.

Pour contenter David, je m'appliquai à jouer l'hôtesse exemplaire, soignant mon port et multipliant les sourires diplomates. Toutefois, ce n'est pas parce que l'on s'applique que l'on triomphe : très vite, l'ennui eut raison de mes efforts, et je me retrouvai à chercher du regard quelque chose de plus divertissant. Malheureusement, aucun des serveurs, aucun, même, de tous les clients du restaurant, ne partageait de ressemblance avec un acteur célèbre. De plus, j'avais déjà accepté mon oscar un peu plus tôt dans la soirée. La récompense, il faut bien le dire, n'avait pas véritablement joué en ma faveur, et Johnny Depp, lui, qui avait dû se résigner, attendait sûrement une soirée plus tranquille pour laisser libre cours à ses pulsions.

Qui plus est, malheureusement pour moi, il n'y avait même pas d'escargots au menu : s'il y en avait eu, je ne me serais pas privée de les projeter à travers la pièce en m'excusant d'une voix timide : « Ça dérape, ces saletés... », à la Julia Roberts dans *Pretty Woman*. Avec un peu de chance, un maître d'hôtel attentif et bienveillant les aurait peut-être même rattrapés d'une main agile.

Le dîner me parut durer une éternité, et nous fîmes enfin nos adieux à nos hôtes. Tandis que nous les raccompagnions vers les taxis qui les conduiraient à leur hôtel, le dernier des Japonais, celui qui avait délesté mes cheveux du morceau de pop-corn, s'arrêta un instant à côté de moi.

— Merci, madame Scarlett pour agréable soirée. Mais moi penser que vous plus aimer *Roméo et Juliette* que *Roi Lear*, oui ?

Je lui adressai un sourire entendu.

— Bien vu, monsieur Yashimoto. Je pense aussi que cela correspond davantage à mes goûts.

Il acquiesça.

— Je crois, je crois. M. David homme excellent, mais vous, madame Scarlett, être femme très particulier. Je crois M. Shakespeare avoir raison quand écrire : « Jamais le cours d'un amour sincère ne fut paisible », oui ?

Je restai interdite quelques secondes.

— Euh, c'est… c'est bien possible, oui, monsieur Yashimoto. J'y réfléchirai, en tout cas… Merci.

— Je vous en prie, madame Scarlett, conclut-il en s'inclinant poliment.

David à mes côtés, je regardai son taxi s'éloigner, ses mots résonnant étrangement dans ma tête. Qu'avait-il voulu me dire ? Ce ne devait pas être un hasard qu'il citât la seule et unique phrase du barde que j'avais retenue de toute la représentation…

— Il t'a vraiment dit ça, le Japonais ? me demanda Oscar, atterré. Alors ça, ma chérie, c'est complètement dingue !

— On est d'accord, hein ? dis-je après avoir marqué une courte pause. Tu n'en as pas encore marre ? Je t'avais prévenu que c'était une longue histoire…

— Tu veux dire que ce n'est pas terminé ? lâcha-t-il, bouche bée.

Je hochai la tête.

— Non, loin de là…

— Oh, dans ce cas, tu sais quoi, ma chérie ? m'interrogea Oscar, solennel.

Je fis « non » de la tête. Il ne devait plus en pouvoir, le pauvre : je le barbais depuis trop longtemps avec mes histoires…

— Si tu en as encore long à raconter… nous allons cruellement manquer de biscuits ! s'exclama-t-il.

Excité comme une puce, Oscar bondit hors du canapé et se rua dans la cuisine en quête de ravitaillements.

Un silence lourd de tension s'installa dans le taxi qui nous ramenait à domicile. David ne semblait pas d'humeur à papoter…

Une fois à la maison, la situation ne s'arrangea pas vraiment.

— Écoute, David, je me suis excusée pour tout à l'heure, commençai-je en replaçant au mur une prise électrique qui pendait au bout de ses fils, avant d'allumer la bouilloire.

Je me disais que préparer à David sa boisson chaude favorite avant d'aller nous coucher lui ferait peut-être oublier les petites catastrophes dont j'avais été à l'origine ce soir.

— Et puis, je crois qu'en définitive, ça s'est plutôt bien passé avec les Japonais. J'ai l'impression qu'ils ont apprécié la soirée.

— Certainement pas grâce à toi, grommela David qui, après l'avoir dénouée, jeta sa cravate sur l'établi de menuisier.

— Eh, tu crois que je ne t'entends pas ? lui lançai-je en me retournant.

— Je voulais que tu m'entendes.

Je balayai la cuisine du regard. Enfin, je dis « la cuisine », mais, en l'état, elle tenait moins d'une cuisine que d'un épisode des « Maçons du cœur ». Avais-je envie d'une dispute avec David ce soir ? Il était tard, et j'étais épuisée, mais…

— J'étais censée faire quoi au juste ? Laisser George dans l'embarras ?

David haussa les épaules et se dirigea vers le couloir.

— Eh, reviens, David ! l'interpellai-je encore. Si tu ne voulais pas en parler, il ne fallait pas commencer !

David se retourna.

— J'ai commencé ? Parce que tu penses… que c'est moi qui ai commencé ? Que c'est moi qui ai suscité en toi cette obsession du cinéma qui vient gâcher systématiquement tout ce qu'on entreprend, toi et moi ?

Tiens donc ! Voici un angle d'attaque radicalement nouveau !

— Premièrement, je ne suis pas obsédée par le cinéma, David. Deuxièmement, ce soir, c'était une question de boulot.

Je jugeai bon d'ajouter aussitôt :

— Moi aussi, j'ai une boîte à gérer…

— Je ne parle pas juste de ce soir, Scarlett. Ça va plus loin que le coup de fil de George… Je parle de… de tout ! Tiens, prends tes rêveries permanentes ! Tu veux qu'on reparle du théâtre ?

J'ouvris la bouche pour répondre, mais David me devança.

— Ne me dis pas que tu étais avec nous, à ce moment-là, Scarlett ! Je connais ce regard. Je ne l'ai vu que trop souvent.

Je croisai les bras, mais ne trouvai rien à redire. Il avait raison. Or, si j'étais, de fait, une rêveuse hors pair, je n'étais pas une menteuse…

— Je comprends que ce soit pratique lorsque tu t'ennuies, reprit-il. Je veux dire, on a tous nos armes pour lutter contre l'ennui. C'est juste que… Enfin, vivre ta vie comme si tu étais une héroïne de film, ça dépasse le simple fait de s'équiper contre la grisaille. Et quand ça empiète sur notre vie commune, clairement, ça me pose un problème.

— Je suis désolée, David, mais je ne vois absolument pas de quoi tu parles…, repartis-je d'une voix hautaine, alors même que – disons-le sans détour – je n'aurais pu mieux voir ce dont il parlait.

Je me tournai et commençai à entrechoquer bruyamment quelques mugs et cuillères sur le plan de travail pour mieux détourner la conversation.

Mais ce soir, à l'évidence, David ne se laisserait pas distraire par une tasse de chocolat chaud…

— Ah ? Et toutes ces soirées ciné dans le canapé à t'entendre me comparer au héros du film, je dois en faire quoi, Scarlett ? Je suis désolé, mais je ne suis ni Tom Cruise, ni Daniel Craig, ni aucun autre de tes acteurs fétiches. Je suis juste… moi ! David. Désolé si je ne suis pas un super-héros en collant…

À ce moment précis, j'ai remercié le ciel de ne pas avoir été tournée vers lui, car mon visage exprimait tout le mal que j'avais à réprimer un fou rire. Imaginer David se balader en collants avait quelque chose d'insoutenable ! Fort heureusement, je réussis à me ressaisir, et, tandis que je me retournais vers lui pour riposter, une pensée soudaine me traversa l'esprit : si David m'avait connue un tant soit peu, il aurait su que les deux acteurs hollywoodiens qu'il venait de citer étaient probablement les derniers auxquels je l'aurais comparé.

Il y en avait une tripotée qui me faisait bien plus fantasmer que ces deux-là…

— David, tu peux me croire : jamais je n'ai voulu te voir en collants. (Je manquai de pouffer, mais parvins à garder mon sérieux.) Alors, oui, peut-être qu'il m'est arrivé d'établir des comparaisons un peu fantaisistes entre toi et certains acteurs, mais honnêtement, est-ce que c'est si grave que ça ? Je suis sûre que la plupart des femmes le font quand elles regardent un film…

— Quand elles regardent un film, oui, Scarlett, mais pas quand leur fiancé se douche, se rase ou quand… Enfin, tu vois ce que je veux dire…

Je déglutis, quelque peu déconcertée : ça aussi, donc, il s'en était rendu compte !

— Bon…, soupirai-je, à l'affût du moindre prétexte pour changer de conversation.

Cette discussion tournait en ma défaveur, mais le sifflement de la bouilloire, providentiel, en plus de me faire sursauter, me fut d'un précieux secours.

— Tu crois que c'est facile pour moi de vivre dans ce… dépotoir ? demandai-je encore alors que David ouvrait des yeux ronds. Je vais te dire : j'ai l'impression de vivre dans une de ces émissions de télé-réalité peuplée de bricolos en débardeur, mais sans le moindre bricolo en débardeur ! C'est l'enfer, David !

Il parut totalement abasourdi de me voir ainsi révoltée.

— Je… je croyais qu'il te plaisait, notre projet…, lança-t-il avec la voix fluette d'un enfant dont on vient de piétiner le château de sable. Qu'on construise notre maison ensemble… ça te branchait, non ?

— Non, c'est toi que ça branchait, David. Les émissions de bricolage, c'est ton truc, pas le mien. Si j'avais eu les cartes en main, j'aurais embauché quelqu'un pour s'occuper des travaux depuis des lustres !

— Mais ça nous aurait coûté une fortune ! Tu te rends compte de l'argent qu'on économise en faisant comme ça ?

— Pas vraiment, non, lâchai-je sèchement en cherchant un exemple du regard. Tiens, prends ce mur, par exemple : combien de fois l'as-tu refait parce que les carreaux étaient de guingois ou que l'enduit ne convenait pas ? On a dû racheter tout le matériel au moins trois fois ! Si on avait employé quelqu'un dès le début, je te le dis, on aurait été gagnants.

— Mais, je ne suis pas carreleur, moi…, répliqua mollement David en passant délicatement la main sur les carreaux. La première fois… ce n'est jamais facile, tu sais…

— Raison de plus pour demander à un spécialiste de s'en occuper.

— Mais tu as vu combien ils facturent, Scarlett ? Ce serait jeter notre argent par les fenêtres !

Je roulai des yeux.

— David, David ! Ce n'est pas possible d'être aussi radin avec des revenus comme les tiens !

— Eh, je ne suis pas radin, OK ? Je suis précautionneux, c'est tout. C'est l'une des règles d'or quand on monte une affaire, Scarlett : si on veut une bonne récolte, il faut soigner les graines. Retiens ça, et peut-être qu'un jour, ta petite entreprise sera aussi florissante que la nôtre…

J'ignore si c'était ou non intentionnel, mais cette dernière remarque avait définitivement achevé de me mettre en rogne…

— Je t'arrête tout de suite, David : tu n'es pas simplement précautionneux, tu es le Picsou de l'industrie cinématographique. Tu te souviens de nos vacances, l'année dernière ?

— Bien sûr, et alors ? On est partis, non ? Juste après que tu m'as forcé à regarder un autre mélo de ton cru.

David croisa les bras à son tour, et me lança un regard mauvais et fier, comme s'il avait marqué un nouveau point.

— Ce mélo, David, c'était *Thelma & Louise*, car, si ma mémoire est bonne, tu m'avais justement promis un fabuleux *road trip*…

— Oui… et ? acquiesça David, dubitatif.

— Et on s'est retrouvés dans un mobile home bringuebalant à sillonner les fabuleuses routes de Peak District pendant une semaine !

— L'offre était trop belle, je ne pouvais pas refuser…, se justifia timidement David.

— Il y a beau et beau, David, et ce *road trip*-là n'avait rien d'une traversée des États-Unis en Thunderbird…

David secoua la tête.

— Écoute, Scarlett, si tu n'aimes pas la façon dont on vit…

— Exactement, je n'aime pas la façon dont on vit… Et je ne pense pas être la seule. Je me trompe ?

David me regarda.

— Peut-être… qu'on a besoin de redéfinir une chose ou deux, toi et moi…

— C'est le moins qu'on puisse dire !

— Écoute, Scarlett : demain, pour les carreaux, j'irai tout seul à la boutique… Ça te laissera un peu de temps pour réfléchir à tout ça…

— Demain, je passe la journée avec Maddie.

— Oh, très bien… Très bien.

— Très bien, oui.

— Je… je ne dors pas dans la chambre d'amis, ce soir, hein ? me demanda David, penaud, ses yeux hurlant combien il espérait que je dise « non ».

— J'aurais bien répondu « si », mais je doute qu'elle soit en état de recevoir qui que ce soit, rétorquai-je d'un ton neutre.

Le regard de David se chargea d'espoir.

— En revanche, le canapé n'attend que toi.

Un espoir qui se dégonfla comme une baudruche percée.

— Oh, d'accord… d'accord. Je suppose que… que c'est mieux comme ça, oui.

— Je pense, oui.

Tandis que David se préparait une tasse de thé, puis disposait sur le canapé son oreiller et son duvet, je me perchai sur un tabouret de la cuisine et observai sa ronde. Pas une minute je ne regrettai ma décision : de tous les héros auxquels je pouvais penser, le dernier avec lequel je souhaitais partager mon lit était sans aucun doute Picsou…

Oscar éclata de rire.

— Alors là, ma chérie, je commence à comprendre comment tu as échoué ici ! Moi aussi, j'aurais tout tenté pour fuir ce fêlé de la perceuse ! Et le logement de Notting Hill, au fait, comment l'as-tu trouvé ?

— Disons que cette soirée n'a pas été le seul déclencheur de mon départ… Loin de là. En tout cas, si tu n'en as pas encore assez, tu sauras bientôt tout ce que tu veux savoir.

Oscar s'adossa au canapé, les yeux écarquillés.

— Comme si tu allais t'arrêter maintenant ! Ton histoire, ma chérie, ça vaut dix ans de rediffusion des *Feux de l'Amour* !

CHAPITRE 4

Le lendemain, j'attendais Maddie devant la galerie d'art, ruminant ma dispute conjugale de la veille.

Je savais, bien sûr, que notre relation, à David et à moi, n'était pas au beau fixe ces derniers temps, mais je m'imaginais qu'avec un peu d'effort, je parviendrais à dépasser nos divergences d'opinions ; d'autant plus que, jusque-là, David ne s'était jamais plaint de ma passion pour le cinéma. Mais voilà, après l'altercation de la veille au soir, je commençais à me demander si notre futur mariage n'était pas une erreur… Si j'arriverais à prendre suffisamment sur moi pour que tout fonctionne.

Pour donner quelques références cinématographiques symboliques de mon conflit intérieur, je citerais *Tant qu'il y aura des hommes*, *The Full Monty* et *Les diamants sont éternels*.

Après quelques minutes de torture mentale pendant lesquelles je m'imaginais jusqu'au dernier film présent dans mes souvenirs ayant pour thème l'éternité, j'aperçus Maddie qui flottait dans ma direction, créature éthérée parée d'une de ces tenues dont elle seule avait le secret : sous un long manteau de velours, elle portait une robe longue bordeaux et rouge, et avait sublimé son look en parant sa chevelure d'un grand papillon qui partageait avec ses sandales de magnifiques reflets dorés.

Des sandales, oui.

Fin février.

Mais, j'étais à ce point heureuse de revoir ma meilleure amie, que je m'abstins de tout commentaire.

Maintenant que nous étions réunies et que nous allions nous lancer dans la découverte palpitante de ce que la galerie avait à nous offrir d'épiphanie intellectuelle et artistique, je décidai de laisser de côté mes idées noires à propos de David. Il ne méritait pas de gâcher ce moment-là.

Si Maddie s'arrêtait devant chaque peinture, chaque sculpture, pour mieux les détailler, lisant jusqu'à la dernière information laissée sous chacune d'entre elles, je butinais d'une œuvre à l'autre, m'interrogeant plus d'une fois sur la santé mentale des artistes qui avaient accouché de certaines œuvres. Cela dit, si leur maison ou leur atelier ressemblait de près ou de loin à mon salon, la démence et la bizarrerie de leurs œuvres avaient peut-être une certaine légitimité…

J'étais à deux doigts de m'ouvrir les veines, lorsque mon regard fut attiré par un ensemble de toiles exposées au fond de la pièce principale. Pour tout dire, c'était un tableau en particulier qui m'avait interpellée. Contrairement aux autres œuvres présentées ici, à l'instant où j'avais posé les yeux sur la toile, elle m'avait semblé familière ; aussi familière que si elle avait été accrochée des années au-dessus de ma cheminée.

À peine installée sur le banc placé en face de la peinture, je basculai vers ce monde intérieur que j'étais trop souvent pressée de rejoindre : cette œuvre-ci, au contraire de toutes les autres, me parlait.

Sur la toile, fuyant un ciel bleu nuit, flottait une jeune femme. Elle portait une robe rouge et, derrière elle, afin qu'elle fût prête pour son mariage, un homme plaçait sur sa tête un voile immaculé. Plus loin se trouvaient une église et, tout autour de la vierge, des animaux, certains jouant d'instruments de musique, comme cette chèvre au violon, saisissante et étrange.

Je baissai les yeux vers la carte accolée à la toile :

La Mariée – Marc Chagall, 1950

Si jeunes filles et jeunes couples sont souvent représentés dans l'œuvre de Chagall, il est rare qu'ils soient dépeints de façon aussi troublante que dans cette œuvre, La Mariée, baignée de ce désir ardent, suffocant presque, pour un bonheur perdu.
En 1999, dans le film Coup de foudre à Notting Hill, Anna Scott, le personnage incarné par l'actrice Julia Roberts, découvre, dans la maison de William Thacker, interprété par Hugh Grant, une reproduction de La Mariée. Plus tard dans l'intrigue, Anna offre à William l'original supposé du tableau…

Un désir suffocant pour un bonheur perdu…

Ces mots tournoyèrent lentement dans ma tête, avant de descendre taquiner cette part d'intime qu'au quotidien, je m'étais toujours appliquée à enfouir au plus profond de moi.

J'avais toujours aimé le tableau exposé en face de moi. Je pensai aussitôt que c'était à cause de *Coup de foudre à Notting Hill*: ne nous leurrons pas, cela n'aurait pas été la première fois que je m'étais entichée de quelque chose que j'avais découvert dans un film.

Cela avait été pareil avec *Nuits blanches à Seattle*: après l'avoir vu, je m'étais mise à écouter les émissions radio de libre antenne en fin de soirée… Juste au cas où. Malheureusement, force était de constater que les hommes qui appelaient étaient souvent à mille lieues du doux Sam incarné par Tom Hanks. Majoritairement, on avait droit à des bougres bien moins nets, dans le plus pur style de tous les paumés qui squattaient les fréquences nocturnes.

Après *Le Journal de Bridget Jones*, j'avais commencé un journal intime. Après *Vous avez un message*, je m'étais lancée à la découverte des salons de discussion internet. J'ai même commencé à suivre des cours de danse à la MJC du quartier après mon premier visionnage de *Dirty Dancing*… Tristement, notre professeur de danse ne partageait que peu de ressemblances avec Patrick Swayze. Ou même Patrick Dempsey, d'ailleurs. En fait, à bien y regarder, le physique de mon prof de salsa se trouvait plutôt à mi-chemin entre Patrick Stewart – le capitaine chauve de l'Entreprise dans *Star Trek : The Next Generation* –, en plus efféminé, et Patrick Étoile de mer dans *Bob l'éponge*.

En revanche, concernant *Pretty Woman*, j'ai tout de suite été fermement décidée à ne jamais rien essayer de tout ce qu'on pouvait y trouver…

— Tu as enfin déniché quelque chose qui te plaît ? me demanda Maddie en s'asseyant à côté de moi. Parce que pour le reste de l'exposition, on peut dire que tu as donné dans le zapping...

Elle leva les yeux vers la toile, l'observa quelques instants avec moi, puis lut l'affichette sur laquelle figuraient les informations relatives à l'œuvre.

— C'est une plaisanterie, Scarlett..., soupira-t-elle, dépitée. Comment est-ce que tu te débrouilles ? J'aurais dû parier que même ici, tu trouverais une référence à l'un de tes mélos favoris.

— Ce n'est pas comme si j'avais fait exprès, non plus ! Et puis, je vais te dire, ce n'est pas pour ça que ce tableau m'interpelle...

— Ah non ? s'étonna Maddie, sceptique au possible. Pourquoi est-ce qu'il te parle, alors ?

— Eh bien... c'est une future mariée, après tout, et... enfin, toi et moi, on aura bientôt la bague au doigt. Pour tout dire, Maddie, c'est ce qui est inscrit sur la carte qui me fait réfléchir.

— La référence à *Coup de foudre à Notting Hill* ?

— Mais non, c'est autre chose. Bien sûr que je me souviens d'avoir vu le tableau dans le film, mais... C'est cette histoire de « désir suffocant pour un bonheur perdu »...

Maddie grimaça.

— Qu'est-ce... que tu veux dire, exactement ?

— Je n'en sais rien...

Je commençais à regretter d'avoir parlé du tableau. Maddie était peut-être ma plus vieille amie, mais moi-même, je peinais à définir ce malaise que je ressentais au quotidien… Comment aurait-elle pu le comprendre ?

— C'est comme si j'avais l'impression que… que ma vie manquait d'un petit quelque chose pour que tout fonctionne comme il faut. Un petit engrenage… Une petite pièce de puzzle.

Quand je croisai le regard dubitatif de Maddie, je m'en voulus de ne pas en être restée à l'excuse de la simple référence cinématographique. Tout aurait été tellement plus simple…

— Le mariage t'angoisse, Scarlett ? C'est ça que tu essaies de me dire ?

Je fermai les yeux quelques secondes. Non, ce n'était pas du tout ce que j'essayais de lui dire… Le problème, c'est que, moi-même, je n'étais pas vraiment certaine de savoir ce que j'essayais d'exprimer. Dans ces conditions, essayer de me faire comprendre relevait de l'utopie.

— Peut-être, répondis-je en rouvrant les yeux, avant de me tourner vers elle. Peut-être que c'est ça, oui. Ces derniers temps, je doute un peu… Je me demande si c'est vraiment une bonne idée d'épouser David ; si c'est ce que j'ai de mieux à faire, si je veux vivre heureuse. Ça me travaille, disons…

— Quel genre de… doute te turlupine ? me demanda Maddie en posant sur moi un regard qui répondait en soi à ma question à venir, à savoir si, elle aussi, il lui était arrivé de se poser des questions par rapport à son mariage avec Félix.

— Hmm…, hésitai-je, réfléchissant rapidement à ce que je pouvais dire à Maddie sans lui révéler la véritable raison de mes doutes. Je me demande si je suis vraiment la personne qu'il aimerait que je sois.

Maddie secoua la tête, puis sourit.

— Non, mais qu'est-ce que tu vas te mettre dans la tête ? Bien sûr que tu l'es ! Pourquoi est-ce qu'il t'aurait demandé de l'épouser, sinon ?

Quand elle vit que je ne souriais pas, Maddie se refit sérieuse.

— Pourquoi est-ce que tu t'inquiètes de ça, tout à coup ? Tu aimes David. Il t'aime. Vous allez vous marier et vivre heureux jusqu'à la fin de vos jours. C'est aussi simple que ça.

« Aussi simple que ça » pour Félix et toi peut-être. Avec David, c'est un peu plus compliqué…

— Je ne suis pas sûre que David et Félix aient la même définition de ce que devrait être une épouse, tu sais. Je doute qu'ils aient les mêmes attentes…

— C'est-à-dire ?

Maddie regarda dans le vide quelques secondes, puis ses yeux s'illuminèrent soudain.

— Oh, non… Tu viens de découvrir qu'il a des fantasmes un peu tordus quand vous êtes sous la couette ? C'est ça, hein ? La vache ! Avec les hommes, il faut vraiment se méfier de l'eau qui dort… On s'attend à un agneau et… Alors, c'est quoi son truc ? Les cordes ? Les chaînes ? Je t'avais parlé de ce type, là, qui faisait un truc bizarre avec une banane et du sirop de menthe ?

— Non, non, Maddie…, l'arrêtai-je à voix basse avant de lâcher un profond soupir. Ça n'a rien à voir avec ça. Bref… J'aurais dû le voir venir… Ce n'est pas comme si c'était nouveau cette histoire. Pour moi, tout du moins. C'est peut-être pour ça que c'est si étrange.

— Scarlett ? J'ai connu un Inuit plus clair que toi. Crache le morceau, bon sang ! Qu'est-ce que tu essaies de me dire ?

— OK, OK, répondis-je, me maudissant d'avoir lancé cette conversation. Apparemment, après le mariage, David s'attend à ce que je m'efforce à… bien recevoir nos convives. Tu sais ? Ses clients, entre autres…

Maddie acquiesça.

— Oui… et ?

— Et… c'est tout.

Maddie me dévisagea, et je perçus un infime tremblement à la commissure de ses lèvres.

— C'est tout ? C'est pour ça que tu hésites à l'épouser ? Parce que tu vas devoir cuisiner une ou deux fois par mois ?

Je rougis. C'est vrai que formulé comme ça, mon argument semblait relativement pitoyable. Malgré tout, que les dîners d'affaires à la maison me posent un problème, c'était la vérité. Simplement… ce n'était pas toute la vérité.

— Tu connais mes talents de cuisinière, Maddie… Et puis, tu n'étais pas là quand on a passé la soirée avec les clients japonais de David. Une vraie catastrophe… Et je n'étais même pas aux fourneaux : on était au resto !

— Pourquoi « une catastrophe » ? Qu'est-ce qui s'est passé, là-bas ?

Je lâchai un soupir.

— Écoute, lui dis-je, un regard empli d'espoir rivé sur la sortie de la galerie, je meurs de faim. Trouvons un coin tranquille où casser la croûte, et je te raconterai tout…

Nous trouvâmes un séduisant petit bar à vin quelques dizaines de mètres après la galerie. Une fois les commandes passées, je fis à ma meilleure amie le récit de ma petite tragédie shakespearienne à moi.

— … et là, il me dit un truc carrément troublant : « Jamais le cours d'un amour sincère ne fut paisible. »

— Je suis assez d'accord, acquiesça Maddie en sirotant son vin rouge. Le cours de l'amour, disons qu'il est toujours un peu… tortueux. Et finalement, c'est aussi ce qui rend la chose plus excitante. Et cette soirée, alors, pourquoi elle t'obsède tant ? Ce n'était pas si terrible…

— Certes, mais on ne peut pas non plus dire que ça a été un franc succès… Maddie, je sais bien que le couple parfait n'existe pas, mais… C'est juste que je ne sens pas entre David et moi ce petit truc en plus qui vous lie, Félix et toi… Il n'y a pas de magie, tu comprends ?

Maddie se redressa, haussa un sourcil, puis inclina légèrement la tête.

— Un petit truc en plus ? répéta-t-elle. De la magie ? Scarlett… pour qu'un couple fonctionne, les deux partenaires ont besoin de concessions, de patience, de tolérance et, bien sûr, de sentiments ; pas de « truc en plus » ou d'une baguette magique.

Je m'apprêtais à signaler à Maddie que la magie dont je parlais n'était pas de celle qu'on invoque d'un coup de baguette, lorsque la serveuse arriva avec nos plats : une assiette de pâtes à la carbonara, et une salade César – Maddie ménageait sa taille avant la cérémonie.

À peine deux ou trois bouchées plus tard, je décidai d'interroger Maddie sans détour.

— Si je te pose une question, Maddie, tu me répondras franchement ?

Maddie me dévisagea. Elle finit de mâcher avant de répondre.

— Bien sûr.

— Tu penses que j'ai un petit souci d'ordre... disons, légèrement... obsessionnel avec le cinéma ?

— Oui, acquiesça Maddie sans la moindre hésitation.

— Eh, tu aurais pu te donner le temps de la réflexion !

— Pourquoi ? Tu es obsédée par le cinéma.

— Quoi ! Mais... n'importe quoi ! protestai-je.

En réalité, j'espérais une tout autre réponse de la part de Maddie. Qu'elle dirait « non », en l'occurrence, avant de me demander pourquoi je posais la question. Après quoi, nous nous serions lancées sur une session de tir au David durant laquelle nous nous serions offusquées de combien, comme toujours, il n'avait rien compris ; pour en conclure que les hommes – ces crétins – n'étaient définitivement bons qu'à une chose...

— Arrête ton petit sketch, Scarlett : le cinéma t'obsède, et tu le sais pertinemment.

— Honnêtement, je ne vois pas ce qu'il y a de mal à aller au ciné de temps en temps...

Maddie posa sa fourchette, croisa les bras, inclina une nouvelle fois la tête et me défia du regard.

— Qu'est-ce qu'il y a ? lui demandai-je.

— Tu ne vas pas me la faire, Scarlett... Dans ton cas, c'est un chouïa plus que de « temps en temps », tu ne crois pas ?

— Je bosse dans l'industrie ! C'est quand même normal, quand on travaille, d'être sur son lieu de travail !

— OK, passons là-dessus, alors. Mais le reste, qu'est-ce que tu en fais ?

— Le reste ? Quel reste ? l'interrogeai-je, véritablement surprise.

Cette conversation m'échappait totalement.

— Tout le reste.

Je restai interdite.

— OK, reprit-elle, laisse-moi éclairer ta lanterne. L'autre soir, Félix et moi, on regardait *The Holiday*, et…

— Oh, j'adore ce film !

— Je sais, Scarlett. Je sais que tu l'adores, mais, ce que je voulais partager avec toi, c'est ce qu'a dit Félix en le regardant. En parlant de l'échange de logements, il m'a fait remarquer que c'était assez surprenant que tu ne t'y sois encore jamais essayée. *(À la vérité, j'y avais pensé, juste après avoir vu le film.)* Ce que je veux dire, c'est que même Félix émet des réflexions sur ton addiction au cinéma, alors qu'il ne te connaît pas depuis si longtemps que ça, au final…

— Eh ! Ce n'est quand même pas interdit d'avoir un hobby, si ?

— Tant que ça n'influe pas en mal sur ta vie quotidienne, tu as tout à fait raison. Le problème, Scarlett, c'est que si tu continues à vouloir vivre ta vie comme si tu étais l'héroïne d'un mélo, un jour, tu risques de tomber de haut.

Je la regardai, dépitée.

— Tu t'y mets aussi, Maddie ? lui demandai-je, désabusée. Moi qui croyais que David nageait en plein délire…

— En plein délire ? C'est un brin extrême... Il y a quelque chose que tu ne m'aurais pas dit, Scarlett ? Oh ! C'est ce dont tu voulais me parler pendant l'exposition, c'est ça ?

J'acquiesçai et commençai à raconter à Maddie la dispute de la veille.

— Tous les couples se chamaillent, Scarlett, me dit Maddie, après que j'ai terminé. Mais les réconciliations sont souvent suffisamment savoureuses pour faire oublier la pire des anicroches...

J'avais toujours détesté ce genre d'arguments. David et moi nous étions disputés plus d'une fois et jamais – pas une seule fois ! –, il n'y avait eu dans nos réconciliations quoi que ce soit de savoureux. En général, quelques heures ou quelques jours après la dispute, nous recommencions à échanger quelques marmonnements, puis, peu à peu, notre vie reprenait son cours normal.

Quoi qu'il en soit, à ce moment précis de notre conversation, je commençais à comprendre pourquoi je n'avais pas vu Maddie depuis si longtemps : ce n'était pas du tout parce qu'elle était trop occupée, mais simplement parce que chaque fois que nous passions du temps ensemble, je me rendais compte combien, en comparaison de sa relation avec Félix, mon couple était fragile.

Qui plus est, bercée qu'elle était par les anges de l'amour, elle n'était probablement pas en mesure de comprendre la nature des sentiments que j'éprouvais ces jours-ci à l'égard de mon propre fiancé. Comment l'aurait-elle pu ? La seule raison qui l'avait incitée à épouser Félix, c'était l'amour. Dans mon cas, c'était... un brin plus compliqué.

— Laisse tomber, Maddie, tu ne peux pas comprendre.

— Pourtant, j'essaie, Scarlett, je t'assure. Mais tu sais, quelque part, je comprends ce que doit ressentir David. Et en même temps..., ajouta-t-elle en fronçant les sourcils, si je devais vivre avec un bricoleur dyspraxique, moi aussi, j'aurais besoin d'un peu de fantaisie.

J'éclatai de rire. On n'aurait pu définir plus justement les compétences en bricolage de David.

— Ah ! Voilà qui est mieux... Tes éclats de rire se font rares ces derniers temps, déclara-t-elle en posant une main sur la mienne. Je m'inquiète pour toi, m'avoua-t-elle, l'air soudain grave. Tout ce que tu viens de me dire, ce que tu m'as dit dans la galerie... Tu as peut-être besoin d'un break, tu ne crois pas ?

— Dans un autre mobile home ? plaisantai-je en souriant. Désolée, mais le dernier n'était pas forcément à mon goût...

— Je ne parlais pas d'un break avec David. Ce dont tu as besoin, c'est d'un peu de temps pour toi ; de changer d'air, le temps de réfléchir à tout ça.

— Oh, et tu connais un endroit sympa où je pourrais m'isoler ?

Je plaisantais, bien sûr. Je me voyais mal abandonner le boulot à quelques jours d'un gros arrivage de nouvelles machines. Et de toute façon, les chances pour que David me laisse partir seule quelques jours frôlaient le zéro absolu.

— David ne me laissera jamais dépenser de l'argent pour que je parte en vacances de mon côté. Tu le connais…

Maddie grimaça.

— C'est vrai qu'il est rat ascendant pince, celui-là… Laisse-moi réfléchir…

Je bus une gorgée de vin, tandis que Maddie, elle, semblait chercher une solution au problème. Elle aussi, alors, me pensait obsédée par le cinéma… Je n'en revenais pas. Ils débloquaient, tous, ou quoi ? Les films, pour moi, c'était juste un moyen de passer le temps ; rien de bien méchant, en somme. C'était si difficile à comprendre ?

— J'ai trouvé ! lâcha soudain Maddie au moment où je commençais à me dire que mon plat allait refroidir si je ne rejouais pas rapidement de la fourchette. Là, Scarlett, je viens d'avoir une idée brillante ! Non, non ! Mieux que ça ! Une idée fan-tas-tique ! Écoute, j'ai bientôt fini le peu de salade qu'on m'a servi : ça te dérange si je passe quelques coups de fil, le temps que tu termines tes pâtes ? Je te garantis qu'après ça, tu vas littéralement m'idolâtrer. Promis.

Je haussai les épaules et saisis ma fourchette, laissant Maddie plonger la main dans son sac à la recherche de son téléphone. S'ensuivirent plusieurs conversations ponctuées d'éclats de rire et de phrases comme : « On se fait un dîner rapidement, tu me le promets, ma chérie ? ». Phrases d'autant plus amusantes que le « ma chérie » était aussi naturel dans la bouche de Maddie qu'une gorgée d'eau minérale dans le gosier d'un ivrogne.

— Bon ! finit-elle par dire. Au risque de t'encourager un peu plus sur la voie de la déraison… Si on reparlait un peu de *The Holiday* ?

— Si… tu veux ? demandai-je, suspicieuse.

Je priai alors pour que la version machiavélique de Maddie – « Maddiavel » – ne se mette pas à fomenter un de ces complots retors dont elle avait le secret, comme elle en avait l'habitude lorsqu'on la laissait trop longtemps sans surveillance…

— Bon. Qu'est-ce que tu dirais, Scarlett… de plonger la tête la première dans l'univers de ce film ? D'ailleurs, quand j'y pense, c'est aussi de l'univers d'un de tes autres films préférés dont je te parle ici…

— Je suis censée comprendre quelque chose, Maddie ? Parce que là, je t'avoue que je nage un peu.

— Scarlett, mon amie, j'ai réussi à te dégotter un séjour d'un mois dans un squat de luxe sur Portobello Road !

J'en restai bouche bée.

— Comment est-ce que tu as pu réussir un truc pareil ?

— Ah ! Il suffit de connaître les bonnes personnes, répondit-elle en se tapotant le nez. Plus sérieusement, la maison appartient à une amie de ma sœur. Ça m'est revenu d'un coup : il y a quelques jours, Jojo m'a dit que Belinda et Harry cherchaient quelqu'un pour garder leur maison le temps de leur séjour à Dubaï ; ils vont voir les parents de Harry. Apparemment, ils ont un mal fou à trouver quelqu'un de confiance pour s'en occuper. Comme ils partent dans moins d'une semaine, Scarlett, ma chère, tu es peut-être la seule capable d'exaucer leurs vœux !

Je réfléchis quelques secondes à cette invitation à revivre *The Holiday*. Le personnage de Cameron Diaz était grandiose… À moins que je ne me retrouve dans la peau de celui de Kate Winslet ? Soudain, je repensai à ce que Maddie avait dit à propos d'un autre de mes films préférés.

— De quel autre film tu parlais, Maddie ?

Elle sourit.

— Portobello Road, Scarlett… Où est-ce que ça se trouve ?

— Oh, non, c'est pas vrai ! lançai-je sans retenue devant le caractère totalement improbable de la révélation. On parle d'un de mes mélos préférés de tous les temps, là, Maddie !

— Exactement, Scarlett, dit-elle, les yeux brillants. *Coup de foudre à Notting Hill.*

Je posai les yeux sur Oscar.

Cela faisait maintenant une heure qu'il était assis là, totalement hypnotisé par mon récit. Même si j'avais – volontairement – omis de lui conter les détails les plus intimes de l'histoire, il en avait compris l'essentiel.

— Si je comprends bien, c'est ton fiancé et ta meilleure amie qui t'ont catapultée à Notting Hill ? me demanda Oscar.

— Et mon père. Il pense, peu ou prou, la même chose que les deux autres. *(Il est peut-être même un brin plus extrême.)* Tout ce que je veux, c'est leur prouver qu'ils se trompent, Oscar. Leur prouver qu'aimer à ce point le cinéma ne m'empêchera pas de mener une vie équilibrée. Ça, et leur montrer que la frontière entre le cinéma et la réalité est plus ténue qu'ils le pensent.

— Tu m'excuseras, ma chérie, mais, vu ton histoire, tu n'avais pas besoin de venir ici pour goûter à Hollywood ! commenta Oscar, les yeux écarquillés. Tu tiens un pitch à oscar, mon chat !

Il se mit à agiter une main comme s'il lisait en face de lui les gros titres d'un magazine spécialisé.

— « Une jeune fille belle comme le jour part en guerre pour se venger de l'injustice que fait peser sur elle son odieuse famille. » J'entends d'ici la voix de basse-contre de ce type, là, qui fait toutes les bandes-annonces de films…

Je pouffai. Oscar parlait de Red Pepper, la voix caverneuse la plus célèbre du cinéma américain, indissociable des superproductions des vingt dernières années.

— Tu forces légèrement le trait, Oscar… Qui plus est, même depuis mon arrivée à Notting Hill, Hollywood me paraît à mille lieues d'ici…

Je voulais faire allusion au fait d'avoir égaré le papier où se trouvait l'adresse de Belinda et Harry, mais j'avoue que l'attitude du type de la librairie me restait en travers de la gorge…

— Tu viens à peine d'arriver, chérie ! Tu as un mois entier pour le vivre, ton rêve !

Oscar se tut quelques secondes, pensif, puis m'adressa un sourire.

— Et puis, reprit-il, à bien y regarder, ta quête commence plutôt bien si tu cherches des preuves que la vie et le cinéma ne sont pas si différents, tu ne crois pas ?

— Qu'est-ce que tu veux dire ?

— Ah la la, ma pauvre enfant ! Comment comptes-tu saisir ta chance, si tu n'es pas capable de la voir passer ? Déjà, je te rappelle que quelqu'un t'a percutée aujourd'hui, et a taché de jus d'orange ta jolie veste…

Il marqua une longue pause, me laissant le temps de comprendre où il voulait en venir.

— Ce même quelqu'un t'a ensuite invitée à venir chez lui pour que tu puisses te changer…, poursuivit-il, avant de marquer une nouvelle pause. Alors, bon, je ne suis peut-être pas Hugh Grant… Quoique sous un certain angle…

Oscar se leva et se contempla dans le miroir placé au-dessus de sa cheminée. Je ne pus m'empêcher de laisser échapper un éclat de rire attendri.

— Et, poursuivit-il, pour couronner le tout, cet homme charmant t'invite ce soir à un superbe dîner !

— Tu avais prévu un dîner ce soir ?

— Du tout. Mais bon, je suis bien obligé, maintenant, non ? Je dois te fournir en scènes de qualité pour ton mélo !

— Tu serais prêt à m'aider, moi, une étrangère paumée que tu viens de rencontrer dans la rue ?

— Ma chère Scarlett, rétorqua Oscar les mains sur les hanches, « étrangère », c'est un peu fort. Si tu étais une étrangère à mes yeux, tu ne serais pas assise dans mon salon, sur mon canapé, à manger mes biscuits en portant un de mes tee-shirts. Tu ne crois pas ?

Je quittai l'appartement d'Oscar le moral remonté à bloc et, à l'épaule, un sac en toile Gucci contenant mon tee-shirt blanc, propre comme un sou neuf, ainsi que des instructions très précises sur la façon dont j'allais devoir le sécher une fois arrivée dans mon nouveau foyer.

Filant, enthousiaste, dans les rues de Notting Hill, je trouvai enfin Portobello Road, et me dis qu'après tout, le destin commençait peut-être à me sourire : j'avais rencontré une personne incroyablement bienveillante et toute disposée à m'épauler, et j'avais gagné un dîner !

Maddie m'avait indiqué par téléphone comment trouver la maison, mais, alors que je consultais le bout de papier froissé sur lequel j'avais noté ces nouvelles instructions, je me demandais si je l'avais bien comprise…

— J'ai dû me tromper, lâchai-je en regardant autour de moi. Ça doit être beaucoup plus loin dans la rue…

Maddie m'avait parlé d'une petite maison donnant sur Portobello Road, or, toutes les maisons ici ressemblaient à de riches maisons bourgeoises. Pourtant, la plaque de la rue ne laissait aucun doute sur l'endroit où je me trouvais… Troublée, je ralentis, traînant derrière moi ma valise à roulettes tout en vérifiant à chaque nouvelle demeure le numéro de la rue.

Au bout de quelques dizaines de mètres, je tombai sur la maison correspondant à l'adresse que Maddie m'avait fournie. Elle était grande, couleur crème, comme toutes les autres ici. Je poussai doucement le portail de fer noir, certaine qu'à la vue de l'énergumène de basse extraction qui entrait sur les terres des nobles Belinda et Harry, mes nouveaux voisins tireraient d'un coup sec leur voilage… en poils de vigogne, certainement.

Une fois sous le porche, je fouillai dans mon sac à la recherche des clés que Belinda m'avait fait livrer la veille par transporteur de luxe, inquiète qu'elle était de laisser qui que ce soit entrer chez elle ne serait-ce que pour m'accueillir.

De toute évidence, l'esprit de voisinage était ici à la franche camaraderie et à la pleine confiance!

Il faut vraiment que je me trouve un sac plus pratique… Où est-ce qu'elles ont glissé, ces clés…

— Bonsoir.

La voix provenait de la maison d'à côté.

Je me tournai et découvris, en droite ligne, à quelques mètres de moi, et qui cherchait lui aussi ses clés, le jeune homme de la librairie… En lieu et place de son imper et de son sac de courses, il portait une veste de cuir marron sur un tee-shirt blanc, et un jean.

— Qu'est-ce que vous faites ici? lâchai-je avec maladresse.

Il parut surpris.

— Je vous retourne la question. Où sont Belinda et Harry?

— En vacances pour quelques semaines. Je… je vais m'occuper de leur maison en leur absence.

Si tous leurs voisins sont dans ton style, je comprends pourquoi ils ne voulaient pas laisser leurs clés à quelqu'un du quartier…, pensai-je en mettant enfin la main sur le trousseau.

— L'excuse me semble plausible.

Merci, Monseigneur, vous êtes charmant…, pensai-je en glissant la clé dans la serrure.

— Vous permettez? lui adressai-je d'un ton hautain doublé d'un haussement de sourcils presque théâtral.

Si avec ça, tu ne comprends pas que j'ai autre chose à faire que répondre à tes questions…

— Pas encore, non. J'aimerais savoir ce qui a pu vous faire penser que je travaillais à la librairie, tout à l'heure. J'ai un look de bouquiniste ?

De fait, maintenant que j'étais en pleine possession de mes moyens, ma raison émancipée de l'euphorie qu'avait suscitée chez moi mon arrivée à Notting Hill, cet homme n'avait rien – mais alors rien du tout – d'un bouquiniste. De façon tout à fait manifeste, son attitude hurlait davantage « Fais pas chier » qu'elle ne suggérait « Je peux vous aider » d'une voix suave…

Mon nouveau voisin, de bonne taille, ses cheveux blond-roux en élégant désordre, se tenait droit devant moi, l'air arrogant, un sourcil interrogatif levé au-dessus de ses yeux bleu clair. Ironiquement, cette pose lui donnait presque des airs du Jude Law de *The Holiday*… J'évinçai rapidement cette pensée de mon esprit : c'était pousser un peu loin les parallèles avec ce film.

— Non… Enfin, si. Tout à l'heure, si… sinon je ne vois pas pourquoi je me serais trompée… Écoutez, c'est mon premier jour ici, et tout est nouveau pour moi. Je suis un peu perdue…

J'espérais que le bougre s'apitoierait un peu sur mon sort en plus de se sentir gêné de s'être montré aussi discourtois. Mais non. Il poursuivit simplement son interrogatoire.

— Et ça vous arrive souvent d'être perdue, comme ça ? dit-il en me toisant dédaigneusement du regard. Madame a du mal à focaliser son attention, même sur des choses relativement élémentaires, je me trompe ?

OK, moi qui avais trouvé Oscar étrangement fêlé lors de notre rencontre, comparé à ce type, il me paraissait tout à coup particulièrement sain d'esprit…

— Pas plus que n'importe qui, non. Pourquoi ça ?

— Oh, pour rien…, laissa-t-il échapper en se retournant.

Il déverrouilla sa porte, l'entrouvrit… puis s'arrêta.

— Enfin, à part votre tee-shirt.

Après quoi, il m'adressa un sourire moqueur, puis rentra chez lui avant de fermer délicatement sa porte.

Je baissai aussitôt les yeux… J'avais été à ce point obnubilée par le chaos de mon arrivée, puis par le récit à Oscar de mes mésaventures que je n'avais pas une seule seconde prêté attention au tee-shirt que j'avais enfilé…

Sur le tissu bleu marine figurait en grosses lettres blanches un message sans équivoque : « Je vous prends HOMO ? ».

Chapitre 5

La porte tout juste ouverte, le hurlement suraigu d'une sirène prit d'assaut mes tympans. L'alarme… Belinda m'avait prévenue.

Je courus jusqu'au petit boîtier noir installé sur le mur juste en face de la porte, me rendant compte dans le même temps que, si j'avais noté le code de l'alarme sur le bout de papier avec lequel j'avais débarqué à Notting Hill, au téléphone, Maddie ne m'avait redonné que l'adresse du domicile.

Fouille dans tes souvenirs, Scarlett, vite…

Je me souvenais que lors de mon premier échange téléphonique avec Belinda, j'avais établi un rapprochement amusant entre le code – à six chiffres – et quelques détails de ma vie… mais là, dans l'urgence, impossible de m'en souvenir.

La sirène sembla redoubler d'intensité. De combien de temps disposais-je avant que la police arrive ? Qu'avait dit Belinda, bon sang ? Si seulement l'alarme avait pu s'arrêter deux secondes pour que je me concentre ! En même temps, déstabiliser les étrangers, c'était un peu son boulot…

Je focalisai mon attention sur ma conversation téléphonique avec Belinda…

Les deux premiers chiffres… mon anniversaire : ceux-là, c'étaient les plus simples. Les suivants… Oui, ça y est ! Mon tour de poitrine moins la date de mes dernières règles ! Plus que les deux derniers… Allez, Scarlett… Allez ! Euh… Mais oui, bien sûr ! Le nombre de fois que j'ai vu Coup de foudre à Notting Hill *!*

J'entrai en toute hâte le code de l'alarme, priant pour m'en être souvenue dans le bon ordre. Quelques secondes plus tard, la sirène se tut enfin…

Je soupirai, retournai au-dehors récupérer ma valise, puis refermai la porte derrière moi. Ce n'est qu'à cet instant que je remarquai l'élégance de la demeure dans laquelle j'étais entrée.

— Waouh ! m'exclamai-je en balayant du regard le décor café-crème de l'entrée. Triple « waouh » !

Tremblante d'excitation, j'explorai rapidement la maison, poussant un cri d'émerveillement à chaque nouvelle porte ouverte.

Sans l'ombre d'un doute, Harry et Belinda profitaient de comptes en banque bien remplis, mais, ce dont je remerciais le Destin, c'était qu'en plus de l'aisance financière, il leur avait fait don d'un irréprochable bon goût. Les murs, unis, étaient ornés d'œuvres d'art disposées là sans fard, et les pièces, lumineuses et vastes, n'en demeuraient pas moins chaleureuses et accueillantes. Cette maison, partout, se parait d'une décoration aussi chic que minimaliste. En d'autres termes : elle était parfaite.

Des cinq chambres à coucher, je choisis celle aux dominantes de violet et de lilas. Housse de couette en soie, coussins disposés çà et là avec une négligence feinte, et aux fenêtres, des rideaux – de soie brute – qui tombaient gracieusement jusqu'au sol… *Juste parfait…*, pensai-je alors que, telle la Kate Winslet de *The Holiday* dans la riche demeure de Cameron Diaz, je me laissai tomber en avant sur le lit, les bras en croix. Je me retournai ensuite et, étendue là, admirai quelques secondes ce décor inespéré.

— Ah ah, vous tous ! lançai-je à la chambre vide. Un jeu à zéro ! Je suis ici depuis à peine cinq minutes, et j'ai déjà vécu un moment de pur cinéma tout ce qu'il y a de plus inoffensif !

Mon plan était de rentrer à la maison à la fin du mois avec une liste détaillant tous les instants que j'avais vécus ici et qui n'avaient rien à envier à ceux vécus sur grand écran par les protagonistes des films que j'adorais, afin de prouver à mon entourage que, dans la grande majorité des cas, le cinéma était une expression tout à fait fidèle de la réalité. En résumé, je comptais bien leur prouver à tous que ce qu'ils considéraient comme une obsession d'excentrique n'avait rien d'une névrose, et que j'étais, en somme, tout ce qu'il y avait de plus normal.

Alors, oui, bien sûr, il y avait peu de chances pour que je me retrouve sur un paquebot de 46 000 tonnes pile au moment où il percute un iceberg, mais… qu'est-ce qui m'empêchait de me rendre à autant de mariages que je le pouvais dans l'espoir de voir un témoin se pointer sans les alliances ou une future mariée se faire plaquer en langage des signes par le frère de celui qui aurait dû devenir l'homme de sa vie ?

Bon, d'accord, j'aurais sûrement pu trouver de meilleurs exemples, mais ça ne devait pas être si difficile que ça de vivre d'authentiques « instants-ciné » dans la vie quotidienne. Preuves en étaient déjà mon arrivée à Notting Hill – excusez-moi du peu – et ma rencontre avec Oscar.

Pour les autres, ce séjour serait une façon pour moi de me reposer un peu du chaos du monde, de me recentrer, de réfléchir un peu à ma vie et de décider ce que j'allais en faire. Mon père, en particulier, attendait beaucoup de cette retraite.

Je pensai à mon père.

Je n'avais fait que le mentionner à Oscar, pour lui dire qu'il partageait l'avis de Maddie et David. À la vérité, mon père se trouvait tout aussi responsable qu'eux, si ce n'est plus, de ma présence ici.

Le lendemain de l'exposition itinérante avait été, avec David, placé sous le signe du malaise : chacun avait passé le plus clair de son temps à tout faire pour ne pas avoir à croiser l'autre, afin d'éviter toute discussion concernant la dispute du vendredi précédent.

Ainsi, lundi matin, tandis que je gravissais l'escalier en béton qui menait à l'intérieur de l'immeuble gris où se trouvaient les deux pièces qui formaient notre bureau, à mon père et à moi, je me sentais plutôt soulagée.

À une autre époque, le bâtiment dans lequel je passais la majeure partie de mon temps avait servi d'hôpital psychiatrique – d'asile, comme on les appelait avant –, avant qu'un architecte visionnaire des années 1970 convertisse l'immeuble délabré en bureaux. Chaque fois que je traversais les couloirs de l'endroit – tous les jours, en résumé –, j'étais prise de compassion pour les patients emprisonnés ici toutes ces années : moi, au moins, j'étais libre de quitter l'établissement quelques heures par jour. Eux croupissaient ici sans aucun espoir de revoir un jour la lumière.

Mme Jameson était notre secrétaire à temps partiel. Un jour si ennuyeux que j'en étais venue à fantasmer nos locaux comme ceux d'une cellule retranchée du MI6, je l'avais surnommée – dans son dos, cela va sans dire –, Miss Moneypenny. À mon arrivée, elle était déjà au travail. Cachée derrière ses lunettes cerclées d'or, elle me sourit dès que j'eus passé la porte.

— Bonjour, mon chou. Comment vas-tu ? me demanda-t-elle en relevant la tête de son clavier. Il y a un vent à décorner les bœufs, aujourd'hui. J'ai manqué de m'envoler en sortant du bus.

— Ça, pour souffler, ça souffle, acquiesçai-je en me dépêchant de déboutonner mon manteau. Mon père est arrivé ?

— Oui, ma chérie. Mais, je crois qu'il est au téléphone.

— Oh, OK. Merci, Mme J., dis-je tout en accrochant mon manteau au vieux porte-manteau de bois stationné dans un coin.

J'avais espéré arriver tôt ce matin, afin de faire bonne figure auprès de mon père. Si je voulais lui annoncer qu'il n'était pas impossible que j'accepte la proposition de Maddie, le moindre atout aiderait à amortir le choc.

La porte du bureau s'ouvrit soudain : de toute évidence, mon père n'était plus au téléphone.

— Bonjour, Scarlett. J'ai bien cru que tu n'arriverais jamais, lâcha-t-il en passant devant moi sans même m'adresser un regard, avant de poser plusieurs feuilles de papier sur le bureau de Mme Jameson. Les comptes dont je vous parlais, Dorothy. Pourriez-vous vérifier toutes les factures depuis août, je vous prie?

— Je ne suis pas en retard, papa, commentai-je en regardant ma montre. Si tu regardes bien, je suis même plutôt en avance.

— Une fois n'est pas coutume, marmonna-t-il en farfouillant dans un classeur.

Mme J. leva les yeux au ciel, se retourna vers moi et, en s'appliquant à ne pas produire le moindre son, articula les mots : « Mauvais jour... ». Sans m'attarder davantage, j'entrai dans le bureau que je partageais avec mon père, et entendis la porte se fermer derrière moi.

— Tu as passé un bon week-end ? me demanda mon père, tout en feuilletant les dossiers qu'il avait en main.

— J'ai connu pire, répondis-je sans plus de précisions.

Je doutais que ce fût le meilleur moment pour lui parler de ce que m'avait proposé Maddie. D'ailleurs, maintenant que j'étais là, dans la même pièce que lui, je me rendais compte qu'il n'y aurait probablement jamais de bon moment pour l'annoncer à mon père. Aussi, je décidai que, pour l'heure, le mieux à faire était de me mettre au travail comme si de rien n'était. J'attendrais mon heure dans l'attente d'un instant plus propice...

Je passai le reste de notre lundi matin à rechercher pour mon père quelques factures impayées, pendant qu'au téléphone, il tentait de convaincre certains clients potentiels des avantages de disposer d'une machine à pop-corn dans leur établissement. Après qu'il eut téléphoné à la banque pour négocier une petite extension de notre emprunt pro, et que j'eus feint sans grande conviction de composer une lettre alors que je surfais sur Internet, je pris conscience à quel point cette journée ressemblait à toutes les autres dans ce fichu bureau.

J'avais visité tous mes sites de cinéma favoris et m'apprêtais à me rendre sur *www.robbiewilliams.com*, quand je me rendis compte que mon père m'épiait depuis son bureau.

Je fermai rapidement ma fenêtre Internet.

— Scarlett ? me lança-t-il d'une voix posée relativement suspecte.

— Oui ? répondis-je en rouvrant la lettre que j'étais censée être en train d'écrire.

— Tout va bien, en ce moment ?

— Oui, oui, dis-je, les yeux rivés avec sérieux sur mon écran.

— Vraiment ?

Je relevai la tête. C'était louche... Mon père ne me demandait jamais comment j'allais durant les heures de bureau.

— Vraiment.

Il soupira.

— J'ai des yeux, tu sais, Scarlett. Tu te comportes étrangement, en ce moment. Qu'est-ce qui ne va pas ?

— Rien du tout, lançai-je simplement en haussant les épaules, alors que mon père, lui, levait un sourcil, sceptique. Rien de bien grave, en tout cas.

— Ça a quelque chose à voir avec David ?

— Possible...

— Il va falloir que tu y mettes du tien, Scarlett. Je suis un homme : pour comprendre les histoires de ménage, j'ai besoin d'un décodeur.

— Tu as été de très bon conseil jusqu'ici quand j'ai eu des problèmes, commentai-je en gratifiant mon père d'un demi-sourire.

— Il fallait bien que quelqu'un s'en charge, ronchonna-t-il, bourru, et il n'y avait personne d'autre pour le faire. Vous vous êtes disputés ?

— Non, non… pas du tout, mentis-je.

— Vraiment ? me lança mon père qui me scrutait de ses yeux marron par-dessus ses lunettes de lecture.

— Vraiment. Je…

Je m'arrêtai soudain : quelque chose n'allait pas.

— Il est venu te voir, c'est ça ? lançai-je de façon purement rhétorique, une fois frappée par l'évidence.

Mon père rangea une pile de feuilles sur son bureau à l'instar d'un journaliste à la fin de son bulletin, puis la replaça exactement là où il l'avait prise.

— David est venu me voir samedi, oui. Il y a… des choses qui l'inquiètent.

— Quel genre de « choses » ? demandai-je, tendue.

— Ne va pas monter sur tes grands chevaux pour la seule raison que David s'inquiète pour votre couple, Scarlett.

— Je ne monte pas sur mes grands chevaux, rétorquai-je, alors que, sous le bureau, je serrais les poings à m'en briser les phalanges. C'est juste que je ne comprends pas pourquoi David est venu te voir. Ce qui se passe entre nous, c'est notre affaire.

— David est venu parce qu'il s'inquiète pour toi, Scarlett. Rien de plus, m'expliqua mon père en retirant ses lunettes.

Il parcourut la courte distance qui nous séparait, puis s'assit de façon inconfortable et presque comique sur le coin de mon bureau.

— Il m'a avoué qu'il ne te reconnaissait plus, ces temps-ci. Et comme je te l'ai dit tout à l'heure, je me suis fait la même remarque.

La révélation me surprit quelque peu. Moi qui pensais avoir su camoufler mes états d'âme, voici qu'en l'espace d'un week-end, David m'en voulait pour quelques rêveries diurnes, que Maddie me reprochait ma passion pour le cinéma, et que mon père... À dire vrai, j'ignorais encore ce dont il s'était réellement rendu compte.

— Tu l'aimes encore, n'est-ce pas ? poursuivit mon père après quelques secondes de silence. Je veux dire... Entre vous, tout ne doit pas être si terrible, je me trompe ?

Il me toisait du regard depuis son perchoir insolite, les yeux inquiets.

— Oui, papa, lui répondis-je sans réfléchir, davantage pour le rassurer qu'autre chose. J'aime toujours David. Enfin... je crois...

Mon père sembla rassuré un quart de seconde, avant que l'anxiété ne le fît de nouveau grimacer.

— Comment ça, tu « crois » ? Bon sang, Scarlett ! Pourquoi est-ce que tu as accepté d'épouser ce pauvre garçon si tu n'es pas certaine de l'aimer encore ?

— Parce que la fête promet d'être sympa ? dis-je en haussant les épaules pour ne pas avoir à lui révéler la vérité.

Je ne dis rien sur le fait qu'il venait de qualifier David de « pauvre » garçon, mais je gardai quelques secondes la vanne au bord des lèvres.

— Scarlett ! laissa échapper mon père en passant une main dans ses cheveux grisonnants.

— Je suis sérieuse. Ce mariage, c'est probablement l'événement le plus divertissant que l'avenir me réserve pour les cinquante années à venir.

Mon père secoua la tête et se leva de mon bureau.

— Et moi qui croyais que tu aimais David ! lâcha-t-il d'une voix presque paniquée, avant de se mettre à déambuler avec nervosité dans la pièce. Vous avez même acheté une maison et tout le tintouin !

« Tout le tintouin », ça faisait référence au vacarme des outils mêlé au bla-bla des présentateurs d'émissions de bricolage ? En tout cas, vu ce que je pensais de David à ce moment précis, il aurait fallu une sacrée dose de Super Glue pour nous rabibocher. Malgré tout, mon père m'avait l'air si triste que je préférai le ménager.

— Je n'ai jamais dit que je n'aimais pas David, juste que je commençais à me poser des questions, le rassurai-je.

Je restai silencieuse quelques secondes.

— Comment est-ce qu'on peut savoir..., repris-je, si on aime vraiment quelqu'un ? Comment est-ce qu'on peut être sûr qu'on fait le bon choix en promettant à quelqu'un qu'on va passer le restant de nos jours avec lui ?

Mon père réfléchit un instant.

— Je crois... qu'on n'en est jamais vraiment certain, Scarlett. Ce qu'il faut, c'est ressentir en soi cette sensation... ce sentiment que, pour nous, cette personne est la bonne.

— Tu as ressenti ça, toi, pour maman ? demandai-je sans réfléchir, me levant et m'approchant doucement de mon père. Est-ce que tu as ressenti cette… magie quand vous vous êtes rencontrés ? Comme au cinéma ?

Je sentis mon père se crisper et, soudain, se dissiper toute l'attention et la douceur dont il avait fait preuve ces dernières minutes. Je crois que, même en lui hurlant un chapelet d'insultes, je l'aurai moins offensé. Je venais de briser la règle d'or des O'Brien : ne jamais évoquer ma mère.

— Je préférerais qu'on laisse ta mère en dehors de ça, déclara-t-il, battant en retraite de l'autre côté de la salle, jusqu'à son bureau.

— Comme toujours, lâchai-je les poings serrés, sentant mon sang bouillonner dans mes tempes. Cela dit, je serais heureuse d'en parler de temps en temps. Je te rappelle qu'elle n'était pas moins ma mère qu'elle était ta femme !

— Je ne pourrais en avoir plus conscience, Scarlett, dit calmement mon père sans mordre à l'hameçon de mon emportement. Mais ta mère a décidé de quitter nos vies à tous les deux il y a trente-trois ans et demi, maintenant. Qu'elle n'ait plus de rôle à y jouer me semble être dans la logique des choses.

— Je n'ai pas dit que je voulais la voir jouer un rôle dans nos vies ! J'aimerais juste… parler d'elle de temps en temps ; en apprendre un peu plus sur elle. Je veux dire… je ne sais même pas à quoi elle ressemble ! m'exclamai-je en lui lançant un regard accusateur. Vu que je n'ai jamais rien trouvé à la maison, je suppose que tu as détruit toute preuve de son existence après son départ… Navrée, mais comme d'autres enfants fouillent partout chez eux pour trouver leurs cadeaux de Noël ou d'anniversaire, j'ai passé un certain nombre d'heures à chercher partout des photos de ma mère !

Rageuse, je me calai sur ma chaise, et nous nous défiâmes du regard tels deux généraux s'observant avant la bataille, attendant, patients, la manœuvre suivante de l'ennemi.

Mon père céda le premier. Sa détresse, troublante, semblait sincère.

— Scarlett... je suis désolé. Je ne m'étais pas rendu compte que cela t'affectait à ce point.

— Ce n'était pas le cas quand j'étais petite, dis-je d'une voix radoucie, tant mon père et moi étions incapables de nous voler bien longtemps dans les plumes. À l'époque, je ne trouvais rien d'anormal au fait d'être élevée par mon père. Et puis, en grandissant, j'ai commencé à me demander qui j'étais ; à m'interroger sur mes origines. Ma mère, je me doute qu'elle devait aimer le cinéma au moins autant que moi, sans ça, je ne pense pas que vous m'auriez appelée Scarlett. Je veux dire... Tu détestes les films, je ne vois pas pourquoi tu m'aurais appelée comme ça.

Je levai les yeux vers mon père, mais, comme d'habitude, son visage ne trahissait rien de ses émotions.

— Mais, au-delà de cette passion, est-ce qu'on partage d'autres points communs ?

— Si tu savais, Scarlett... combien tu lui ressembles...

— Tu veux dire, physiquement ? m'enquis-je, pleine d'espoir.

Jamais je n'avais réussi à pousser aussi loin cette discussion.

— Entre autres choses, répondit mon père qui s'était levé et s'approchait de mon bureau.

Cette fois, il s'agenouilla à côté de moi, me poussant à baisser les yeux vers lui.

— Tes yeux verts…, dit-il en prenant délicatement mon visage entre ses mains. C'est fou comme ils ressemblent aux siens. Je me souviens du jour de ta naissance… Quand ta mère a remarqué que tu avais la même couleur d'yeux que Vivien Leigh, elle en a presque pleuré. Tout le monde s'étonnait de la tignasse noire avec laquelle tu es née ; tout le monde, sauf ta mère : à ses yeux, tu étais sa petite Scarlett. Une parfaite petite Scarlett… *Autant en emporte le vent*… C'était son film préféré.

J'étudiai le visage de mon père. Il y avait dans ses yeux, dans sa voix, une tendresse inédite et sincère. Jamais il ne m'avait parlé ainsi de ma mère. Aujourd'hui, il s'était autant défait de la froideur dans son regard que de la haine dans sa voix.

Soudain, aussi vite qu'il s'était laissé aller à cette nostalgie touchante, il revêtit son armure.

— Cela étant, non, ce n'est pas tant ton physique que ton attitude, m'avoua-t-il en se relevant soudain. Comme tu sembles apprécier de le faire, elle prenait à cœur de perdre son temps au cinéma devant des niaiseries. Ces films n'ont fait que lui bourrer le crâne de chimères, si bien qu'elle a fini par trouver insupportable notre quotidien trop fade en comparaison. Comme toi, elle semblait incapable de garder les pieds sur terre plus de quelques minutes ! Lorsque David est venu me voir, samedi, je suis navré, Scarlett, mais je n'ai eu aucun mal à comprendre sa détresse. Il était là, devant moi, et je me suis vu en lui. J'avais l'impression d'être devant un miroir, il y a vingt ans.

— Eh, tu exagères ! lançai-je, essayant tout autant de me défendre que de digérer tout ce que je venais d'entendre.

J'en avais appris plus sur ma mère en l'espace de deux minutes qu'en une vie de recherches assidues, et dans le même temps, j'étais scandalisée que David puisse s'en tirer si facilement avec ses délires.

— Je ne suis pas constamment dans la lune ! Ma vie n'est pas toujours des plus palpitantes, tu sais ? Alors oui, je trouve des moyens de la fuir quelques minutes à l'occasion. Le cinéma, c'est vrai que c'est mon arme de prédilection, pour ça. Parfois, cela me pousse aussi à m'interroger sur ma vie ; à me demander si, quelque part ailleurs, le destin ne me réserve pas mieux que ce que je vis à Stratford. Est-ce que c'est si terrible ?

Mon père leva les yeux au ciel.

— Mieux ? Le genre de « mieux » chimérique qui fait le succès des niaiseries cinématographiques devant lesquelles tu passes le plus clair de ton temps ? Tu t'attends à quoi ? Un prince charmant perché au sommet d'une tour avec une rose entre les dents ? Parce que je n'ai pas tellement de doutes sur le genre de films que tu vas voir en salle, Scarlett. Et cela m'étonnerait qu'on y voie beaucoup de tripes et d'hémoglobine…

— En effet. Mais je ne vois pas ce que j'aurais à gagner à m'imposer deux heures de ce genre de spectacles. Je vais au cinéma pour me détendre, pas pour avoir peur à en cauchemarder la nuit suivante.

— Mais le sang et les tripes, Scarlett, c'est ça, notre quotidien… La vie, ce n'est pas une boîte de chocolats…

— « … On ne sait jamais sur quoi on va tomber ? » me risquai-je à demander, pensant qu'il venait de me tendre une perche.

— Pardon ?

Sans surprise, la référence à *Forrest Gump* avait été purement fortuite.

— Non, c'est une réplique de film… Mais peu importe.

— Tu vois, Scarlett ? Tu as même troqué ta voix contre celle de tes personnages favoris ! Il y a un monde, Scarlett, entre le cinéma et ce que nous impose la vie, et tu ne gagneras jamais rien à te fantasmer en héroïne de mélo ! Tu t'encombres l'esprit avec des espoirs bien naïfs, ma fille !

Mon père, exaspéré, se passa avec nervosité la main dans les cheveux, puis me tourna le dos.

— Raah ! lâchai-je en tapant du poing contre mon bureau. Qu'est-ce que vous avez, tous, avec ça ? Qu'est-ce que vous savez de la vie pour en être si sûrs, hein ? Regarde-toi, par exemple : qu'est-ce que tu connais du monde ? Tu as passé ta vie ici, et tu n'en as jamais rien fait de bien concluant ! Qui dit qu'il n'y a pas une foule de choses passionnantes qui t'attendent en dehors de Stratford ? Ce même genre de choses excitantes qu'on dépeint dans les films ?

Mon père se retourna vers moi.

— Tu sembles oublier, Scarlett, que si je n'ai rien fait de ma vie, comme tu le dis si bien, c'est parce que j'avais une fille à élever, sans personne pour m'y aider.

Ce que j'ai fait de ma vie, en bon parent isolé, c'était de monter une affaire qui, je l'espérais, pourrait nous permettre de mener une vie décente. Et tu m'excuseras, mais, à l'époque où j'ai fait ce choix, ce n'était pas « dans le vent » d'être père au foyer. J'ai travaillé dur pour que l'avenir ne te fasse pas de crocs-en-jambe, pas pour me payer le luxe de partir à l'aventure aux quatre coins du monde, comme tu sembles me le suggérer.

Le silence qui plomba soudain la pièce ne fut brisé, quelques secondes plus tard, que par le « tap tap tap » monotone des doigts de Mme Jameson sur son clavier dans le bureau d'à côté.

En face de moi, mon père se tenait là, rageur, perdu, blessé, avec dans son regard une tristesse insoutenable. Je baissai les yeux.

— Je suis désolée, papa. Vraiment désolée, m'excusai-je d'une petite voix en relevant finalement les yeux vers lui. Tu sais combien je te suis reconnaissante de tout ce que tu as fait pour moi quand j'étais plus jeune. Cela compte beaucoup pour moi…

Mon père posa son regard sur moi, et son visage s'adoucit.

— Je suis désolé, moi aussi, Scarlett. Je n'aurais pas dû m'emporter, s'excusa-t-il en tendant les bras vers moi. Rassure-moi, tu n'es pas trop âgée pour offrir un gros câlin à ton vieux père ?

Je me levai, avançai vers lui, et m'enfouis dans ses bras rassurants.

— Il n'y a pas d'âge pour les gros câlins.

— J'essayais juste de t'aider, tu le sais, ça ?

J'acquiesçai, le cœur bercé par son parfum si familier.

— C'est juste que… je t'ai vue, toutes ces années, regarder des films, lire à propos du cinéma, te prendre pour un personnage de romance… Je n'ai rien contre le cinéma. Rien du tout… Ce serait d'ailleurs un comble, puisque sans cette satanée industrie, nous serions au chômage ! Mais j'ai tellement peur que tu t'égares dans un monde qui n'est pas le nôtre. J'aimerais que tu comprennes que nous vivons dans un monde bien réel peuplé de gens bien réels, des situations bien réelles. J'ai si peur que tu finisses comme…

Il ne termina pas sa phrase.

— Comme qui, papa ?

— Disons…, commença-t-il avant de laisser échapper un profond soupir. Comme ces personnes qui passent leur vie à rêvasser, et se rendent compte un jour qu'elles l'ont gâchée.

Les mains enserrant mes bras, il fit un pas en arrière et me regarda droit dans les yeux.

— Scarlett, tu ne peux pas continuer à te prendre pour une héroïne de film… Vu ce que m'a raconté David, j'ai peur que tu finisses par le perdre… Lui, et ta santé mentale avec…

Je m'apprêtais à lui rétorquer que cela n'aurait peut-être pas été une si mauvaise chose, mais, me rappelant soudain l'une des raisons pour lesquelles j'avais accepté d'épouser David, je me ravisai.

Mon père lâcha mes bras et s'approcha de la fenêtre. Après quelques secondes de silence, il se retourna vers moi.

— Scarlett, je vais te dire la même chose que j'ai dite samedi à David : je pense que tu as besoin d'un break ; d'un peu de temps pour réfléchir seule à tout ça. Qu'est-ce que tu en penses ?

Je tentai de dissimuler mon enthousiasme : il me proposait ce que j'avais espéré remporter à force d'arguments acharnés sans même que j'aie besoin de lutter ! Mon père venait de m'offrir, enrubanné de soie rouge, somptueux sur un magnifique plateau d'argent, ce à quoi j'aspirais le plus au monde : la liberté de vivre ma vie comme je l'entendais. Du moins pendant quelque temps…

— Oh… Hmm… Oui. Oui, pourquoi pas ? dis-je, prudente, consciente que mon père et moi ne partagions peut-être pas la même vision de ce qu'était une retraite tranquille.

— Et si tu prenais quelques semaines de vacances, hein ? me suggéra-t-il.

— Un mois, par exemple ? Avec ça, je finirai bien par savoir ce que j'attends de la vie et ce que je veux faire de la mienne, tu ne crois pas ? Je pense qu'il n'en faudra pas moins pour parvenir à prendre les bonnes décisions, non ?

Mon père réfléchit quelques instants.

— Eh bien… si tu penses que tu as besoin de t'absenter aussi longtemps…

Je fis « oui » de la tête.

— Très bien… Très bien. Dorothy et moi devrions nous en sortir sans trop de problèmes, si ça ne dure pas beaucoup plus longtemps. Tu sais où tu aimerais aller ?

— Pas vraiment. Pas trop loin, je pense…

— Pas trop près non plus, alors, Scarlett… parce que dans un mois, je veux t'entendre ici même me dire que tu sais ce que tu aimerais faire de ta vie. D'ailleurs, je pense que sans cette promesse-là, sans la promesse de rendre votre couple plus solide qu'il l'était avant ton départ, tu ne pourras pas convaincre David de te laisser partir.

— Je sais, oui…, acquiesçai-je, pensant quelques secondes à David. Et ne t'inquiète pas, papa, lui promis-je, dans un mois, je serai de retour avec un joli tas de preuves que j'ai réfléchi à ma vie en long, en large et en travers.

Et plus important, autant d'indices qui vous convaincront, David, Maddie et toi, que je ne passe pas mes journées à rêvasser naïvement : la vie et le cinéma ne sont pas si étrangers l'un à l'autre que vous le dites. Je le constate tous les jours. Le cinéma s'imprègne du réel… Et je vais vous le prouver…

J'ignore ce que mon père avait dit à David à propos de cet exil temporaire – peut-être lui avait-il proposé de l'aider à poser son papier peint… –, mais mon fiancé, chose suspecte s'il en est, ne s'opposa pas une seule seconde à mon départ. J'allais vivre aux frais de la princesse un mois durant au lieu de dépenser notre argent dans un hôtel ou une chambre d'hôtes. Cette perspective l'avait aidé à avaler la pilule…

Chapitre 6

Ce n'est qu'à ma troisième tentative que, bravant l'air glacial, je parvins à quitter la maison pour me rendre à la réception d'Oscar.

J'avais eu quelques « petites » altercations avec l'alarme de la maison avant que nous en arrivions à un compromis : elle se garderait de tout caprice, acceptant mon code et se paramétrant sans rébellion aucune afin de protéger vaillamment les précieux biens de Belinda et Harry ; et moi, en contrepartie, je m'engageais à ne pas l'arracher du mur, et à ne pas lui sauter dessus à pieds joints jusqu'à ce que ses circuits ressemblent à ceux d'un grille-pain bon marché en fin de vie.

Enfin, lorsque je constatai que nous avions chacune respecté notre part du contrat, je fermai la porte derrière moi et descendis les quelques marches du perron. Au même instant, j'entendis la porte de la maison d'à côté s'ouvrir, puis se refermer.

Pitié, non…, pensai-je, mobilisant toute ma volonté pour ne pas lever les yeux. Je n'avais vraiment pas besoin de ça…

— Bonsoir, m'interpella-t-il.

— Rebonjour, lançai-je, bien obligée de me retourner. Je sortais.

— Oui, j'avais remarqué, commenta-t-il, tandis qu'il descendait avec nonchalance son propre escalier.

Très futé, Ducon...

— Vous partez dans quelle direction ? me demanda-t-il en s'approchant.

Dans l'autre, quelle qu'elle soit...

— Eh bien... par ici, répondis-je, l'index pointé vers la maison d'Oscar.

— Moi aussi. On marche un peu ?

C'est une vraie question ou...

— Pourquoi pas ? dis-je, un sourire forcé sur les lèvres.

Nous commençâmes à marcher côte à côte le long de Lansdowne Road, et je remerciai le destin d'avoir placé la maison d'Oscar à quelques dizaines de mètres : au moins, je n'allais pas avoir à supporter trop longtemps ce crétin. Qui plus est, j'étais pour le moins embarrassée : alors que lui avait endossé la même tenue décontractée qu'il portait tout à l'heure – petite veste et tee-shirt –, emmitouflée dans mon gros manteau d'hiver, la tête prisonnière de ma grosse écharpe et de mon bonnet en laine, j'avais l'air de sortir tout droit des pages « Grand froid » d'un catalogue de tricot.

— Bon, maintenant que nous sommes voisins, on devrait peut-être se présenter dans les règles... Moi, c'est Sean.

Il me tendit la main.

— Scarlett.

Toujours gantée, je lui offris une brève poignée de main.

— Pas très courant, comme prénom.

— En effet, grommelai-je entre mes dents.

Question suivante en approche…

En général, cette fameuse « question suivante » dépendait de l'âge de mon interlocuteur. À voir Sean, j'avais ma petite idée de ce qu'il allait me demander, et je ne me trompai pas.

— *Autant en emporte le vent* ?

Bingo ! Si seulement j'encaissais un billet chaque fois qu'on me pose la question…

— Oui. C'était le film préféré de ma mère.

Au moins, maintenant, je pouvais l'annoncer en connaissance de cause.

Si Sean avait eu quelques années de moins ou s'il avait simplement essayé de me draguer, il aurait probablement opté pour : « Oh, comme Scarlett Johansson ? »

Sean m'adressa un sourire chargé de sous-entendus.

— Quoi donc ? lui demandai-je.

— Non, rien. C'est… plutôt cool, comme prénom.

— Merci.

Nous poursuivîmes notre chemin pendant quelques minutes.

— Je dois tourner ici, lâchai-je en m'arrêtant, prête à traverser.

— Ah ? réagit Sean qui se tenait à côté de moi au bord du trottoir. Moi aussi.

Nous attendîmes là quelques secondes, tels deux écoliers appliqués soucieux de traverser la rue sans encombre. On regarde à gauche, à droite, de nouveau à gauche… Finalement, nous échangeâmes un regard entendu et avançâmes sur la chaussée.

— Qu'est-ce que vous allez faire de beau, ce soir ? me demanda Sean. Rien d'ennuyeux, au moins ?

— Je suis invitée à un dîner.

— Vraiment ? Alors ça… Moi aussi.

C'est une plaisanterie ? Il ne va quand même pas chez…

Nous venions d'arriver devant la maison d'Oscar.

— Vous… C'est… Enfin, c'est ici que vous êtes invité ? lui demandai-je de façon purement rhétorique.

— Eh bien…

— Scarlett ! entendis-je Oscar crier depuis le porche de sa maison. Tu ne t'es pas perdue ! s'exclama-t-il, Delilah dans les bras. Ah ! Je vois que tu as déjà fait la connaissance de Sean !

Je lançai un regard oblique en direction de mon nouveau voisin qui m'adressa un sourire jusqu'aux oreilles.

— Bon… Je crois que je vais être amené à découvrir plus que votre prénom.

Nous fîmes tous deux un pas en avant pour emprunter le chemin étroit qui menait jusqu'à notre hôte. Sean recula pour me laisser passer.

— Les dames d'abord.

— Merci.

Je me dirigeai vers Oscar, resplendissant dans sa chemise violine et son pantalon écossais assorti. S'il me rappelait quelqu'un, j'avais du mal à situer qui. En règle générale, j'arrivais à trouver des ressemblances entre à peu près n'importe qui et un acteur – fût-ce dans l'un de ses rôles uniquement –, mais, pour Oscar, j'hésitais entre John Hannah dans *Quatre mariages et un enterrement* et Tom, l'un des excentriques de l'entourage de Bridget Jones.

— Tiens, je t'ai apporté ceci…, dis-je en lui tendant une bouteille de vin, *et…*

J'accompagnai la conjonction d'un regard lourd de sens, tout en exhibant au mieux le sac que je portais dans l'autre main.

— … Je rends à Oscar ce qui lui appartient… en l'occurrence, ce tee-shirt que tu as eu la gentillesse de me prêter tout à l'heure pour me dépanner.

— Oh, il ne fallait pas, mon chou, vraiment… Allez ! Rentre maintenant ! J'ai tellement hâte de te présenter à toute l'équipe ! Et toi, dit-il en se tournant vers Sean, dépêche-toi… Les autres sont déjà là.

Une fois à l'intérieur, Oscar nous débarrassa de nos vestes et manteaux, puis nous guida jusqu'au salon. Là, cinq convives nous attendaient déjà. Des verres de vin à la main, ils papotaient, confortablement installés sur deux canapés et une chaise longue.

— Votre attention s'il vous plaît ! Voici Scarlett ! lança-t-il à la cantonade en frappant des mains pour attirer leur attention. Quant à Sean, ajouta-t-il, vous le connaissez tous…

— À notre grand regret…, commenta une jeune femme aux cheveux bruns coupés à la garçonne dont le cou était paré d'une quantité mirobolante de perles colorées.

Tout le monde s'esclaffa, et je fus rassurée de comprendre qu'il ne s'agissait que d'une boutade.

— Tu as gagné, ma chérie, je vais commencer par toi… Scarlett, voici Vanessa. Elle tient la boutique qui jouxte mon adorable foyer.

— Bonsoir, Vanessa. Qu'est-ce que vous vendez ? Vous êtes dans la mode, vous aussi ?

— De la fiction érotique saphique, essentiellement, répondit-elle en me toisant du regard. Tu devrais passer me rendre visite un de ces quatre…

— Rooh, mais quelle taquine ! Elle ne sait pas se tenir, la bougresse…, réagit aussitôt Oscar. Bon… Juste à côté de Vanessa, nous avons Lucian et Patrick. Ils tiennent une boutique d'antiquité juste à côté du marché.

— Bonsoir ! lancèrent-ils à l'unisson avant de glousser comme deux gamins facétieux.

— Sur la chaise longue, Brooke, notre très chère mannequin.

Je n'aurais pas été étonnée que Brooke s'affichât essentiellement dans des publicités vantant les mérites de régimes aussi draconiens que dangereux. De fait, si elle ingurgitait quoi que ce soit ce soir, cela ne dépasserait pas la taille d'une demi-tomate cerise.

Brooke m'adressa un salut décontracté.

— Et enfin, Scarlett, juste à côté de notre Aphrodite, voici Ursula, mon amie la plus chère et – que les autres ne s'en formalisent pas – la meilleure de toutes.

Ursula gratifia Oscar d'un sourire solaire auquel j'eus droit une seconde plus tard. Sa chevelure sable tombait sur ses épaules, et ses yeux d'un bleu clair troublant réchauffait l'âme autant que son sourire. Sa robe, couverte de pâquerettes, semblait tout droit sortie des années 1950. Pour autant, ce qui me séduisit le plus chez cette fille, c'était qu'elle avait dans le visage quelque chose d'Emma Thompson jeune, ainsi que de Kate Winslet, mon actrice préférée.

— Bonsoir, comment vas-tu ? me demanda-t-elle. Pour continuer le tour de table des professions : en plus d'être l'amie assermentée d'Oscar, je suis architecte d'intérieur.

Ce trait d'humour provoqua l'hilarité générale. Séduite, charmée, je lui retournai son sourire chaleureux, m'efforçant ensuite de détacher mon attention de celle qui me semblait ici la plus sympathique.

— Eh voilà ! triompha Oscar. Maintenant, tout le monde se connaît !

Sean se racla la gorge.

— Il me semble que Scarlett a déjà fait ta connaissance, je me trompe ? Oh, très bien, très bien ! soupira Oscar après que Sean eut levé à son attention un sourcil accusateur. Scarlett, je te présente Sean. Il est ici pour deux raisons : *primo*, c'est le frère d'Ursula, et *secundo*, j'avais besoin d'un dernier larron pour la réception.

Sean sourit.

— Merci pour cette présentation d'une amabilité sans pareille, Oscar. Tu sais que je n'en éprouve pas moins d'estime à ton égard.

Oscar releva fièrement le menton et lâcha un petit « hmm » dédaigneux.

Je me pris à sourire à Sean.

Il fit de même, tandis qu'Oscar, indigné, filait en direction de sa cuisine en marmonnant quelque chose à propos du vin qui venait à manquer…

Une fois les présentations terminées, j'avoue que je me demandai ce que j'étais venue faire dans ce groupe pour le moins éclectique. Mais je ne m'en inquiétai pas longtemps, la soirée se révélant bien vite riche de discussions stimulantes, d'éclats de rire et de petits plats succulents ; plats qu'Oscar nous avoua avoir commandés à un traiteur par manque de temps.

Les brownies au chocolat, en particulier, étaient à se damner.

— Oh non ! s'alarma Oscar lorsqu'il n'y en eut plus un seul. Ma mise en scène tombe à l'eau !

— Tu peux être plus clair ? demanda Brooke.

Je m'étais fourvoyée à propos de Brooke : elle mangeait autant que les autres, et se payait même le luxe de recouvrir ses brownies d'une généreuse couche de glace à la vanille.

— Vous allez comprendre, déclara Oscar en se tournant vers moi. Je peux tout leur dire, Scarlett ?

— Tout leur dire ?

— Est-ce que tu me donnes le droit de leur révéler la véritable raison de ta présence à Notting Hill ?

Je balayai l'assemblée du regard, et trouvai tous les convives extrêmement attentifs, avides d'en apprendre davantage. Tous, à l'exception de Sean qui, enfoncé dans son fauteuil, sirotait un verre de vin rouge.

— Oh, bien sûr ! Aucun problème.

Mon stratagème, celui de justifier ma présence ici par un emploi d'un mois chez Belinda et Harry, tombait déjà à l'eau, mais après avoir rencontré Oscar et entendu les histoires de chacun de ses amis, ce que mon entourage qualifiait d'obsession m'apparaissait bien anodin.

— Tu es agent secret ou quelque chose comme ça ? s'enquit Ursula, tout excitée à cette idée.

— Non, répondis-je en riant.

— Oh ! J'adore les devinettes ! s'exclama Brooke. Tu es… un flic infiltré !

Je fis « non » de la tête.

— OK, pas infiltrée, mais tu traques des types de la pègre ! lança Patrick depuis l'autre côté de la table.

— Des barons de la drogue ? ajouta Lucian, enthousiaste.

— Non, du tout. Écoutez, je crois que vous…

— Tu viens de Mars ? me taquina Vanessa.

— C'est loin d'être aussi croustillant, commentai-je, embarrassée, craignant de les décevoir.

— Oh que si ! C'est croustillant à souhait ! s'enthousiasma Oscar. En tout cas, c'est mon avis. C'est tellement triste qu'il n'existe pas plus de gens comme toi qui aient le courage de se battre pour ce en quoi ils croient. Tu me permets, alors, Scarlett ?

— Oui, oui, je t'en prie, l'y engageai-je rassurée, maintenant qu'il m'avait fait passer aux yeux de tous pour une sorte de sainte.

— Alors…, commença Oscar dont les yeux luisaient à la lueur des chandelles, Scarlett n'est pas véritablement ici pour garder la maison d'un couple d'amis…

Tandis qu'Oscar se lançait dans le récit passionné de mon histoire, j'observai l'auditoire captivé par ses dons de conteur né. Sans l'ombre d'un doute, il rendait tout cela plus captivant que j'aurais jamais pu le faire ; à tel point, d'ailleurs, que Sean lui-même semblait boire ses paroles. Tandis que je l'observai, le frère d'Ursula se tourna vers moi, et je m'empressai de détourner les yeux…

— … C'est donc pour cette raison que Scarlett a emménagé dans le quartier, pour cette raison que j'ai organisé cette petite réception, et pour cette raison que je voulais manger le dernier brownie ! lâcha triomphalement Oscar qui terminait son monologue.

— Oh, comme dans *Coup de foudre à Notting Hill* ? fit remarquer Ursula. J'adore ce film !

— Moi aussi, acquiesça Patrick. Hugh Grant y est divin.

S'ensuivit une conversation sur les scènes mythiques du film, puis un débat enflammé sur la carrière cinématographique de Hugh Grant. Tout au long de ces échanges, Sean resta étrangement silencieux.

— Eh bien, Sean ? Tu n'as rien à dire à ce sujet ? le taquina Oscar. Une fois n'est pas coutume…

— J'aurais du mal à parler de quelque chose dont je ne sais strictement rien, répondit Sean, un petit sourire insolent aux lèvres.

— Tu n'as jamais vu *Coup de foudre à Notting Hill* ? s'étonna Brooke, stupéfaite.

— Non. Ni aucun autre film de ce Hugh je-ne-sais-quoi.

— Attends, tu as bien dû voir *Quatre mariages et un enterrement*, quand même ? intervint Vanessa. Tout le monde l'a vu, celui-là…

— Non, pas tout le monde, non.

— Comment se fait-il que tu ne l'aies pas vu ?

— Sean déteste le cinéma, répondit Ursula à la place de son frère. N'est-ce pas, Sean ?

— Non, je ne déteste pas le cinéma. C'est juste que je ne lui trouve aucun intérêt. Je préfère lire un bon bouquin ou profiter d'une pièce de théâtre.

— Pourtant, commentai-je, le cinéma n'est qu'une façon différente de narrer une histoire. Si tu aimes les livres et le théâtre, le cinéma devrait t'intéresser aussi, non ?

Sean haussa les épaules.

— C'est à cause de notre père, intervint Ursula d'un ton neutre. Je crois qu'il l'en a dégoûté…

— Ah ? lâchai-je d'un air interrogatif, trop heureuse de voir Sean, d'ordinaire si plein d'aplomb, légèrement mal à l'aise.

Sean haussa de nouveau les épaules.

— Tu es parfois d'une impolitesse désolante, Sean, le réprimanda Ursula. En fait, Scarlett, notre père est un inconditionnel de James Bond, un vrai fanatique, et ça a commencé bien avant notre naissance. Notre mère, ça l'a rendue dingue, et on pense que c'est l'une des raisons pour lesquelles ils ont fini par divorcer. Notre belle-mère Diana, à l'inverse, partage la passion de notre père pour le cinéma. D'ailleurs, on en plaisante souvent, mais on se demande si notre père ne l'a pas épousée juste pour son nom.

De conserve, les convives lancèrent à Ursula un regard intrigué.

— Oh, pardon ! s'excusa Ursula. On oublie parfois que tout le monde n'a pas vécu autant que nous avec un agent au service de Sa Majesté : Diana Rigg est la seule *James Bond girl* dont 007 ait fait son épouse.

— Ah, mais oui, je crois que je m'en souviens ! s'exclama Lucian. C'est dans *Au service secret de Sa Majesté*, non ?

Ursula acquiesça.

— Voilà pourquoi Sean déteste les films : ils se sont imposés chez nous – et à nous – durant toute notre enfance. Cela dit, Sean a beau prétendre qu'il les déteste, il ne tenait pas le même discours quand il était plus jeune. Pas vrai, Sean ? Tu nous parles un peu de tes techniques de drague ?

— C'est à cause de ce genre de remarques que personne ne se rend jamais en soirée avec sa sœur, commenta Sean en levant les yeux au ciel.

— Oh, crache le morceau, Ursula ! s'enthousiasma Oscar qui, de toute évidence, prenait autant de plaisir que moi à voir Sean aussi embarrassé.

Ce dernier eut beau lancer à sa sœur un regard annonciateur des pires représailles, elle s'appliqua à le snober avec une insolence bienvenue.

— Quand Sean a commencé à prendre conscience des plaisirs que les femmes avaient à lui offrir, commença Ursula qui, un sourire béat sur les lèvres, prit soin de capter le regard de chacun d'entre nous, il essayait d'accrocher avec cette phrase : "Je m'appelle Bond…", dit Ursula en tentant d'imiter au mieux la voix de Sean Connery. Ce à quoi il attendait de la fille qu'elle lui réponde : "James Bond ?", pour pouvoir l'achever avec… "Non, Sean Bond, mais si tu veux être ma James Bond girl, c'est quand tu veux."

L'assemblée éclata de rire. Sean avala cul sec le reste de son verre de vin, puis s'empara de la bouteille pour se resservir.

— Bien entendu, vous avez tous conscience que j'étais à l'école à l'époque ? Vous vous attendiez à quoi ? Un sonnet de Shakespeare ?

— Non, mais quelque chose comme : « Je suis dangereusement vôtre… », aurait peut-être mieux fonctionné avec les filles, lui suggérai-je en levant mon verre pour qu'il me serve, tout en redoublant d'efforts pour ne pas lui rire au nez.

Sean me dévisagea, mais sa bouche crispée finit par se détendre, et je fus soulagée de le voir finalement remplir mon verre.

— Vous vous appelez vraiment Bond, tous les deux ? demandai-je, étonnée.

Sean acquiesça.

— C'est le nom de notre père. Sacré veinard, hein, le fan ? Par contre, pour les gosses du fan… Je tiens mon prénom de ce cher Sean Connery : le « 007 » préféré de papa. Ursula, elle…

— Tient le sien d'Ursula Andress ? proposai-je.

— Dans le mille ! C'était sa James Bond girl favorite. Une fois, ma mère m'a avoué qu'il avait voulu m'appeler James. Dieu merci, elle l'en a dissuadé !

Je souris, et ses yeux restèrent rivés aux miens quelques secondes.

— Bon ! Assez parlé des Bond ! lança Ursula pour nous ramener au réel. M'est avis qu'on en est tous au même point : il y a toujours un moment dans la vie où on regrette de ne pas s'être battu pour nos convictions. Alors ma chère Scarlett, si on réfléchissait à une stratégie pour t'aider à triompher des incrédules ? Tiens, grâce à Oscar, tu as déjà vécu un peu de *Coup de foudre à Notting Hill*, si tu essayais maintenant d'aller voir du côté de *Quatre mariages et un enterrement* ? Tu devrais bien pouvoir trouver une ou deux noces dans le mois qui vient, non ?

— Ma meilleure amie se marie bientôt, mais à part ça… Je me vois mal m'incruster dans trois autres mariages…

— Et si tu devenais prêtre ? me suggéra Lucian le plus sérieusement du monde. Ah, non, bien sûr, tu n'auras jamais le temps de passer les examens…, ajouta-t-il une fois que tout le monde eut posé sur lui un regard incrédule.

— Et si tu rejoignais l'Institut des Femmes de Notting Hill ? proposa Brooke en me pointant, l'air de rien, avec sa cigarette.

— Mais comment est-ce que tu veux que ça l'aide, ça ? s'étonna Oscar, aussi intrigué qu'impatient d'en savoir plus.

— Ma mère en fait partie, et je sais qu'elles s'occupent de fleurir l'église pendant les cérémonies. Au moins, tu aurais ton ticket d'entrée pour les festivités.

— Merci, Brooke…, dis-je en lui adressant un sourire reconnaissant. Cela dit, je doute de me sentir chez moi dans ce genre d'associations.

Sean pouffa, insolent comme jamais, et je lui jetai aussitôt un regard noir.

— Je sais ! jubila Ursula. Sean ! Notre cousine Rachel se marie ce week-end !

— Pardon ? réagit Sean, troublé.

— Rachel, la fille de tante Hilary et d'oncle Jonathan, elle se marie ce week-end près de chez papa.

— Ah oui ?

— Tu as reçu l'invitation, Sean. On l'a reçue tous les deux. Je ne peux pas y aller, car j'expose dans un salon de déco le même jour. Comme je savais que tu ne voudrais pas y aller, j'ai envoyé une carte d'excuses en notre nom.

— Ah ! Tu as été d'une grande sagesse…

— N'est-ce pas ? lâcha Ursula en le fusillant du regard.

Regard qu'il esquiva avec une incroyable maîtrise.

— Bref ! reprit Ursula. Si tu y accompagnais Scarlett, Sean ? Ça lui fera un mariage de plus.

Sean et moi manquâmes de nous étrangler avec notre vin, prompts que nous fûmes à dégainer chacun un chapelet d'excuses polies. Si Ursula avait su lire entre les lignes, elle aurait compris sans mal que la seule chose que nous avions envie de répondre était : « Je préfère encore m'ouvrir les veines. »

Mais Ursula poursuivit sans sourciller :

— Allez, ce sera bon pour tout le monde ! Tu n'as pas vu papa depuis des lustres, Sean. Quant à toi, Scarlett, si tu ne t'efforces pas d'être un minimum aventureuse, tu ne risques pas de faire mentir ton entourage !

— Mais puisqu'on te dit qu'on ne peut pas y aller ! Et puis, on va fiche en l'air toute leur organisation avec deux couverts en plus.

Oh oh ! Joli coup, Sean ! pensai-je, soulagée.

— Rien du tout ! Ils ont prévu un buffet ! C'était bien spécifié sur l'invitation. Rachel et Julian sont du genre esprits libres, m'expliqua Ursula en se tournant vers moi. Je crois même qu'ils avaient inscrit qu'il était inutile de répondre, et qu'on pouvait tout à fait décider le jour même de venir ou non, selon notre humeur. Ils ne m'en auraient jamais voulu de ne pas le faire, mais j'aime faire les choses dans les règles, c'est pour ça que j'ai envoyé une carte d'excuses.

J'acquiesçai.

— De fait, tu as été d'une correction exemplaire…

— C'est toi qui l'as dit ! Alors, qu'est-ce que vous en pensez ? Allez, Sean ! Tu pourras présenter Scarlett à papa. Vu comme elle aime le cinéma, je suis sûre qu'ils auront plein de trucs à se dire. Je me demande même s'il ne pourrait pas lui être d'une plus grande aide que nous…

Depuis l'autre côté de la table, Sean me lança un regard désolé que je n'eus aucun mal à interpréter : il avait usé sa dernière cartouche, et c'était à moi de partir au front.

— Je suis navrée, mais je n'ai vraiment pas de quoi m'habiller convenablement pour un mariage, balbutiai-je presque. Je n'ai amené que des trucs décontractés…

Sean acquiesça, saluant l'argument.

— Ne t'inquiète pas pour ça, ma chérie, intervint Oscar : je suis sûr que je te trouverai quelque chose de parfait dans ma boutique.

— Problème réglé ! Alors plus d'excuses tous les deux ! triompha Ursula en se frottant les mains. J'appelle papa tout de suite pour le prévenir ! J'aime quand un plan se déroule sans accroc !

Sean et moi quittâmes la maison d'Oscar comme deux enfants forcés par leurs parents à s'acquitter d'une tâche contraignante au possible au seul motif que les jeunes ne savaient pas ce qui était bon pour eux.

— Désolé pour Ursula, s'excusa Sean une fois que les portes furent définitivement fermées derrière nous, et que le destin nous avait rendu le contrôle de nos vies.

Elle a une fâcheuse tendance à s'emballer quand elle est enthousiaste...

— Pas grave, le rassurai-je en souriant. C'est l'intention qui compte. Elle a l'air d'avoir bon cœur...

— Ce n'est pas son cœur, son problème. C'est sa tête.

Je pouffai, mais, intérieurement, je ne pouvais m'empêcher d'être reconnaissante envers Oscar, Ursula et leurs amis de m'avoir ainsi accueillie et tendu la main. Je m'étais d'ailleurs davantage confiée à Oscar et à son groupe d'étrangers en une journée qu'en une vie à mon entourage de Stratford.

J'avais même fini par leur dire que mon père m'avait élevée seul. Je leur avais également révélé ce que je n'avais moi-même appris que récemment, à savoir que je partageais, si ce n'est avec lui, du moins avec ma mère ma passion pour le cinéma.

— Tu n'es pas trop remontée, alors, pour cette histoire de mariage ? me demanda Sean me tirant de mes pensées. Tu sais, tu n'es pas obligée de venir avec moi si tu n'en as pas envie. Comme Ursula a appelé notre père, je vais avoir du mal à me désister, mais je comprendrais tout à fait que tu préfères te rétracter.

Tandis que nous longions un jardin communal situé au beau milieu de ce quartier de Notting Hill, je m'arrêtai et observai l'espace vert par-delà le grillage noir. Au bout de quelques secondes de silence, je me tournai vers Sean.

— Vraiment, reprit-il. C'est comme tu veux.

— Fais-moi la courte échelle.

— Pardon ?

— La courte. Fais-moi la courte. Mets tes mains sous mon pied et aide-moi à passer de l'autre côté.

— Non.

— Pourquoi « non » ? Qu'est-ce qui te fait peur ?

— Rien du tout ! lâcha Sean sur la défensive. De quoi est-ce que tu voudrais que j'aie peur ?

— De rien, justement, lançai-je en me retournant vers le grillage. Bon, eh bien… je n'ai plus qu'à me débrouiller toute seule.

La grimpe me donna du fil à retordre, mais je parvins à trouver un équilibre précaire en posant une main sur le grillage et une autre sur une branche fuyante. La posture était cocasse, mais elle me permit de me hisser finalement jusqu'en haut du grillage d'où, mal assurée, je sautai – je « tombai » serait plus honnête, avouons-le – jusque dans le jardinet, de l'autre côté.

— J'ai l'impression que je n'ai pas eu besoin de toi, finalement ! taquinai-je Sean en l'observant à travers le grillage. Ne mens pas : tu te sens un peu bête, tout seul de l'autre côté, hein ?

— Pas aussi bête que tu te sentiras une fois que tu m'auras vu faire ça…

Sean sortit de sa poche un trousseau de clés qu'il observa quelques instants à la lueur d'un réverbère. Il longea ensuite le grillage jusqu'à la porte, inséra sans hâte une clé dans la serrure, puis ouvrit calmement la porte qu'il referma derrière lui avant de venir me rejoindre.

— Pourquoi est-ce que tu ne m'as pas dit que tu avais la clé ? lui reprochai-je.

— Tu ne me l'as pas demandé.

Agacée, je m'éloignai de lui, pour m'arrêter soudain au bout de quelques mètres après avoir remarqué un banc éclairé par de minces rayons de lune qui perçaient au travers des feuilles.

Sean me rejoignit.

— Qu'y a-t-il ? Tu as vu quelque chose ?

J'avançai en silence jusqu'au banc, passai délicatement la main sur le bois, puis, décidée, m'y installai.

— Je peux savoir ce qui te prend ? m'interrogea Sean en s'approchant. Je ne sais pas si tu t'en es rendu compte, mais tu viens de t'introduire dans une propriété privée, et maintenant, en plein mois de février, au beau milieu de la nuit, dans un parc glacial, tu t'assieds sur un banc.

— Je ne m'attendais pas à ce que tu comprennes, répondis-je à demi avec lui, revoyant Hugh et Julia s'asseoir ainsi sur un banc qui, d'ailleurs, aurait très bien pu être celui-ci.

— Peut-être que j'ai juste besoin d'un indice ? me défia Sean en s'asseyant à côté de moi.

Fallait-il que je me risque à lui expliquer ? Ne m'exposerais-je pas à une nouvelle moquerie de sa part ?

Sean, c'est de ta réaction que dépendra ma venue au mariage, samedi…

— Il y a une scène similaire dans *Coup de foudre à Notting Hill.*

— J'aurais dû m'en douter…

Remarquant probablement une irritation naissante se dessiner sur mon visage, Sean poursuivit rapidement.

— OK… Tu peux m'en dire un peu plus ?

— C'est une des scènes les plus romantiques du film, dis-je en ménageant mon enthousiasme. Une des plus mémorables aussi, d'ailleurs. C'est le moment où Hugh Grant et Julia Roberts s'asseyent sur un banc dans le genre de celui-ci, dans un parc… qui ressemble étrangement à celui-ci. La chanson qui accompagne la scène est magnifique… C'est un de mes morceaux préférés.

— C'est vraiment… mignon, tout ça.

Je lui lançai un regard méfiant, mais étrangement et malgré la maladresse du terme, pour une fois, je constatai qu'il n'y avait rien de sarcastique dans sa remarque. Il essayait véritablement de ne rien dire de blessant.

— Je trouve aussi. Mais je doute que tu sois particulièrement fan de Ronan Keating. Je me trompe ?

Sean grimaça.

— C'est très justement formulé. C'est bien lui qui a… chanté un truc à une époque ?

— Tes connaissances en la matière sont proprement encyclopédiques.

— N'est-ce pas ?

Nous échangeâmes le même regard qu'un peu plus tôt, alors que nous étions tous deux perdus au milieu des invités d'Oscar.

— Sean, concernant le mariage…

— Ne te bile pas pour ça, m'interrompit-il en levant une main. Je te le répète, mais rien ne t'oblige à venir.

— Non, justement, je vais venir, insistai-je. Ta sœur fait tellement d'efforts pour m'aider… Ce serait un crève-cœur pour moi de la décevoir.

— Oh… Oui. Oui, bien sûr, tu as raison, bégaya-t-il presque en posant, l'air faussement décontracté, son avant-bras sur le dossier du banc. On devrait le faire.

Je veux dire… Ce serait bien qu'on aille tous les deux à ce mariage… Pour Ursula.

— Oui, voilà. Pour Ursula, répétai-je en souriant. Laissons de côté nos *a priori*, et composons l'un avec l'autre le temps d'un week-end… pour faire plaisir à ta sœur. Je veux dire, de toute évidence, si nous nous faisons violence, toi et moi, pour aller à Glasgow, ça ne peut être que par souci de ne pas la blesser…

Sean resta un moment silencieux.

— En effet. Je ne vois pas quelle autre raison nous pourrions avoir d'aller là-bas, conclut-il en secouant la tête. Vraiment. Sincèrement… rien ne me vient à l'esprit.

Chapitre 7

Nous décidâmes de nous rendre à Glasgow en train, même si nous aurions tout aussi bien pu y aller en avion : contrairement à David qui restait indécrottablement attaché aux préparations millimétrées et outrageusement anticipées qui permettaient d'économiser quelques-uns de nos précieux deniers, Sean, lui, était tout à fait prêt à sauter dans le premier avion disponible.

J'avais motivé le choix du train lors des préparatifs enthousiastes d'Ursula : un vol nous aurait portés bien plus rapidement à Glasgow – et moins je passais de temps avec Sean, mieux c'était –, mais je voyais dans ce trajet en train une nouvelle occasion de vivre quelques « instants-ciné », et j'étais décidée à saisir chaque chance qui se présentait à moi de remplir un peu plus mon dossier…

Nous arrivâmes à la gare de King's Cross un peu avant midi, et nous retrouvâmes donc avec du temps à tuer avant l'arrivée de notre train.

— On va se boire un café ? proposa Sean.

— C'est parti ! répondis-je, enthousiaste.

J'étais soulagée de constater qu'il voulait me rendre plus supportable le calvaire annoncé de ce week-end.

Sean, un fourre-tout dans la main, jeta sur son épaule son costume emballé à la va-vite. Je saisis la poignée de ma valise à roulettes, et nous traversâmes le hall grouillant de cafés et de boutiques.

— Tu vas essayer de passer par là ? me lança-t-il, moqueur, en désignant d'un geste de menton un mur situé à quelques mètres de nous et devant lequel deux enfants se faisaient prendre en photo sous la plaque du fameux « Quai 9 ¾ ». Avec un peu de chance, tu arriveras à temps pour prendre le train pour Poudlard, et tu auras une nouvelle expérience cinématographique dans ta besace.

— Ah… ah… ah…, surjouai-je en grimaçant. Et puis, comment tu connais si bien Harry Potter si tu ne vas jamais au cinéma ?

— Je ne sais pas… Parce que j'ai lu les livres, peut-être ? se moqua Sean en levant un sourcil.

— Ah, les bouquins, oui, bien sûr… Pardon.

Embarrassant… Je n'avais pas spécialement envie que Sean me prenne pour l'une de ces personnes naïves au point d'ignorer que le cinéma s'inspirait souvent de la littérature. Oh, et puis, Sean pouvait penser ce qu'il voulait ! Il n'y avait aucune raison pour que cela m'affecte…

Nous nous arrêtâmes devant un petit kiosque où l'on vendait des boissons chaudes. On était loin du buffet de la gare de Ketchworth, mais cela avait peu d'importance.

— Un café, s'il vous plaît. Sans sucre.

Le jeune vendeur grogna une réponse – il avait probablement demandé à Sean s'il voulait ou non un couvercle – qui brisa en moi tout espoir de discerner chez lui une once de Myrtle Bagot ; voire de Beryl.

Je soupirai, balayant à regret de mon esprit les images de *Brève rencontre.*

— Qu'est-ce que tu prends, Scarlett ? me demanda Sean. Scarlett ? répéta-t-il après quelques secondes de silence. Tu es avec nous ? Tu veux boire quelque chose ?

— Pardon ? Oh, désolée ! Euh… Je vais prendre un thé, s'il vous plaît. Sans sucre, avec un nuage de lait.

Je plissais les yeux comme un enfant désolé de la rencontre funeste d'un vase Ming et d'une dalle de pierre.

Sean fronça les sourcils, intrigué.

— Qu'y a-t-il ? s'enquit-il tout en payant les boissons. Tu as fait… une sorte de malaise ?

— Oh non, non… J'ai juste… quelque chose dans l'œil.

Théâtrale au possible, je clignai des yeux comme pour évacuer l'intrus, et me rendis compte que si Sean réagissait en déclarant qu'il y avait une scène similaire entre Kate Winslet et Jack Black dans *The Holiday*, je profiterais de deux références cinématographiques pour le prix d'une.

— À la vôtre ! lança Sean au vendeur en levant les deux gobelets. Scarlett ? Tu veux peut-être trouver des toilettes histoire de regarder un peu ton œil dans un miroir ? Je crois que c'est juste à côté, mais il va te falloir quelques piécettes pour entrer. Tu as de la monnaie ?

— Non, répondis-je en poussant un peu plus avant le sketch de la poussière dans l'œil. Je ne crois pas.

— Attends, je vais fouiller le fond de mes poches. Tiens-moi ça.

Il me tendit les boissons.

— Tu ne peux pas juste… jeter un coup d'œil ? demandai-je, faussement excédée. J'ai l'impression que c'est une sorte de… minuscule… gravier ou je ne sais quoi.

Je me tenais là, droite comme un piquet au beau milieu de la gare de King's Cross, un gobelet dans chaque main, à cligner maladivement des yeux dès que l'un des innombrables passants posait le regard sur moi.

— Je pourrais… si j'avais mes lunettes, répondit Sean toujours en expédition au fond de ses poches.

— Tu portes des lunettes ? Je ne t'ai jamais vu avec.

— Je ne les mets que quand j'ai besoin d'examiner quelque chose de près. Si tu insistes, je peux regarder, mais je doute de pouvoir repérer quoi que ce soit de la taille d'un moucheron.

Il se mit à fouiller les poches de sa veste.

— Bon, laisse tomber, grommelai-je en lui rendant son café. C'est trop tard, maintenant… Enfin, je veux dire… Le moucheron, il… il est parti tout seul.

Je retirai le couvercle de mon thé et en avalai une grande gorgée, si chaude, d'ailleurs, qu'elle mit ma gorge au supplice. Je me refrénai de toute réaction, bien décidé à ne tendre aucune perche au taquin.

— Bon, je crois que notre train est enfin là, annonçai-je, les yeux levés vers le panneau des arrivées. On ferait mieux d'y aller.

Sean m'emboîta le pas, quelque peu décontenancé, et nous partîmes en direction du quai. Nous montâmes dans notre voiture, puis nous lançâmes à la recherche de nos sièges, que nous trouvâmes finalement : deux places situées l'une en face de l'autre, séparées par une petite table. Après quelques secondes d'échange à propos de qui voyagerait tourné vers l'avant, et qui vers l'arrière, nous nous assîmes.

J'observai au travers de la vitre les retardataires qui se hâtaient sur le quai, traînant qui derrière lui, qui à bout de bras ses bagages, et me mis à imaginer ce qui les amenait à prendre ce train.

Ce qui me semblait certain, observai-je en silence, c'était qu'aucun d'entre eux ne se trouvait alors dans la même situation que moi.

Constatant que Sean ne me lâchait pas du regard, je me tournai vers lui.

— Qu'y a-t-il ?

— J'essaie encore de comprendre ce qui s'est passé tout à l'heure… avec ton œil.

— N'en parlons plus. Le moucheron s'est fait la malle.

— Ah… Non, parce que j'avais surtout l'impression que tu l'avais légèrement inventé, ton moucheron.

Je soupirai. À quoi bon lui mentir ?

— Touché, avouai-je simplement.

— Mais pourquoi est-ce que tu… Attends… Il y avait un quelconque rapport avec un film ?

— Peut-être.

— J'aurais dû m'en douter. Lequel ?

— *Brève rencontre*, si tu veux tout savoir.

— Ah oui, c'est le truc avec des extraterrestres, c'est ça ?

Je pouffai.

— Non ! Tu confonds avec *Rencontres du troisième type* ! *Brève rencontre* est un drame romantique complètement magique qui se déroule essentiellement dans une gare. C'est avec Celia Johnson et Trevor Howard.

— Oh, d'accord, se contenta de dire Sean qui se tut l'espace de quelques secondes. Laisse-moi deviner : cette Celia se prend un truc dans l'œil, le bon vieux Trevor l'en débarrasse, et ils tombent éperdument amoureux, c'est ça ?

Je fis un effort surhumain pour ne pas sourire.

— C'est un peu plus complexe que ça… mais tu as saisi l'essence de l'histoire, oui.

— Un joyau. Indubitablement.

— Tu ne crois pas si bien dire. Un joyau cinématographique en noir et blanc. C'est adapté d'une pièce de Noël Coward.

— Quelle cinéphile érudite ! commenta Sean, un sourire aux lèvres. Cela dit, je ne suis pas surpris… À propos de Noël Coward, j'entends. Quand ils ne sont pas tirés de faits réels, la plupart des bons films – si tant est qu'il puisse y en avoir – sont adaptés de bouquins ou de pièces de théâtre.

J'y réfléchis quelques instants.

— Certains, oui… mais pas tous.

— Eh bien écoute, dans ce cas, je te laisse me citer un seul film de qualité – du genre à avoir remporté un oscar – qui fasse exception à cette règle.

Je réfléchis de nouveau, mais au bout de quelques secondes, je dus me rendre à l'évidence, agaçante au possible, qu'il avait raison : tous les films qui me venaient spontanément à l'esprit tombaient sous le joug de cette vérité.

— Tu vois. Je ne doute pas qu'il existe des exceptions. Je dis juste que les premiers auxquels on peut penser, les plus populaires et mémorables, sont des adaptations. Des *ersatz*. Bien entendu, je pense qu'on les vend plutôt comme des « hommages » au fantastique travail de tel ou tel auteur…

Je lui adressai un sourire ironique.

— J'ai raison, n'est-ce pas ? reprit-il avec un grand sourire.

— Comme je n'arrive à trouver aucun contre-exemple, je suppose que « oui » : jusqu'à ce que j'en trouve un, tu as raison.

Nous restâmes assis en silence, tandis que le train quittait lentement la station. Sean ne reprit la parole que lorsque, derrière nous, les tours d'habitations londoniennes s'étaient mêlées à la ligne d'horizon.

— Comme nous avons six heures de train devant nous, je pense qu'il serait plus confortable pour toi comme pour moi que nous fassions plus ample connaissance, tu ne crois pas ? Si tu me parlais un peu de ta vie ?

Je me tournai vers lui, tirée de ma contemplation rêveuse de la campagne par cette question d'apparence anodine : sans même s'en rendre compte, Sean venait de m'offrir un nouvel instant-ciné. Dans *Quand Harry rencontre Sally*, Harry demande à peu près la même chose à Sally lorsque au début du film, ils voyagent tous deux vers New York.

— Eh bien… Je ne suis pas sûre qu'il y ait grand-chose à dire, vraiment. J'aurai bientôt vingt-trois ans, je vis à Stratford, et je bosse dans une petite boîte familiale.

— Vous êtes dans quoi ?

Et c'est parti pour un nouveau round de moqueries, pensai-je.

— Nous produisons et vendons des machines à pop-corn.

Sean pouffa sans retenue.

— C'est si drôle que ça ? demandai-je, sur la défensive.

— Premièrement, Scarlett, commença-t-il en reprenant son sérieux, je ne vois pas quelle carrière pourrait mieux te convenir que celle qui consiste à assurer le régime idéal de tout amateur de cinéma. Deuxièmement, tu vis à Stratford-upon-Avon, la cité du « Barde », l'un des plus grands dramaturges de l'histoire, et tu as décidé de vénérer le cinéma.

— Exactement, lançai-je sur un air de défi, les bras croisés. Qu'est-ce qu'il y a de mal à ça ?

Sean secoua la tête.

— Rien. Rien du tout. Écoute, Scarlett, je n'ai aucune envie qu'on se dispute. Je vais faire plus attention à ce que je dis.

Il se cala dans son siège, avec sur le visage le calme forcé d'un enfant sur les lèvres duquel un sourire sournois menace à tout moment de se dessiner.

— Et toi, alors ? lui demandai-je, me faisant souffrance pour ne pas jouer à mon tour la carte du rictus insolent. Explique-moi combien ta vie est belle...

— Je ne suis pas James Stewart, tu sais, sourit-il, content de la référence. Tu saisis ? *La vie est belle* ?

Je décidai de ne pas pouffer à cette pathétique tentative d'humour.

— Ah, tu en connais donc quelques-uns, des films !

— Très peu, commenta-t-il en posant sa cheville sur son genou. Bien : j'ai vingt-six ans et, comme tu le sais, j'ai une sœur, Ursula. Mon père s'appelle Alfie et, pour mon plus grand bonheur, il tient un bar « James Bond » à Glasgow avec ma belle-mère, Diana. Pour finir, je m'ennuie avec brio dans une fantastique société d'investissement.

— Dans l'immobilier ?

— Non. Nous finançons des entreprises.

— C'est-à-dire ? demandai-je poliment, feignant de m'intéresser à ce que Sean faisait de sa vie.

— Eh bien, nous aidons les entreprises en difficulté, soit en les rachetant, soit en y investissant suffisamment d'argent pour qu'elles puissent se refaire.

— Et on peut faire de l'argent comme ça ? demandai-je, sceptique. Oh… mais oui ! Vous les achetez à un prix ridicule parce qu'elles sont suffisamment en danger pour accepter n'importe quoi, vous les développez, puis vous les revendez dès qu'elles sont assez rentables ?

— Quelque chose dans ce goût-là, oui. Quelle perspicacité, Scarlett ! Impressionnant.

— Richard Gere, va…

— Pardon ?

— Si cette entreprise t'appartenait, tu serais exactement comme Richard Gere dans *Pretty Woman*.

Sean resta silencieux, décontenancé.

— Dans *Pretty Woman*, expliquai-je, Richard Gere joue un vrai requin, un homme d'affaires sans scrupule qui rachète des entreprises au fond du gouffre, puis les revend pour des sommes mirobolantes lorsque leur chiffre d'affaires redevient attractif.

— Un grand homme, ce Richard Gere. Un requin qui a du nez.

— Voilà pourquoi je dis que si cette entreprise t'appartenait, tu serais exactement comme lui.

— Sans scrupule, tu veux dire ?

— Voilà.

— Eh bien, c'est le cas.

J'observai Sean avec attention, soucieuse de savoir s'il me menait ou non en bateau, mais il semblait tout à fait sérieux.

— C'est le cas ? Tu veux dire que l'entreprise t'appartient ou que tu es sans scrupule ?

— À ton avis, Scarlett ?

Sean posa les coudes sur la table, le menton sur ses mains jointes, puis me défia du regard.

Je m'adossai à mon siège pour réfléchir à la question, trop consciente du regard bleu pâle qui, en face de moi, guettait mes moindres réactions.

— Eh bien… finis-je par dire en relevant les yeux vers lui. Tu vis dans un quartier aisé de Notting Hill, donc ça ne m'étonnerait pas que tu sois un avatar assez fidèle du Richard Gere de *Pretty Woman*.

Sean s'adossa lui aussi à son siège.

— Je vais prendre ça comme un compliment.

— Tiens, parlons de ça, pour commencer : qu'est-ce qui te rend aussi prétentieux ?

— Avant, j'aimerais clarifier quelque chose : je n'ai jamais dit que je possédais cette entreprise, juste que j'y bossais. Et, de fait, j'y bosse ; sacrément dur, d'ailleurs.

— Et comment se fait-il que tu sois là avec moi au lieu de signer des contrats à plusieurs centaines de milliers de billets ?

Sean haussa les épaules.

— C'est le genre d'avantages dont on profite… quand on possède une entreprise, répondit-il en souriant malicieusement.

— Petit veinard…

Lorsqu'un employé se présenta avec un chariot de nourriture, nous achetâmes de quoi survivre au voyage, avant de nous recaler dans nos sièges pour manger.

— Pour en revenir à toi, si j'ai bien compris, ta famille ne voit pas d'un très bon œil ton obsession du cinéma, c'est bien ça ? s'enquit Sean en croquant dans son sandwich.

— Je t'arrête tout de suite, l'interrompis-je en posant le mien avant même d'avoir pu y poser les lèvres. Si tu ne veux pas que je descende à la prochaine gare, je te conseille de ne plus jamais qualifier ma passion d'obsession.

— OK. OK… Pas de problème, dit Sean en haussant les sourcils. Tu ne serais pas susceptible, par hasard ?

C'était le truc de Sean, ça, de hausser les sourcils. À dire vrai, je me rendais soudain compte que son visage était extrêmement expressif. Les sourcils en question étaient du même blond sable que ses cheveux toujours ébouriffés. Le moins que l'on puisse dire, c'était que les dents fichées dans son sandwich, en jean classique et tee-shirt gris, Sean n'avait pas vraiment la panoplie du chef d'entreprise. Il n'avait plus rien de Jude Law non plus, d'ailleurs. À la vérité, la personne assise en face de moi avait surtout, à cet instant précis, une ressemblance troublante avec Ewan McGregor.

— Bon, bon... Usons d'un peu de jargon imbitable : ta famille et toi avez des divergences d'opinions, car les deux parties ne parviennent pas à s'entendre sur le fait que l'accusée a ou non rompu son contrat en perdant la capacité de rationalisation qui, en vertu des lois actuelles, caractérisent légalement, culturellement et traditionnellement un être humain. Ça te convient davantage, comme ça ?

Je ne pus refréner un sourire.

— Tout à fait. Ce me semble nettement plus acceptable.

— Et dis-moi..., ajouta-t-il en balayant d'un revers de main quelques miettes de pain égarées sur son tee-shirt. Comment est-ce que tu as réussi à convaincre ta famille de te laisser filer pendant un mois ? Je veux dire, j'ai bien compris le coup de Maddie et de la maison, mais pour ton père et ton fiancé, ça s'est passé comment ?

— Tu n'es pas le seul à savoir marchander le moment venu, répondis-je, tentant de chasser de mon esprit l'image de McGregor en partant à la découverte de ce que recélait mon sandwich. Moi aussi, je sais me montrer convaincante.

Je retirai les tranches de concombre que les restaurateurs du monde entier mettaient un point d'honneur à marier avec le thon.

— Ça, Scarlett, je n'en doute pas une seule seconde, commenta Sean, un sourcil haussé, les yeux rivés sur moi. Pas une seule seconde...

Chapitre 8

Nous arrivâmes à la gare centrale de Glasgow à l'heure du thé. Là, nous attendîmes un taxi qui nous conduisit jusqu'à l'hôtel où Ursula nous avait réservé des chambres.

Pour faire court, Ursula avait organisé le séjour de bout en bout. Le soir même, elle avait appelé son père pour lui expliquer ce qui se profilait. Le lendemain matin, tandis que je m'étais rendue dans la boutique d'Oscar où j'allais chercher une tenue convenable pour la réception, elle nous avait réservé deux billets de train et des chambres d'hôtel pour les deux nuits suivantes.

En résumé, sans Ursula, nous ne serions jamais arrivés à Glasgow. Organisatrice née – et, de son propre aveu, romantique incorrigible –, elle nous avait fourni absolument tout ce dont nous avions besoin pour le week-end. Sean, j'en avais été étonnée, avait insisté pour régler la totalité des frais du séjour, proposition que j'avais en partie refusée, insistant pour payer au moins mes billets de train.

Le *Radisson*, en plein cœur de Glasgow, était un hôtel au style moderne absolument superbe. J'avoue avoir été vivement impressionnée. Je n'avais pas pensé à l'endroit où nous allions atterrir tant nous étions habitués, David et moi, aux motels bon marché. De toute évidence, Sean n'était pas le genre de type à réserver une chambre dans un hôtel dont le restaurant adjacent proposait des menus plastifiés et des petits déjeuners vingt-quatre heures sur vingt-quatre.

— On se retrouve dans, disons… une heure ? Ça te suffira pour défaire tes bagages et te préparer ?

— Une heure, c'est parfait, répondis-je, un peu absente, absorbée que j'étais dans l'observation du directeur de l'hôtel qui, derrière le comptoir d'enregistrement, s'affairait à résoudre je ne sais quel problème d'intendance.

Cet homme ressemblait à s'y méprendre à Barney, le directeur de l'hôtel *Beverly Wilshire* dans *Pretty Woman*. Tenue immaculée, cheveux gris, courte barbe en pointe…

— Je connais un super restaurant en bas de la rue, déclara Sean. Ça te dirait d'aller dîner là-bas, ce soir ?

— Oui, répondis-je en quittant « Barney » des yeux, soudain en proie à un accès de timidité, tant la proposition de Sean sonnait comme une invitation galante. Je suis sûre que ce sera parfait.

— Super. À tout à l'heure !

Il me sourit et, pour la première fois depuis notre rencontre, je ne décelai dans son expression ni moquerie, ni insolence : il venait de me décocher un sourire sincère qui éclairait jusqu'à ses yeux et répandait sur son visage une chaleur inédite.

— On fait comme ça, dis-je, légèrement troublée. J'ai hâte d'y être.

Le restaurant dont m'avait parlé Sean était un charmant établissement italien aux plafonds de bois étayés de superbes poutres de chêne ; les tables étaient recouvertes de nappes à carreaux, et des serveurs s'affairaient çà et là, brandissant d'immenses moulins à poivre.

Une fois notre commande prise, Sean, à son aise, but une gorgée de vin, s'adossa à sa chaise et m'observa longuement, sans un mot.

— Qu'est-ce qu'il y a ? Qu'est-ce que j'ai encore fait ? Tu n'arrêtes pas de me regarder comme ça… Tu as fait pareil dans le train.

— Tu me rappelles quelqu'un. Le problème, c'est que je n'arrive pas à me souvenir qui.

— Oh…

Moi qui m'étais attendue à une nouvelle pique comme Sean savait les concocter, j'étais pour le moins surprise.

— J'espère que c'est bon signe, commentai-je, faisant le vœu de lui rappeler quelque star hollywoodienne ; cela nous aurait fait au moins un point commun…

Je priai pour qu'il s'agisse d'Anne Hathaway ou de Julia Roberts, plutôt que de la sempiternelle Vivien Leigh… J'étais prête à me contenter d'une comparaison avec Angelina Jolie, à la rigueur, même si je lui en voulais encore d'avoir envoûté Brad Pitt. En parlant de Brad, Sean ne commençait-il pas à lui ressembler ? Hmm, non. Il ne ferait jamais un bon Brad. Un Matthew McConaughey, à la rigueur, mais un Brad Pitt, jamais.

— Qui sait ? s'interrogea Sean, pensif, dont les yeux bleus scintillaient malicieusement. On parle peut-être de quelqu'un que je déteste.

— Merci pour ça, dis-je en avalant à mon tour une gorgée de vin. D'ailleurs, au sujet des gens que tu détestes, je voulais te demander pourquoi Oscar et toi sembliez si peu vous entendre.

— Ah, Oscar… Sujet délicat…

— Il m'a l'air d'un type bien.

— Je pense qu'il l'est. C'est un ami d'Ursula depuis des années, mais on ne s'est jamais vraiment entendus.

— Pourquoi donc ?

Sean se mit à tripoter le pied de son verre à vin.

— Comme je l'ai dit, c'est délicat.

— Vide ton sac, Sean. On a toute la nuit devant nous. Et à en croire nos précédents échanges, si on ne profite pas du peu de sujets de conversation que nous avons en commun, on risque de ne plus rien avoir à se dire d'ici cinq minutes.

Sean sourit.

— Un point pour toi. OK… Je suis sorti avec la sœur d'Oscar.

— Oh, je vois.

— Non, tu ne vois rien du tout. Tu n'as pas la moindre idée de ce que je vais te raconter.

— Je peux deviner. Tu lui as brisé le cœur, n'est-ce pas ? Et Oscar n'arrive pas à te le pardonner.

— Non. C'est exactement l'inverse. C'est elle qui a brisé le mien.

— Oh ! lâchai-je, me sentant coupable de l'avoir jugé trop vite. Je te présente mes excuses.

— Ne t'excuse pas. Tu n'y peux rien si elle est partie avec un enfoiré d'Amerloque.

Ne sachant pas quoi répondre, j'attendis patiemment que Sean poursuive. Ce qu'il ne fit pas. Au lieu de cela, il leva son verre et le vida d'une traite.

— Je te ressers ? me demanda-t-il en soulevant la bouteille, puis en la penchant au-dessus de mon verre.

— Juste un fond, merci, répondis-je, soucieuse de ne pas le contrarier davantage.

Pendant quelques minutes, nous restâmes assis en silence, et je fuis la tension en sirotant mon vin, observant tout autour les autres clients attablés. Sean, lui, ne semblait s'intéresser qu'au contenu de son verre.

— Écoute, Sean..., me risquai-je à l'interpeller, m'armant d'un sourire qui eut autant d'effet qu'une allumette craquée sous l'eau. Tu peux m'envoyer sur les roses si je me mêle de ce qui ne me regarde pas, et je sais d'ailleurs que tu ne t'en priveras pas, mais je ne comprends pas comment Oscar pourrait t'en vouloir pour quoi que ce soit dans cette histoire. Tu n'as rien fait de mal, apparemment.

Sean soupira et, décidé, reposa son verre sur la table.

Moi qui l'avais vu s'assombrir au point de craindre qu'il explose bientôt de rage, me jette le contenu de son verre au visage et quitte le restaurant en claquant la porte, je fus surprise qu'il parvienne ainsi à contenir sa colère.

— C'est moi qui les ai présentés l'un à l'autre, m'avoua-t-il finalement en levant vers moi des yeux rageurs. C'est moi... qui la lui ai présentée !

Comme je n'osai rien dire, Sean poursuivit :

— Rob bossait avec moi. Ils ont fait leur affaire dans mon dos pendant quelques mois, avant de décider que la décence leur dictait de faire leur affaire, certes, mais aussi loin de moi que possible… Ils ont déménagé aux États-Unis. Il avait l'assurance d'un boulot, là-bas, et elle y avait de la famille, alors, un beau matin, ils se sont cassés. Voilà pourquoi Oscar et moi ne sommes pas très copains : sa sœur s'est foutue de moi, mais, pour lui, si elle est partie aussi loin… aussi loin de lui, c'est entièrement ma faute.

Il sembla réfléchir quelques secondes, puis se pencha vers moi, rivant son regard dans le mien.

— Voilà, Scarlett, pourquoi ton ami Oscar ne me porte pas dans son cœur.

J'acquiesçai, décidant cette fois de soutenir son regard.

Le serveur arriva alors, les mains chargées de nos plats respectifs. Tandis qu'il faisait son office, Sean but cul sec un autre verre de vin.

— Sean…, me lançai-je, prenant mon courage à deux mains une fois le serveur reparti. Je sais que ce ne sont pas mes affaires, mais je suis convaincue qu'il n'y a pas de hasard dans la vie. Peut-être que pour l'instant, tout te semble flou, injuste même, mais un jour, tu te rendras compte que le Destin avait une bonne raison de te pousser à les présenter l'un à l'autre. C'est peut-être dur à croire, là maintenant, mais un jour, je t'assure, tu n'en douteras plus.

Sean riva de nouveau son regard dans le mien.

— C'est moi ou tu viens de dire qu'il n'y avait pas de hasard dans la vie ?

J'acquiesçai.

— Oui. Je pense vraiment que c'est un principe de vie fondamental. J'ai toujours estimé qu…

— C'est exactement ce que m'a dit ma belle-mère quand c'est arrivé, m'interrompit-il.

— De quoi ? Qu'il n'y avait pas de hasard dans la vie ?

— Oui… Et je viens de me rendre compte que c'est à elle que tu me fais penser.

— Dans ce cas, c'était bel et bien un bon signe tout à l'heure, non ? me risquai-je à déclarer, encouragée par le fait qu'il semblait s'être apaisé. Oh… attends un peu ! m'exclamai-je soudain, prenant conscience de ce que nous venions de nous dire. Lorsqu'on était chez Oscar, durant le dîner, Ursula et toi nous avez dit que votre belle-mère était passionnée de cinéma, non ?

— Oui. On est d'ailleurs persuadés que c'est pour cette raison que notre père et elle se sont si bien entendus.

— Ma mère aussi était passionnée de cinéma, et tu viens de me dire que je te faisais penser à Diana…

— Oui, sous cet angle-ci, tu me fais penser à elle. Et puis quoi ? Attends… ne me dis pas que tu penses… à ce à quoi je pense que tu penses… Tu n'y penses pas, n'est-ce pas ?

— Et pourquoi pas, Sean ? Bien sûr, la coïncidence sera folle, mais… qui sait ?

— Je pense… que tu t'égares, Scarlett. Ma belle-mère et ta mère sont deux personnes bien différentes.

Sean prit sa fourchette et son couteau, et ce fut à mon tour de le dévisager.

— Écoute, Scarlett…, me lança Sean avant d'attaquer son steak. Ta mère ne s'appelait pas Diana que je sache ?

— Non, elle s'appelait Rosemary, mais…

— Bon ! Je suis désolé, mais je doute fort que ma belle-mère ait officiellement changé de nom avant de rencontrer mon père, puis qu'elle ait décidé de ne jamais lui dire la vérité…

— Peut-être qu'elle la lui a dite, la vérité… Peut-être que c'est à Ursula et toi qu'elle n'a jamais rien dit.

Sean hocha la tête.

— Je commence à comprendre pourquoi ta famille a jugé bon de t'envoyer au vert quelque temps, Scarlett. Tu as une imagination débordante qui menace ta santé mentale. Tu viens de nous inventer un scénario dont Hollywood se délecterait, sans aucun doute, mais…

— Facile à dire pour toi, Sean, avec tes deux mamans. Tu m'excuseras, mais, personnellement, je n'en ai jamais eu… Aucune dont je puisse me souvenir, en tout cas.

Sean reposa ses couverts et, pour une fois, eut la délicatesse de se montrer compatissant.

— Je m'excuse, Scarlett… Pour ta mère. Je ne voulais pas te paraître insensible. C'est juste que je ne suis pas sûr qu'imaginer que ma belle-mère se trouve être également ta mère te soit très salvateur, au final.

— Tu as sûrement raison, dis-je en versant sur mes spaghettis la bolognaise que j'avais demandée à part, avant de les entortiller sur ma fourchette. Je préférerais qu'on oublie cette discussion…

Sean acquiesça, et l'ambiance entre nous se détendit. Satisfait, il partit enfin à l'assaut de son steak.

Par « on », bien sûr, je veux dire « tu », pensai-je en levant à ma bouche une fourchette surchargée de pâtes, *parce que, moi, je ne suis pas près de l'oublier…*

Ce soir-là, avant d'aller dormir, je sortis de mon sac une vieille photo écornée et pliée que je gardais sur moi depuis quinze ans. Je l'avais trouvée dans un placard de mon père alors que je cherchais des objets à refourguer à une œuvre de charité et, ayant immédiatement compris de qui il s'agissait, je l'avais fourrée dans ma poche, espérant que mon père ne s'en rendrait jamais compte.

Je la dépliai délicatement comme je l'avais fait un nombre incalculable de fois depuis ma découverte, et examinai le cliché exposé dans ma main : s'y trouvaient un couple et un nouveau-né. Je n'avais aucun mal à reconnaître mon père sur la photo. Le bébé, c'était moi, et la femme qui me portait… c'était ma mère.

La preuve de cette identification, manuscrite, apparaissait à l'encre noire au dos de la photo.

« Tom,
Nous et notre amour de Scarlett – mars 1986.
Enfin, nous formons une famille.
Jamais je ne cesserai de vous aimer,

Je t'embrasse fort, Rosie. »

Chapitre 9

Le lendemain, le réveil fut pour le moins difficile. Le mariage ayant lieu à 11 heures, nous n'avions que peu de temps pour nous préparer avant de partir pour l'église située de l'autre côté de la ville. En attendant que Sean arrive, je regardai de quoi j'avais l'air dans le miroir de plain-pied qui se trouvait dans ma chambre.

Le jour où je m'étais présentée dans la boutique d'Oscar, je n'avais pas la moindre idée de ce à quoi j'allais ressembler une fois qu'il se serait chargé de m'habiller… et je dois avouer que j'avais été agréablement surprise.

La petite boutique d'Oscar était une véritable corne d'abondance pour qui s'intéressait à la mode. Du hippie chic des sixties au look seventies rétro, en passant par les créations dernier cri, on y trouvait de tout, et tout y était absolument unique… Absolument « Oscar ».

La seule chose que ces vêtements avaient en commun était qu'ils envahissaient les portants et les divers présentoirs.

Il y en avait tant que je n'avais pas su par où commencer… Heureusement pour moi, Oscar avait sélectionné pour moi trois tenues à peine j'avais mis les pieds dans son antre. J'avais essayé les trois, et, chaque fois, avais eu la surprise de me trouver particulièrement élégante.

Nous nous étions finalement décidés pour une robe rouge en cachemire aux lignes classiques et épurées. Col roulé, manches courtes, elle épousait parfaitement ma silhouette.

— Ma chérie, elle a été cousue pour toi ! s'était extasié Oscar. Plus qu'à te trouver quelques accessoires.

C'est sur cette invitation que nous nous étions procurés, à trois portes de là, une ceinture noire, des escarpins à talons hauts et une paire de bottes en daim noir qui venaient parfaire l'ensemble à merveille.

— Ma beauté, tu vas faire de l'ombre à la mariée ! s'était exclamé Oscar pour valider l'ensemble. Et ma pauvre princesse qui va devoir se rendre au mariage avec Sean… Quel gâchis ! C'est comme avoir une cuillère en argent pour manger du corned-beef…

Multipliant les demi-tours devant le miroir de la chambre d'hôtel de Glasgow, je me rendais compte qu'Oscar avait raison : cette robe était superbe et m'allait incroyablement bien. Pourtant, il n'était pas si facile que cela pour ce genre de tenue d'attiser mon enthousiasme. Je n'avais pas l'habitude de négliger mon apparence, loin de là : j'étais toujours partante pour une petite virée shopping ou une séance extatique devant une œuvre de Gok Wan. Disons juste que je n'étais pas très « robes ». D'ailleurs, lorsque nous étions allés voir la représentation du *Roi Lear*, David m'avait lancé que la prochaine fois qu'il me verrait en robe serait probablement le jour de notre mariage. Sur le moment, j'avoue en avoir été vexée, mais, aujourd'hui que j'y repensais, force était de constater que sa remarque ne manquait pas totalement de pertinence.

De façon presque mystique, mon téléphone, posé sur une table proche, se mit à sonner, et le nom de David clignota sur l'écran. J'hésitai d'abord à répondre, mais, comme il s'était montré extrêmement respectueux ces derniers jours en ne me harcelant pas de coups de fil, je décidai de répondre à celui-là.

— Eh, David ! Comment vas-tu ? demandai-je sur un ton enjoué.

— Bien, bien, et toi, Scarlett ? Londres te réussit ? s'enquit-il d'une voix où perçait un enthousiasme forcé.

— Eh bien… Je ne suis pas à Londres, à vrai dire.

— Oh ? Où est-ce que tu es, alors ?

— À Glasgow.

— Glasgow ! Mais qu'est-ce que tu fais là-bas ?

— Je suis invitée à un mariage, répondis-je d'une voix calme.

— Le mariage de ?

— Le… mariage de…, balbutiai-je, tentant désespérément de me souvenir du nom de la future mariée… ou de son futur mari, d'ailleurs. Le mariage de la cousine d'une connaissance. Quelqu'un que j'ai rencontré l'autre jour à Londres. On en est venus à parler de ce mariage, et j'y ai été conviée.

— Comme ça ? Sans que la personne te connaisse plus que ça ?

— Comme ça, oui.

Je cherchai un moyen de changer rapidement de sujet…

— L'hôtel dans lequel on séjourne est vraiment chouette. Le *Radisson*, tu connais ?

— Le *Radisson* ! Pitié, Scarlett, dis-moi que ce n'est pas toi qui vas régler l'addition ?

Mission accomplie.

— Non, non. La connaissance en question prend tout en charge, ne t'inquiète pas.

On frappa à la porte.

— Tiens, je crois qu'on vient me chercher. Nous devons partir pour l'église. On se rappelle, OK ? À plus tard !

Je raccrochai en hâte.

C'était Sean.

— Entre, lançai-je en ouvrant la porte. Je prends mes affaires et je suis prête.

Je récupérai mon sac et mon manteau, tous deux posés sur le lit, et me retournai vers lui.

— Tu t'es fait tailler un joli costard, dis-moi...

Sean portait une chemise violine déboutonnée au col, et un costume anthracite que j'imaginai hors de prix. Le tissu, coupé sur mesure avec un indubitable savoir-faire, luisait subtilement, à la fois classe et discret. Aujourd'hui, Sean était d'une grande élégance...

David, lui, était davantage habitué aux costumes bon marché vendus par les grossistes pour étoffer leur catalogue. Le jour où il avait découvert qu'on pouvait se procurer un costard pour le prix de deux DVD, j'ai eu l'impression qu'il venait de gagner à la loterie.

De façon certaine, le costume de Sean avait été réalisé sur mesure, et avait autant de parenté avec un costume de prêt-à-porter qu'une Porsche et un bolide Playmobil.

— Enfin, je m'entends…, me repris-je. Ce que je voulais dire, c'est juste… qu'il te va très bien.

— Oh… Oh, merci ! bégaya presque Sean. Je te renvoie le compliment. Ta tenue est superbe. Tu as l'air si… si…

— Si… quoi donc ? insistai-je en souriant.

— Différente.

— Oh… Merci…

— Excuse-moi, non ! C'était un compliment, en fait ! Raah, je suis une plaie pour ce genre de choses. Je n'ai jamais été doué pour la flatterie… Bref ! Ce que je voulais dire, Scarlett, c'était… que tu es très belle dans cette robe.

Nous restâmes l'un en face de l'autre quelques secondes, silencieux.

— On ferait mieux d'y aller, conseillai-je. Tu as réservé un taxi ?

— Oui, répondit Sean en regardant sa montre. Je pense qu'il est déjà arrivé. On descend ?

Nous fîmes simultanément une tentative de sortie, nous percutant maladroitement.

— Désolé, s'excusa Sean en me montrant le couloir d'une main galante. Les femmes d'abord.

— Quel courtois gentilhomme ! lançai-je théâtralement en lui offrant une courte révérence.

— Il y a encore du boulot pour faire honneur à ton nom ! dit-il, gentiment taquin.

Je m'arrêtai et me retournai vers lui.

— Comment ça ?

— Je veux dire… Entre toi et Scarlett O'Hara, il y a un monde, non ?

Je le dévisageai. Qu'est-ce qu'il essayait encore de me dire ?

— Si tu penses que mon nom ne me convient pas, me rebellai-je, vexée, plantée comme un piquet dans l'encadrement de la porte, je t'en prie, propose autre chose. J'ai encore quelques décennies devant moi pour m'habituer à un nouveau prénom.

— Tout doux, tout doux…, s'excusa Sean en riant de bon cœur. Je retire ce que j'ai dit : il y a plus d'O'Hara en toi que je ne le pensais. Pour preuve, tu vois rouge dès qu'on te fait la moindre remarque. Maintenant que j'y pense, c'est peut-être pour ça que cette robe cerise te va si bien…

J'aurais dû me douter qu'il ne resterait pas agréable plus d'une minute trente…

— D'ailleurs…, lâcha-t-il, presque perdu dans ses pensées, ça t'irait à ravir, ça, comme prénom…

J'écarquillai les yeux : si je ne comprenais absolument pas où il voulait en venir, je m'attendais au pire.

— Cerise, me révéla-t-il en souriant. Je t'appellerai comme ça dès que tu monteras sur tes grands chevaux.

— Cerise ? répétai-je. Tu comptes m'appeler « Cerise » ?

Sean acquiesça.

— Si ça te chante, rétorquai-je en me retournant pour passer la porte. Par contre, le surnom que je te donnerai dans ma tête chaque fois que tu m'appelleras comme ça, je le garderai pour moi.

Tandis que nous entrions tous deux dans l'ascenseur, pour la première fois de ma vie, cela m'agaça que la personne à côté de laquelle je me trouvais ressemble à un acteur de cinéma. D'habitude, rien ne m'enthousiasmait tant qu'une telle ressemblance... Pourtant, à cet instant précis, que Sean, tiré à quatre épingles rappelle étrangement le Brad Pitt d'*Ocean's Eleven* m'agaçait plus qu'autre chose.

Fort heureusement, j'eus rapidement des préoccupations plus importantes : après vingt minutes d'attente, le taxi n'avait toujours pas pointé le bout de son capot.

Après que Sean fut allé se plaindre par deux fois à la réception – et une fois auprès de « Barney » –, la chauffeuse de taxi arriva enfin devant la porte principale du *Radisson* et commença à se répandre en excuses.

— Navrée pour la prise d'otages, m'sieur-dame ! nous interpella-t-elle, tandis que nous montions à l'arrière. Y a une manif en plein centre-ville. L'enfer, j'vous dis pas ! Chais pas qui c'est çui-là qui s'est occupé des déviations, mais c'bougre y devait pas connaître Glasgow comme sa poche ! Mais z'inquiétez pas, m'sieur-dame ! nous rassura-t-elle une fois nos ceintures attachées. J'connais un raccourci qu'y va vous z'y emmener vite, là-bas où qu'vous voulez aller.

Durant les premières minutes du trajet, le taxi fusa à une telle vitesse que nous ne pûmes rien faire d'autre que de rester scotchés à nos sièges, priant en silence pour ne pas mourir si jeunes. Nous ne fûmes en mesure de nous détendre que lorsque notre tortionnaire fut forcée de ralentir, tandis qu'elle s'engouffrait dans le dédale des ruelles du centre-ville.

Au moment où un feu providentiel l'obligea à ralentir suffisamment pour me permettre de reprendre mon souffle, je me penchai précautionneusement en avant, assez discrètement pour ne pas briser sa concentration ou inciter son pied à écraser l'accélérateur.

— Dites… à tout hasard… Auriez-vous déjà vu le film *Taxi* ? lui demandai-je. C'est un film français, avec Samy Naceri.

— Samina Séri ?

— Non, Samy, plus loin, Naceri. C'est un acteur français. Il joue un chauffeur de taxi complètement barjo accro à la vitesse qui zigzague à tout berzingue dans les rues de Marseille et s'allie à un flic pour faire tomber des braqueurs de banque.

— Jamais vu ça, non. Moi c'que j'aime bien, c'est les films que quand on les regarde, on a tellement la trouille qu'on a presque envie d'dégobiller tellement qu'on angoisse.

Vous définissez à merveille ce que vivent vos passagers, chère madame…

— Vous devriez le louer un de ces quatre, ça devrait vous plaire.

J'observai par la vitre les rues grouillant de véhicules pare-chocs contre pare-chocs, puis regardai ma montre. Les bouchons, devant nous, continuaient sur des centaines de mètres.

— À ce rythme-là, nous n'arriverons jamais à l'heure. C'est encore loin, Sean ?

— Je ne crois pas, non, répondit Sean avant de se pencher à son tour vers notre folle du volant. Dans combien de temps pourrons-nous être à l'église, selon vous ?

— Ben, à cette vitesse, faut pas compter moins d'vingt minutes !

— Sean ! On n'en a que dix si on veut être à l'heure !

Sean sortit une petite liasse de billets de son portefeuille et la tendit à notre conductrice.

— Voici qui devrait couvrir les frais de la course. Nous descendons ici, m'annonça-t-il en se retournant vers moi. Si ça ne te dérange pas, bien sûr.

Je baissai les yeux vers mes talons et lâchai un soupir.

— Nous n'avons pas vraiment d'autre choix…

Nous descendîmes du taxi, montâmes sur le trottoir et partîmes en direction de l'église.

— Tu penses qu'on peut arriver à l'heure ? lançai-je, haletante, à Sean, tandis que je tentai de suivre le rythme de ses enjambées maladroites à travers la foule en me lançant dans une sorte de trot aussi inconfortable que ridicule.

— Tu penses pouvoir accélérer un peu ? me demanda Sean, avant de baisser les yeux vers mes talons. OK, je n'ai rien dit.

Il regarda alentour puis, soudain, fila sans crier gare de l'autre côté de la rue.

— Sean ! hurlai-je. Qu'est-ce que tu fiches ? Tu es dingue ou quoi !

Ce dernier esquivait de son mieux les véhicules qui pullulaient sur la route et dont s'échappaient hurlements de klaxon et insultes. Il continua sa danse inattendue sous les yeux ébahis de deux pizzaïolos en pause, jusqu'à ce qu'il finisse par les rejoindre de l'autre côté.

Il commença à leur parler, puis leur tendit quelques billets. Les deux jeunes garçons enfoncèrent leur casque sur leur tête, puis enfourchèrent leur mobylette. Sean monta derrière l'un des deux livreurs, s'asseyant là où trônaient d'ordinaire les pizzas.

J'espère que tu plaisantes, mon garçon…, pensai-je, tandis qu'ils zigzaguaient tous trois dans ma direction, flirtant avec les véhicules toujours immobilisés.

— Monte ! rugit Sean plus fort que ne vrombissaient les moteurs des voitures. Avec eux, on sera à l'église en moins de deux !

— Sean ! Je te rappelle que je suis en robe !

Le livreur derrière lequel j'étais supposée monter lorgna ma robe, moulante à souhait, d'un peu plus que du coin de l'œil.

— Vous pouvez toujours la remonter un peu si elle vous gêne…

— Allez, Cerise ! me provoqua Sean. Ne fais pas ta princesse ! C'est notre seule chance d'arriver à l'heure !

Je fusillai Sean du regard, puis, ravalant ma fierté, remontai ma robe juste assez pour me hisser sur le porte-pizzas, avant de m'y installer précautionneusement.

Mon chauffeur se tourna et me décocha un sourire.

— Moi, c'est Brian, se présenta-t-il en me tendant la main.

— Scarlett, répondis-je en la serrant poliment.

— Joli prénom. Quoi qu'il en soit, Scarlett, si tu ne veux pas tomber, il va falloir passer tes bras autour de ma taille.

— Très bien, me résignai-je en fermant les yeux, puis en enlaçant le torse chétif de Brian.

Alors là… Si je ne suis pas en train de vivre une scène de film…, pensai-je, tandis que je priai de nouveau pour ma vie, et que Brian manœuvrait habilement son engin entre les obstacles. *Il n'a pas grand-chose d'un James Dean, ni d'un Marlon Brando, mais, avouons-le, je n'ai moi-même pas grand-chose d'une actrice de légende, perchée comme ça sur un porte-pizzas…*

Nous arrivâmes finalement au mariage avec quelques minutes d'avance. Je mis pied à terre avec autant de grâce que possible, et rajustai ma robe en toute hâte, reconnaissante au destin qu'aucune pizza en attente de livraison n'ait accueilli mes fesses durant le trajet : sans cela, j'aurai moins senti le Chanel n° 5 que la commande n° 5 avec double supplément gorgonzola. Autre remerciement à adresser à ma bonne étoile : nous portions des casques. Certes, j'aurais préféré que le mien n'aplatisse pas mes cheveux comme il n'avait pas manqué de le faire, mais, sans cela, j'aurais probablement vécu un instant-ciné beaucoup moins heureux que ceux que je traquais, à savoir celui dans lequel Bridget Jones, à bord de la voiture décapotable de Daniel Cleaver, finit avec une coupe à faire pâlir la plus dévergondée des coupes afros.

— Ça va ? me demanda Sean, tout en adressant un signe de la main aux livreurs de pizza qui, déjà loin, slalomaient entre les voitures.

Je hochai la tête.

— Je survivrai… Et puis, au moins, nous sommes arrivés avant la future mariée.

— Oui, de justesse, fit remarquer Sean en désignant d'un signe de tête une grande voiture noire qui se garait près de l'église.

La portière du véhicule s'ouvrit, et j'en profitai pour observer la jeune femme vêtue de blanc qui en sortait.

— C'est Rachel ?

— Oui, répondit Sean après un rapide coup d'œil. Tu viens ? Autant rentrer dans l'église avant elle...

— Le moins qu'on puisse dire, c'est que sa tenue est loin d'être classique, commentai-je, alors que nous entrions discrètement dans la bâtisse.

— Ah oui ? réagit Sean qui venait de nous trouver un banc libre près de la porte principale. Je n'ai pas spécialement remarqué.

C'est à ce moment que je me rendis compte que quelque chose clochait.

Je balayai l'assistance du regard, et découvris qu'au lieu de tenues de mariage traditionnelles – robes, costumes, chapeaux élégants –, les convives se trouvaient tous vêtus de façon particulièrement excentrique.

— Sean, ces gens sont habillés de façon étrange, non ? lui murmurai-je.

— Comment ça ? Sean leva les yeux de son ordre de cérémonie.

— Non, mais regarde : on dirait qu'ils sont déguisés, tous.

Nous étudiâmes avec attention les autres invités, et comprîmes sans mal qu'il s'agissait – chose que nous ignorions – d'un mariage à thème. Tout le monde ici était costumé, à l'exception de deux vieilles dames, de vieilles tantes, peut-être, qui avaient revêtu des tenues plus traditionnelles, élégantes, pastel, rehaussées d'un chapeau à plumes.

— Tu savais que c'était un mariage costumé ? susurrai-je le plus discrètement possible. Je me sens idiote habillée comme ça !

— Scarlett, m'annonça Sean, un sourire naissant sur les lèvres. J'ai peur que ce soit bien pire qu'un mariage costumé…

— Comment ça « pire qu'un mariage costumé » ? Qu'est-ce qui peut être pire que de se retrouver dans un mariage pareil avec des vêtements aussi classiques ?

C'est à ce moment-là que les gigantesques portes de bois s'ouvrirent, et qu'aux premières mesures de la marche nuptiale, tous les invités se levèrent de conserve.

Sauf qu'au bout de quelques secondes, je me rendis compte que ce n'était pas à la marche nuptiale que nous avions droit aujourd'hui…

Soudain, je reconnus la musique qui envahissait l'église, et compris pourquoi Sean se tenait à mes côtés avec un sourire jusqu'aux oreilles : cette musique n'était autre que le célèbre thème que John Williams avait composé pour *Star Wars*, et tandis que les notes résonnaient partout dans le lieu saint, Rachel, déguisée en princesse Leia – avec tout l'attirail, sans oublier son inénarrable coupe : deux pains aux raisins disposés de part et d'autre de la tête – avançait, rayonnante dans sa longue robe blanche, le long de l'allée centrale.

Je me tournai vers Sean : ses yeux brillaient d'émerveillement.

— Dis-moi que c'est une plaisanterie ? lui demandai-je, à deux doigts d'exploser de rire. C'est vraiment un mariage *Star Wars* ?

— Regarde mon oncle Jonathan, lança Sean entre ses dents, presque incapable d'articuler quoi que ce soit tant il était au bord des larmes.

L'homme qui menait la future mariée à l'autel semblait revêtu d'une sorte d'habit de moine : une bure brune maintenue à la taille par une simple corde.

— Je crois que c'est Obi-Wan Kenobi ! glapit Sean, une main sur la bouche pour dissimuler son hilarité à l'approche du chevalier Jedi.

À la suite de la Princesse Leia et d'Obi-Wan avançaient les demoiselles d'honneur : deux d'entre elles étaient costumées en Ewoks, et l'autre, plus âgée, en reine Padmé, personnage des épisodes les plus récents.

Bouche bée, nous contemplâmes la procession passer à notre niveau. Situé en bout de banc, Sean tendit le cou sur le côté pour ne rien rater de la scène.

— En quoi le futur marié est-il déguisé ? demandai-je, incapable de discerner quoi que ce soit à cause, entre autres, d'un invité habillé en Jar-Jar Binks coiffé d'une fausse tête incroyablement volumineuse.

— En Yan Solo, je crois, murmura Sean. Je n'y crois pas… Tu sais en qui est déguisé le garçon d'honneur ?

Je tentai d'apercevoir quelque chose au travers de la mer de costumes, mais ne distinguai que quelques lueurs dorées.

— Ne me dis pas qu'il est en Z-6PO ?

— Scarlett, il est en Z-6PO…, me révéla Sean en ramenant sa tête vers moi. D'ailleurs, ça ne devrait pas être Chewbacca ? Ce n'est pas lui, le meilleur pote de Solo ?

Je lui souris.

— Je croyais que tu n'y connaissais rien en cinéma.

— Un chouïa plus que rien, disons… Mais bon, en même temps, qui ne connaît pas *Star Wars* ?

— Personne, je suppose.

— Cela dit, on ne peut pas leur en vouloir d'avoir triché : qui serait assez dingue pour s'enfermer dans un costume étouffant de deux mètres quarante ?

J'acquiesçai, convaincue par l'argument.

— En tout cas, Sean, je t'avoue que j'ai l'impression de nager en plein délire. J'ai eu mon lot de mariages, mais c'est la première fois que des noces me paraissent aussi déjantées. Sans rire ! Qu'est-ce qu'ils nous réservent, encore ? Un prêtre déguisé en Dark Vador ?

Sean lança un nouveau coup d'œil vers l'autel.

— Comment tu as deviné ?

— Pardon ? Tu plaisantes ? Laisse-moi voir…

Je me penchai, passant mon buste devant Sean, afin d'observer l'autel. Il ne m'avait pas menti : Dark Vador en personne conduisait la cérémonie, arborant sa longue cape noire et son célèbre casque intégral.

Encore en train de sourire du spectacle, je me rendis compte que j'étais restée à demi penchée sur les genoux de Sean et me redressai d'un bond.

— Désolée, m'excusai-je, embarrassée.

— Je t'en prie, me rassura Sean, nos regards se croisant l'espace d'une seconde.

Ce fut alors l'heure du premier cantique. Sauf qu'en lieu et place du cantique attendu, nous entendîmes s'élever les premières notes de *Super Trouper* d'Abba… Chanson qui, d'ailleurs, était inscrite sur l'ordre de cérémonie sous le titre *Super « Storm » Trooper*…

Le thème de *Star Wars* se fit entendre jusqu'à la fin de l'office, puis les alliances furent apportées sur un coussin d'argent transporté par un R2-D2 télécommandé grandeur nature.

Ce fut ensuite au tour de Yoda d'entrer en scène, nous gratifiant d'une lecture riche d'aphorismes et d'enseignement Jedi. Le grand maître était interprété par l'un des cousins de Sean qui, accroupi derrière la chaire, agitait une marionnette de sage petit bonhomme vert.

Le plat de résistance de cette improbable orgie de costumes arriva durant la signature des registres, lorsqu'on nous offrit le privilège d'assister à la reconstitution de l'une des scènes de combat les plus incontournables de la saga. Comme Dark Vador s'appliquait à orchestrer la gestion de la paperasse, ce fut Dark Maul – maquillage noir et rouge impeccable – qui se chargea d'empoigner son arme laser et de combattre Luke Skywalker.

Une fois que le Bien eut finalement triomphé du Mal et que les registres furent signés, le couple, enchanté, redescendit l'allée centrale sous une arche de sabres lasers brandis solennellement au-dessus de leur tête par deux rangées disciplinées de *stormtroopers*.

— Voilà qui était pour le moins... inhabituel, commentai-je, une fois que nous fûmes sortis de l'église, transis par le froid glacial de février.

— « Inhabituel », voilà... C'est l'un des adjectifs que j'ai moi aussi en tête pour décrire ce qui vient de se passer, renchérit Sean, les yeux plissés sous l'aveuglant soleil hivernal.

Il tira une paire de lunettes de soleil aux verres argentés, ajoutant avec elles la touche manquante à sa fameuse panoplie de Brad Pitt version *Ocean's Eleven*. Ma gorge se serra, et j'essayai de chasser cette image séduisante de ma tête en passant en revue les invités qui sortaient tour à tour de l'église.

— Sean, tu ne vas pas le croire…, lâchai-je, stupéfaite, en observant du coin de l'œil une femme obèse qui se tenait à quelques mètres de nous. Regarde la dame qui est là-bas ! Non, mais c'est fou, les efforts qu'elle a dû faire pour confectionner son costume ! Jabba en fringues H&M… Sacré sens de l'humour en plus. Extraordinaire !

— Ça, Scarlett, c'est ma grand-tante Evie, m'informa Sean après un regard dans la direction que je lui avais indiquée. Et je suis navré de te décevoir, mais elle n'est pas déguisée.

— Oh ! Mince, je suis vraiment désolée ! m'excusai-je aussitôt, mon visage soudain aussi rouge que ma robe, m'empressant de détourner le regard. Sean ! Regarde ! Nous avons notre Chewbacca, et… je crois qu'il te fait signe…

Sean se tourna vers le *wookie* qui avançait vers lui flanqué d'une combattante Jedi.

— La personne avec la capuche de Jedi… J'ai l'impression que c'est Diana, intervint Sean en les étudiant attentivement. Oh non… Si c'est vraiment elle, le Jedi, alors Chewbacca doit être…

— Sean ! Comment vas-tu ? s'enquit Diana une fois que le couple fut arrivé devant nous.

— Bien, bien. Merci, Diana, répondit Sean en l'embrassant sur la joue. Et toi, dis-moi ?

— Superbement bien, mon chéri.

— Salut, papa ! lança Sean en levant les yeux vers le visage poilu de Chewbacca.

Le meilleur ami de Yan Solo retira sa tête.

— Comment est-ce que tu m'as reconnu ?

— J'aurais dû me douter que c'était une idée de toi, tout ce délire ciné…

— Et quelle idée ! Je crois que ce mariage va rester dans les annales de pas mal de monde, s'enthousiasma le père de Sean avant de se tourner vers moi. Serait-ce la fameuse Scarlett dont m'a parlé Ursula ?

— Oh, excusez-moi. Papa, c'est bien Scarlett que voici. Scarlett, voici mon père Alfie, et ma belle-mère, Diana.

— C'est un plaisir de te rencontrer, Scarlett, m'accueillit le père de Sean en me serrant vigoureusement la main de sa grosse paluche pelucheuse.

Je me tournai vers Diana. Sous la capuche de Jedi se cachait une femme, grande et élégante, à la longue chevelure d'argent nouée au sommet du crâne. Ses yeux d'un bleu électrique se posèrent sur moi et m'étudièrent un instant.

— Ravie de te rencontrer, Scarlett, déclara-t-elle en me tendant la main.

— Plaisir partagé…, dis-je en l'empoignant.

Je sus immédiatement que Diana n'était pas ma mère. Une fois encore, Sean avait eu raison. Je ne sais pas comment j'ai pu en être aussi certaine… Je crois que c'est à cause de ce que j'ai ressenti sur l'instant ; ou plutôt, ce que je n'ai pas ressenti. Car je reste convaincue que si Diana avait été ma mère, je l'aurais senti au moment même où nos mains s'étaient touchées.

Chapitre 10

Nous passâmes le reste des festivités en compagnie d'Alfie et Diana.

Le père et la belle-mère de Sean formaient un couple touchant. Alfie était un grand bonhomme, jovial au possible, jamais avare d'un rire, qui me rappelait tout à fait le Gareth de *Quatre mariages et un enterrement*. Diana apportait au duo son équilibre : élégante, sereine, tout en restant d'une disponibilité et d'une bienveillance rassurantes. Si j'avais dû la comparer à certaines de mes références, j'aurais opté pour une Honor Blackman teintée de Helen Mirren.

— Tu dois tenir de ta mère, annonçai-je à Sean, tandis qu'assis près de la piste de danse, nous observions Alfie et Diana embarqués par le wookie dans une chorégraphie haletante.

Apparemment, la ressemblance entre Alfie et Simon Callow dans *Quatre mariages et un enterrement* était plus que seulement physique. Il avait, toute la soirée durant, enchaîné les pas les plus exubérants qui soient, et, lorsque le moment était venu pour lui de changer de partenaire, nulle femme n'était à l'abri : moi y compris. Lorsqu'il vint m'inviter, c'était pour que j'aille me déchaîner à ses côtés sur *Let Me Entertain You* de

Robbie Williams. Comme il s'agissait de l'une de mes chansons préférées, je n'hésitai pas à le rejoindre. En définitive, je crois que je n'oublierai jamais le spectacle qu'Alfie m'offrit à cette occasion.

— Pourquoi donc ? me demanda Sean en se tournant vers moi.

— Ton père est tellement… vivant et spontané. C'est incroyable.

— Alors que moi, je suis aussi chiant qu'un pneu crevé, c'est ça ?

— Non, pas du tout, le contredis-je aussitôt, gênée qu'il prenne ainsi ma remarque. C'est juste que tu es, disons… plus réservé. Il n'y a pas de mal à ça, je te rassure ! Je pense juste qu'Ursula doit ressembler davantage à ton père, et toi, à ta mère.

— Ce n'est pas faux… Ma mère et moi nous sommes toujours très bien entendus.

— Vous vous voyez régulièrement ?

— Elle est morte il y a deux ans.

— Oh, Sean…, m'excusai-je presque, aussi surprise que troublée par la révélation. Je suis désolée. Je ne sais pas pourquoi, mais je m'étais persuadée que tes parents s'étaient séparés.

— Ils ont divorcé, oui, après quoi ma mère est partie vivre au Pays de Galles avec un autre homme. Sa maladie s'est déclarée sans crier gare. Au moins, elle a peu souffert… On remercie le destin pour ça.

Sean avait l'air si triste en repensant à sa mère, que je fus prise d'une envie quasi irrépressible de poser une main sur la sienne pour le réconforter. Consciente de la familiarité déplacée du geste, je parvins de justesse à refréner ma pulsion.

— Au moins, elle était heureuse, poursuivit-il. Avant de mourir, je veux dire. David, son deuxième mari, était totalement différent de mon père. Très calme, posé… Un type sans exubérance, avec un bon boulot. Ursula le trouvait chiant comme la mort, mais maman était heureuse, alors on était contents pour elle.

— C'est bien un David, ça…, lâchai-je malgré moi.

— Comment ça ?

— Non, excuse-moi, rien du tout… C'est de ta mère qu'on parle, désolée.

— Non, je t'écoute, insista Sean. J'aimerais autant ne pas plomber l'ambiance agréablement surréaliste du mariage du siècle. Qu'est-ce que tu as contre les David ?

Je gagnai un peu de temps en terminant ma boisson, puis en faisant tournoyer les glaçons au fond du verre. Est-ce que j'avais vraiment envie de discuter avec Sean de ma relation avec David ? En même temps, avec ce qu'il venait de m'apprendre sur sa mère, je ne voulais pas passer pour une garce insensible…

— Mon fiancé s'appelle David, finis-je par lui avouer en reposant mon verre sur la table. Lui aussi est du genre… introverti.

— Tu veux dire « chiant comme la mort » ? se moqua Sean.

— Ce n'est pas qu'il est chiant… C'est juste qu'il sait ce qu'il aime, et qu'au-delà de ça, il n'est pas très aventureux.

— Il bosse dans quoi ?

Je levai mes yeux vers Sean, redoutant sa réaction.

— Sa famille possède une chaîne de salles de ciné.

Sean jeta sa tête en arrière et éclata de rire.

— Scarlett, je t'assure, tu es vraiment extraterrestre sur les bords, et les bords sont larges. C'est pour cette raison que tu comptes l'épouser ? Pour te faire des toiles à l'œil jusqu'à la fin de tes jours ?

— Non, répondis-je, regrettant aussitôt d'avoir voulu me montrer compatissante.

— Désolé, s'excusa Sean qui tentait tant bien que mal de reprendre son sérieux. Je n'aurais pas dû me marrer. Mais tu avoueras que c'est cocasse, non ?

— Je comprends que la coïncidence puisse t'amuser, mais ce n'est pas pour ça que je vis avec lui.

— Pourquoi est-ce que tu l'as choisi, dans ce cas ? Oh, attends…, ajouta Sean, les sourcils relevés dans un rictus lourd de sous-entendus. Ce David ne serait pas le clone parfait de Brad Pitt, à tout hasard ?

— Ce ne sont pas tes affaires, Sean.

Qu'il m'ait avoué avoir perdu sa mère n'y changea rien : il commençait à m'agacer. Pourquoi fallait-il toujours qu'il trouve une raison de me ridiculiser ?

— OK, donc, récapitulons : il est moche, chiant, et tu ne l'épouses pas pour avoir des places gratuites au ciné… Je suis navré, mais à part pour l'argent, je ne vois pas tellement ce que tu fiches avec ce type.

Je le dévisageai.

— Pitié, Cerise, ne me dis pas que c'est ça… Je n'aurais jamais pensé que tu puisses être aussi vénale.

Sean plaisantait, mais consciemment ou non, il était trop proche de la vérité pour que cette conversation me mette à l'aise.

— Arrête un peu de dire n'importe quoi. Comme si j'étais du genre à épouser un homme pour son argent… Je l'aime, c'est tout. OK ?

Sean m'observa, dubitatif.

— « La dame fait trop de protestations, ce me semble. » Cela dit, je te crois : tu n'as pas grand-chose d'une mercenaire.

— Merci bien, repartis-je, sarcastique.

Alfie et Diana revinrent s'attabler avec nous.

— Alors, les enfants ? nous demanda Alfie, haletant après sa performance sur *Livin' la Vida Loca* de Ricky Martin. Tout se passe bien ? Vous reprenez quelque chose à boire ?

— S'il vous plaît, oui, répondis-je en tendant mon verre. Avec plaisir !

— C'est ma tournée ! Je vais chercher ce qu'il faut au bar : je crois que Scarlett a besoin d'un break. Trop de taquinerie tue la taquinerie, hein, Cerise ?

Je décidai de le snober, et me tournai vers la piste de danse.

— La même chose pour tout le monde, alors ? demanda Sean dont je devinais le sourire dans la voix. Je reviens dans une seconde !

Sean partit à grandes enjambées en direction du bar, me laissant avec Alfie et Diana.

— Ma pauvre chérie, m'interpella tendrement Diana. J'espère qu'il ne t'a pas trop asticotée. Il a le chic pour agacer son monde.

— Tout va bien, ne vous inquiétez pas, la rassurai-je en souriant. Pour l'instant, j'arrive à gérer.

Peut-être Sean n'était-il pas si différent d'Alfie, finalement. Peut-être… que son humour était simplement plus subtil.

—Alors, Scarlett…, me dit Alfie en se tournant vers moi. Ursula m'a dit que tu adorais le cinéma.

—C'est vrai, oui, confirmai-je en levant les yeux vers lui.

—Si j'ai bien compris, ça n'a pas l'air d'être du goût de ta famille, c'est bien ça ? Ursula m'a expliqué que si ta mère était une cinéphile passionnée elle aussi, c'était loin d'être le cas de ton père.

À la mention de ma mère, un frisson me parcourut l'échine. J'avais passé des années à ne pas parler d'elle, et voilà que quelqu'un que je connaissais à peine lançait le sujet sans crier gare.

—Alfie, peut-être que Scarlett n'a pas trop envie d'en parler, l'avertit Diana d'une voix douce.

—Non, non, ça ira, aucun problème. Je vous assure…

Je leur révélai alors ce que je savais de ma mère et de son amour pour le cinéma. C'est ce moment que choisit Sean pour réapparaître avec nos boissons. Puis, sans que je sache véritablement pourquoi – c'était un sujet que je n'abordais jamais –, je leur avouai que ma mère était partie lorsque je n'étais encore qu'un bébé.

—Oh, ma chérie, c'est terrible…, commenta Diana, compatissante. En tout cas, d'après ce que tu nous as dit de ton père, il a l'air d'être un homme très bien.

—C'est le meilleur ! Je n'ai jamais manqué de rien avec lui. Et si c'est le cas, je ne m'en suis pas rendu compte…

—Comment s'appelait-elle, ta maman ? me demanda Alfie.

— Rosemary. Mais je crois que la plupart du temps, elle se faisait appeler Rosie.

Alfie fronça les sourcils.

— Diana, tu te souviens de cette serveuse qui travaillait pour nous ? La passionnée de cinoche. Vous alliez au ciné toutes les deux de temps en temps quand j'étais coincé au bar. Elle ne s'appelait pas Rosie ?

Diana réfléchit quelques secondes.

— Ah oui, je crois que tu as raison. Mais c'était il y a combien de temps ? Dix ans ? Vingt ans ?

— À quoi est-ce qu'elle ressemblait ? demandai-je sans retenue, impatiente d'en apprendre plus.

Il devait y avoir des milliers de Rosie qui aimaient le cinéma, mais qui sait…

Diana fouilla dans ses souvenirs.

— Elle avait des cheveux plutôt clairs, je crois, mais il me semble qu'ils étaient teints. En tout cas, ils n'étaient pas aussi foncés que les tiens, Scarlett. Si ma mémoire est bonne, elle avait les yeux clairs, par contre, elle aussi. Bleus ou verts, je ne sais plus.

— Peut-être que j'ai les cheveux de mon père… et les yeux de ma mère, qui sait ? Les siens sont marron, donc…

Nous commençâmes alors à envisager avec enthousiasme la possibilité que cette Rosie puisse être ma mère.

Sean, qui jusqu'ici nous avait écoutés en silence, nous interrompit.

— Loin de moi l'idée de vouloir jouer les trouble-fêtes, mais vous ne croyez pas que vous vous emballez un peu trop ?

Nous nous tûmes d'un coup et nous tournâmes vers lui.

Il nous regarda l'un après l'autre, s'attardant sur Diana.

— Tu as dit que tu n'avais pas vu cette femme depuis très longtemps. Tes souvenirs sont peut-être un peu flous, non ?

Diana défia Sean de son regard saphir.

— Tu sous-entends que mon âge canonique a eu raison de ma mémoire ? lui demanda-t-elle d'une voix douce. Que je perds la boule ?

— Non, non, pas du tout ! la rassura Sean dont la gêne avait rosi les joues. Je dis juste qu'il doit y avoir une chance sur des millions qu'il s'agisse bien de la même personne, ajouta-t-il avant d'avaler une gorgée de sa boisson et de reprendre son calme. C'est votre fâcheuse tendance à tout romancer qui trouble votre jugement.

— Ah, mon fils… La voix de la raison, déclara Alfie en se penchant vers Sean, les yeux rivés sur lui. Je croirais entendre ta mère…

— Je ne vois pas ce que maman vient faire là-dedans. J'essaie juste de ménager Scarlett. La vérité, c'est que vous parlez d'une femme que vous n'avez pas vue depuis au moins dix ans. Sous le seul prétexte que vous avez peut-être croisé sa mère un jour, vous farcissez de faux espoirs le crâne de Scarlett. Est-ce que vous savez seulement où est cette femme aujourd'hui ?

Je n'avais pas la moindre idée de la façon dont je devais réagir face à Sean, tant j'étais à la fois furieuse de briser ainsi mes espoirs, et touchée qu'il se soucie de ne pas me voir attristée par toutes ces discussions à propos de ma mère.

— À Londres, répondit Diana. Je sais qu'elle y a trouvé du travail. Elle a rencontré un type qui lui a proposé un poste dans l'une des boutiques de luxe de Bond Street. Rosie faisait toujours très attention à son apparence… Elle avait du succès.

— Je suppose que vous ne vous souvenez pas du nom de la boutique ? lui demandai-je, espérant le contraire.

Diana replongea au plus profond de ses souvenirs.

— Non… Je suis navrée, Scarlett. Cela dit, c'était il y a des années. Rien ne dit qu'elle y travaille encore.

— Et même si c'était le cas, intervint Sean, cela ne signifie pas pour autant que cette femme est la mère de Scarlett. Rien ne le prouve, en tout cas.

J'ouvris mon sac et en sortis ma vieille photo cornée.

— Je sais que le cliché date un peu, dis-je en la dépliant avec soin, mais est-ce que la Rosie que vous connaissiez ressemble un tant soit peu à la femme qui est sur cette photo ?

Diana prit délicatement la photo dans sa main, et Alfie et elle se penchèrent pour récupérer tous deux leur étui à lunettes.

Alfie fut le premier à poser les yeux sur le cliché. Il retira ses lunettes en secouant la tête.

— Navré, Scarlett, mais c'est difficile à dire. Cette Rosie ne me dit plus grand-chose, tu sais. Déjà que d'une semaine à l'autre, les femmes changent trop vite pour mon sens de l'observation, alors pour en identifier une que je n'ai pas vue depuis dix ans…

— Je vous en prie, Alfie. Merci beaucoup en tout cas… Ça valait le coup d'essayer, dis-je, tâchant de dissimuler au mieux ma déception.

Diana me rendit la photo, retira lentement ses lunettes, puis posa délicatement une main sur la mienne.

— C'est elle, Scarlett. Sur la photo… C'est Rosie.

J'en restai bouche bée. C'était comme si Diana venait de me fournir la pièce manquante à ce puzzle que j'essayais vainement de compléter depuis des années.

J'avais dit à Sean que, pour moi, il n'y avait jamais aucun hasard dans la vie. Peut-être ma venue à Notting Hill avait-elle un tout autre but que prouver à ma famille qu'elle se trompait à propos de ma passion pour le cinéma ? Et si j'avais entrepris ce voyage pour retrouver cette fameuse pièce de puzzle perdue ? Pour combler ce vide qui m'avait torturée toute ma vie…

Pour retrouver ma mère.

Chapitre 11

Le lendemain, notre retour en train fut plus calme que ne l'avait été l'aller. Je passai la majeure partie du voyage perdue dans mes pensées, et Sean fit preuve d'une politesse louable en me laissant à mes rêveries.

Une fois à Notting Hill, lorsque notre taxi nous eut déposés devant nos maisons respectives, Sean me demanda s'il y avait quoi que ce soit qu'il puisse faire pour m'aider.

— Merci, mais ma valise n'est pas trop lourde, répondis-je en gravissant les marches.

— Non, je parlais de tes recherches, me corrigea Sean, à mon niveau, après avoir grimpé la volée de marches devant sa porte. Tu ne m'en as pas parlé, mais je suppose que tu vas essayer de retrouver ta mère maintenant que tu as une piste, non ?

— Oh, excuse-moi. Oui, tu as raison. Mais j'ai déjà une petite idée de ce que je vais faire, annonçai-je en souriant. Merci de t'en soucier, en tout cas.

— Je t'en prie, vraiment. Et si tu changes d'avis, tu sais où me trouver.

J'acquiesçai.

Sean me sourit, ouvrit sa porte, et disparut à l'intérieur de sa maison.

Je restai un moment immobile en haut des marches, les yeux toujours rivés à l'endroit où il se trouvait quelques secondes plus tôt. C'était étrange de se trouver seule de nouveau…

Cela dit, je ne restai pas seule bien longtemps : à peine avais-je ouvert la porte que je fus accueillie par le chant criard désormais familier de ce cher Al – comme je l'avais baptisé –, l'alarme de la maison…

Tôt le lendemain matin, je partis pour le quartier commercial de Londres. Alors que j'émergeais de la station de métro de Bond Street, je me rendis compte de l'énormité de ce que je m'apprêtais peut-être à découvrir.

Ici, tout autour de moi, se trouvaient plus de boutiques de stylistes, de parfums, d'antiquité et de galeries d'art que nulle part ailleurs dans la capitale. Sans compter les artisans qui avaient l'honneur d'être dans le carnet d'adresses de la famille royale…

Par où est-ce que je vais bien pouvoir commencer ? me demandai-je en balayant du regard les nombreuses boutiques de l'endroit, toutes plus luxueuses les unes que les autres. Finalement, comme l'avait chanté une nonne célèbre au début d'un film qui ne l'était pas moins, je décidai de commencer par le commencement : « un très bon endroit pour commencer ».

Ainsi, ce lundi matin, j'entrepris de parcourir l'intégralité de l'ancienne et de la nouvelle Bond Street, interrogeant des employés qui, à défaut de clients, attendaient peut-être d'en finir ; et, lorsque je décelais dans leurs yeux la moindre lueur d'intérêt, leur montrais la photo de ma mère.

Vers midi, je fis une pause dans un petit café. Je m'assis près d'une fenêtre et, en attendant mon panini, dépliai encore le cliché vieilli, cette fois pour mon simple plaisir.

« Un désir suffocant pour un bonheur perdu »... Je comprenais enfin ces mots associés au tableau de Chagall. Aujourd'hui que j'entreprenais volontairement quelque chose qui m'était cher – retrouver ma mère – tout devenait clair.

Je repliai délicatement la photo, et la rangeai avec précaution dans la poche intérieure de ma veste. Sirotant mon jus d'orange, je regardai ensuite les passants chargés de sacs qui grouillaient sur le trottoir.

De l'autre côté de la rue, deux femmes se percutèrent en voulant entrer en même temps chez Vuitton. Lorsqu'elles s'excusèrent poliment et, voulant ramasser les sacs au contenu sans nul doute hors de prix qu'elles avaient laissés tomber, se cognèrent la tête l'une contre l'autre, je ne pus réprimer un éclat de rire. C'était le genre de choses qui arrivaient cent fois par jour lors de virées shopping ; particulièrement à Londres. Ce qui était moins habituel en revanche, et qui venait d'arriver à l'une des deux femmes, était de mettre un coup de boule à Keira Knightley.

Je contemplai, bouche bée, le visage de l'inconnue devenir écarlate lorsqu'elle comprit ce qui venait de se passer. J'ignore si elle perdit à cet instant la faculté de parler ou si – à en croire l'expression sur le visage de Keira –, elle s'en était servie pour articuler une phrase d'une bêtise crasse, toujours est-il que l'actrice lui sourit poliment, puis commença à rebrousser chemin.

Lentement d'abord, puis de plus en plus vite, jusqu'à disparaître dans la rue surpeuplée.

Quel gâchis..., pensai-je, tandis que la serveuse déposait mon panini sur la table. Si j'avais été à la place de l'inconnue, j'aurais, avec beaucoup de correction, engagé la discussion avec elle, et nous aurions probablement fini par papoter quelques minutes de son prochain film. Pourquoi est-ce que ça n'arrivait qu'aux autres, ce genre d'heureuses coïncidences ? La vie était tellement injuste, parfois...

L'après-midi, je repris l'enquête commencée le matin même, mais cette fois-ci, en arpentant Bond Street sur l'autre trottoir. De fait, j'avais peu de chances que cela aboutisse à quoi que ce soit : ma mère avait travaillé ici plus de dix ans auparavant. Cela dit, c'était ma seule piste, et je n'avais pas l'intention de baisser les bras.

Alors que je m'apprêtais à entrer dans un grand magasin de luxe, mon téléphone se mit à sonner.

— Papa ! criai-je, presque heureuse de l'entendre pour la première fois depuis mon départ. Comment ça va ?

— Bien, merci, Scarlett. Et toi, dis-moi ? Tu passes du bon temps loin de nous tous ?

Comment est-ce que je suis censée répondre à ça ?

— Vous me manquez, tous, c'est sûr... Mais je sens déjà que ça me fait du bien, cette petite retraite.

— Je suis content de te l'entendre dire. Qu'est-ce que tu fais de beau, aujourd'hui ?

— Oh, je fais un peu les boutiques...

— Ah ! J'aurais dû m'en douter. Tu vides le compte en banque de David jusqu'au dernier sou, c'est ça ?

Si seulement…

— Tu sais, j'ai de l'argent, moi aussi, papa, lui rappelai-je. C'est pour ça que tu me vois tous les jours au bureau !

— Tous les jours, je n'irais pas jusque-là…, me taquina mon père en riant. En tout cas, je suis content que tu t'amuses. Tu avais vraiment besoin d'évacuer.

— Oui…, dis-je, me sentant soudain coupable de ce que je faisais aujourd'hui dans cette rue. Désolée, papa, mais je vais devoir raccrocher. J'ai une journée chargée…

C'est le moins qu'on puisse dire…

— Et tu n'es pas la seule ! Tu l'as peut-être oublié, mais je me retrouve tout seul à gérer cette galère, moi ! me lança mon père sur le ton évident de la plaisanterie.

— Tant mieux : tu seras deux fois plus content de me revoir à mon retour, comme ça, plaisantai-je à mon tour en souriant. Bon, bon… Je file, mais je te recontacte très bientôt, OK ?

— Très bien, ma puce. À plus tard, alors. Je t'aime.

— Je t'aime aussi, papa. Bisous.

Je raccrochai et rivai les yeux sur l'écran de mon téléphone. Peut-être aurais-je dû lui dire ce que je faisais, mais je n'étais pas sûre que mon entreprise porterait ses fruits, et je n'avais aucune envie de lui faire de la peine pour rien… Quoi qu'il en soit, je me devais de poursuivre ma petite enquête.

Je rangeai mon téléphone dans mon sac, et poussai la porte-tambour de l'enseigne de luxe.

Bon, allons-y…

Je commençai mon investigation, posant mes questions aux vendeurs, visant particulièrement les plus âgés : il était peu probable que les plus jeunes aient déjà croisé ma mère… si seulement elle avait travaillé ici. Je ne doutai pas de la fiabilité des informations que m'avait données Diana, mais les chances que j'avais de retrouver ma mère – ou qui que ce soit ayant jamais travaillé avec elle – se réduisaient à chaque nouvel échec.

Alors qu'une fois de retour au rez-de-chaussée, je me dirigeai vers la sortie, je m'arrêtai soudain au niveau du rayon des sacs à main, moins pour m'extasier sur les prix exorbitants des pièces de maître que pour observer attentivement l'une des vendeuses : elle était plus âgée que les autres, et je ne l'avais pas vue lorsque j'étais passée ici un peu plus tôt. La raison pour laquelle je ne la quittais pas des yeux, c'était ce chignon de cheveux noir de jais noué sur sa tête. Qui plus est, alors qu'elle consultait par-dessus ses lunettes une feuille d'inventaire, je remarquai que ses yeux étaient du même vert intense que ceux que j'observais chaque jour dans le miroir.

Elle leva les yeux vers moi, et nos regards se croisèrent.

— Je peux vous aider ? me demanda-t-elle.

— Non ! Enfin… si. Peut-être, balbutiai-je, déstabilisée par cette rencontre soudaine qui, après toute une journée d'enquête à arpenter Bond Street, venait peut-être de me projeter en un éclair en face de ma mère. Vous travaillez ici depuis longtemps ?

— À peu près dix ans. Pourquoi donc ?

— Bon sang… Euh… Eh bien, comment dire…, bégayai-je, me demandant comment l'on était censé demander à une femme si elle était celle qui vous avait abandonnée quand vous aviez six mois.

— Mademoiselle Sheila ! appela soudain une voix. J'aurais besoin de vous, s'il vous plaît.

Miss Sheila tourna la tête vers un homme âgé qui, de l'autre côté du comptoir, semblait avoir du mal à choisir un sac à main.

— Excusez-moi une seconde, mademoiselle. Je reviens tout de suite.

Sheila sembla glisser sur le sol, planant presque jusqu'à l'homme à qui elle adressait quelques mots rapides. Experte, elle lui montra ensuite deux sacs qu'elle ouvrit, referma, tint à bout de bras, passa à son coude, puis sur son épaule. L'homme désigna finalement l'un des deux sacs : une pochette en cuir brun clair avec chaînette en option.

— Paquet cadeau pour ce monsieur, Michelle ! lança Sheila à l'aveugle.

— Michelle est en pause, mademoiselle.

— Dans ce cas, pourriez-vous vous en charger, Leila, s'il vous plaît ?

— Non, désolée. On m'a pas encore appris à le faire. Je suis encore en formation, du coup… ben, je sais pas le faire.

Sheila leva les yeux au ciel, priant peut-être la Providence de lui accorder la patience de survivre à cet instant de communication poussive avec un sous-fifre.

— Dans ce cas, dit-elle, prenons un peu les devants. Ouvrez les yeux et restez attentive…

Je regardai moi aussi Sheila s'occuper avec expertise de l'emballage. Finalement, l'homme repartit avec un élégant paquet bleu ciel aux motifs de pétales de rose, que la vendeuse plaça dans un sac transparent scellé par un ruban blanc.

Rowan Atkinson te dévore le cœur…, pensai-je, me référant à une scène de film de plus.

Sheila vint me retrouver au comptoir.

— Navrée que vous ayez dû assister à cela, mademoiselle. Que vouliez-vous savoir, au juste ?

— Je… voulais savoir si… Comment… Sheila, c'est votre vrai nom ? lâchai-je à l'étourdie.

Sheila sembla se demander si elle devait ou non appeler la sécurité.

— Oui… Pourquoi me posez-vous la question ?

— Oh non ! Juste comme ça…, répondis-je, l'air de rien.

— Il doit bien y avoir une raison, mademoiselle. On ne pose pas ce genre de questions au hasard.

Je me retins de lui avouer que je me demandais si elle était ma mère, et lui expliquai plutôt que j'étais à la recherche d'une certaine Rosemary O'Brien qui avait travaillé ici par le passé, après quoi, je lui montrai rapidement ma photo.

— Navrée, mademoiselle. Ce nom et cette photo ne me disent rien du tout.

— Ce n'est pas grave, l'excusai-je en rangeant la photo dans mon sac. Je m'y attendais : on me fait la même réponse depuis ce matin. Merci en tout cas…

Je me retournai et m'apprêtai à partir, lorsque Sheila m'interpella.

— Vous devriez demander à Bill.

— Bill ?

— C'est notre homme à tout faire. Il est ici depuis des années. Il connaît tout le monde, et tout le monde le connaît.

— Oh ? Je pourrais lui parler ? demandai-je, enthousiaste.

— Attendez, je vais voir s'il est dans le coin, dit Sheila en décrochant le téléphone du magasin. Janice ? Oui, c'est Sheila du rayon sacs… Oui, ça va, et toi ? Tu sais où est Bill ?

J'attendais la réponse en retenant mon souffle. En l'occurrence, je n'avais jamais vraiment retenu mon souffle, et ça me semblait être le moment idéal pour tenter l'expérience.

— Oh, vraiment ? Mince, c'est moche ça… Oui, espérons… Bon, eh bien, merci, Janice… Oui, avec plaisir, on s'organisera ça… On se rappelle, au revoir.

Sheila reposa le combiné.

— Navré, mademoiselle, mais Bill est tombé malade. Janice m'a dit qu'il était grippé.

Je ne pus réprimer un profond soupir, plombée par la nouvelle.

— Vous avez une idée de quand il reviendra ?

— Bill doit avoir une soixantaine d'années. Ces soucis de santé ne passent pas en un jour à cet âge… Essayez toujours de repasser dans la semaine.

— Très bien, acquiesçai-je. Je n'y manquerai pas. Merci beaucoup pour votre aide, Sheila.

— Je vous en prie, mademoiselle. Bonne chance dans vos recherches.

C'était la goutte d'eau qui faisait déborder le vase. Cette journée avait été aussi éprouvante physiquement que pour mes nerfs et, après Sheila, je décidai de suspendre mes recherches et de rentrer.

Tout ce à quoi j'aspirais, ce soir-là, c'était un bon bain chaud, et peut-être une petite séance de ciné thérapeutique offerte par l'abondante collection de DVD que Belinda et Harry rangeaient dans leur bureau : j'avais eu ma dose de vie réelle pour aujourd'hui.

Chapitre 12

Le lendemain, je poursuivis mes recherches dans Bond Street.

J'achevai l'autre côté de la rue assez tôt et, malgré mon optimisme forcené, mes questions ne trouvèrent pas plus de réponses prometteuses que les jours précédents.

Passer ma journée dans des magasins de luxe aurait pu être amusant, le genre d'amusement que connaissent les personnages du film *Sex and the City*. Malheureusement, je ne me sentais pas le moindre point commun avec Carrie, Samantha, Charlotte ou Miranda, tandis que j'entrais et sortais mécaniquement de chacune des boutiques. Qui plus est, là où elles avaient choisi de parader en tenues de grands couturiers et talons hauts, j'avais opté pour le confort d'un jean H&M, d'un sweat à capuche Gap, d'une veste récupérée sur ASOS et d'une paire de Nike.

Après mon repas de midi, je me permis une nouvelle visite à la boutique de luxe, au cas où Bill se serait miraculeusement remis de sa grippe et fût de nouveau en train d'arpenter les rayons du magasin, un tournevis à la main. Comme je m'y attendais, la réponse de Sheila resta la même. Je promis de repasser le lendemain, et décidai de rentrer à la maison.

Je ne trouvai pas davantage Bill le mercredi matin. Je demandai à Sheila s'il était possible d'obtenir son numéro de téléphone, mais après un bref coup de fil à Janice, il s'avéra qu'il était strictement interdit de transmettre les coordonnées des employés du magasin.

— Navrée, mademoiselle, s'excusa Sheila. Qui plus est, Janice semble dire qu'il ne devrait revenir que la semaine prochaine. À la semaine prochaine, alors ?

Je rentrai une fois de plus bredouille à la maison, écœurée et totalement désabusée : non seulement je ne trouvais plus la moindre information à propos de ma mère, mais, en plus de cela, je n'avançais pas davantage sur l'autre front, celui de faire mentir mon entourage en vivant autant de scènes supposées exclusivement cinématographiques que possible. En même temps, cela n'était pas si surprenant, compte tenu du fait que j'avais passé les trois derniers jours dans la même rue… Le truc, c'est que comme ma première semaine à Notting Hill avait été riche en séquences de ce type, j'avais crié victoire trop vite, et m'étais convaincue que je n'allais pas avoir le moindre mal à prouver à mon entourage que la vie regorgeait d'« instants cinéma ». Je n'en étais plus si sûre, à présent.

Alors que j'étais à deux doigts de me laisser glisser dans l'eau chaude et mousseuse du bain, on sonna à la porte. Priant pour décourager l'intrus, je le snobai en bonne et due forme. La dernière chose dont j'avais besoin était de voir Oscar ou Ursula débouler aux nouvelles. Tous deux étaient venus me voir plusieurs fois depuis notre retour de Glasgow dimanche soir, et, même si je leur étais reconnaissante de se soucier ainsi de moi, je ne me sentais pas d'attaque à leur résumer un nouveau fiasco. Malheureusement pour moi, au lieu de se dire que personne ne viendrait lui ouvrir et qu'il n'avait plus qu'à rebrousser chemin, l'intrus sonna de nouveau, plus longtemps cette fois-ci.

Je levai les yeux au ciel, enfilai un peignoir blanc suspendu à l'arrière de la porte de la salle de bains, et descendis rapidement l'escalier.

— Oui ? lâchai-je d'un ton sec en ouvrant la porte avec autant de délicatesse.

J'aurais probablement dû observer d'abord par le judas, mais je n'étais pas encore habituée à tout ce dispositif de sécurité.

— Oh, désolé, je te dérange ?

Sean, debout devant moi, détailla ma tenue.

— J'allais prendre un bain, en fait, répondis-je en ajustant le col du peignoir pour ne rien lui laisser entrevoir.

— Oh, OK, dit-il, ramenant ses yeux au niveau des miens. Je me demandais juste comment avançaient tes recherches. Je suppose que tu as dû arpenter Bond Street de long en large ces derniers jours. Navré de ne pas avoir appelé, mais j'étais en déplacement pour le boulot.

Voilà pourquoi je ne l'avais pas vu ces derniers jours...

— J'y suis allée, oui.

— Alors ? Du nouveau ?

— À dire vrai, ça a été un désastre de bout en bout, répondis-je, avant de lui raconter mes pérégrinations. La plupart des vendeurs étaient d'une condescendance dingue ! Ils n'avaient qu'une envie, c'était de me voir disparaître. Et tout ça parce que je ne portais ni chaussures Jimmy Choo, ni sac à main Gucci ! Et le pire...

Je m'interrompis au beau milieu de ma tirade, regardai fixement Sean, puis me mis à sourire. Je venais d'avoir une idée…

— Et ce sourire, c'est pour ? s'enquit Sean en traînant sur la dernière syllabe.

— *Pretty Woman*, répondis-je, le visage rayonnant. *Pretty Woman*, Sean ! OK, je cherchais des infos et non des fringues mais tout de même ! Ces derniers jours, je crois que je me suis sentie exactement comme Julia Roberts dans *Pretty Woman* !

— Tu as fumé des sels de bain, Scarlett ? De quoi est-ce que tu parles ?

— De *Pretty Woman* ! Le film auquel je faisais allusion dans le train ! Quand je t'ai traité de sale requin sans scrupules ?

— Oh, ce film-là…

— Oui ! Eh bien dans ce film, Julia Roberts joue le rôle d'une prostituée, et Richard Gere, qui s'offre ses services, lui donne de l'argent pour qu'elle refasse sa garde-robe en dévalisant Rodeo Drive. Le truc, c'est que personne ne veut la conseiller parce qu'elle a un look de traînée !

— OK…

— Vraiment ! C'était tout moi ces derniers jours, sauf que j'étais à Londres plutôt qu'à Beverly Hills, et dans l'équivalent londonien de Rodeo Drive : Bond Street !

— On… peut voir ça comme ça…, commenta Sean, l'air intrigué.

— Mais bien sûr qu'on peut voir ça comme ça ! Et puis, il faut bien que je tire quelque chose de positif de cette succession de tuiles, et un nouvel instant-ciné, ça me convient tout à fait !

Je croisai les bras, absolument ravie.

— Eh bien écoute… Et cette vendeuse de l'enseigne de luxe, dis-moi ? Sheila ?

— Concernant cette piste-là, je ne pourrai rien faire de plus tant que Bill ne sera pas revenu pointer. À mon avis, tant qu'il ne sera pas guéri, je ferais mieux d'oublier cette histoire de mère disparue et de poursuivre ma mission initiale. Mais une chose après l'autre, Sean : le plus important pour l'instant, c'est que je prenne un bain !

— Oh, oui… bien sûr ! Désolé…, s'excusa Sean un peu gêné. Ah, au fait ! J'allais presque oublier : ça m'intéressait de savoir comment avançaient tes recherches, mais, à la base, je voulais surtout te demander si tu avais quelque chose de prévu ce soir.

— À part prendre un bain et m'allonger devant Brad Pitt, pas grand-chose, non.

— T'allonger devant Brad Pitt ?

Je lui souris.

— J'allais me lancer le DVD de *Mr et Mrs Smith.*

— OK, je comprends mieux, m'assura Sean en hochant la tête.

Je doutais qu'il ait vraiment saisi la référence. Il reprit :

— Bref, des amis m'ont refilé des billets d'opéra, et je m'étais dit que ça aurait pu t'intéresser.

— C'est gentil, Sean, mais je ne suis pas sûre de connaître qui que soit ici que je puisse traîner à l'opéra.

— Je me suis mal exprimé… Je te proposais de venir avec moi.

Je rougis. Comment avais-je pu comprendre sa proposition de travers ?

— Oh, navrée ! Oui ! Oui, pourquoi pas ? Il me faut une tenue de soirée ? Tu sais, je n'ai pas grand-chose de très classieux…

— Ne t'inquiète pas, ce n'est pas une soirée d'ouverture. Tu n'auras pas trop à te casser la tête. D'ailleurs, pourquoi tu ne mettrais pas la robe que tu portais au mariage, samedi ? Elle t'allait vraiment bien.

Je réfléchis un instant. J'étais à deux doigts de rétorquer que cette fameuse robe lui avait donné la bonne idée de me surnommer Cerise, quand je me rendis compte de la tournure que prenaient les événements. Au final, la situation allait plutôt en s'améliorant, et si je n'avais pas réussi à trouver ma mère, je sentais poindre à l'horizon la promesse d'une nouvelle scène à la *Pretty Woman*. Deux en une semaine !

— Eh bien, écoute, dans ce cas… je serais ravie de t'accompagner à l'opéra ce soir, Sean.

Ou devrais-je dire… Richard ?

Chapitre 13

Comme nous arrivâmes à l'opéra très en avance, nous décidâmes de prendre un verre au bar avant le spectacle.

Pendant que j'attendais Sean, parti chercher nos boissons, je jetai un coup d'œil à une vitrine derrière laquelle étaient exposées diverses affiches de publicité et notes culturelles à propos de l'œuvre que nous allions découvrir ce soir : *Così fan tutte*. En vérité, j'étais à la recherche de toute diversion mentale qui me permette de ne plus voir Brad Pitt chaque fois que je posais les yeux sur Sean. Au final, cela s'avéra moins compliqué que prévu, d'autant plus qu'il avait revêtu ce soir-là une tenue assez éloignée de celle d'*Ocean's Eleven*. Tandis que j'étudiais la vitrine, j'essayais d'imaginer Sean en Richard Gere et moi en Julia Roberts, mais la tâche fut plus complexe que je l'aurais cru : sans trop savoir pourquoi, qu'ils fussent ou non désirés, j'avais du mal, ce soir, à maîtriser mes fantasmes.

Sean revenait vers moi, se frayant un chemin au travers de la foule, nos boissons à la main : un verre de vin blanc pour moi et une bière pour lui.

— C'est la première fois que tu viens à l'opéra ? me demanda-t-il.

J'aurais aimé lui répondre que, bien évidemment, venant de Stratford, l'opéra, les ballets et le théâtre étaient mon lot quotidien, mais Sean me connaissait déjà trop bien pour que cela puisse faire illusion.

— Oui, la toute première.

— Tu vas voir, l'opéra, c'est un peu comme les endives au jambon : tu adores ou tu détestes.

Ça ne sonne pas très Richard Gere, ça, Sean. Fais un petit effort…

— Mmmh… OK. Et je suppose que, toi, tu… adores ça ?

Il acquiesça.

— Si ça t'intéresse, je peux te parler un peu de l'opéra de ce soir.

— Très bien, je t'écoute.

— *Così fan tutte* peut se traduire par : « Ainsi sont les femmes ». L'opéra raconte l'histoire de deux hommes qui pensent que leurs fiancées leur resteront toujours fidèles. Le truc, c'est qu'un type arrive et leur dit non seulement qu'ils se trompent, mais qu'en plus, il va le leur prouver. S'ils veulent honorer le pari, les deux hommes vont devoir faire croire à leurs fiancées qu'ils sont envoyés à la guerre, puis se déguiser et tenter, sous leurs nouveaux atours, de séduire chacun la petite amie de l'autre.

— Original…

— C'est franchement pas mal, oui. Un peu dans le genre des comédies romantiques que tu aimes bien, d'ailleurs. Enfin, je pense… La seule différence, finalement, c'est que ça se joue devant toi, avec des comédiens en chair et en os, plutôt que sur un écran plat aussi grand qu'un stade de foot.

— Je vais attendre de l'avoir vu avant de me prononcer, déclarai-je avec une indifférence feinte. Mais ça ne me dérange pas de tenter le coup. Et puis, j'aime bien Mozart, alors ça devrait bien se passer.

— Tu… tu aimes Mozart ? m'interrogea Sean, incrédule.

— Oui. Pourquoi ? Je ne devrais pas ?

— Oh, non, pas du tout. Je suis juste surpris… Une fois de plus. Quoi qu'il en soit, et si ça t'intéresse, le livret – le texte, en gros – a été écrit à l'origine pour un collègue de Mozart, mais comme il l'a abandonné en cours de route, Mozart l'a récupéré.

— Salieri, commentai-je sur un ton plus qu'assuré.

— Exact. C'était lui… Comment est-ce que tu le sais ? s'étonna Sean en me dévisageant intensément de ses yeux bleus comme s'il cherchait à lire dans mon esprit. Oh, je vois… Tu as vu *Amadeus*, c'est ça ?

— J'ai vu *Amadeus*. C'est un chouette film.

— Qui force un peu la vérité.

— Tu connais beaucoup de films qui ne font pas dans l'excès ?

— De fait. En tout cas, voilà un autre exemple de film qui vient étayer ma thèse : avant de nous conter la vie de Mozart sur grand écran, *Amadeus* l'a fait au théâtre et à l'opéra.

— Comment est-ce que tu peux savoir autant de choses ? demandai-je à Sean, d'un ton presque suspicieux. Tu as l'air d'un type tout ce qu'il y a de plus banal, mais chaque fois que tu parles, tu me fais penser à une sorte de… d'encyclopédie sur pattes.

Sean partit d'un rire sonore.

— C'est le fruit de nombreuses années d'entraînement !

Une cloche sonna pour nous inviter à prendre place.

— Le moment est venu de voir ce que tu fais de cette manne de savoir, reprit-il en m'offrant son bras. Mademoiselle ?

Je glissai mon bras contre le sien, et nous nous dirigeâmes dans l'auditorium, à la recherche de nos places.

Je fus d'abord déçue de ne pas me retrouver avec Sean dans une loge, comme Julia et Richard avant nous… puis l'opéra commença : presque aussitôt, j'oubliai mon obsession de revivre *Pretty Woman*, absorbée par la performance envoûtante que nous offraient les artistes.

— Alors ? me demanda Sean, lorsque le rideau se referma à la fin du premier acte. Qu'est-ce que tu en dis pour l'instant ?

— C'est magnifique…, répondis-je, les yeux rivés sur le rideau fermé.

Sean sourit.

— J'étais sûr que ça te plairait. C'est pour ça que j'ai acheté ces billets.

Je me tournai aussitôt vers lui.

— Mais tu m'as dit que c'étaient des amis à toi qui te les avaient donnés !

— Quand ça ? Au moment où je t'ai menti, peut-être ?

— Comm… Mais pourquoi ?

— Je me suis dit que tu ne viendrais pas si je t'avais invitée directement. Ma meilleure chance, c'était que tu te sentes un peu obligée de me dépanner. C'était tordu, mais j'étais persuadé que tu adorerais l'opéra. L'intensité dramatique… Quelque part, c'est un peu le même genre de mécaniques que dans les comédies romantiques dont tu me parles tout le temps.

Une fois encore, Sean me troublait : j'étais à la fois furieuse qu'il m'ait menti, et touchée qu'il ait ainsi pensé me faire plaisir.

— La seule raison pour laquelle j'ai accepté de venir avec toi ce soir, c'était l'espoir de revivre une scène de *Pretty Woman*, lâchai-je d'un ton suffisant. En ce qui me concerne, le fait que le spectacle me plaise n'est qu'une cerise sur le gâteau.

Sitôt ma phrase terminée, je regrettai mes paroles : sous mes yeux, le visage de Sean venait de se décomposer, puis d'abandonner toute expression.

— Ravi d'avoir pu te rendre deux services au lieu d'un, dans ce cas…, rétorqua-t-il d'un ton étonnamment sec.

Nous nous levâmes alors en silence, suivant le flot des spectateurs qui filaient en direction du bar pour savourer quelque boisson durant l'entracte. Nos verres à la main, nous nous tînmes côte à côte sans prononcer le moindre mot, nous appliquant chacun à éviter le regard de l'autre.

Pour échapper à la torture de l'instant, je vidai mon verre d'une traite, puis parvins à gagner dix bonnes minutes en me rendant aux toilettes. Lorsque j'entendis résonner la cloche qui annonçait la fin de l'entracte, je soupirai de soulagement.

À mon retour, je vis que Sean était déjà installé à sa place où il lisait le programme. Je m'assis à ses côtés, et il ne m'adressa pas plus qu'un regard furtif.

Je respirai profondément…

— Je suis désolée pour tout à l'heure, Sean. Je n'aurais jamais dû dire ça. C'était gratuit…

— Pas besoin de t'excuser. Tu t'es contentée de dire la vérité, me fit remarquer Sean, les yeux toujours rivés sur son programme.

— C'était vraiment adorable de ta part de te procurer ces billets pour moi, insistai-je. J'aurais dû me montrer reconnaissante au lieu de jouer les garces…

Sean releva la tête, et se tourna vers moi.

— Tu es une chic fille, Scarlett. Je t'admire beaucoup pour ça, mais je parie que ça te joue parfois des tours, je me trompe ?

Son sourire provoqua dans mon ventre une réaction étrange, comme si mes organes avaient tenté de se lancer dans une sorte de *backflip* ou je ne sais quelle autre figure acrobatique.

— Dis-moi, alors… Je te fais penser à quel personnage de film, là, tout de suite ? me demanda Sean, l'air amusé. Qui que ce puisse être, en tout cas, j'espère que je joue bien mon rôle.

Je lui retournai son sourire.

— Navrée, mais c'est encore à l'homme d'affaires que tu me fais penser, avouai-je, tandis que les lumières s'éteignaient lentement.

— Le type sans scrupules ? Encore lui ?

— Encore lui.

— Eh bien dans ce cas, le moins que l'on puisse dire, c'est que je ne m'en sors pas trop mal pour l'instant…, murmura-t-il, plongé dans l'obscurité. Vu que j'ai réussi à te gâcher la soirée.

J'étais à deux doigts de protester, mais, déjà, les premières notes de l'acte II résonnèrent dans la salle, et nous fûmes de nouveau plongés dans les vies de Ferrando, Guglielmo, Dorabella et Fiordiligi.

— Merci, Sean, le remerciai-je pendant notre voyage de retour à Notting Hill à bord d'un taxi aussi noir que la nuit. L'opéra était fantastique.

— Merci à toi. Je suis ravi que ça t'ait plu. Au moins, l'espace de quelques heures, tu as pu penser à autre chose qu'aux deux quêtes dans lesquelles tu t'es lancée.

Je réfléchis quelques secondes à ses mots.

— Des quêtes, oui, je crois que c'est le bon mot. Deux quêtes très différentes, mais toutes deux très personnelles.

— Tu sais ce que tu comptes faire pour Bill ? Tu vas vraiment attendre qu'il retourne bosser ? À son âge, se remettre de la grippe peut prendre des semaines.

— Je ne vois pas tellement quoi faire d'autre... Ils refusent de me donner son numéro, même quand je me déplace en personne pour le demander. La direction leur interdit de communiquer les coordonnées des employés.

— Il y a peut-être d'autres moyens d'en apprendre davantage sur ta mère, non ?

— Comme ? J'ai demandé dans toutes les autres boutiques de Bond Street. Le vieux Bill est mon dernier espoir.

— Attends un peu que je réfléchisse, dit Sean qui, à travers la fenêtre, regardait défiler les rues de Londres.

— Ce que toi, tu pourrais faire, plaisantai-je, ce serait m'accompagner au magasin et leur dire que s'ils satisfont à mes moindres caprices, qu'ils me gâtent comme une petite princesse et qu'ils me donnent le numéro de

Bill, tu laisseras à la boutique un paquet de billets à en faire pâlir une banque suisse !

— C'est une possibilité, marmonna Sean, pensif… Malheureusement, je doute que ça donne quoi que ce soit.

Je pouffai. Depuis ma rencontre avec Sean, le manque de culture cinématographique de mon père ne me paraissait plus si affligeant.

— Mon pauvre Sean, il va vraiment falloir que tu commences à fréquenter les salles obscures. Plus ça va, plus tu me rappelles mon père.

— Pardon ? Oh ! Tu faisais encore référence à un film ?

— *Pretty Woman*, une fois de plus.

— Tu as un petit faible pour ce mélo, je me trompe ? Tu n'arrêtes pas d'en parler.

— Il est très bien, oui. Je l'ai vu… un certain nombre de fois.

Je priai pour qu'il ne me demande pas davantage de précisions : aucun nombre à deux chiffres n'aurait pu lui sembler raisonnable. D'ailleurs, au même titre que *Coup de foudre à Notting Hill*, il était fort probable que *Pretty Woman* approche bientôt la centaine de visionnages…

— Et ton film préféré, alors ? me demanda Sean à mon grand soulagement. Ton mélo préféré, j'entends. Tu ne me l'as jamais dit.

— Alors ça, c'est une excellente question…, répondis-je avant de considérer attentivement la question. J'en apprécie quand même un sacré paquet… Bon, j'adore *Coup de foudre à Notting Hill*, de fait, sinon je n'aurais pas atterri ici, mais… Non, je ne suis pas certaine d'avoir un film préféré. En revanche, il y a une scène en particulier que je pourrais regarder un milliard de fois. C'est assez étrange, d'ailleurs, parce que ce n'est pas forcément la plus plébiscitée…

— Oh, laquelle ? me demanda Sean qui, pour la première fois, semblait véritablement intéressé par ce que j'avais à lui dire concernant un film.

J'hésitai.

— C'est une scène de *Love Actually*… C'est un peu difficile à expliquer : en gros, la séquence montre un type qui déclare sa flamme à une femme sans prononcer le moindre mot.

Sean m'adressa un regard plus qu'étonné.

— Et comment est-ce qu'il arrive à faire ça, au juste ?

— Avec des panneaux.

— Des panneaux ? répéta Sean, se retenant tout juste de pouffer.

— Il faut voir le film pour comprendre, dis-je, regrettant déjà d'en avoir parlé.

— Je pense, oui, confirma Sean en levant un sourcil.

Je soupirai et me tournai pour regarder par la fenêtre, mais le taxi ralentissait pour se garer sur Lansdowne Road.

— Tu veux passer un peu à la maison avant de rentrer ? me demanda Sean après avoir payé le chauffeur.

J'hésitai de nouveau.

— Je ne t'ai pas encore fourni de nouveau plan de bataille, reprit Sean, alors le moins que je puisse faire, c'est t'offrir un café.

Comme il me donnait vraiment l'impression de vouloir se faire pardonner pour la réaction qu'il avait eue dans le taxi, je fis moi aussi un effort.

— OK, c'est d'accord…

Je le suivis jusque chez lui, grimpant les quelques marches du perron, avant de franchir la porte. Sean désactiva son alarme d'une main experte.

— J'aimerais réussir à le faire aussi vite, lançai-je en observant l'intérieur de la maison. Ce truc m'en veut personnellement, c'est sûr et certain.

À mon grand étonnement, la maison de Sean regorgeait d'éléments décoratifs aux couleurs chaudes, le tout dégageant une impression d'exotisme. On ressentait ici des influences africaines, là indiennes ; tout dépendait de la pièce dans laquelle on se trouvait. Deux canapés qui invitaient à l'abandon trônaient dans le salon, parés de coussins et de plaids aux nuances de sable et d'ocre-brun.

— J'aime beaucoup ta déco, lui avouai-je, admirative. Celle de Belinda et Harry passerait presque pour austère à côté.

— Je suis convaincu que notre intérieur est le reflet de notre personnalité, m'expliqua Sean. Exactement comme notre look. Peut-être que Belinda et Harry sont des gens austères et sans grand intérêt.

— Tu ne connais pas tes voisins ?

— Ce n'est pas parce qu'on est voisins que je les connais. On est à Notting Hill, Scarlett, pas sur la place du marché.

Je ne pus m'empêcher de rire.

— Mais dis-moi : si tous tes voisins sont austères et sans intérêt, qu'est-ce que tu fais dans ce quartier ?

— Je dois comprendre que tu ne me considères pas comme quelqu'un d'austère et d'ennuyeux, alors, finalement ? me demanda Sean, un sourcil haussé. Tu ne m'as pas dit que j'étais chiant comme la mort, tout à l'heure ?

— Je n'ai jamais dit ça : j'ai dit que tu étais une encyclopédie vivante, et maintenant que je vois ici certains pans de murs remplis de livres, je comprends pourquoi.

— Il n'y a pas de mal à se cultiver un peu en feuilletant deux, trois bouquins à l'occasion. Je t'en prie, jette un coup d'œil pendant que je vais nous chercher à boire. Je reviens dans une minute.

Pendant que Sean s'affairait dans la cuisine, je m'intéressais à ses étagères. Deux, trois bouquins ? Tu parles ! J'avais l'impression de me trouver dans une librairie. Il y avait des livres sur tout et n'importe quoi, ici : histoire de l'art, guides de voyage, livres de cuisine, romans policiers et classiques. Shakespeare, Dickens, Austen, Brontë, ils étaient tous là... Oh ? Jane Austen ? Charlotte Brontë ? Est-ce que Sean les avait lues ? Et c'est à cet instant précis que je le vis, posé là telle une balise dans l'océan de pages qui noyait ces murs... *L'anthologie des lettres d'amour de nos grands hommes*, le livre culte que lit Carrie Bradshaw dans le film *Sex and the City*. Pas une seule seconde je n'imaginais Sean avec cet ouvrage entre les mains... Peut-être ne le connaissais-je pas aussi bien que je le pensais...

— Du vin, ça ira ? me demanda Sean, de retour dans le salon. Ah, je vois que tu as fait connaissance avec ma bibliothèque.

Je sursautai et me détournai des étagères. Sean se tenait à quelques pas de moi, deux verres à pied dans une main, une bouteille de vin rouge dans l'autre.

— Excellente idée, merci beaucoup ! répondis-je, en m'asseyant aussitôt dans l'un des deux canapés. Et ces livres, alors, tu les as tous lus ?

— Jusqu'au dernier, annonça Sean en nous servant du vin. Pourquoi donc ?

— Oh, par curiosité, c'est tout…

— Je parie que tu te demandais si je les avais mis là pour la déco, déclara Sean en s'asseyant à mes côtés. Un peu comme si tu gardais chez toi des DVD que tu n'as pas vus dans le seul but d'impressionner les visiteurs… Mais bref ! Avant de nous lancer dans une nouvelle dispute, concentrons-nous sur ton problème.

Lequel ? me demandai-je. *Le fait que je mente à ma propre famille en leur cachant la véritable raison pour laquelle je suis venue à Londres ? Le fait que la seule personne qui puisse m'aider à retrouver ma mère succombera possiblement à la grippe avant la fin de la semaine ? Ou le fait que dès que tu te retrouves aussi près de moi, mon ventre recommence à faire des loopings ?*

— Hmm…, lâcha Sean, plongé dans ses pensées.

Je m'efforçai de repenser à la boutique de luxe et à Bill… mais mon esprit rebelle refusait catégoriquement de m'obéir : il décida plutôt de se focaliser sur Sean, et d'imaginer ce que je pourrais ressentir en l'embrassant…

Ses baisers doivent être puissants et assurés, du genre à vous couper le souffle… Pas de ces baisers molasses et gluants qui vous donnent envie de vous rincer la bouche à l'Hextril.

Ouh, là, Scarlett, ressaisis-toi, ma vieille ! Tu t'égares… Tu te souviens de David ? Ton fiancé ? Qui plus est, tu ne connais Sean que depuis quelques jours. Ce n'est pas ton genre d'embrasser le premier venu ! Tu as dû l'imaginer en Brad Pitt une fois de trop... Oui, c'est sûrement ça...

J'avalai une bonne goulée de vin.

—Alors, me demanda Sean, qu'est-ce que tu en penses ?

—Hmmm ?

Mon esprit réintégra cette réalité, et je me rendis compte que Sean était en train de me parler.

—Mon idée, qu'est-ce que tu en penses ?

—Eh bien... Tu pourrais me réexpliquer, s'il te plaît ?

Sean soupira.

—On rentre dans le magasin avec des bas sur la tête, et on menace le directeur avec des canons sciés jusqu'à ce qu'il nous file le numéro de Bill.

—Pitié, dis-moi que tu plaisantes ?

Sean leva un sourcil.

OK, mon estomac a dû monter sur le podium pour avoir droit à un tour d'honneur...

—Bien sûr que je plaisante... Tu vas bien ? Tu n'as pas écouté un traître mot de ce que je racontais, c'est ça ?

Non, je ne vais pas bien, non : je suis fiancée, bon sang ! Penser à toi comme ça, Sean, c'est mal ! C'est très mal ! Garde la tête froide, Scarlett... Ce n'est ni Brad Pitt, ni Ewan McGregor, ni Jude Law... ni aucune autre vedette de cinéma avec qui tu pourrais lui trouver des ressemblances. Ce n'est que Sean, ton nouveau voisin...

—Très bien, merci ! m'exclamai-je maladroitement, avant d'engloutir une nouvelle gorgée de vin qui, je l'espérais, m'aiderait à me ressaisir. J'étais juste en train de... de réfléchir à un truc et... enfin... du coup, je n'ai pas entendu ce que tu disais. Voilà. C'est tout. Rien d'autre. Ça va. Parfait !

— Bon… Je disais que nous pourrions nous rendre tous les deux à la boutique demain, et que je tenterais d'user de mon charme naturel pour leur extorquer le numéro de Bill.

— Ça m'a l'air d'un chouette plan.

— OK, là, je sais que quelque chose cloche : je t'ai tendu une perche énorme, là, Cerise, et je n'ai pas eu droit à une once de sarcasme de ta part.

— Oh, oui, excuse-moi… Je suis désolée, Sean, je… je crois que je ne me sens pas si bien que ça, en fait. Je ferais mieux de rentrer, expliquai-je en me levant d'un bond et en me dirigeant vers la porte. Cela dit, je trouve que c'est une super idée, lui lançai-je depuis l'entrée. À quelle heure est-ce que tu veux qu'on se retrouve, demain ?

— Vers 10 heures ? suggéra Sean. Dis, tu as besoin que je te raccompagne ? Je peux même te déposer dans ton lit et te border, au besoin.

— Surtout pas ! hurlai-je presque. Enfin, non merci ! Ça devrait aller. Reste ici… seul… avec ton vin, et moi, je file dans la maison d'à côté, me coucher dans mon lit à moi. Seule aussi.

— D'accord… D'accord, très bien, réagit Sean, pour le moins décontenancé. Dans ce cas, on se voit demain à 10 heures…

— Oui, demain, 10 heures, répétai-je en disparaissant par la porte à reculons.

Je dévalai alors la volée de marches, courus jusqu'à la maison de Belinda et Harry, bondis jusqu'à l'entrée, et me jetai à l'intérieur. Al, l'alarme, dut se rendre compte que le moment était mal choisi pour m'asticoter, car pour la première fois depuis mon arrivée, il se montra exemplaire.

Au moins, l'un de nous d'eux avait appris à se tenir… car disons-le sans détour : si j'étais restée dix secondes de plus chez Sean ce soir, je ne répondais plus de rien.

Chapitre 14

Sean, comme convenu, frappa à ma porte à 10 heures tapantes et, après m'avoir demandé si je me sentais mieux que la veille, nous nous engouffrâmes tous deux dans le métro désormais familier qui nous mènerait jusqu'à Bond Street.

Une fois dans le magasin, nous nous rendîmes immédiatement au rayon sacs à main où Sheila étudiait une fiche d'inventaire derrière son comptoir.

— Très bien, reste derrière cette colonne, m'ordonna Sean en me retenant délicatement par les épaules. Sheila ne doit pas savoir que nous nous connaissons.

— OK, murmurai-je, regrettant que la situation nous ait imposé ce contact physique qui avait mis une fois de plus mon ventre à l'épreuve ; celle des barres asymétriques, en l'occurrence.

— Je reviens dans deux minutes, m'annonça Sean en me regardant droit dans les yeux, les mains toujours posées sur mes épaules. Souhaite-moi bonne chance.

— Bonne chance, couinai-je, incapable d'articuler correctement tant j'étais déstabilisée de le sentir si proche de moi.

Sean me lâcha enfin, puis partit à grandes enjambées en direction de Sheila.

Je soupirai profondément… Ça ne pouvait plus durer.

Lorsque j'étais rentrée à la maison la veille au soir, je m'étais imposé une discussion sérieuse avec moi-même dans le miroir de la salle de bains. Il fallait que j'imprime que j'allais me marier dans un peu plus de sept semaines, et que ni mon ventre, ni mon cerveau n'étaient en droit – et ce, quelles que soient les circonstances – de me refaire le coup fumeux dit du « canapé de Sean ». Il n'était qu'un ami – et encore ! – assez sympathique pour me filer un coup de main. Ce n'était pas une star de cinéma, contrairement à ce que mon cerveau avait sournoisement tenté de me faire croire : il n'y avait donc aucune logique pour que je ressente ce genre de choses à son égard.

Fiancée modèle, après ma leçon de morale, j'avais téléphoné à David. Après notre longue, très longue conversation, je m'endormis à poings fermés : si je mis d'abord ce profond sommeil sur le compte d'une conscience délestée du poids de la culpabilité, je compris plus tard que la description extrêmement détaillée de l'application d'enduit qu'il avait – brillamment – effectuée dans la cuisine avait probablement eu sur moi quelque effet soporifique.

Mais tout de même… Pourquoi Sean continuait-il à m'aider ? Qu'avait-il à y gagner ? Il aurait très bien pu se débarrasser de moi dès notre retour de Glasgow. Il n'avait aucune raison de m'aider à retrouver ma mère, et pourtant, il s'y collait avec application. Pourquoi donc ?

Quelques mètres plus loin, Sean se trouvait en grande conversation avec Sheila. L'employée secouait la tête, tandis que lui tapotait énergiquement du doigt le verre du comptoir.

Sheila décrocha soudain le téléphone avec lequel elle avait appelé Janice les jours précédents. S'ensuivit une brève discussion, probablement avec cette même collègue, puis elle raccrocha le combiné.

La vendeuse secoua encore la tête, puis pointa un doigt dans ma direction, me poussant à ramener vivement la tête derrière la colonne.

— Inutile de vous cacher ! lança Sheila d'une voix forte. Je sais que vous êtes là. Je viens de dire mot pour mot à votre petit ami ce que je vous ai répété ces derniers jours : nous n'avons pas le droit de vous donner les coordonnées de Bill. Tout ce que vous pouvez faire, c'est attendre qu'il revienne travailler !

Je me glissai hors de ma cachette et rejoignis Sean au comptoir.

— Dans ce cas, hurla Sean, je vais devoir aller dépenser mon argent ailleurs ! Je gage que vous touchez des commissions, Sheila, je me trompe ?

Cette dernière hocha la tête tout en s'assurant que leur joute verbale n'avait pas trop attiré l'attention.

— Grave erreur ! Grosse ! Énorme ! Vous voyez, Sheila, ma petite amie raffole des sacs, surtout ceux qui sont hors de prix, et j'étais justement d'humeur à lui en offrir plus qu'elle ne peut en porter aux deux bras. Mais non ! À cause de vous, nous allons devoir trouver une autre boutique à noyer sous les billets ! Au revoir, Sheila !

Je commençai à me demander si Sean ne m'avait pas menti lorsqu'il disait ne jamais regarder de films : sa tirade détonante était sensiblement la même que celle offerte par Julia Roberts dans *Pretty Woman* aux vendeuses qui l'avaient snobée la veille. J'étais sur le point de l'interroger sur ce point, quand il me prit la main et me tira vers la sortie.

— Ne te retourne pas, insista-t-il, tandis que nous marchions à bons pas vers la porte.

— Mais…

— Fais-moi confiance !

Nous nous apprêtions à passer la porte-tambour quand on nous interpella discrètement.

— Eh, m'sieur…, siffla en sourdine l'inconnu.

Nous fîmes volte-face pour nous retrouver à deux pas d'un jeune homme vêtu d'une salopette bleue, qui portait à la main une serpillière jetée dans un seau.

— Oui ? s'enquit Sean.

— J'sais p'têt' où il habite, Bill…

Sean lui sourit, l'air décidé.

— Entre de bonnes mains, cette information pourrait s'avérer très précieuse…

Le jeune homme – Joe, à en croire le badge épinglé sur son torse – se pencha vers nous.

— J'peux rien dire ici, sinon, j'risque de m'faire griller… R'trouvez-moi dehors dans cinq minutes… Juste devant la vitrine de lingerie…

— Comptez sur nous, murmura Sean sur un ton de conspirateur.

Ma main toujours dans la sienne, nous empruntâmes la porte-tambour et retrouvâmes la rue. Là, nous longeâmes la façade jusqu'à une vitrine où étaient exposés plusieurs ensembles de lingerie pour femmes. Une pancarte annonçait : « Saint-Valentin : le cadeau idéal pour votre âme sœur ! ».

J'osai espérer que cette pancarte s'adressait aux femmes, car, par expérience, je savais que ce genre d'ensembles n'avait quelque chose d'idéal qu'aux yeux des hommes.

Sean se rinça correctement l'œil.

— Ferme la bouche, Sean, tu baves, lui lançai-je en tournant le dos à la vitrine.

— Tes sarcasmes insinueraient-ils que ce n'est pas le cadeau idéal à tes yeux pour une Saint-Valentin réussie ?

— Loin de là.

— Pauvre David…

— Je m'attendais à ce que tu aies un peu plus de goût en la matière, c'est tout, l'accusai-je en agitant la main en direction de la vitrine.

— Qui te dit que ce n'est pas le cas ? sourit-il. Et puis, je ne fais de mal à personne, non ?

C'est ce moment que choisit Joe pour nous rejoindre.

— Faut qu'j'me grouille, annonça-t-il en lançant alentour des regards furtifs, sinon y vont s'demander où chuis. J'vous ai entendu parler t'à l'heure, quand vous demandiez l'numéro d'Bill. Pis elle aussi, là, j'lavais d'jà entendu d'mander des trucs sur lui. Il a des ennuis ou un truc du genre ?

— Du tout…, me lançai-je. En fait…

— Ne tournons pas autour du pot, m'interrompit Sean.

Je me renfrognai et croisai les bras, vexée.

— Nous n'avons rien contre Bill, reprit-il, s'adressant directement à Joe. Nous aimerions juste lui poser deux-trois questions. Peut-être que ça vous aidera à nous rendre service…

Sean sortit deux billets de vingt de son portefeuille.

— Pas vraiment. J'ai la mémoire qu'est comme d'l'emmental, un peu, en c'moment : avec plein d'trous d'dans.

Sean sortit deux billets de plus.

Bon sang, Sean, ça fait quatre-vingts, ça ! Si David sortait un jour avec autant d'argent sur lui, il s'équiperait sûrement d'une chaînette de sécurité !

Joe acquiesça.

— Ah ben là, ma mémoire, c'est plutôt du comté… Y a plus d'trous, quoi, ajouta-t-il en tendant la main vers les billets.

Sean retira la sienne d'un geste vif.

— L'info d'abord.

OK, si ça, ce n'est pas une scène de film ! Grandiose !

— Chais pas exactement où y crèche, mais c'est à West Ham. Tous les samedis, y va même voir les matchs.

— West Ham, c'est grand, Joe, commenta Sean en sortant un nouveau billet de vingt.

— J'crois que j'l'ai entendu parler de Chesterton j'sais pas quoi…

Sean compta les billets dans ses mains.

— Chesterton Terrace ! s'exclama Joe. Ouais, c'est ça… Même que j'l'avais imaginé dans les gradins en train de regarder jouer les Hammers…

— Numéro de la rue ? demanda Sean.

— Alors ça, chais pas du tout… J'peux avoir mon pognon, maintenant ?

Sean plissa les yeux et regarda Joe droit dans les yeux.

— Mais je t'en prie, Joe. Il est à toi…

Joe arracha les billets de la main de Sean, puis retourna en courant dans le magasin.

—Alors ? me lança Sean en se retournant vers moi.

Mes yeux restaient rivés sur le fantôme de Joe, stupéfaite que j'étais d'avoir vu Sean débourser cent billets comme s'il s'était agi d'une piécette.

—Oh, oui, pardon… Je n'ai pas la somme sur moi, là, mais je te rembourserai, ne t'inquiète pas.

—Non, mais je ne parlais pas de l'argent, patate ! Pas de ça entre nous… Je parlais de l'info de Joe.

—Oh… Excuse-moi. Eh bien, je pense qu'il faut tenter le coup. Cela dit, à moins que le coin fonctionne comme un petit village de campagne, j'ai peur qu'on se retrouve à chercher une aiguille dans une botte de foin, soupirai-je. Pourquoi il faut toujours que tout soit aussi compliqué ?

—Eh, ressaisis-toi, un peu ! m'encouragea Sean en me reprenant la main. Ne baisse pas les bras : rien n'est perdu ! Et puis, il y a un peu de challenge comme ça !

Chapitre 15

Du challenge ? Faire mine de ne pas voir le chariot des desserts lorsque le doux fumet d'un fondant au chocolat vient me titiller les narines, pour moi, ça, c'est un challenge.

Tenter de trouver un vieil homme dans une rue qui, en plus de s'étirer sur des centaines et des centaines de mètres, pullule d'habitations, c'est autre chose. En résumé, j'aurais presque trouvé plus simple de devoir repeindre l'intégralité du tunnel sous la Manche avec ma brosse à dents.

— Bon… Par où on commence ? demandai-je à Sean, tandis que nous scrutions l'interminable enfilade de maisons et d'immeubles.

— Par la première porte ? suggéra-t-il avec obligeance. Comment fait-on ? On prend chacun un côté de la rue ?

Je ne me sentais déjà pas forcément à l'aise à l'idée de frapper à la porte d'illustres inconnus, alors le faire sans Sean, mieux valait ne même pas y penser.

— Non, je préfère qu'on soit ensemble.

— On fait comme ça ! Allons-y : il ne faut jamais remettre au lendemain ce qu'on peut faire le jour même !

Comment peut-il être aussi euphorique dans une situation pareille ? Il y avait tout à parier que nous finirions avec des écorchures et des microtraumatismes aux phalanges bien avant d'avoir frappé à toutes les portes…

Fort heureusement pour nous, la plupart des portes étaient équipées de heurtoirs, voire carrément de sonnettes, si bien que nos mains furent préservées de toute blessure incommodante. Contrairement à ma patience.

Après la vingtième porte, la routine m'était déjà devenue étonnamment familière. Je frappais ou sonnais à la porte, puis, si réponse il y avait, Sean posait sa question : « Excusez-moi, est-ce que Bill habite ici, à tout hasard ? ». Après une réponse négative – parce qu'elle l'était chaque fois –, si on ne nous avait pas claqué violemment la porte au nez, Sean enchaînait avec : « Très bien. Et vous ne connaîtriez personne qui s'appelle Bill dans cette rue ? »

Il ne me fallut plus très longtemps pour comprendre pourquoi cette routine m'était apparue si familière. Ce n'était pas à cause de la succession monotone des « toc, toc, toc », des « ding, dong », des « Non ! » et des « vlam ! », mais tout simplement parce que je l'avais déjà vue dans un film. Comment ne l'avais-je pas remarqué plus tôt ?

— Doh ! m'exclamai-je à la façon de Homer Simpson en prenant ma tête à deux mains.

— Qu'y a-t-il ? me demanda Sean qui s'apprêtait à pousser le petit portail qui ouvrait sur la porte suivante. On ne va pas abandonner maintenant. On n'en est même pas à la moitié !

Devant cette maison-ci poussaient quelques plantes, détonantes, puisque les habitations précédentes nous avaient plutôt habitués aux réfrigérateurs en panne, aux matelas éventrés et aux packs de bières vides.

— Ça me rappelle un film !

— De quoi ? Le jardin ?

— Non, ce que nous sommes en train de faire : frapper aux portes et demander si untel vit ou non ici ! La seule différence, c'est que, dans le film, c'est Hugh Grant qui recherche celle de ses collaboratrices qui a pour habitude de lui porter son thé – incarnée par Martine McCutcheon –, plutôt que Bill, l'homme à tout faire de la boutique de luxe.

Sean secoua la tête.

— Je ne sais pas comment tu t'y prends, Scarlett… Comment est-ce que tu arrives à orchestrer tout ça de façon que tes péripéties renvoient chaque fois à un film ?

— Je n'orchestre rien du tout, Sean. C'est tout le but de ma démarche : prouver que les films ne sont pas si éloignés que ça de la vie réelle ! Bon, j'ai peut-être essayé de tricher un peu au début, avouai-je en repensant à King's Cross, mais chaque fois, ça s'est soldé par un fiasco. Qui plus est, je te rappelle que frapper à toutes les portes de cette rue pour demander si Bill vit dans le coin, c'était *ton* idée ! Pas la mienne !

— Eh, excuse-moi d'avoir voulu t'aider, mais…

— Bill vit ici, oui, nous interrompit une voix.

Nous étions à ce point occupés à nous crêper le chignon que nous ne nous étions pas rendu compte que la porte de la maison s'était discrètement ouverte, et qu'une veille dame se tenait maintenant non loin de nous, sur les marches du perron. Elle portait un tablier chamarré et essuyait ses mains pleines de farine sur un torchon à vaisselle.

Stupéfaits, nous ne pûmes nous empêcher de nous exclamer à l'unisson :

— Vraiment ?!

— Oui. Qu'est-ce que vous lui voulez ? Il n'est pas au mieux de sa forme, vous savez… Oh non, ne me dites pas que vous travaillez pour la loterie ? On a gagné, mais ce bougre n'a pas vérifié le tirage correctement, c'est ça ? Ce ne serait pas la première fois : un jour, on avait gagné cinquante billets, et il a oublié de vérifier si on avait les bons numéros. Bon, c'était pas grand-chose, mais on aurait pu se faire un petit plaisir. Vous savez quand on n'a que les allocs, la moindre pièce, ça peut faire une différence.

» Je veux dire, mon Bill a toujours son temps partiel à la boutique, mais avec sa grippe, on ne sait pas trop dans combien de temps il va pouvoir reprendre le travail. Le docteur Hardman prétend qu'ils risquent de ne pas vouloir le réembaucher avant un moment au magasin. "Betty, qu'il m'a dit, vous devriez pas laisser Bill retourner travailler tant qu'il est pas complètement remis", mais avec le temps qu'on a en ce moment, je me demande même s'il va pas nous faire une rechute, mon Bill. C'est un bon docteur, le docteur Hardman. C'est notre médecin depuis des lustres. Je me souviens de la fois où…

— On ne travaille pas pour la loterie, madame, l'interrompit Sean.

Essayer d'arrêter Betty lancée dans une tirade revenait à tenter d'arrêter un tsunami avec un parapluie.

—Ah non ? Ben qu'est-ce que vous faites ici, alors ? Attendez… Vous n'êtes pas de l'équipe de *À prendre ou à laisser* ? On a postulé il y a des mois ! J'adore le présentateur, là, il est vraiment…

—Non, la fusilla Sean sans détour. Non plus. Nous aurions simplement aimé toucher deux mots à Bill. Scarlett, cette jeune femme, cherche à retrouver sa mère, et il est possible que Bill l'ait côtoyée il y a de ça plusieurs années.

Betty bomba la poitrine telle une poule protégeant ses petits.

—Vous saurez que Bill et moi sommes d'authentiques amours de jeunesse : nous sommes ensemble depuis le lycée. Alors je vais vous dire, mes petits : non ! Il n'y a jamais eu d'autre femme que moi dans sa vie.

—Excusez-nous, intervins-je en levant les mains en signe d'apaisement vers une Betty devenue écarlate et chancelante, nous nous sommes mal exprimés. Nous pensons simplement qu'il a peut-être travaillé avec ma mère à la boutique de Bond Street il y a plusieurs années. J'essaie de la trouver, et je me disais que Bill saurait peut-être où elle est allée après avoir quitté le magasin.

—Oh, je vois, dit Betty en reprenant une posture moins menaçante, et des couleurs plus rassurantes. Vous auriez dû me le dire plus tôt, mes petits. Entrez donc.

Betty ouvrit la porte, et nous entrâmes dans un petit vestibule.

—Bill est juste là, nous apprit-elle en nous guidant jusque dans le salon.

L'homme était assis dans un fauteuil près du feu, couvertures et mots croisés sur les genoux.

— Bill, ces gens sont là pour te poser des questions à propos d…

— Je sais pourquoi ils sont là, bobonne. Faudrait être sourd pour ne pas t'avoir entendue jacasser, là-bas dehors.

Je me tournai vers Bill et lui souris.

— Je suis sincèrement désolée de vous déranger dans un moment pareil, m'excusai-je en m'approchant de Bill.

Sans trop savoir pourquoi sur le moment, je ressentis le besoin de m'agenouiller près de son fauteuil. Depuis l'incident avec Sean, j'avais essayé de toute mon âme de cesser ces comparaisons entre les gens que je rencontrais et des vedettes de cinéma, mais avec Bill, ce fut plus fort que moi : la ressemblance me sautait trop aux yeux. Bill était tout simplement le sosie de James Stewart dans ses vieilles années, avec, pour faire ma difficile, un chouïa plus de bedaine ; ce qui, à mon avis, était à mettre sur le compte de la cuisine de Betty…

— Je suis à la recherche de ma mère, et ma seule piste, c'est qu'elle aurait probablement travaillé dans la même boutique que vous il y a environ dix ans. Je m'excuse de ne pouvoir être plus précise, mais je ne sais pas grand-chose de plus. Cela dit, si ça peut vous aider, j'ai une vieille photo d'elle sur moi.

Je tendis la main vers mon sac, mais Bill m'interrompit, posant sa main sur la mienne.

— Ne vous embêtez pas. C'est Rosie que vous cherchez, n'est-ce pas ?

— Oui… Oui, c'est elle que nous cherchons ! Comment le savez-vous ?

— Parce qu'elle est à genoux devant moi, répondit-il en m'adressant un sourire. En tout cas, quelqu'un qui lui ressemble trait pour trait… Ma petite, vous êtes le portrait craché de votre mère. Les cheveux, non, ce n'est pas ça, mais vos yeux, votre teint… Ce sont exactement les mêmes.

— Vous la connaissiez bien, alors !

Je n'en croyais pas mes oreilles ! Il y avait là, assis à quelques centimètres de moi, une personne qui avait connu ma mère !

— Tout le monde connaissait Rosie. Elle a été notre soleil à tous durant son séjour à la boutique. Elle n'était jamais avare d'un sourire…

Je me pris à sourire moi-même, tandis que je fantasmais ces images.

— Quand vous a-t-elle quittés, Bill ?

— Attendez que je réfléchisse… Il y a… neuf ou dix ans, peut-être ? Difficile à dire. Tout va tellement vite, de nos jours.

Le regard de Bill se perdit dans le vide quelques secondes, le vieil homme ruminant cette dernière phrase. Puis, soudain, il baissa les yeux vers moi et me sourit, poursuivant son récit.

— Un styliste dont on vendait les robes lui a proposé un travail aux États-Unis. Rosie était du genre aventureuse… J'ai toujours eu l'impression qu'elle était de ces gens qui ne restent jamais bien longtemps au même endroit. Elle a accepté l'offre et, une semaine plus tard, elle était partie. Tout ça a été… très soudain.

— Et vous savez où elle est allée aux États-Unis ? demanda Sean, prenant le relais pendant qu'absente, je pensais à ma mère.

Bill leva les yeux vers Sean.

— New York, si mes souvenirs sont bons. Oui, oui, New York, j'en suis sûr, parce qu'on n'arrêtait pas de plaisanter sur le fait qu'elle allait finir par atterrir sur un tournage. Rosie adorait le cinéma.

— Et le couturier en question ? l'interrogeai-je, de retour dans leur dimension.

— Ah, vous revoici, ma petite ? Désolé, mais j'ai peur que ma mémoire ait ses limites…

— Pitié, vous pourriez essayer de fouiller dans vos souvenirs ? Je vous en prie…

— Laissez-moi réfléchir…, dit Bill en fronçant les sourcils. C'était un homme, ça, c'est certain. J'en suis sûr, parce que je me souviens que son nom ne collait absolument pas avec son look.

Je n'eus pas le cœur d'annoncer à Bill que c'était probablement un assistant du styliste plus que le styliste lui-même qui avait dû proposer le travail à ma mère. Cela dit, nous savions maintenant que nous recherchions un nom d'homme, et cela limitait de moitié les possibilités…

— Vous êtes sûr qu'il s'agissait d'un nom d'homme ? l'interrogeai-je, essayant de lister en esprit quelques grands couturiers. Ce n'était pas juste un nom de famille comme… Chanel ou… ou Gucci, par exemple ?

— Non, c'était un nom d'homme. De façon certaine.

Du regard, j'appelai Sean à l'aide.

— Arf… Hmmm…, lutta-t-il. Jean Paul Gaultier ?

Bill fit « non » de la tête.

— C'est peine perdue, déclara Betty. Il a déjà du mal à se souvenir des noms de nos petits-enfants, alors le nom d'un grand couturier…

— Que tu dis, bobonne ! se défendit Bill. Mon esprit est aussi vif qu'il y a…

Une quinte de toux irrépressible vint l'interrompre sans crier gare, et Betty se rua vers lui pour le soutenir, tandis qu'il tentait de retrouver son souffle.

— Nous ferions peut-être mieux d'y aller, déclarai-je, inquiète que notre insistance éprouve trop le corps malade de Bill.

Le vieil homme leva une main pour nous retenir.

— Attendez… juste… un instant…

Betty frotta d'une main affectueuse le dos de Bill.

— Ça lui arrive de temps en temps. Il lui faut juste quelques minutes pour s'en remettre.

Mal à l'aise, Sean et moi attendîmes dans la pièce, jusqu'à ce que la respiration de Bill redevienne régulière.

— Désolé, les enfants, finit-il par s'excuser. Cette fichue grippe ne me fait pas de cadeaux. Et désolé aussi de ne pas me souvenir du nom de ce type pour qui votre mère est partie travailler. En tout cas, s'il est une chose de sûre, c'est que c'était votre mère : vous lui ressemblez comme deux gouttes d'eau, ma petite. Croyez-moi sur parole…

Je lui souris.

— Quoi qu'il en soit, Bill, merci pour tout. À vous aussi Betty. Vous m'avez été d'une aide inestimable tous les deux. Soyez-en certains.

— Il n'y a pas de quoi, trésor, sourit Betty. Vous nous préviendrez si vous la retrouvez, d'accord ? Je vais souvent y penser, moi, maintenant, à ce qu'est devenue la petite inconnue qui est venue frapper à notre porte.

— Sans faute, leur promis-je, le sourire aux lèvres. Bon, nous ferions mieux de vous laisser… Non, ne vous levez pas, Betty ! On trouvera la sortie… Merci encore à tous les deux.

Nous laissâmes Betty et Bill assis dans leur salon : Bill sur son fauteuil, et Betty perchée sur un accoudoir, emmitouflant avec amour le vieil homme dans sa couverture.

— Bon eh bien, voilà…, lâchai-je, alors que nous retrouvions l'air froid du dehors.

Je resserrai mon manteau autour de moi, tandis que nous nous dirigions vers la station de métro.

— Comment ça « voilà » ? s'étonna Sean qui arrêta aussitôt de tapoter sur son BlackBerry. Je suis en train de voir si on peut trouver des billets pour New York.

Je me figeai et dévisageai Sean.

— Je ne vais pas tout quitter ici, et m'envoler pour New York !

— Pourquoi pas ? me demanda Sean en se retournant vers moi.

— Parce que… je n'ai pas assez d'argent, déjà…

— Je paierai.

— Non. Hors de question. Ce serait injuste que tu te retrouves à payer à ma place.

Sean haussa un sourcil.

— Ne vois pas ça comme ça, Scarlett. J'ai juste envie d'aider au mieux.

— Mais pourquoi ?

— Pourquoi est-ce que je veux t'aider ?

— Oui. Je n'arrive pas à comprendre où est ton intérêt, dans tout ça…

J'avais bien conscience du cynisme et de l'ingratitude manifeste de ma remarque, mais la générosité et la disponibilité de Sean me mettaient mal à l'aise. Peut-être étais-je trop habituée à la radinerie crasse de David...

Sean haussa les épaules et glissa son portable dans la poche arrière de son jean.

— Pourquoi est-ce que je t'aiderais forcément de façon intéressée ? Qui te dit que je ne suis pas simplement en train de dépanner une amie ?

Je croisai les bras et lui adressai un regard interrogatif.

— Ah, parce que nous sommes amis, maintenant ? Et depuis quand, exactement ?

Sean sourit.

— OK, on a peut-être eu un peu de mal à se supporter l'un l'autre au départ, on ne peut pas dire le contraire... Mais maintenant...

Son expression avait soudainement changé.

— Maintenant ? répétai-je.

Je m'attendais à une nouvelle remarque sarcastique, mais au lieu de ça, Sean garda les yeux rivés sur moi. Il ne souriait plus.

— Maintenant, Scarlett... Je...

Mon téléphone se mit à sonner.

— Navrée, m'excusai-je rapidement avant de plonger une main dans mon sac à la recherche de l'appareil. Je vais devoir prendre l'appel, désolée, dis-je, après avoir lu le nom qui s'affichait sur l'écran.

J'ouvris le clapet de mon téléphone et, tandis que je portais ce dernier à mon oreille, je vis Sean fermer les yeux et soupirer.

— Salut, Maddie.

Durant ma brève conversation avec Maddie – « brève » pour Maddie et moi, tout du moins ; soit près de cinq minutes – je ne quittai pas Sean des yeux. Pendant que je parlais… que Maddie parlait, plutôt, il s'était un peu éloigné, déambulant sur le trottoir, perdu dans ses pensées.

— Désolée pour ça, l'interpellai-je, après avoir raccroché. C'était ma meilleure amie. Enfin bref… Tu disais ?

— Rien d'important, répondit-il en souriant. Je voulais juste que tu saches que tes excursions soudaines dans d'autres dimensions que la nôtre ne me dérangeaient plus autant maintenant qu'au premier jour.

— Merci, dis-je, hésitante, sans trop savoir quoi penser de la remarque. Je vais prendre ça comme un compliment.

Malgré tout, je mourrais d'envie de savoir ce qu'il avait véritablement voulu me dire avant l'appel de Maddie. Jamais Sean ne m'avait regardée ainsi auparavant. Et je crois que… que j'avais aimé ça…

— Bon… pour New York, alors ?

— Comme je te l'ai dit, je ne peux pas tout lâcher pour partir aux États-Unis.

— Et *moi*, je t'ai dit que je prendrais tous les frais en charge.

— Je sais, et c'est extrêmement généreux de ta part, Sean, mais tout de même… D'ailleurs, le coup de fil que je viens de recevoir pèse dans la balance. Maddie se marie samedi, et demain soir, elle fête son enterrement de vie de jeune fille.

— Oh, je vois… Attends, Maddie, c'est ton amie de Stratford qui t'a dégotté le plan à Notting Hill, c'est ça ?

— Oui, c'est elle, acquiesçai-je.

— Et l'idée, ce n'était pas que tu fasses un break avec tout ton entourage pendant un mois ?

— Si, mais son mariage, c'est… différent. C'est prévu depuis des lustres, je ne peux pas décommander. En plus, je suis sa demoiselle d'honneur.

— OK, d'accord, commenta Sean qui essayait d'assembler toutes les pièces du puzzle. Donc, si je comprends bien, cette Maddie organise son enterrement de vie de jeune fille la veille de son mariage ? me demanda-t-il, surpris. Elle est du genre à chercher les ennuis, non ?

— Hmm, c'est un peu plus compliqué que ça… *(Comme toujours avec Maddie…)* Elle et son fiancé vont se marier à Disneyland Paris. L'enterrement de vie de jeune fille et l'enterrement de vie de garçon ont lieu tous les deux le vendredi soir, et le mariage aura lieu le lendemain dans le château de la Belle au bois dormant.

— Temps mort ! m'interrompit Sean, la main levée comme s'il tentait d'arrêter le temps. J'ai dû mal comprendre : ils se marient à Disneyland ? Et moi qui pensais que la cérémonie *Star Wars* de ma cousine était l'événement le plus improbable de l'histoire du mariage ! Je ne savais même pas qu'on pouvait se marier à Disneyland !

— En théorie, c'est impossible, mais ils y ont tous les deux travaillé il y a plusieurs années. D'ailleurs, ils se sont rencontrés pendant la parade : Félix jouait Aladdin et Maddie, la princesse Jasmine. Ils se sont retrouvés tous les deux sur le tapis volant, et depuis ce jour-là, ils ne se sont plus jamais quittés. Le plus drôle, c'est que Maddie avait obtenu le job parce que son père, chirurgien, avait sauvé la vie d'un actionnaire du parc sur une table d'opération. En gros, le boulot de Maddie, puis l'autorisation de fêter le mariage là-bas, ne sont que deux façons pour cet homme de se montrer reconnaissant…

Sean en resta bouche bée quelques secondes, puis secoua finalement la tête.

— Je pensais que tu ne pourrais plus jamais me surprendre, et « BIM ! », l'histoire du mariage à Disneyland… Honnêtement, Scarlett, ce que tu me racontes semble si loin de la réalité…

— N'est-ce pas ? Mais ça n'en est pas moins totalement authentique. Quoi qu'il en soit, nous nous retrouvons tous à Paris demain soir pour une soirée commune, garçons et filles… Enfin, au début, ce sera commun, tout du moins. Si j'ai bien saisi, les responsables vont nous ouvrir toutes les attractions dès que le parc fermera ses portes au public. Apparemment, ça ferme plus tôt en hiver… Après ça, on va se séparer et faire deux fêtes à deux endroits différents.

— Ça promet d'être divertissant… et pour le moins inhabituel.

— C'est toujours comme ça avec Maddie. Elle est comme ça.

Je m'interrompis, et une pensée se forma lentement dans mon esprit. Alors, sans crier gare, elle se changea en mot et força la barrière de ma bouche.

— Eh, pourquoi tu ne viendrais pas ? laissai-je échapper malgré moi. Un de plus, un de moins, ça ne va pas changer grand-chose… Si ça te met plus à l'aise, je peux même prévenir Maddie avant qu'on arrive. Mais bon, en général, ce n'est pas vraiment le genre de trucs qui l'empêche de dormir.

Le visage de Sean rayonna aussitôt d'un indéniable enthousiasme.

— J'adorerais y être… Et puis, ça rééquilibrera la donne : je te dois un mariage… Oh, attends… On ne va pas devoir se déguiser en personnages de Disney, rassure-moi ?

— Non, et j'en remercie le ciel tous les soirs. En gros, dégotte-toi une tenue tout ce qu'il y a de plus classique, et ce sera parfait. Bon, pour ma part, en revanche, comme je suis demoiselle d'honneur, j'hérite d'une tenue assez extravagante…

— Quoi que tu portes, je suis sûr que ça t'ira à merveille, me rassura Sean en souriant. Je serais ravi d'être ton cavalier pour la soirée.

Mon ventre recommença les acrobaties dans lesquelles il avait pris l'habitude de se lancer dès que Sean me souriait. Seulement cette fois, en plein numéro de barres asymétriques, au moment exact où Sean avait prononcé le mot « cavalier », il s'était emmêlé maladroitement les pinceaux, avant de chuter lourdement sur le tapis de gym.

— Oh, lâchai-je sur le ton le plus neutre que j'avais en réserve.

— Un problème ?

— Et le mot est faible. J'ai oublié une variable dans l'équation… David.

Le visage de Sean vint s'écraser sur le tapis, juste à côté de mes entrailles.

— Oh… bien sûr, oui, je vois où ça peut bloquer… Il s'attend probablement à être ton cavalier officiel, ce soir-là… En toute légitimité, d'ailleurs ! Bref… Ne t'inquiète pas, Scarlett, on se verra quand tu seras rentrée du mariage. Je profiterai du week-end pour nous trouver des billets, faire un peu de paperasse… Ce genre de choses.

Si j'avais été assez souple, je me serais moi-même botté l'arrière-train. Comment est-ce que j'avais pu oublier David ?

Le plus agaçant, c'est que j'étais convaincue que Sean se serait dix fois plus amusé que David à Disneyland. David allait se plaindre des nausées causées par les manèges, du froid de février et du prix exorbitant des attractions. Qui plus est, s'il arrivait directement de son travail vendredi soir, il se retrouverait sûrement dans Space Mountain en costard cravate.

— Écoute, viens… On s'en moque, lâchai-je sur un coup de tête. À mon avis, David n'arrivera pas avant samedi, de toute façon… Les attractions un peu extrêmes, ce n'est pas vraiment son truc. Qui plus est, je crois qu'il a une réunion importante vendredi soir, et qu'il ne pourra pas arriver à temps à l'aéroport.

— Tu es sûre ? exulta presque Sean. Je veux dire, je ne serai pas de trop, là-bas ?

— Non, non, ne t'inquiète pas, le rassurai-je en passant mon bras au sien. Ce serait super de t'avoir avec moi, là-bas, Sean.

Et pour la première fois, je le pensais sincèrement.

Chapitre 16

Heureusement pour moi, il s'avéra que David ne pouvait effectivement se rendre à Paris que le samedi. Plus étonnant encore, c'était exactement pour la raison que j'avais mentionnée à Sean.

— Je suis désolé, s'était excusé David par téléphone, mais c'est une réunion super importante. Tu es sûre que tu ne vas pas te sentir trop livrée à toi-même, là-bas, sans moi ?

— Je ne serai pas toute seule, David, avais-je répondu, remerciant ma bonne étoile de ne pas avoir à dégainer l'une des excuses farfelues que j'avais imaginées pour le dissuader de venir à la fête dès vendredi. Je connais pas mal des invités.

— Je sais, je sais, mais je ne t'ai pas vue depuis deux semaines, et j'ai vraiment hâte de te retrouver et de t'écouter me raconter tout ce que tu as fait pendant tes vacances.

— Tout ira bien, David, je t'assure. Je suis sûre que je trouverai un moyen de m'amuser jusqu'à ce que tu arrives.

Nous nous étions tous rassemblés au bout de Main Street USA, attendant que le parc ferme ses portes. Nous étions arrivés à Disneyland Paris au compte-gouttes tout au long de la journée. Si certains, comme Sean et moi, avaient voyagé en avion, la plupart des invités étaient arrivés par l'Eurostar deux heures auparavant. Lorsque la majorité d'entre nous eut passé près d'une heure dans l'un des bars du parc, on nous expliqua où nous pouvions aller, et ce que nous allions avoir le droit de faire durant les deux prochaines heures.

— … et à 21 heures, on se retrouve tous ici. Ensuite, on se séparera en deux groupes, filles et garçons, et on se rendra sur les lieux de nos fêtes respectives, nous expliqua Maddie, avant de lever les yeux de sa feuille de papier. Enfin, si je peux me permettre, n'oubliez pas que la direction nous a fait une énorme fleur, à Félix et à moi, en nous donnant la possibilité de profiter du parc ; alors, éclatez-vous, mais s'il vous plaît, gardez un minimum de tenue, et ne faites rien d'irrespectueux, OK ? Si vous comptez attacher Félix en slip à un lampadaire, attendez que Mickey et Minnie ne soient plus dans le coin !

Un éclat de rire parcourut l'assemblée.

— Bon alors ? Qu'est-ce qu'on attend pour s'y mettre ? lança Maddie en levant les bras dans un geste théâtral. Éclatons-nous !

Tout le monde partit aussitôt à l'assaut du parc, filant en hâte vers les attractions mises à notre disposition.

— Alors, qu'est-ce que tu voudrais te faire ? me demanda Sean. Space Mountain ? Indiana Jones et Temple du Péril ?

— Hmm…, hésitai-je. Je ne sais pas… Et si on commençait par regarder ce qu'il y a dans le coin ?

Je ne savais pas comment présenter le fait que je n'étais pas si friande que ça des montagnes russes : pivoter à

360 degrés à la vitesse du son jusqu'à être prise de nausées n'était pas vraiment ma conception du divertissement.

— Oki doki ! lâcha Sean, de son habituel ton décontracté.

Nous déambulâmes alors dans Frontierland, une zone pleine de bâtiments de bois et de tipis, aménagés dans une ambiance Far West.

— Oh, c'est ici que se trouve Le Train de la mine, non ? lança Sean avec un enthousiasme non dissimulé. Viens !

Je ne pus réprimer un sourire : Sean avait l'air d'un vrai gosse surexcité, ses yeux balayant frénétiquement les environs, tandis que nous cherchions à localiser l'attraction. Lorsque celle-ci se dessina enfin devant nous, Sean se rua vers le tourniquet qu'il traversa à toute vapeur.

Je restai en retrait.

— Allez, Cerise ! hurla-t-il quand il vit que je n'étais pas sur ses talons. Qu'est-ce qu'il y a ? Tu ne vas pas me dire que ça te fait peur, quand même ?

— Mais non !

— Ben viens, alors !

Résignée, je le rejoignis de l'autre côté du tourniquet. Nous passâmes devant un panneau indiquant qu'à partir de ce point, l'attente était d'une heure. Ceux indiquant quarante-cinq et trente minutes suivirent quelques secondes plus tard.

Les gens attendent vraiment aussi longtemps pour se faire torturer les entrailles ? me demandai-je, tandis que je rejoignais Sean.

— C'est quand même dément qu'on n'ait pas à faire la queue ! s'extasia Sean quand je parvins à sa hauteur. On va pouvoir les faire autant de fois qu'on veut !

Honnêtement, Sean, je pense que j'en aurai assez d'une seule fois…, pensai-je en regardant filer sur les rails vrillés le dernier train, tel un tire-bouchon lancé à pleine vitesse.

Nous parvînmes enfin au sommet où nous attendîmes, avec un couple d'amis de Félix, que les prochains wagons arrivent.

— Je sens bien que tu n'es pas très à l'aise avec ce genre de trucs, dit Sean pendant que nous attendions là en silence.

— Disons que ce n'est pas ce que je préfère faire pour me détendre un vendredi soir.

— Tout va bien se passer. Ces montagnes russes-ci ne sont pas bien méchantes. Imagine des bébés montagnes russes.

Le train arriva enfin, nous nous assîmes, et des harnais métalliques nous emprisonnèrent aussitôt ; probablement pour empêcher les personnes saines d'esprit de fuir l'attraction. Paradoxalement, j'avais toujours trouvé ce genre de dispositifs de sécurité inquiétants : si on se donnait autant de mal pour nous harnacher, c'était qu'on allait être lancés à une vitesse telle que nous avions, sans cela, toutes les chances d'être projetés dans les airs.

Cela dit, je n'eus pas véritablement le temps de m'en inquiéter davantage, puisque le train fila aussitôt comme une flèche en direction d'un petit tunnel. Il n'y eut qu'une chose pour rendre cette expérience supportable : la main de Sean qui enserra délicatement la mienne lorsque nous fûmes arrivés au sommet d'un pic vertigineux qui nous promettait une chute aussi infernale qu'inéluctable.

Lorsque au bout d'une éternité, notre wagon crissa pour finalement s'arrêter, Sean lâcha ma main, et nous descendîmes rapidement du train, laissant les insouciants suivants prendre nos places.

— Alors, c'était si terrible que ça ? me demanda Sean, le visage fendu d'un grand sourire.

— Voire un poil plus.

— Eh, mais tu trembles… Dis donc, ce n'est vraiment pas ton truc, les montagnes russes…

De fait, je tremblais… mais cela avait probablement moins à voir avec l'attraction, qu'avec le fait que Sean avait de nouveau ma main dans la sienne.

— Tiens, me dit-il en prenant quelque chose dans sa poche arrière. Essaie ça, ajouta-t-il en me présentant une flasque dont il remplit le bouchon d'un liquide ambré. C'est du whisky. Avale-moi ça !

— Où est-ce que tu as trouvé ça ? Je croyais que Maddie nous avait interdit l'alcool dans le parc.

— Tous les gars en ont eu. C'est le témoin du futur marié qui nous les a données.

— Will ?

— Oui, c'est ça.

J'ouvris mon sac et en tirai une mini-bouteille de champagne.

— Et nous, les filles, on a eu droit à ça ! pouffai-je. On échange ?

— Sans façon ! J'ai eu ma dose d'alcool au bar, tout à l'heure. Mais pour le whisky, ma proposition tient toujours.

J'avais remarqué que Sean s'était effectivement fait plaisir un peu plus tôt et, décidée, saisis le bouchon et m'envoyai sans tarder le liquide ambré… qui me donna l'impression d'avaler du papier de verre. Je me raclai la gorge.

— Bon ! Qu'est-ce qu'on se fait, maintenant ? me demanda Sean.

— Pourquoi pas la maison, là-bas ?

— La Maison hantée ? Tu es sûre que ça ne va pas te faire trop peuuuuuuur ! me demanda-t-il en prenant une voix de fantôme asthmatique.

— Tant que ça ne m'impose pas de loopings à la vitesse de la lumière, ça devrait aller, merci.

De nombreux invités avaient opté pour la Maison hantée, et l'accueil y fut plutôt bon, nombre des bouteilles interdites circulant sous le manteau dans la salle d'attente, avant que commence l'effrayante excursion dans la maison hantée. L'histoire qui servait de prétexte à l'attraction, je le découvris très vite, était celle d'une fiancée spectrale qui attendait en vain son fiancé. Dans la bâtisse, les tableaux accrochés aux murs délabrés contaient leur histoire sordide à mesure que vous rouliez lentement dans l'un des nombreux *Doombuggies*, les chariots de l'attraction.

Il compte ce mariage-ci ? J'en serais à trois comme ça…, pensai-je, pendant qu'on me racontait lentement l'histoire de cette cérémonie qui n'aurait jamais lieu.

Pour une raison que j'ignore, Sean et moi nous retrouvâmes séparés au début de l'attraction, et je finis assise à côté d'une collègue de travail de Maddie. Durant notre parcours, je parvins de temps à autre à l'apercevoir entre deux spectres et, lorsque au détour d'une apparition fantomatique, ses yeux se posèrent sur moi, il m'adressa un clin d'œil complice.

— Oh, je suis désolée ! s'excusa la jeune fille à côté de moi. Si j'avais su que c'était ton petit ami, je lui aurais laissé ma place.

— Oh non, je t'en prie, aucun problème ! déblatérai-je en mangeant la moitié de mes mots. Ce n'est pas mon petit ami.

— Oh ? Et tu sais s'il est venu avec quelqu'un ? me demanda-t-elle au moment où le wagon s'arrêta, et où nous nous apprêtions à descendre. Il est plutôt mignon…

Je fis semblant de ne pas l'avoir entendue, et filai rejoindre Sean dès que je fus sortie du chariot.

— Partons par ici, lui dis-je en le tirant par le bras dans la direction opposée à ma compagne de voyage.

Nous nous retrouvâmes à marcher du côté de Fantasyland.

— C'est le coin des petits, ici, non ? commenta Sean qui semblait avoir du mal à marcher droit. Cela dit, vu la tronche que tu tirais dans le Train de la mine, tu te plairas sûrement plus ici que là-bas.

— Tu ferais mieux de marcher plutôt que de me vanner, rétorquai-je, satisfaite d'avoir semé l'admiratrice de Sean. Si on doit se demander quelles attractions sont pour les adultes, et lesquelles sont pour les enfants, on ne fera jamais rien ici.

— Eh ! Hors de question que je monte sur un de ces éléphants ! hurla Sean, alors que nous approchions du manège Dumbo. Jamais de la vie !

— Ne t'inquiète pas, le rassurai-je, je ne suis pas non plus emballée à l'idée de chevaucher un éléphant volant.

— Ah ! Je sais ce qui te plairait ! me lança Sean, un sourire naissant sur le visage. Viens par là !

Pour la deuxième fois ce soir, Sean me prit la main, et je le laissai me guider au-delà du panneau « *It's a Small World* ».

— Ce n'est pas cette attraction qui va te faire peur, me rassura Sean, tandis que nous empruntions le couloir pastel qui menait à l'entrée. Enfin, sauf si tu as vu *Jeu d'enfant* – ce dont je doute –, parce que dans ce cas, les poupées peuvent tout de suite avoir l'air beaucoup moins sympathiques.

— On ne va pas aller là-dedans ! protestai-je. On a passé l'âge !

Sean s'arrêta à l'entrée, et me lança un regard moqueur faussement horrifié.

— Ben ça alors ! Et moi qui croyais que Disney, c'était pour tout le monde ! Enfants ou adultes, Cerise ! Ce n'est pas ce que tu disais tout à l'heure ? Allez, viens, on va s'amuser ! m'invita-t-il en tendant une fois encore la main vers moi. En plus, il n'y a personne d'autre : l'attraction est à nous !

— L'attraction est vide parce que tout le monde ici a plus de dix ans, Sean !

Je pris malgré tout la main de Sean, et nous grimpâmes dans l'une des barques, nous laissant emporter dans le monde miniature féerique.

L'attraction, peuplée d'automates, se divisait en plusieurs scènes mettant chacune à l'honneur une culture spécifique. Les figurines étaient vêtues de costumes traditionnels, et s'affairaient à des activités typiques des pays concernés. Mais le plus saisissant restait qu'ils entonnaient à l'unisson l'hymne culte de l'attraction : *It's a Small World After All*.

— Combien de gorgées de whisky tu t'es enfilées, déjà ? demandai-je à Sean en l'entendant siffloter tranquillement le thème des poupées, après qu'il eut descendu le peu qu'il restait dans sa flasque.

— Oh, pas tant que ça. Pourquoi ?

— Pour rien, répondis-je avec un petit sourire narquois.

— Dis donc, toi, me lança Sean en prenant un air exagérément sérieux. Ce n'est pas parce que cette attraction ne partage pas le même budget que tes productions hollywoodiennes complètement mégalos que tu as le droit de te moquer, me reprocha-t-il en désignant les poupées qui défilaient près de nous. Ces poupées chantent avec une sincérité déchirante, et toi, tu leur balances ça à la gueule…

Je me mordis la lèvre pour ne pas pouffer. Sean était vraiment drôle quand il avait bu.

— Très bien, Cerise : s'il t'en faut plus pour t'éclater, alors recréons ici même une fantastique scène de cinéma à gros budget ! lança-t-il en essayant de se mettre debout dans le bateau.

— Eh, Sean, reste assis ! Tu vas tomber !

— Jamais ! dit-il en trouvant finalement son équilibre. Allez, viens par là ! Passe devant moi, on va rejouer la scène de *Titanic* ! Quand Léo se cramponne à Kate.

Si je trouvais tentant de me mettre dans la peau de Kate Winslet et d'ajouter un instant-ciné à ma liste, mon instinct de survie m'en empêcha.

— Certainement pas. Allez, assieds-toi, Sean ! Tu vas te faire mal…

Sean grimpa maladroitement sur la proue du bateau, puis, chancelant, plaça ses bras en croix et se mit à hurler.

— Je suis le roi du mooooonde ! Eh, Cerise, tu as vu ? Je t'ai offert un de tes instants-ciné !

— C'est indéniable, Sean, même si ça tenait plus de Hugh Grant dans *Bridget Jones* que de Leonardo DiCaprio dans *Titanic*. Bon, descends maintenant, avant de t…

Trop tard. Tandis que nous arrivions au niveau d'un pont un peu bas, Sean se cogna la tête et passa par-dessus bord.

Pendant ce temps, imperturbables, les embarcations continuèrent leur joyeuse procession.

— Sean ! hurlai-je, ne le voyant pas immédiatement reparaître. Bon sang, Sean, où est-ce que tu es ?

Je bondis acrobatiquement de bateau en bateau jusqu'à passer à l'abordage du dernier. Lorsque j'arrivai au niveau du pont où Sean était tombé, je fouillai l'eau du regard.

— Sean ! l'appelai-je une fois encore.

Soudain, je vis une tête jaillir de l'eau, et Sean émergea, crachant en l'air une élégante gerbe d'eau.

— Bon sang, Sean, j'ai cru que tu étais tombé dans les vapes sous l'eau… Vite ! m'exclamai-je, la main tendue. Remonte !

Sean secoua la tête, dégagea les cheveux qui tombaient sur son visage, et tituba jusqu'au bateau sur lequel je me trouvais. J'ignore comment j'y parvins, toujours est-il qu'une fois à mon niveau, je l'aidai à remonter à bord.

— Que s'est-il passé sous l'eau ? lui demandai-je en m'asseyant en face de lui, pendant qu'il dégoulinait de la tête aux pieds.

— Je me suis pris le pied dans les rails. J'ai dû attendre que tous les bateaux passent avant de pouvoir remonter, m'avoua-t-il, l'air embarrassé.

— Tu es dingue, Sean, ça aurait pu être dangereux. Qu'est-ce qui t'est passé par la tête ?

— Un pont, plaisanta-t-il en se frottant le crâne, un œil fermé.

— Ça te fait mal ?

— À ton avis ?

— Eh, ce n'est pas moi qui ai été assez stupide pour me blesser à Disneyland Paris dans une attraction destinée aux moins de dix ans, lui fis-je remarquer, à deux doigts d'exploser de rire. Quand je pense à tous les accidents spectaculaires qui peuvent arriver dans un parc comme celui-ci… Tu pourras annoncer fièrement à tous tes amis que tu as failli te noyer dans une pataugeoire d'un mètre de profondeur sous les yeux ébahis de dizaines de poupées…

Je plaçai une main devant ma bouche, prête à pouffer au nez de Sean qui, lui, me fusillait du regard.

— Rien ne nous oblige à en parler à qui que ce soit…, intervint Sean. Ça reste entre nous, d'accord ?

— Tu sais, Sean, je pense que les autres risquent de se poser des questions quand ils te verront dégoulinant de flotte…

— Je vais aller me changer vite fait à l'hôtel.

— Si seulement tu arrives à t'y rendre sans que personne te voie…

Les bateaux s'arrêtèrent, et je mis pied à terre.

— Scarlett…, me supplia Sean, toujours assis dans l'embarcation, totalement trempé. File-moi un coup de main !

— Ah tiens, tu ne m'appelles plus « Cerise » ? lui lançai-je, debout sur le quai, les bras croisés.

Sean se contenta de m'adresser un regard de chien battu.

— S'il te plaît, Scarlett…, me supplia-t-il une nouvelle fois. J'ai besoin de toi…

Chapitre 17

— On y est presque, murmurai-je à Sean en le devançant hors de l'ascenseur, puis dans le couloir, jusqu'à la porte de sa chambre. Où est ton passe ?

— Dans la poche de mon jean, répondit-il d'une voix à peine audible.

Je palpai le jean mouillé que j'avais trimballé dans mes bras durant notre traversée du parc, en tirai la carte, que j'actionnai pour ouvrir la porte. Nous entrâmes tous deux dans la chambre.

— J'ai bien cru qu'on n'y arriverait jamais, avouai-je en laissant tomber par terre ses affaires trempées.

— Tu penses qu'on nous a vus ? me demanda Sean en retirant sa tête de Dingo.

J'éclatai de rire.

— Bien sûr qu'on nous a vus ! On a surtout de la chance que personne ne soit venu te demander de prendre une photo avec toi !

— Oui, mais tu crois que quelqu'un a remarqué que c'était moi ?

— J'en doute. En revanche, tu vas devoir rendre son costume à ce type dès demain sans quoi il peut dire adieu à son boulot.

— Mais « bonjour » à trois cents billets !

— Deux cents. Tu en as donné cent de plus comme caution. Il te les rendra dès que tu lui auras rapporté le costume.

— Oui, d'ailleurs, tant qu'on parle du costume, tu aurais pu me trouver quelque chose d'un peu plus classe et confortable que cette panoplie de deux mètres.

— Tu te moques de moi ? lui lançai-je en m'affalant sur le lit. C'était Dingo ou rien. Tu as déjà eu de la chance que ce type ait été encore là. Tous les autres employés étaient déjà rentrés chez eux.

— Je sais, je sais… Merci pour tout, en tout cas.

— Pas de quoi. Rien que pour t'avoir vu dans ce costume, ça en valait la peine, le taquinai-je en souriant. Qui aurait cru qu'un jour, M. Sean « je-hais-le-cinéma » Bond incarnerait Dingo à l'écran ! Non, mais tu imagines ton père s'il était là ? Ce serait jouissif pour lui, après toutes les remarques que tu as faites sur son costume de Chewbacca !

À deux mètres, Sean luttait avec son costume.

— Tu vas rester allongée là à te moquer de moi toute la soirée ou tu vas m'aider à me débarrasser de ce truc ?

Je penchai la tête d'un côté, comme si je considérais sérieusement la question.

— OK, OK, j'arrive…, rassurai-je Dingo qui attendait là, ses grosses pattes sur les hanches, que je dézippe la fermeture cachée dans le dos du costume. Voilà… Tu es libre.

Sean jaillit de la panoplie Disney en ne portant rien de plus qu'un caleçon. J'ignorais qu'il s'était délesté de tout le reste : Maurice, l'employé à qui appartenait le costume de Dingo, était sorti de sa tenue de travail en collants et tee-shirt, puis j'avais monté la garde à l'extérieur des toilettes des hommes pendant qu'il avait aidé Sean à revêtir la panoplie qui nous avait permis de traverser le parc.

Je détournai le regard aussi vite que possible, mais pas assez pour ne pas remarquer le corps incroyablement sexy de Sean. J'avais déjà constaté qu'il n'avait rien du type grassouillet, mais le voir torse nu me confirmait qu'il avait pile ce qu'il fallait où il fallait : musclé sans excès, et des saillies engageantes là où elles étaient attendues.

— Alors, qu… qu'est-ce ça donne, la vue, à ta fenêtre ? l'interrogeai-je sans réfléchir en me hâtant jusqu'à la fenêtre.

— À peu près la même que la tienne, à mon avis, répondit Sean en entrant dans la salle de bains. Je me prends une douche rapide pour me réchauffer un peu. Cette flotte était glaciale !

— Une chance que tu sois tombé près de l'Australie plutôt qu'au large du pôle Nord, dans ce cas !

— Ah… ah… très drôle !

Maintenant que je pouvais me retourner sans crainte, je quittai la fenêtre et partis m'asseoir sur le lit où je repensai à tout ce qui s'était passé ce soir. Sean avait eu de la chance. Il aurait pu finir à l'hôpital… S'il ne mettait pas un peu de glace sur sa tête, il risquait de se payer une belle bosse au réveil.

Je décrochai le téléphone et appelai la réception pour demander si l'on pouvait nous monter une poche de glace ou, à défaut, quelques glaçons, ce à quoi la réceptionniste me répondit qu'elle allait voir ce qu'elle pouvait faire.

— Tu as appelé le room-service ? me demanda Sean en sortant de la salle de bains.

Cette fois-ci, il ne portait rien d'autre qu'une serviette blanche nouée autour de la taille, et de minuscules gouttes d'eau éparses faisaient luire sa peau humide.

Je déglutis.

Sean ouvrit son placard et en sortit un jean bleu et un tee-shirt blanc.

— Alors ? me lança-t-il en se tournant dans ma direction.

— Oh, euh, non… Je leur ai juste demandé s'ils avaient un sachet de glace en réserve. Tu devrais mettre quelque chose de froid à l'endroit où tu t'es cogné.

— Mademoiselle s'inquiète pour moi ? se moqua-t-il.

Mon ventre avait depuis longtemps laissé tomber la gymnastique, et s'était maintenant lancé dans un nouveau sport olympique un brin plus extrême et déstabilisant : le bobsleigh ultrasonique.

— Tu t'es pris un sacré choc…

Sean tapota doucement l'arrière de son crâne.

— Aïe ! lâcha-t-il en fermant un œil. OK, ce n'est pas encore passé !

— Laisse-moi regarder. Ce n'est pas ouvert, au moins ? Je n'ai pas vu de sang, mais bon… autant vérifier.

Je regrettai déjà de ne pas avoir attendu qu'il soit habillé pour lui proposer de l'ausculter, car il était maintenant là, assis à côté de moi sur le lit, ne portant rien d'autre qu'une serviette autour des hanches.

Je me levai et, aussi délicatement que possible, écartai quelques mèches de cheveux mouillés. Sean lâcha un petit gémissement.

— Désolée, je t'ai fait mal ?

— Non… non, pas du tout.

Sean releva lentement la tête et posa les yeux sur moi. Il avait ce même regard que le jour où nous nous étions tous les deux assis dans le parc de Notting Hill. Ce même regard qu'il avait eu, encore, lorsqu'il était venu m'inviter à l'opéra et m'avait découverte en peignoir dans l'encadrement de la porte. Ce même regard qu'il avait eu en dehors de chez Bill, lorsqu'il avait été sur le point de me dire quelque chose et que le coup de fil de Maddie l'en avait empêché.

Ma main reposait encore sur le sommet de son crâne… sauf qu'au lieu d'écarter quelques mèches de ses cheveux, elle caressait timidement son cuir chevelu.

Sean prit ma main dans la sienne. Il l'observa un moment, puis commença à en suivre les lignes d'un doigt délicat.

— Scarlett…, murmura-t-il d'une voix douce et voilée. Oh, Scarlett… soupira-t-il.

Il leva de nouveau les yeux vers moi, ses yeux m'avouant tout ce qu'il ne parvenait pas à dire.

On tambourina à la porte, ce qui nous fit sursauter.

— Ce doit être ta glace ! m'exclamai-je d'une voix improbable, en retirant vivement ma main de ses cheveux.

Je doutai que le veilleur de nuit soit déjà tombé sur quelqu'un aussi enchanté de l'entendre frapper à sa porte, tant je lui souriais à m'en décrocher la mâchoire, le gratifiant d'un rictus situé à mi-chemin entre celui de Jack Nicholson dans *Batman* et celui du chat d'*Alice au Pays des merveilles* sous acide.

— Votre sachet de glace, madame.

— Merci…, je me tournai vers Sean ; il était déjà debout et tirait un billet de son portefeuille.

— Merci beaucoup, Joseph, dit-il en lui tendant l'argent.

— Si je peux vous aider d'une quelconque manière, monsieur…, dit-il avant de se tourner vers moi. Madame, n'hésitez pas à nous appeler au besoin.

Il jeta un regard vers le lit, aperçut la tête de Dingo, et je bondis aussitôt sur sa ligne de mire.

— Nous n'hésiterons pas, lui assura Sean. Merci encore, Joseph. Bonne soirée.

— Bonsoir, monsieur.

Sean ferma la porte et se tourna vers moi.

— Je vais en avoir besoin, annonça-t-il en levant le sachet de glace. La température est montée d'un cran, tout à l'heure, et je ne serais pas contre un petit rafraîchissement.

Tu n'es pas le seul, Sean…, pensai-je en tentant de recouvrer mon calme, autant qu'une respiration plus régulière. *Crois-moi, tu n'es pas le seul…*

Chapitre 18

Quand Sean eut fini de s'habiller et d'appliquer la glace sur son crâne, il était 21 heures, l'heure de retrouver tout le monde. Nous ne fîmes, ni lui ni moi, allusion à ce qui avait failli se passer sur le lit, et j'en éprouvais un vif soulagement.

Comme prévu, nous nous divisâmes en deux groupes, et partîmes en direction des lieux qui accueilleraient toute la nuit le genre d'activités que seules les personnes de nos sexes respectifs pouvaient estimer décentes.

J'étais assise seule à une table à siffler joyeusement le fond d'une bouteille de champagne, pendant que les autres filles s'étaient lancées dans une sorte de *boat dance*, quand Maddie tituba dans ma direction : elle portait des oreilles de Minnie, un voile, et des plaques d'auto-école sur la poitrine et dans le dos.

— Qu'est-ce que tu fais, toute seule dans ton coin ? me demanda-t-elle, mâchouillant légèrement ses mots.

— Disons que j'ai vu assez de bateaux pour la soirée…

Maddie fronça les sourcils.

— Comment ça ? J'ai pas… allé sur un bateau, ce soir. Oh non ! J'ai raté l'attraction du bateau *Mark Twain*, c'est ça ? Il est… parti sans moi ?

— Non, Maddie, rassure-toi. Ça n'a rien à voir avec le bateau à vapeur…

Ma meilleure amie passa son bras sur mes épaules.

— Je vais quand même pas laisser ma demoiselle d'honneur en chef se morfondre ici toute la soirée, pas vrai ? Hein ? Tiens, dis-moi comment ça se passe chez… Belinda et Harry. On ne s'est presque pas parlé depuis que t'es partie pour Londres.

Je fis à Maddie un récit dont j'étais certaine que son esprit embrumé pourrait se souvenir, relatant quelques-unes de mes pérégrinations à Notting Hill. Bien entendu, je choisissais chaque détail avec soin. Je parlai des amis que j'avais rencontrés là-bas, et de comment, de façon pas si surprenante, il m'était arrivé un tas de choses à Notting Hill qui, selon mon entourage, n'arrivaient que dans les films. Je laissai de côté les recherches que je menais pour retrouver ma mère : c'était trop complexe à assimiler pour une personne aussi imbibée que Maddie l'était ce soir. En tout cas, j'étais contente pour elle que le mariage n'ait lieu que le samedi soir : elle aurait le temps de soigner sa gueule de bois avec quelques heures de sommeil tardif.

Une fois que j'eus terminé mon récit, je trouvai Maddie particulièrement silencieuse, tandis qu'elle sirotait un verre de… d'un liquide violet des plus soupçonneux.

Je jetai un regard vers les filles qui s'essayaient maintenant à une *Macarena* approximative. Maddie, elle, tentait tant bien que mal de se concentrer sur notre discussion.

— Sean a l'air sympa, lâcha Maddie sans prévenir après quelques minutes de silence, trifouillant la mixture dans son verre avec un mini-parapluie.

Je la dévisageai aussitôt. Qu'essayait-elle de me dire ? Pourquoi sympa ? Qu'est-ce qu'elle avait vu qui pouvait lui laisser penser que Sean était « sympa » ? À moins qu'elle ait dit ça un peu par principe… Dans cet état, Maddie était impossible à lire. Je n'avais pas la moindre idée de ce qu'elle avait en tête.

Je décidai de la jouer décontractée.

— C'est un type cool, oui.

— Tu peux… juste… me rappeler pourquoi il est venu avec toi ?

— Je te l'ai dit, Maddie. C'est le voisin de Belinda et Harry. Il m'a fait visiter Notting Hill. Il me dépanne de temps en temps… Ce genre de trucs…

— Ah ben, je veux bien qu'il me dépanne ce qu'il veut quand il veut ! gloussa Maddie en m'adressant un clin d'œil lourd de sous-entendus. Il a vraiment des airs de Brad Pitt, celui-là !

— Maddie ! Tu te maries demain, je te rappelle !

— Et toi en avril, Scarlett, mais ça t'a pas empêchée te… de pointer à mon mariage avec un autre homme ! bafouilla-t-elle.

J'étudiai le visage de Maddie. Était-elle aussi saoule qu'elle en donnait l'impression ? Je trouvais ses remarques bien pertinentes pour quelqu'un censé avoir, non plus de l'alcool dans le sang, mais du sang dans l'alcool.

— N'importe quoi ! lançai-je, sur la défensive. David arrive demain matin, et tu le sais très bien.

— Exact. Ça, c'est vraiment très très vrai, acquiesça lentement Maddie avant de rester silencieuse quelques secondes. Tant mieux, en tout cas… parce que demain, je vais essayer de brancher Danielle avec Sean. Tu l'as rencontrée tout à l'heure. Elle m'a dit qu'elle était avec toi dans la Maison hantée… Sean est bien célibataire? Danielle m'a demandé tout à l'heure… Elle est toute seule depuis trop longtemps, et je suppose que Sean ne crachera pas sur un bon coup livré sur un plateau d'argent après la cérémonie.

— Maddie, non! Tout, mais pas ça!

Elle me lança un regard innocent.

— Ben pourquoi donc? S'il n'est rien de plus que ton voisin, ça devrait pas poser de problème…

— OK, qu'est-ce qu'il y a dans ton verre?

— De quoi… Ça? me demanda Maddie en levant son verre.

— Oui, ça? C'est sans alcool, n'est-ce pas?

Maddie se pencha vers moi.

— Tu me crois vraiment débile au point de me mettre minable la veille de mon mariage? annonça-t-elle, d'une voix limpide parfaitement intelligible. C'est le jour le plus important de ma vie. Ça me ferait mal d'avancer vers l'autel avec un cul à la place de la tête.

— Tu as bu ne serait-ce qu'une goutte d'alcool, ce soir?

— Une ou deux coupes de champagne en début de soirée, c'est tout. Ça, c'est un diabolo-cassis. Les autres pensent que c'est une vodka zoulou, mais j'ai négocié avec le barman pour qu'il ne mette pas une goutte d'alcool dans un de mes verres de toute la soirée. Tout le monde pense que je suis ronde comme un tonnelet, mais fort malheureusement pour les mauvaises langues, pas ce soir, chérie.

Je lui adressai un large sourire.

— Tu es vraiment la reine des garces, toi !

— Et toi, ma fille, la plus déglinguée des demoiselles d'honneur, me taquina Maddie, avant de poser son verre sur la table et de me regarder droit dans les yeux. Je vous ai vus avec Sean, tout à l'heure, Scarlett.

— Et ?

— Et je t'ai entendue rire davantage avec Sean en une soirée qu'avec David depuis que tu l'as rencontré.

— Peut-être. Mais j'aime David.

— Je sais. Alors, fais gaffe, Scarlett. Ne laisse pas cette parenthèse à Notting Hill pour veiller sur la maison de Belinda et Harry – si c'est vraiment ce que tu y fais – gâcher ton avenir.

— Comment ça ?

— Je sais que tu aimes David et que tu veux l'épouser, mais tu m'as aussi dit t'être mise à douter. Et puis « BIM ! », alors que tu es en plein délire, coincée entre la réalité et le cinéma, ce Sean entre en scène. Je veux dire, ce type, c'est juste l'archétype du héros de film hyperséduisant que tu as toujours rêvé de rencontrer. Le truc, c'est que pendant que tu es en train de vivre ton fantasme, tu en oublies ceux que tu as laissés derrière toi.

— Absolument pas ! me vexai-je, n'arrivant pas à croire que Maddie puisse penser une chose pareille. Tout ce que je veux, c'est être heureuse et prouver à mon père, à David et à toi que vous faites fausse route à propos de cette histoire de cinéphilie obsessionnelle !

Je plaçai instinctivement ma main devant ma bouche. *Et merde…*

— Oh… C'est donc ça que tu es partie faire là-bas ? commenta Maddie en haussant un sourcil. Je me disais bien qu'il y avait quelque chose de plus dans cette histoire qu'un simple mois de repos.

— Bref, ce n'est pas important, lâchai-je, espérant minimiser ma bourde ; qui plus est, il fallait d'abord que je clarifie le premier malentendu. Je ne considère pas Sean comme une star de cinéma. C'est absurde, affirmai-je.

Cela avait peut-être été vrai au début, mais ce soir, je ne mentais pas à Maddie : cela faisait plusieurs jours que je n'avais pas projeté sur Sean autre chose que ce qu'il était, et je n'étais plus capable de faire autrement. C'est juste… qu'il est différent de David, c'est tout. Sean est…, poursuivis-je un sourire se dessinant sur mon visage tandis que je pensais à lui. Il est drôle, spontané et généreux… Il est… en résumé, tout ce que David n'est pas.

— Mais il n'est pas ton fiancé, termina Maddie à ma place, articulant ce que je n'osais pas prononcer. Tu n'as aucune envie d'être amoureuse, Scarlett ; dans le sens traditionnel du terme, j'entends. Ce que tu veux, c'est être amoureuse comme on l'est dans les films.

— Qu'est-ce qu'il y a de mal à ça ? rétorquai-je, avant de m'interrompre. Attends un peu, ça me rappelle quelque chose…

— Quoi donc ? Qu'est-ce qui te rappelle quelque chose ?

— Ce que tu m'as dit. Répète un peu pour voir ?

— J'ai dit beaucoup de choses. Quelle partie est-ce que tu veux que je répète ? Que tu ne veux pas être amoureuse, mais amoureuse comme on l'est dans les films ?

— Oui, ce passage-là, répondis-je en prenant mon visage dans mes mains. Raah, je l'ai sur le bout de la langue…

— Je peux savoir ce que tu es en train de me faire, là ? m'interrogea Maddie sans me quitter des yeux.

— *Nuits blanches à Seattle* ! m'exclamai-je, en frappant la table de la paume de ma main. C'est dans *Nuits blanches à Seattle*. Le meilleur ami de Meg Ryan lui dit la même chose pendant qu'ils regardent ensemble *Elle et lui* à la télé.

— C'est le film avec Cary Grant et… Mince, qui c'était l'actrice ? me demanda Maddie.

— Deborah Kerr.

— Deborah Kerr, voilà. Il lui demande de venir la rejoindre au sommet de l'Empire State Building le jour de la Saint-Valentin, mais elle ne peut pas y aller parce qu'elle est malade… ou quelque chose dans ce goût-là.

— Infirme, corrigeai-je en repensant au film. *Nuits blanches à Seattle*, c'est un peu la même histoire. J'adore ces deux films.

Maddie secoua la tête.

— Tu m'as embarquée dans ta dimension, Scarlett ! Raah ! Qu'est-ce que je disais avant de me faire kidnapper ?

— Que ce que je voulais, c'était connaître cet amour irréaliste qu'on rencontre dans les films…

— Oui, oui, voilà ! Et le fond de ma pensée, Scarlett, c'est que tu ne devrais pas risquer ce que tu possèdes dans cette réalité en te persuadant que tu peux vivre ta vie comme une héroïne de mélo. Parce que ça n'arrivera jamais, Scarlett. Ce voyage à Notting Hill, c'était juste pour que tu t'amuses un peu. Je te l'ai proposé parce que je pensais que ça te ferait du bien de souffler un peu, de te vider la tête… Maintenant, je commence à me demander si j'ai bien fait…, s'interrogea-t-elle en prenant ma main dans les siennes. Fais attention à toi, Scarlett, s'il te plaît… Dans la vie, la vraie, les gens souffrent : au cinéma, ils se contentent de quitter le plateau.

— C'est vraiment gentil de te soucier de moi, Maddie, la remerciai-je, une partie de moi convaincue qu'elle avait raison ; je devais, en effet, faire attention à ne pas m'emporter avec Sean. Cela me touche beaucoup… Vraiment. Mais je te rassure : je n'ai pas l'intention de pousser qui que ce soit vers la sortie. En revanche, en ce qui concerne le fait que vivre ma vie en héroïne de film soit un problème, je persiste à croire que vous vous trompez, papa, David et toi. Preuve en est que cela a très bien fonctionné depuis mon arrivée à Notting Hill, et que personne n'en a souffert.

Chapitre 19

Je me tenais dans le vestibule de l'hôtel avec les autres demoiselles d'honneur, attendant l'arrivée de Maddie. Nous portions de longues robes de satin violet assorties d'écharpes du même ton pour nous prémunir contre les morsures du froid nocturne. Nous n'avions pas véritablement l'air de demoiselles d'honneur : nos tenues étaient d'une élégance telle que nous aurions tout aussi bien pu passer pour les invitées d'une réception fastueuse.

Je réprimai un bâillement : la journée avait été éprouvante.

Ça avait commencé très tôt, les experts engagés par Maddie s'étant manifestés sans tarder pour nous coiffer, nous maquiller et nous manucurer.

Nous avions ensuite attendu la future mariée en grignotant un peu, et en avalant – à des fins purement thérapeutiques, comme le répétait Maddie – quelques coupes de champagne. Environ une heure plus tard, il était temps d'enfiler nos robes, après quoi, nous avions rongé notre frein, d'abord dans la chambre de Maddie, puis dans le vestibule de l'hôtel, essayant de ne pas les plisser. Nous avions ensuite attendu les carrosses, tractés par des chevaux, qui nous mèneraient au château de la Belle au bois dormant.

Mais il y avait une autre raison pour laquelle cette journée m'avait semblé interminable : David était arrivé vers 13 heures, si bien que j'avais été obligée de passer avec lui chaque minute de temps libre dont j'avais disposé entre deux séances de coiffure ou de maquillage.

Comme à son habitude, il se montrait très prévenant à mon égard, et lorsqu'il n'était pas pendu à son téléphone pour son travail, il m'expliquait aussi précisément que possible tout ce qu'il avait accompli dans la maison en mon absence.

Cela dit, il se montra également très intéressé par le récit de mon séjour à Notting Hill. Aussi, comme avec Maddie l'autre soir, je lui offrais un résumé sélectif, mais, malgré cela, tout à fait authentique de ces quelques jours de retraite.

Je n'avais pas parlé à Sean de la journée.

Je l'avais parfois aperçu au travers d'une fenêtre, tandis qu'arpentant la cour, à l'instar d'un David, il pianotait sur son BlackBerry ou conversait avec je ne savais qui.

Enfin, Maddie apparut dans le vestibule, revêtue d'une magnifique tenue de soie ivoire : longue, corsage brodé, manches en organza et jupe à la traîne si courte qu'on aurait dit une adorable queue de bébé sirène. Ses cheveux blond vénitien auréolaient ses épaules, à l'exception d'une mèche retenue en arrière par un peigne nacré – qui ajoutait à son air de sirène – de façon qu'elle ne lui cache pas le visage. Des applaudissements tonnèrent dans le vestibule, lancés à sa vue par quelques invités présents à l'hôtel, qui l'avaient vue s'avancer, rayonnante de joie et d'élégance.

— Tu es magnifique ! la complimentai-je en m'approchant d'elle. Félix va jouir sur place en te voyant arriver.

— Je n'espère pas ! sourit Maddie. On n'est pas assurés contre ce genre d'accident !

Je me mis à rire. Mariage ou pas, Maddie resterait toujours Maddie.

— Et puis, tu en jettes pas mal aussi, dans cette robe. Tes deux prétendants vont se battre en duel à l'aube pour avoir droit au magot !

— Arrête tes bêtises : je n'ai qu'un homme ici, et il s'appelle David.

— On verra bien, me provoqua Maddie d'un ton lourd de sous-entendus.

— Notre carrosse est avancé, Scarlett ! m'interpella l'une des autres demoiselles d'honneur.

— J'arrive ! lui lançai-je. Bonne chance, encourageai-je Maddie, l'embrassant en prenant garde de ne pas froisser sa robe. Et surtout : amuse-toi, promis ?

— Je le jure, plaisanta Maddie.

Lorsque nous quittâmes l'hôtel, il était 19 heures, et quelques personnes traînaient encore dans le parc. Certaines profitaient de quelques attractions avant leur fermeture, d'autres achetaient un dernier souvenir des lieux. Tandis que nous remontions Main Street USA sur nos équipages, j'eus l'impression que certains d'entre eux, pensant assister au départ d'une nouvelle parade, interrompaient leur activité pour nous regarder passer.

Prise d'un sentiment de noblesse enivrant, j'adressai aux passants quelques signes de main. Je me retournai pour observer Maddie : elle aussi semblait profiter pleinement de l'instant, tandis que dans une autre voiture, elle voyageait avec son père vers le château de la Belle.

L'édifice se découpait dans la nuit, ses contours scintillant de rose et de violet. Cette icône Disney semblait presque irréelle, illuminant dans l'obscurité le parc environnant. On aurait dit un titanesque gâteau d'anniversaire, tant les centaines de lumières étincelantes qui l'éclairaient donnaient à l'aura lumineuse des allures d'immense glaçage.

Nous nous arrêtâmes devant le château – fermé spécialement pour la cérémonie –, et descendîmes des attelages avec autant d'élégance que nous le permettaient nos tenues. On nous prit en photo, puis ce fut l'heure d'entrer en scène.

Nous passâmes entre deux rangées solennelles de personnages Disney qui jalonnaient le chemin de la mariée. Il y avait là Mickey, Minnie, Donald, Daisy et toute la bande… à l'exception notable de Dingo, dont l'emplacement supposé était vide : de toute évidence, j'allais devoir demander à Sean s'il avait pensé à rendre son costume à Maurice.

Étonnamment, la décoration du château évoquait celle d'une petite église circulaire. D'immenses vitraux dépeignaient des scènes de *La Belle au bois dormant*, et une galerie surélevée longeait la paroi tout autour de la pièce. Cette dernière servait de tribune idéale pour les invités qui profiteraient de la cérémonie depuis les hauteurs. Le prêtre, Félix et Will attendaient tous trois que se montre la procession nuptiale. Félix était d'une grande élégance dans son costume noir mis en valeur par une chemise blanche rehaussée d'un nœud papillon noir. J'étais sincèrement étonnée que sa tenue lui aille si bien, Félix n'étant vraiment pas du genre à se tirer à quatre épingles, encore moins s'il fallait souffrir le port d'un smoking. Fort malheureusement, je ne pouvais décemment me montrer aussi enthousiaste quant à la tenue de Will qui, nageant dans son costume, le nœud papillon de guingois, avait tout du Charlot de Charlie Chaplin. Ne lui manquait qu'un chapeau melon, et l'illusion aurait été parfaite.

Une fois que Maddie eut fait sa grande entrée, et que nous eûmes tous passé la porte, l'intérieur du château m'apparut encore plus exigu. Pour autant, la proximité ne rendait le moment que plus intimiste et romantique.

Hormis quelques incartades fantaisistes des futurs époux, la cérémonie fut des plus classiques. Lorsqu'on en arriva à l'échange des anneaux, pour plaisanter, après les véritables alliances offertes, Félix passa au doigt de Maddie un bijou fantaisie à l'effigie de la fée Clochette, et Maddie une bague Sulli de *Monstres et Cie* à celui de Félix, la créature lui adressant un sourire aussi caricatural qu'hilarant. Chacun des futurs époux avait rédigé ses propres vœux, et ceux de Maddie m'émurent aux larmes. Elle fila tout du long la métaphore du tapis volant, parlant de hauts et de bas, du besoin de s'accrocher l'un à l'autre, et de ce départ pour un nouveau voyage vers l'inconnu.

Durant l'un des cantiques, dont je fus heureuse d'entendre l'original plutôt qu'une version Disney joyeusement remaniée, je levai les yeux vers le balcon et aperçus Sean. Il m'adressa un clin d'œil, et je lui souris en retour.

Je laissai courir mon regard un peu plus loin le long de la galerie, et aperçus David. Sauf que lui ne me regardait pas : au lieu de ça, il lançait un regard intrigué de l'autre côté de la pièce… à Sean.

Le reste de la cérémonie se déroula sans incident : les deux époux dirent « Je le veux » le moment venu, et il n'y eut que peu de convives pour se moquer lorsque Félix révéla à l'assemblée que son deuxième prénom était Archibald. Lorsque nous abandonnâmes l'asile intimiste du château pour regagner notre hôtel, tout le monde semblait riche d'un enthousiasme et d'un optimisme renouvelés.

Vint alors l'heure de la pire tradition de l'histoire des unions sacrées : celle qui consistait, pour les invités, à présenter leurs félicitations à tous les membres de l'entourage direct des jeunes mariés en usant de formules comme : « Vous devez être très fier… » ou encore : « Cette robe vous va à ravir » (cette dernière remarque, je m'en étais rendu compte, ayant toujours plus d'à-propos lorsqu'elle était adressée à une femme ; à moins, bien sûr, d'être un habitué de mariages nettement moins conventionnels).

Mais aujourd'hui, en tant que première demoiselle d'honneur, je me trouvais du côté de ces gens qui recevaient et non distribuaient ces compliments. Malheureusement pour moi, le temps qu'ils arrivent à mon niveau de la chaîne, les invités étaient à court de munitions, si bien que j'obtins trente-cinq « Vous êtes superbe », onze « Le violet vous va à ravir », huit « Vous avez fait du bon boulot ! », deux « Vous êtes la sœur de Maddie ? » et un « Sauriez-vous où sont les toilettes, ma petite ? ».

Tandis que la file des invités rétrécissait, je distinguai Sean qui avançait lentement dans ma direction.

— Alors, tu t'éclates ? me lança-t-il dans un grand sourire.

— Je m'éclaterai lorsqu'il n'y aura plus une traître personne dans cette file, répondis-je, parvenant encore à parler sans crampe malgré le sourire greffé sur mon visage depuis dix bonnes minutes.

Sean se pencha vers moi.

— Tu es à tomber, Scarlett, me murmura-t-il à l'oreille. Je te retrouve un peu plus tard. J'aurai peut-être des nouvelles pour toi.

Il déposa un baiser furtif sur ma joue, puis s'éloigna en direction d'une serveuse qui transportait un plateau chargé de flûtes de champagne.

— Sean, attends…, l'interpellai-je en vain, le perdant dans la foule d'invités qui se massaient là.

Quel genre de nouvelles avait-il à partager avec moi ?

Je remerciai les deux personnes suivantes qui m'avaient félicitée pour mon « bon boulot », et me rendis compte que c'était maintenant David qui se tenait devant moi.

— Bon boulot, ma chérie. Tu es superbe. Le violet te va à ravir.

— Merci, répondis-je d'un ton neutre.

— Dis-moi, Scarlett. Tu ne saurais pas où sont les toilettes, par hasard ?

Après quelques photos officielles supplémentaires, nous fûmes enfin autorisés à nous lancer à l'assaut de la nourriture. Comme il s'agissait d'un buffet, chacun était libre de s'installer où il le souhaitait… à l'exception de l'équipe d'organisation dont, bien entendu, je faisais partie. Ainsi, je dus m'asseoir à la table des mariés, à côté du garçon d'honneur.

Will était un type agréable… à doses homéopathiques. Je l'avais rencontré un peu plus tôt, et tout s'était bien passé, mais après un repas entier, je fus prise d'une furieuse envie, au choix, de l'étrangler ou de m'ouvrir les veines, en fonction de ce qui me permettrait d'échapper le plus rapidement possible à ses discussions aussi infernales qu'enflammées sur les joies insoupçonnables et extatiques de posséder un poste de CB.

— La CB n'est pas morte le jour où Internet a poussé son premier cri ? assenai-je dans l'espoir de lui clouer le bec une bonne fois pour toutes ou, dans le pire des cas, le faire au moins changer de sujet.

Will parut interloqué que j'ose comparer les deux.

— Il y aura toujours une place de choix dans nos cœurs pour les postes de CB, mon amie…, rétorqua-t-il en se plaçant théâtralement la main sur le cœur en signe d'éternelle allégeance.

— Nos cœurs ? Les gens utilisent quand même pas mal leur téléphone portable, maintenant.

Will se retint de justesse de cracher par terre.

— Les portables sont l'une des sept plaies du monde moderne, mon amie ! L'autre jour, mon pote Bison Très Futé me disait qu…

J'étais à deux doigts d'écraser ma tête sur la nappe blanche devant moi quand j'entendis une voix m'interpeller. Je crois que je n'avais jamais été aussi contente de ma vie de voir David.

— David !

— Je venais te demander si tout se passait bien. J'espère que je ne vous dérange pas ? demanda-t-il en se tournant vers Will.

— Non ! Non, pas du tout ! répondis-je avant que mon voisin ait pu dire le contraire.

— OK, super. En fait, les festivités deviennent un peu moins militaires maintenant, donc tu peux venir à notre table, si tu veux, me proposa-t-il en désignant une table située dans un coin de la pièce.

Je soupirai de soulagement.

— *Roger*, David. Code 10-4, lâchai-je en me levant.

— Pardon ?

— Navrée : je voulais dire « oui ». Je serais ravie de me joindre à vous, David.

Je me retournai vers Will et lui souris.

— Eh bien, mon bon ami, tu me reçois ? Il est temps pour cette YL[1] de passer QRT[2].

Je saisis David par le bras, puis, avant que Will se soit remis de ce qu'il venait d'entendre et recommence à émettre sur les ondes, nous nous dirigeâmes vers la table à laquelle David s'était installé avec plusieurs collègues de travail de Félix.

1. *Young lady* (jeune femme)
2. Selon le code Q : mettre fin à la communication

— Bon sang, David, tu n'imagines pas comme j'étais contente de te voir ! lâchai-je pendant que David tirait une chaise pour moi.

Un jour que j'étais malade et coincée à la maison, je m'étais enfilé une série de films mettant en scène des routiers de tout poil. Qui aurait cru que Burt Reynolds, ainsi que Clint Eastwood et son orang-outan me rendraient service un jour ?

— Est-ce qu'à tout hasard, Will t'aurait régalée de quelques anecdotes passionnantes concernant l'art suranné des postes de CB ? me demanda un jeune homme ; Graham, je crois. C'est un expert en la matière.

— Cet homme est un tortionnaire ! lançai-je, tandis que Graham me servit dans un verre le fond d'une bouteille de vin. Je pense que j'aurais passé un moment moins douloureux et angoissant si j'avais été assis à côté d'Hannibal Lecter.

Les invités assis autour de la table s'esclaffèrent.

— Tu veux boire quelque chose en particulier ? me demanda David. Je vais faire un tour au bar.

— Avec grand plaisir. Un double Jack Daniels, s'il te plaît.

En l'absence de David, je papotai avec les collègues de Félix, puis scrutai la pièce du regard. Le personnel de l'hôtel commençait à déplacer les tables, afin de changer la salle en piste de danse. Un groupe venait d'arriver et déballait son matériel sur la scène.

J'aperçus alors Sean discuter avec une fille que je ne voyais que de dos. Elle se mit à rire, et lorsqu'elle fit voler ses cheveux par-dessus ses épaules, je la reconnus : c'était Danielle.

Sean fit un geste qui signifiait : « Tu veux boire quelque chose ? », idée qui sembla enthousiasmer son interlocutrice. Sean récupéra son verre et partit en direction du bar… qu'il ne pourrait atteindre qu'en passant à côté de notre table.

Je fis mine d'être totalement absorbée par les propos de ma voisine. Il me fallut déployer mes talents de comédienne pour feindre de m'intéresser à une discussion sur les avantages et les inconvénients que présentaient les courses en ligne, mais je fis de mon mieux.

— Tout va bien ? me demanda Sean en passant près de moi.

— Oh, c'est toi ! m'écriai-je en faisant semblant de sursauter sous l'effet de la surprise.

— Tu t'amuses ? J'ai vu que tu étais assise à côté de la version camionneur de l'infirmière de *Misery*. Je l'ai rencontré à l'enterrement de vie de garçon… Un type intéressant…

— Presque aussi intéressant que de regarder un tirage de loterie quand on n'a pas joué. Tu me diras, même quand on a joué, ce n'est pas un truc particulièrement captivant…

Sean se mit à rire.

— Au moins, tu t'en es sortie. J'ai vu que David avait volé à ton secours. Je l'aurais bien fait moi-même, mais…, dit-il en jetant un regard en arrière, en direction de Danielle.

— Tu étais bien occupé…

— Et voilà ! Un double Jack Daniels, annonça David, déjà de retour.

Il lança un regard intrigué à Sean.

— Sean, je te présente David, mon fiancé. David, voici Sean, mon… hmm… mon voisin à Notting Hill, dis-je, incapable de trouver une façon plus subtile de le présenter.

David posa les boissons sur la table, puis tendit la main vers Sean.

— Enchanté, Sean.

— De même, Dave, dit Sean en lui serrant la main.

— David.

— Oh, désolé ! David, OK.

Un ange passa.

— Bon, eh bien, je m'excuse, mais j'ai des boissons à récupérer, annonça Sean en levant les verres vides qu'il tenait dans une main. Peut-être à plus tard, Scarlett.

Je le regardai partir en direction du bar, puis me tournai vers David.

— Ton voisin ? me demanda-t-il en s'asseyant à côté de moi. Comment se fait-il que ton voisin à Notting Hill connaisse Maddie et Félix ?

— Disons que… enfin… Il ne les connaît pas. C'est moi qui l'ai invité.

— Toi ? Pourquoi donc ?

Lorsque j'avais raconté à David ce qui m'était arrivé à Notting Hill, j'avais volontairement omis la partie sur Sean, me contentant de dire que j'avais parfois vu une « connaissance » qui m'avait dépannée une fois ou deux.

Je pris une profonde inspiration, puis avalai une généreuse gorgée de vin.

— C'est l'ami dont je t'ai parlé. Celui que j'ai rencontré à Londres.

—Quel ami? me demanda David, médusé. Attends un peu… Tu parles de cette fameuse connaissance que tu as accompagnée à un mariage, à un repas entre amis et à l'opéra?

J'acquiesçai.

—Mais c'… c'est un homme!

—Oui… Et? Tu sous-entends qu'un homme et une femme ne peuvent pas être amis?

Oh oh! Quand Harry rencontre Sally, pensais-je, excitée comme une puce à l'idée d'ajouter une nouvelle preuve à ma liste toujours d'instants-ciné qui n'en finissait pas de croître. Je n'en gardai pas moins cette pensée pour moi, doutant que ce fût le meilleur moment pour partager ma trouvaille avec David.

—Non… Non, c'est juste que… Enfin, je croyais que c'était une fille, c'est tout.

—Alors, non, navrée, mais Sean est tout sauf une fille, répliquai-je, revoyant Sean sortir de sa douche la nuit dernière.

—Ne te fiche pas de moi, Scarlett, je sais ce que c'est qu'un mec, merci, dit David en se tournant vers Sean, debout au bar. Je l'ai vu te faire un clin d'œil dans le château tout à l'heure.

—Je l'ai vu aussi, confirmai-je en me faisant souffrance pour chasser la serviette blanche de Sean de mon esprit.

—Et?

—Et quoi donc, David? Tu essaies de me dire que le fait qu'un homme me fasse un clin d'œil signifie que je couche avec lui?

—Non, bien sûr, mais…

Sean quitta le bar, deux boissons à la main, et m'adressa un nouveau clin d'œil en passant près de nous.

Je lui offris un demi-sourire, et me rendis compte que David me jetait un regard noir.

— Écoute, David, Sean est un ami, rien de plus. Je te le promets. Qui plus est, si nous sortions ensemble, tu peux m'expliquer pourquoi il serait juste là à essayer d'emballer Danielle ?

David observa Sean et Danielle, maintenant assis l'un à côté de l'autre, leurs visages à deux doigts l'un de l'autre tandis qu'ils partageaient un trait d'humour quelconque.

Je sentis une sorte de tiraillement en moi, comme si l'un des athlètes qui animaient ces derniers jours mes entrailles s'était soudain fracturé un os, déchiré un tendon ou avait souffert toute autre blessure susceptible de mettre un terme définitif à sa carrière.

Je détournai les yeux.

— Alors ? relançai-je David.

— Je m'excuse, dit David en prenant mes mains dans les siennes. Tu sais à quel point je peux devenir jaloux quand je te vois en compagnie d'un autre homme.

— Je comprends, confirmai-je en m'interdisant de tourner de nouveau les yeux vers Sean. Au moins, ça prouve que tu tiens à moi…

Et pour la première fois de notre vie commune, David, à cet instant précis, je crois que je comprends vraiment *ce que tu ressens…*

Chapitre 20

Jusqu'à la fin de la soirée, je m'efforçai de ne pas trop observer Sean… En vain. Je ne pouvais m'en empêcher, troublée de voir Danielle à ses côtés chaque fois que je lançai un regard dans sa direction.

— Eh, toi ! Alors, tout se passe bien ? Tu t'amuses ? me demanda Maddie qui arrivait à ma table au moment où je lançais un nouveau regard désabusé vers Sean. Où est David ?

Je sursautai.

— Oh, Maddie ! David, hmm… il est parti au bar. Mais oui, oui, on passe vraiment un super moment. Et toi, alors ? La fête est à la hauteur de tes espérances ?

— Oui vraiment… Voire plus ! lança-t-elle, le visage rayonnant. Et je suis tellement heureuse d'avoir tous mes amis ici avec moi pour partager ce moment ! Je crois que je n'ai jamais été aussi heureuse…

Je me levai et la serrai dans mes bras.

— Si tu savais comme je suis contente pour toi ! Quand tu m'as annoncé que tu allais te marier à Disneyland, honnêtement, je me suis dit que tu étais complètement timbrée. Eh bien, j'aurais mieux fait de te faire confiance : c'est vraiment fantastique !

Maddie jeta un coup d'œil vers la piste de danse : le groupe avait cédé sa place à un DJ, et quelques invités, Sean et Danielle y compris, dansaient sur un medley des titres les plus populaires du groupe Take That.

— Je voulais juste que tu saches que je n'avais rien fait, me dit Maddie en les regardant danser. Par rapport à elle, tu sais ? Parce qu'hier soir, j'avais dit que j'allais le faire… Je veux dire : je ne voulais pas que tu croies que… Enfin, je ne me serais jamais permise, après tout ce que tu m'as dit… Hmm… C'est clair ce que je te dis ? Non, parce que ce soir, j'ai eu la descente un peu facile.

— C'était très clair, merci. Et je te crois sur parole… De toute façon, poursuivis-je en me détournant de la piste de danse pour regarder Maddie, je me fiche de ce que fait Sean. Pourquoi est-ce que je m'en soucierais d'ailleurs ? J'ai David.

— Ce même David qui m'a cuisinée à propos de Sean tout à l'heure. Il voulait savoir d'où il venait, depuis combien de temps tu le connaissais, où tu l'avais rencontré, etc.

— Et tu lui as… C'était quand, ça ?

— Hmm… Tout à l'heure… Il parlait avec Félix près de la grande fontaine. Tu savais qu'il voulait en construire une dans votre jardin ?

Pitié, pas du jardinage, maintenant…

— Et qu'est-ce que tu lui as répondu, alors ? À propos de Sean, je veux dire.

— Rien de plus que ce que tu m'as dit… Que c'était un ami que tu avais rencontré à ton arrivée à Londres.

Je hochai la tête, et me retournai vers la piste de danse. Sean et Danielle se donnaient les mains. OK, ils étaient bras tendus, et Sean se contentait de la maintenir en équilibre lorsqu'elle tournoyait, mais il y avait contact ! Il y avait contact…

Aïe… Mon athlète intérieur venait de se déboîter l'épaule.

— C'est bel et bien ce qu'il est pour toi, Scarlett, n'est-ce pas ? me demanda Maddie, les yeux rivés sur moi. Un ami et rien de plus ?

— Oui… Oui, bien sûr, ne dis pas de bêtises, répondis-je, les yeux aimantés par la piste de danse.

— Pourtant, dans les films, on nous explique bien qu'il n'y a pas d'amitié possible entre un homme et une femme, non ? Le sexe finit toujours par venir jouer les trouble-fêtes…

Cette fois-ci, c'était Maddie qui faisait avec pertinence référence à *Quand Harry rencontre Sally*, film que nous avions visionné ensemble bon nombre de fois.

Je levai le menton, me tournai vers elle et lui fis un grand sourire.

— Tiens donc, ton nouveau mari cherche sa bien-aimée, annonçai-je en faisant signe à Félix qui vint aussitôt dans notre direction.

— Navré de vous déranger pendant que vous refaites le monde, mesdemoiselles.

Maddie déposa un baiser sur sa joue.

— Oh, pas le monde entier : juste celui de Scarlett.

Félix me sourit.

— Je venais juste dire à Maddie que sa mère la cherche partout. C'est à propos d'une durée suffisante ou non pour que tu te changes avant le départ, mais je ne saurais pas t'en dire davantage.

Ma meilleure amie leva les yeux au ciel.

—La soirée a été magique, mais tellement fugace… Bon, je ferais mieux d'aller la retrouver. On se revoit avant mon départ, Scarlett, OK? Promis?

J'acquiesçai.

—Allez, mon petit mari! Partons à la recherche de ta belle-maman!

Je les regardai s'éloigner main dans la main. Soudain, j'entendis le DJ annoncer qu'il allait ralentir un peu la cadence, et résonnèrent dans la pièce les premières notes d'*Angels* de Robbie Williams.

Peste! C'était une de mes chansons préférées! Je n'allais pas laisser Sean et Danielle s'enlacer sur un slow torride! Enfin… en même temps, qu'est-ce que j'en avais à faire? J'avais David, moi! Une pensée me traversa l'esprit… Et si David m'invitait à danser, et que nous nous déplacions l'air de rien à côté des indésirables? Mais non, il ne le ferait jamais: il détestait danser… Cela dit… il savait aussi que j'adorais cette chanson, et ce qui ne m'aurait pas étonnée de lui, c'est qu'il jubile à l'idée de pouvoir marquer des points en roulant des mécaniques devant Sean…

—Je vais prendre un peu l'air, David! l'interpellai-je en passant près du bar. Je reviens vite.

—Tu veux que je vienne avec toi? me lança-t-il, alors que j'avais déjà pris trois ou quatre mètres d'avance.

—Non, merci, répondis-je en secouant la tête. J'ai juste besoin de… d'à peu près quatre minutes trente, pas plus!

Je laissai David –décontenancé par la précision de mon timing– sur le carreau, et sortis de l'hôtel où j'affrontai aussitôt la nuit glaciale. L'extérieur consistait en une cour délimitée par une barrière de piquets de bois blancs. Un petit chemin filait en son milieu, courant à proximité d'une grande fontaine, de bancs perchés sur une petite colline et d'un parterre de fleurs en forme de tête de Mickey. Je gravis la colline, m'installai sur l'un des bancs, m'emmitouflai dans mon écharpe, puis, tournant le regard vers une chute d'eau pure qui cascadait, féerique, jusque dans un large bassin en contrebas, je tentai de recouvrer mes esprits.

Que m'arrivait-il ? Pourquoi me souciai-je à ce point de ce que faisait Sean ? Au début, je mettais cela sur le compte des ressemblances successives que je lui avais trouvées avec telle ou telle célébrité, mais, de toute évidence, je ne faisais que me mentir. Qui plus est, Sean et moi n'avions presque rien en commun : tout ce que j'aimais, il semblait le détester, et vice-versa. Dans ce cas, pourquoi est-ce que j'étais jalouse de Danielle ? Après tout, ce n'est pas comme si j'avais été toute seule. J'avais David, mon fiancé, avec moi, et même si, de fait, nous avions nos problèmes, il n'en demeurait pas moins l'homme avec qui j'avais choisi de vivre... Celui que j'étais censée aimer. J'aurais dû être heureuse de me retrouver ici avec lui aujourd'hui ; reconnaissante d'en avoir eu la chance... Alors pourquoi ne l'étais-je pas ? Sean m'agaçait, il m'énervait à en hurler, et en même temps, quand il était avec moi, je ressentais... Qu'est-ce que je ressentais, d'ailleurs ?

Je pris quelques secondes pour trouver une réponse à cette question qui, en théorie, aurait dû être complexe... Mais la réponse me vint presque aussitôt à l'esprit : Sean me donnait l'impression d'être en vie. Il rendait ma vie palpitante… Il me rendait heureuse. Et plus que cela, plus encore que cela, il me faisait me sentir désirable.

Malgré toutes nos différences…

Je laissai tomber ma tête dans mes mains.

— Eh, quoi d'neuf, docteur ?

Je levai les yeux. Sean était là, debout devant moi, son habituel sourire sur le visage.

— Désolé, je sais que c'est une référence Looney Tunes plutôt que Disney, mais c'était vraiment tentant.

— Qu'est-ce que tu fais là, Sean ?

— J'ai reçu un coup de fil, répondit-il en brandissant son portable comme une preuve. J'ai préféré répondre, au cas où ça aurait été un appel important.

— Tu avais une nouvelle boîte à baiser jusqu'à l'os ? demandai-je, regrettant presque aussitôt l'agressivité de ma réponse.

— Pour tout dire, il te concernait directement, ce coup de fil.

— Moi ?

Sean s'assit à côté de moi.

— Tout à l'heure, je t'ai dit que j'aurais peut-être des nouvelles pour toi. Eh bien… j'ai des nouvelles pour toi.

Avec l'histoire de Danielle et la cogitation qui en avait découlé, j'avais totalement oublié ce détail.

— Quel genre de nouvelles ?

— Eh bien, ma très chère Scarlett, tout porte à croire que ta mère ne se trouve plus à New York… mais à Paris.

— À Paris ? Mais qu'est-ce qu'elle fait à Paris ?

— C'est une amie qui m'a rencardé. Elle m'a dit qu'une femme portant le nom de ta mère était partie travailler à Paris après un boulot à New York ; dans la même boîte, elle a juste changé de pays. Le nom que cherchait Bill, c'était Louis Vuitton. C'est là que Rosie a bossé après la boutique de Bond Street.

— Oh, oui, le fameux nom d'homme…, dis-je en repensant avec tendresse à Bill et Betty. Mais comment est-ce que ton amie a trouvé l'info ? demandai-je à Sean, abasourdie. Je veux dire… On ne savait même pas pour qui bossait ma mère !

— Jennifer bosse pour un des plus grands magazines de mode new-yorkais. Elle a un carnet d'adresses long comme la Tamise, et des contacts chez tous les grands couturiers. Je lui ai dit ce qu'on avait appris jusqu'ici, c'est-à-dire que ta mère était partie bosser à New York il y a près de dix ans. Elle a passé quelques coups de fil à des connaissances leur demandant de vérifier leurs archives, et le nom de ta mère a fini par ressortir. C'est là qu'elle a découvert que ta mère avait été mutée à Paris un an après son boulot à New York.

— Et elle y est encore ?

— Malheureusement, la piste de Jennifer s'arrête ici. Elle ne connaît pas grand monde en dehors de New York. Elle a essayé d'enquêter un peu sur le sol français, mais la terre a été plus dure à bêcher.

Je pris quelques secondes pour digérer ces nouvelles informations.

— Donc, il est possible qu'elle se trouve encore à Paris ?

Sean acquiesça.

— Oui, c'est possible. Alors, qu'est-ce que tu en penses ? Tu veux qu'on aille faire un peu de shopping à Paris, demain ?

Je lançai à Sean un regard médusé.

—Je n'arrive pas à croire que tu aies fait tout ça pour moi… Je t'ai vu plusieurs fois scotché à ton BlackBerry, aujourd'hui, et je pensais que tu négociais la chute d'une nouvelle PME…

—Non, j'ai joué au ping-pong téléphonique avec Jen presque toute la journée. J'avais peur qu'elle ne puisse pas nous aider avec des infos aussi vagues, mais elle a vraiment assuré.

—Merci, lui dis-je en levant les yeux vers lui. Merci mille fois…

—On ne sait pas encore si elle bosse toujours dans une des boutiques parisiennes, hein…

—Même… Enfin, je veux dire, je te suis reconnaissante pour ça, mais surtout… Merci de te soucier de moi au point de te démener autant.

Sean sourit.

—Arrête un peu. On est amis, non ? En tout cas, j'espère après tout ce que j'ai dû endurer à cause de toi ces deux dernières semaines.

Il me sourit de nouveau et, miraculeusement, mon gymnaste intérieur se remit de ses blessures et effectua un incroyable *backflip*.

Je tendis les bras vers Sean, et, tandis que je l'enserrai, je sentis les siens, puissants, m'enlacer lentement. Il était chaud, solide comme un roc, tout ce dont j'avais besoin sur le moment. Je fermai les yeux et reposai ma tête sur son épaule. Nous restâmes ainsi plus longtemps que nous l'aurions dû, nos corps se rapprochant un peu plus chaque seconde…

—Eh !

Mes yeux s'ouvrirent soudain, et je vis David traverser la cour à toutes jambes dans notre direction. Sean et moi nous séparâmes aussitôt à son approche, et Sean se leva d'un bond.

— Qu'est-ce que tu fous à tripoter ma fiancée, toi ?

— Du calme, David, ce n'est pas ce que tu crois, m'interposai-je.

— Oh ? Et qu'est-ce que c'est alors ? haleta David, arrivé enfin à notre hauteur. Il a passé la journée à te faire des clins d'œil, et vous avez échangé des regards complices toute la soirée.

Comment David pouvait-il prétendre une chose pareille, alors que Sean n'avait pas quitté Danielle d'une semelle ou presque de toutes les festivités ? Certes, j'avais observé Sean plus que de raison, mais l'inverse n'était certainement pas vrai… Ou peut-être que si ?

— Dave, du calme, mon pote, lança Sean en lui posant une main sur l'épaule. Tu fais fausse route…

— Je te déconseille de laisser trop longtemps ta main ici, rétorqua David d'une voix trop calme pour être de bon augure. Et mon nom, c'est David… pas Dave.

— OK, OK, dit Sean en retirant sa main d'un geste appelant à l'apaisement. Comme tu veux, l'ami…

David n'en parut que plus furieux encore.

— Où tu as vu que j'étais ton ami ? Viens, Scarlett. On rentre, me siffla-t-il à l'oreille en me tirant par le coude.

— Arrête, David. C'est ridicule…, protestai-je en tentant de me libérer de son emprise.

— Tu devrais faire ce que te demande Scarlett, prévint Sean qui nous suivait.

David s'arrêta soudain, et se retourna vers Sean.

— Sinon quoi ?

La colère se lisait dans les yeux de Sean.

— Contente-toi de faire ce qu'elle te demande, OK ?

David me lâcha.

— Je vais avoir l'air de me répéter, mais… Sinon quoi ?

Sean se détourna de lui et posa les yeux sur moi.

— Tout va bien ? me demanda-t-il d'une voix prévenante.

J'acquiesçai.

— Ne faites pas comme si je n'étais pas là, tous les deux… Surtout *toi* ! s'énerva David en poussant l'épaule de Sean.

Sean se retourna aussitôt.

— Arrête ça tout de suite, avertit-il David, le regard menaçant.

David frappa l'autre épaule de Sean.

— Sinon quoi ? Je connais les types dans ton genre : ça joue les malins, mais ça se chie dessus dès qu'il y a du répondant.

— Malheureusement pour toi, Dav-*id*, je connais tout aussi bien les types comme toi. J'en ai croisé trop souvent… Scarlett ? dit-il en passant un bras autour de mes épaules. Tu veux que je te raccompagne à l'intérieur ?

— Tu ne l'emmèneras nulle part… Ni maintenant, ni jamais !

— Et comment est-ce que tu comptes m'en empêcher, exactement ? le nargua Sean, en adressant à David un regard méprisant.

Soudain, David se rua vers Sean qui l'esquiva d'un mouvement habile, si bien que le premier, emporté par son élan, s'effondra sur le sol.

— C'est tout ce que tu as en stock ? balança Sean à David en le toisant de tout son haut. Tu viens Scarlett ?

J'hésitai, tiraillée entre mon désir de partir avec Sean et ma loyauté envers David.

— Tu vois ? Elle ne veut pas te suivre ! lança David en se relevant. Elle est à moi !

— Je suis navrée, mais je ne suis à p…

Je me tus au moment même où j'aperçus David se ruer une nouvelle fois sur Sean. Pris par surprise, Sean ne put cette fois éviter l'assaut, et tous deux roulèrent au sol, dévalant presque aussitôt la colline couverte de fleurs nivéales. Je les regardai, impuissante, dégringoler encore et encore, jusqu'à ce qu'ils terminent leur course dans le bassin de la fontaine, éclaboussant la cour voisine.

Ils se levèrent tous deux, puis, trouvant un équilibre précaire dans une trentaine de centimètres d'eau, commencèrent à s'échanger des coups de poing qui, pour la plupart, ratèrent leur cible, les duellistes glissant chaque fois ou presque sur le sol vaseux du point d'eau.

— Arrêtez ! leur hurlai-je en cavalant au bas de la colline.

Arrivée à mi-chemin, j'entendis un grand bruit, différent de celui des deux idiots qui joutaient dans l'eau : un carrosse venait de s'arrêter à l'entrée de l'hôtel.

Oh non… Maddie et Félix sont sur le point de partir.

Je me hâtai au bas de la pente, pendant que plus loin, les invités arrivaient en masse dans la cour pour assister au départ des mariés.

— Arrêtez ça ! hurlai-je d'une voix suraiguë à Sean et David. Maddie va partir, et il est hors de question que je gâche ne serait-ce qu'une demi-seconde de sa fête en lui imposant un combat de coqs dans une pataugeoire vaseuse !

À mon grand étonnement, ils cessèrent aussitôt de se battre.

— Je ne plaisante pas ! les avertis-je, tandis que debout dans l'eau, ils me regardaient comme deux écoliers en train de se faire réprimander par leur maîtresse. Ne vous faites pas remarquer !

J'escaladai tant bien que mal la barrière et me plaçai près de la fontaine, essayant autant que possible de cacher les deux combattants trempés qui gouttaient derrière moi. Au moins, nous étions assez loin du lieu des festivités pour avoir une chance de passer relativement inaperçus.

Maddie et Félix apparurent dans leurs tenues postnuptiales respectives, mes cadeaux de mariage. Je les avais équipés de pied en cap selon leurs préférences – tout du moins, selon les préférences de Maddie pour chacun d'eux – à Selfridges, profitant des soldes d'hiver. Ensemble, ils montèrent à bord de la voiture, Maddie portant un élégant tailleur-pantalon blanc hivernal, et Félix, plus décontracté, un sweat en cachemire bleu pétrole et un pantalon bleu marine en velours côtelé. La mariée avait encore son bouquet dans les mains.

— Mesdemoiselles ! appela-t-elle. Il est temps pour nous de découvrir qui de vous sera la prochaine à connaître l'immense joie d'être menée à l'autel ! Vous êtes prêtes ?

La moitié des invitées se ruèrent alors vers l'équipage. Quant à moi, je montais la garde vers la fontaine, refusant de laisser sans surveillance ne serait-ce qu'une seconde les deux sales gosses que j'avais sous ma responsabilité.

Maddie se leva, balaya du regard la foule devant elle, puis, plus loin, les invités en retrait.

Bon sang, ne me dis pas que tu me cherches, Maddie… Jette-le ! Oublie-moi et jette ce maudit bouquet !

Je priai alors qu'elle ne me vit pas et que, dans le cas contraire, elle soit incapable d'envoyer aussi loin son bouquet.

Mais le Destin aime se montrer facétieux : Maddie me vit du coin de l'œil, se tourna vers moi et m'adressa un sourire. Elle ferma alors les yeux, jeta son bras en arrière, puis lança le bouquet de toutes ses forces, aussi loin qu'elle le pouvait. C'est à cet instant précis que je me souvins que Maddie avait fait partie d'une équipe féminine de football américain à l'université, et qu'elle pouvait sans mal projeter un ballon à plus de vingt mètres. Comme si le réalisateur de ma vie avait opté pour un ralenti à suspense du meilleur effet, je vis le bouquet s'envoler par-dessus les têtes de femmes envieuses – qui bondissaient le plus haut possible pour s'en saisir –, pour atterrir finalement dans mes mains, prêt à être déposé dans la zone d'en-but.

Toutes les têtes se tournèrent alors vers moi.

Consciente de l'attention soudain focalisée sur notre trio de trouble-fête, je levai en hâte le bouquet dans les airs et abandonnai à grandes enjambées mes lutteurs, désireuse d'éloigner d'eux jusqu'au dernier regard.

Maddie me fit signe, puis m'adressa un clin d'œil entendu lorsqu'elle distingua Sean et David, toujours debout dans la fontaine. Enfin, Félix et elle s'assirent, et tous les invités les saluèrent, tandis qu'ils s'éloignaient hors de la cour, puis par-delà les portes du parc où, je le savais, les attendait un taxi qui les porterait aussitôt à leur hôtel en plein cœur de Paris.

La foule des convives commença alors à se disperser, tout le monde s'en retournant à l'hôtel.

— Je suis supposée vous remercier pour ce nouvel instant-ciné ? m'enquis-je, sévère. Parce que vous venez de rejouer avec brio la scène de combat entre Mark et Daniel dans le deuxième *Bridget Jones*. Et ne vous leurrez pas, tous les deux : des remerciements, vous n'en aurez pas ! Pour la simple et bonne raison que vous avez été ridicules ! Deux hommes de votre âge qui se battent pour… Pourquoi vous battiez-vous, d'ailleurs ?

Sean et David s'entre-regardèrent, et, l'espace d'une seconde, je craignis qu'ils ne se jettent de nouveau l'un sur l'autre.

— David, tu m'attends ici, ordonnai-je en levant une main tel un officier de la circulation. J'ai deux mots à toucher à Sean, précisai-je en faisant signe à ce dernier d'approcher, ma main droite tenant encore le bouquet de Maddie. Approche, toi…

Sean pataugea pitoyablement jusqu'à moi, et nous laissâmes David planté au centre de la fontaine. L'eau avait presque rendu transparent le tee-shirt blanc plaqué contre le torse de M. Bond…

— Je suis désolé…, s'excusa-t-il dès qu'il fut à mon niveau, dégageant de son visage quelques mèches trempées.

— Viens par ici, lançai-je, autoritaire, en le tirant par le bras à bonne distance, de façon que David ne puisse pas nous entendre.

— Eh, j'ai dû t'offrir un instant-ciné de plus, là, non ? Je suis un peu sorti de l'eau comme Mr Darcy, tu ne trouves pas ?

C'était effectivement le cas, mais je préférais ne pas mordre à l'hameçon.

— Ne fais pas le malin, Sean ! Qui plus est, là, tu fais référence à l'adaptation télé d'*Orgueil et Préjugés* : la scène dans le lac n'est pas présente dans le film.

Sean haussa les épaules.

— Je me fie au jugement de la spécialiste...

— Tu ferais mieux d'aller enfiler des vêtements secs, Sean, lui lançai-je, prenant tout de même garde à ne pas parler trop fort. Après quoi, tu pourras repartir à la recherche de Danielle : si elle ne t'a pas vu dans la fontaine, elle doit probablement te chercher partout.

— J'en doute. Je crois qu'elle a compris le message quand j'ai refusé de danser avec elle sur une ignoble chanson de Robbie Williams... Pire qu'ignoble, même...

J'esquissai un sourire : je n'étais pas le moins du monde surprise qu'il déteste cette chanson.

— Qu'est-ce qui te fait rire, exactement ? Je la trouve vraiment insupportable, cette chanson... Et puis, je cherchais désespérément une excuse pour me débarrasser de cette fille : elle commençait vraiment à me taper sur le système.

— Tu avais pourtant l'air de passer du bon temps avec elle.

Sean se renfrogna.

— Pas vraiment… Mais il fallait bien que j'occupe ma soirée à quelque chose.

— Oh… Je croyais qu…

— Tu croyais quoi, Scarlett ? Qu'elle me plaisait ? m'interrogea-t-il en haussant un sourcil. Je ne connais personne à ce mariage, et c'est la seule personne qui ait bien voulu discuter avec moi plus d'une minute.

— Moi, tu me connais…

— Toi, tu étais avec David. Qu'est-ce que j'étais censé faire ? Tenir la chandelle, ce n'est pas trop mon truc.

— Oh… Je suis désolée, Sean. J'étais persuadée que tu passais une bonne soirée avec Danielle…

— J'aurais préféré la passer avec toi.

Nos regards se croisèrent, et je n'eus soudain qu'une envie : l'enlacer une nouvelle fois. À tel point, d'ailleurs, que j'en oubliai presque la proximité de David.

— Hum hum ! lança David en se raclant la gorge.

Il était sorti de la fontaine, et se tenait maintenant à quelques pas de nous.

— Sean s'apprêtait à rentrer, lançai-je sur un ton péremptoire en me tournant vers lui. N'est-ce pas ?

Il acquiesça.

— J'en reste là pour aujourd'hui, dit-il en faisant un pas en arrière. Je te vois demain matin, Scarlett. Je nous réserve un taxi pour Paris ?

— Bonne idée. À demain.

Je regardai Sean s'éloigner, puis me tournai vers David.

— Qu'est-ce que c'est que cette histoire de taxi pour Paris ? Hors de question que tu passes la journée de demain avec lui. Tu sais quel jour nous serons ?

— Non ?

— Le 14 février. La Saint-Valentin.

La vache ! J'avais complètement oublié !

— Écoute, David. C'est... c'est compliqué.

— Pas de doute là-dessus, Scarlett.

David lissa ses cheveux mouillés dans un geste – contrairement à celui de Sean un peu auparavant – dénué de tout érotisme.

— On s'était mis d'accord pour passer la journée ensemble, avant de repartir chacun de notre côté, et maintenant, tu me dis que tu veux passer la journée avec lui ? Ce même « lui » que, je te le rappelle, j'ai trouvé il y a dix minutes en train de laisser courir ses mains n'importe où sur ta robe.

— Ce n'est pas de Sean dont je parle quand je dis que c'est compliqué, mentis-je à demi. Il y a autre chose...

— Autre chose que de partir à Londres loin de moi pendant un mois ? Une retraite que je crains maintenant d'avoir fait l'erreur de t'accorder. Autre chose que le fait de passer la Saint-Valentin avec un homme que tu nous as vendu comme « rien de plus qu'un ami » ? Autre chose que tout ça, Scarlett ?

— Oui, David. Il y a autre chose.

— Oh, eh bien, je t'écoute dans ce cas ! Je suis sûr que ça va être aussi fascinant que le reste !

— Et si nous retournions à notre chambre d'hôtel ? Tu pourras te mettre au sec, et ensuite, on parlera autant que tu le souhaites.

David baissa les yeux vers la flaque qui grandissait à ses pieds.

Pauvre David, tu es mille fois moins sexy que Sean dans la même situation…

Je secouai la tête : il fallait que j'arrête de les comparer. Ces parallèles étaient presque aussi malvenus que ceux que j'établissais entre cinéma et réalité.

— Non, Scarlett. Je veux que tu me dises tout ici et maintenant. Je ne te laisserai pas la moindre minute de plus pour te trouver des excuses. Tu me dois au moins ça, tu ne crois pas ?

— Très bien… Très bien, tu as raison, répondis-je.

Puis je lui expliquai de façon aussi concise que possible ce qui se passait par rapport à ma mère, le fait que Sean et moi avions suivi sa piste dans tout Londres, et pourquoi il me fallait désormais partir pour Paris.

Mon récit achevé, j'observai David et me rendis compte qu'il tremblait, frigorifié.

— David, rentrons, s'il te plaît. On finira d'en parler à l'intérieur. Tu vas attraper une pneumonie si tu restes trempé comme ça.

— Réponds juste à trois petites questions, Scarlett, me lança David comme s'il ne m'avait pas entendue. Est-ce que tu m'aimes ?

— Bien sûr que je t'aime. Qu'est-ce que tu vas te mettre dans l…

— Est-ce que tu l'aimes, lui ? m'interrompit-il.

— Qui ça ? Sean, tu veux dire ?

David acquiesça. Ma bouche s'assécha soudain, et je déglutis péniblement.

— Non.

— Et ton père, est-ce que tu l'aimes ?

— Qu'est-ce que c'est que cette question ? Bien sûr que j'aime mon père !

— Alors, laisse tomber tes recherches ! La seule chose que tu risques de trouver, c'est davantage de souffrance. Pour toi et pour ceux qui t'entourent.

Je réfléchis à ce qu'il venait de dire.

— Qu'est-ce que tu veux dire ? Pourquoi qui que ce soit souffrirait-il ? Tu parles de moi et de mon père, si jamais je parvenais à trouver ma mère ? Ou de toi et moi si je pars avec Sean à sa recherche ? De qui est-ce que tu parles ?

— De tout le monde ! Si tu poursuis sur cette voie-là, ça fera forcément du dégât. Ça a commencé par cette idée toute bête – dans tous les sens du terme ! – de te mettre au vert pendant un mois, et maintenant, on parle du fait que tu puisses subitement retrouver ta mère ! C'est du délire ! Et puis, imagine que tu la retrouves… Que va-t-il se passer, Scarlett ? Hein ? Il se passera quoi, si tu la retrouves et qu'elle ne veut pas de toi dans sa vie ? Je te rappelle qu'elle avait l'air de pas mal s'en fiche ces dernières années ! Tu y as pensé ? Dans quel état tu vas finir si elle t'abandonne encore une fois ?

Dans l'euphorie des recherches, je n'avais pas pensé une seule seconde à cette éventualité.

— Et ton père, hein ? Comment va-t-il le vivre, si elle décide de refaire partie de ta vie ? Tu as pensé à combien ça pourrait le faire souffrir ?

Je fis « non » de la tête.

— C'est bien ce qu'il me semblait. Et moi dans tout ça ? Tu as pensé à ce que ça pouvait me faire que la femme que je vais épouser dans quelques semaines sillonne le pays avec un autre homme ? Y as-tu songé ne serait-ce qu'une seule seconde ? Une seule !

Je baissai la tête, le regard dans le vide.

— Quand est-ce que tu vas comprendre, Scarlett, que tu ne vis pas dans un film, mais dans un monde bien réel peuplé de gens bien réels ! Et tu sais quoi ? Si tu continues à jouer comme ça avec ceux qui t'entourent, tu peux tirer une croix sur ton *happy end*...

Je levai les yeux vers David. Il avait été direct, et avait raison sur toute la ligne.

— Et si je ne vais pas au bout de mes recherches, David ? Je ne saurai peut-être jamais si j'avais ou non une chance de vivre des retrouvailles heureuses avec ma mère... C'est ça que je veux dans la vie, David : être heureuse. Être heureuse et savoir que j'ai tout fait dans ma vie pour le devenir.

David secoua la tête de façon désespérée.

— Si je n'avais rien promis à ton père, Scarlett..., marmonna-t-il.

— Qu'est-ce que tu veux dire ? Qu'est-ce que tu lui as dit ?

— Moi ? Je n'ai fait que lui répondre, Scarlett...

— Je ne comprends rien. Explique-toi, s'il te plaît...

— Je ne peux pas. Quand je suis allé le voir, je lui ai fait la promesse que je resterais en dehors de ça. Et même si je pense que c'est une erreur, je vais tenir ma parole..., affirma-t-il, solennel, avant de se redresser. Tu as gagné, Scarlett : je vais te faire confiance. Pars avec Sean à Paris demain. Partez en balade sur la Lune, même, si vous voulez, je n'en ai rien à foutre. Contente-toi de me promettre que tu seras bien à mes côtés à l'église en avril. Tu le veux toujours, n'est-ce pas ? Qu'on se marie ?

— Oui, David, répondis-je, les yeux rivés dans les siens. Je le veux… Je le veux vraiment. J'ai juste besoin d'en finir avec cette histoire, avant de me lancer.

— Je ne demande rien de plus, Scarlett. Juste que tu sois là en avril, et que tu répètes ça devant le prêtre.

— David, je te fais la promesse que, le jour de notre mariage, je serai là, en robe de mariée, et que lorsqu'on me demandera si je veux t'épouser, je le répéterai… Je dirai « oui ».

Chapitre 21

Sean et moi nous tenions debout à l'ombre de l'Arc de triomphe. Nous avions passé le plus clair de notre journée à Paris, à faire le tour des boutiques Louis Vuitton éparpillées dans la capitale. Nous sortions tout juste du métro – une fois de plus –, et nous trouvions désormais sur l'avenue bondée et ultra-chic des Champs-Élysées.

— OK, je crois que c'est dans cette direction, m'indiqua Sean en levant les yeux de sa carte. C'est au 101, précisa-t-il avant de reprendre sa marche avec enthousiasme.

Légèrement moins enjouée, je lui emboîtai le pas.

La matinée ne s'était pas montrée particulièrement heureuse jusqu'ici. Pour commencer, l'ambiance de la chambre d'hôtel, tandis que je préparais mes bagages pour rejoindre Sean, avait été absolument glaciale.

Après les événements de la veille, David s'était montré particulièrement silencieux. Il n'avait rien perdu de sa politesse et de sa prévenance habituelles, mais s'était fait très distant malgré tout.

De fait, je ne lui en voulais pas. Après tout ce qu'il m'avait dit hier soir, je m'étais bien rendu compte qu'il avait raison : je n'avais pas pensé une seule seconde à ce qu'il pouvait ressentir. Si cela avait été la situation inverse, et que David avait parcouru la France avec une autre femme, aurais-je été plus agréable avec lui qu'il ne l'avait été avec moi ? J'en doutais fort.

Aussi, je m'étais juré qu'une fois tout cela terminé, je trouverais un moyen de me faire pardonner…

Pour autant, je n'avais pas envie que tout cela soit terminé. Je n'y avais pas encore pensé, mais une fois rentrée à Stratford, une fois retrouvés mon père, Maddie et David, je ne reverrais probablement plus jamais Ursula, Oscar et, plus terrible encore, Sean.

Je ne pus réprimer un profond soupir.

— Eh, ressaisis-toi ! me lança Sean. Je suis sûr qu'elle est dans une de ces boutiques. On va bien finir par la trouver !

— Désolée… Je pensais juste à ce que David m'a dit hier soir.

Ce fut au tour de Sean de soupirer. De fait, David ne l'avait pas impressionné le moins du monde.

— Qu'est-ce qu'il t'a encore raconté, celui-là ?

— Il m'a demandé ce qui se passerait si on retrouvait ma mère et qu'elle ne voulait pas entendre parler de moi. Après tout, si elle n'a pas voulu de moi quand j'étais encore dans un couffin, pourquoi est-ce qu'elle voudrait de moi maintenant ?

Sean s'arrêta, posa une main réconfortante sur mon épaule, me fit pivoter vers lui, et riva son regard dans le mien.

— Arrête ça tout de suite ! Tu étais si enthousiaste avant ta discussion avec David ! Tu n'avais jamais eu le moindre doute à l'idée d'entreprendre ces recherches !

Tout ce que tu voulais, c'était trouver ta mère. Tu ne t'inquiétais ni de qui elle était, ni de ce qu'elle allait pouvoir penser de toi. Tu voulais la retrouver, c'est tout!

— Je sais, mais…

— Mais, rien du tout, Scarlett! C'est David qui a semé le doute dans ton esprit! J'ignore ce qu'il t'a dit hier au soir, mais ça ne t'a visiblement pas rendu service.

— En réalité, il s'est montré extrêmement compréhensif.

Sean lâcha mon épaule, se détourna de moi et leva les yeux au ciel.

— Compréhensif, ça doit être ça… Personnellement, j'aurais trouvé le terme « manipulateur » plus approprié.

— Sean, s'il te plaît, dis-je en déposant une main sur son bras. Ne nous disputons pas à propos de David. J'ai l'esprit assez remué à l'idée que ma mère puisse se trouver à dix mètres de moi chaque fois qu'on sort du métro. Je ne peux pas mener ces deux combats de front…

— Pardon, s'excusa Sean en esquissant un sourire rassurant. Je n'en parlerai plus, ajouta-t-il, avant de passer son bras au mien et de m'adresser de l'autre main un salut militaire. Bon, Cerise! Cap droit devant! Une nouvelle boutique de sacs à main nous attend!

Nous poursuivîmes notre route le long des Champs-Élysées et, comme une promesse tenue, un nouveau magasin Vuitton et son lot de bagages et de sacs de luxe nous attendaient à deux pas de là. Sean poussa la porte, et nous entrâmes tous deux.

— Bonjour, lança-t-il à la très élégante vendeuse postée derrière le comptoir. Parlez-vous anglais ?[1]

— Oui, monsieur. Bonjour à vous. En quoi puis-je vous être utile ?

Que le personnel des boutiques parle anglais était toujours un immense soulagement. Il était déjà suffisamment compliqué d'expliquer dans notre langue maternelle qui nous cherchions et pourquoi, alors avec les maigres notions de français que Sean et moi avions en commun, cela se révélait presque impossible.

Par un heureux hasard, les traits fins et les cheveux coupés courts de la jeune femme lui donnaient des airs d'Amélie Poulain.

— Ah, excellente nouvelle ! Nous cherchons une certaine Rosemary. Savez-vous si elle travaille ou a travaillé ici ?

— Elle se faisait peut-être appeler Rosie, ajoutai-je, au cas où.

— Je suis navrée, mais non. Personne ici ne s'appelle ni Rosie, ni Rosemary...

— Cela fait longtemps que vous travaillez ici... Chantal ? demanda Sean, après avoir lu le nom de la vendeuse sur son badge. Vous avez peut-être un ou une collègue avec davantage d'ancienneté dans la boutique ?

Chantal peina un peu, tentant de décrypter l'énoncé un peu complexe.

— Quelqu'un de plus âgé, tentai-je de l'aider.

1. Dans le roman original, les personnages discutent en anglais jusqu'à la fin de la scène.

— Ah, oui, plus âgé ! Je comprends. Eh bien, il y a Marie, oui. Elle est ici depuis… très longtemps, nous dit-elle en cherchant ses mots.

— Pourrions-nous lui parler, s'il vous plaît ?

— Bien sûr. Elle est dans l'arrière-boutique. Je vais la chercher.

Pendant que nous attendions, je jetai un coup d'œil à certains des sacs exposés avec goût sur les podiums et étagères de verre, sans m'attarder sur les étiquettes des prix. Il y avait des limites aux fantasmes.

Chantal revint bientôt accompagnée d'une vieille dame tout de noir vêtue. Le dos courbé à angle droit, elle s'agrippait au bras de la jeune femme et clopinait péniblement jusqu'à nous.

— Voici Marie, la présenta Chantal, la grand-mère de notre gérante. Elle aime nous tenir compagnie depuis que son mari est décédé. Sa petite-fille lui demande simplement de ne pas rester dans cette partie-ci du magasin.

Chantal plaça une main sur le côté de sa bouche…

— Elle dit que ça risque de faire fuir les clients…, chuchota-t-elle, tandis qu'elle trouvait une place à Marie et l'aidait à s'asseoir. Elle ne parle pas anglais, mais je vais essayer de traduire.

J'acquiesçai et souris à Marie qui m'observa de derrière ses lorgnons.

Chantal, je suppose, posa alors en français à Marie les mêmes questions que nous lui avions posées quelques minutes auparavant. Malheureusement, à part « Rosemary », je ne compris pas un traître mot de ce qu'elle lui dit.

Marie secoua vigoureusement la tête.

— Elle dit que non, traduisit inutilement Chantal.

— Même pas de Rosie ? demandai-je en regardant Marie.

Elle secoua de nouveau la tête.

— Bon, eh bien, je crois qu'on peut y aller…, adressai-je à Sean.

— Anglaise, croassa Marie.

Nous nous retournâmes tous les trois vers elle.

— Anglaise, répéta-t-elle en tendant vers moi un doigt osseux.

— Oui, je suis anglaise, oui.

— Vivien, dit-elle en m'adressant un signe de tête.

— Non, je m'appelle Scarlett.

Elle acquiesça de nouveau.

— Oui… Scarlett… Vivien. *Da, daa, da, daa. Da, daa, da, daaa*, se mit-elle à chantonner.

— Viens, Scarlett, m'interpella Sean. Il nous reste une boutique sur la liste. Qui plus est, murmura-t-il, j'ai l'impression que la vieille n'est plus tout à fait de ce monde…

— Non attends, dis-je en écoutant Marie. Tu reconnais ce qu'elle chantonne ? Je crois que c'est le thème d'*Autant en emporte le vent*…

Nous écoutâmes tous Marie avec une attention nouvelle. Elle s'arrêta alors et nous adressa un sourire qui dévoila toutes ses dents.

— Vivien, répéta-t-elle en me désignant de nouveau du doigt, avant de dire quelque chose en français à Chantal.

— Que dit-elle ? demandai-je.

— Elle dit que vous ressemblez à Vivien.

— Quelle Vivien ? Vivien Leigh ?

Chantal posa la question à Marie.

— Non, expliqua Chantal. Une Vivien qui travaillait ici. Elle aimait beaucoup le cinéma, et *Autant en emporte le vent* était son film préféré. Du coup, les employés l'appelaient Vivien : ça sonnait plus français.

— Plus français que quel prénom ? demandai-je, pleine d'espoir. Quel était son vrai nom ?

Chantal posa une brève question à Marie.

— Je crains qu'elle ne se souvienne pas de son vrai nom.

J'étais sur le point d'abandonner, lorsque je repensai à la photo dans mon sac.

— Est-ce que c'est elle ? demandai-je, en sortant la photo de mon sac, puis en posant un doigt près du visage de ma mère. Vivien ?

Je m'agenouillai près de Marie qui étudia attentivement la photo, puis releva les yeux vers moi.

— Oui, acquiesça-t-elle, baissant de nouveau les yeux vers le cliché. Vivien…, répéta-t-elle en me souriant, avant de prendre mes mains dans les siennes. Vivien…

— Bingo…, lâcha Sean, tout sourires.

Chantal s'improvisant interprète entre deux clients, je demandai à Marie de me raconter tout ce dont elle se souvenait de ma mère.

Elle la décrivit à Chantal comme une femme pleine d'esprit et de vie, passionnée de cinéma, comme elle l'était elle-même. Elle nous apprit aussi que ma mère n'avait pas travaillé ici longtemps, quittant la boutique et la marque pour un autre emploi, dans ce que Chantal traduisit comme des « circonstances mystérieuses ».

La boutique commençant à se remplir, nous décidâmes de laisser la jeune Française travailler. Il était évident que Marie avait connu et grandement apprécié ma mère, mais, encore une fois, nous nous retrouvions dans une impasse. Nous remerciâmes Chantal et Marie pour l'aide qu'elles nous avaient apportée, puis quittâmes la boutique.

— Et voilà, dis-je à Sean, une fois sur le trottoir. Affaire classée…

Sean me lança un de ses regards désapprobateurs.

— Scarlett, il va falloir que tu arrêtes de baisser les bras dès qu'on se retrouve face à un obstacle. Tu ne peux pas abandonner aussi facilement !

— Mais qu'est-ce que tu veux qu'on fasse, Sean ? On n'a plus la moindre piste ! Ma mère a travaillé ici quelque temps, OK, mais qu'est-ce qu'on sait de plus ? Marie n'avait pas la moindre idée d'où elle a pu aller après son séjour dans cette boutique. Elle pourrait être n'importe où…

— On était si près du but…, lâcha Sean, déçu.

— Je sais… Au moins, je ne repars pas bredouille de toutes ces expéditions : j'ai découvert que ma mère était une bonne personne. De façon certaine, elle a marqué le cœur des gens partout où elle allait, Sean. Et elle savait profiter de la vie…

Et c'est bien ce que je compte faire, moi aussi, à présent…, me jurai-je en pensée.

— Ne me dis pas que tu t'avoues vaincue, Scarlett ? Tu ne peux pas te contenter de ça !

— C'est toi, Sean, qui ne peux pas te contenter de ça. J'ai découvert plus de choses sur ma mère cette dernière semaine que je n'en avais jamais rêvé, et ça, Sean, ça me comble de joie ! Il est écrit quelque part qu'elle et moi ne devions pas nous retrouver.

Sean ne semblait pas du tout de cet avis.

— Écoute, je sais que ça ne correspond pas à ta façon de faire : tu es du genre à ne jamais t'avouer vaincu. Malheureusement, cette fois-ci, on ne pourra jamais gagner, ni être les meilleurs. Nous n'avons pas d'autre choix que d'abandonner.

Sean ne semblait toujours pas convaincu.

— Tu es sûre que c'est ce que tu veux, Scarlett ? Ou est-ce que c'est à cause de ce que t'a dit David ?

— Non, non, ça n'a rien à voir…

Sean haussa un sourcil.

— Sincèrement, Sean, insistai-je. C'est ce que je veux. Qui plus est, ajoutai-je d'un air enjoué, espérant changer de sujet, en arrêtant là les recherches, on gagne un après-midi de tourisme à Paris ! Enfin, si tu veux bien passer le reste de la journée avec moi…

— Évidemment, me sourit Sean.

— Bien ! Dans ce cas, filons d'ici. Et si tu me promets de te tenir, je jure de faire mon possible pour ne chercher aucun instant-ciné jusqu'à la fin de la journée. Qu'est-ce que tu penses de ça ? Allez, Sean ! le motivai-je en prenant sa main dans la mienne. On va s'amuser !

Le visage de Sean perdit soudain son sourire.

— Je suis vraiment désolé, Scarlett. Tu sais que j'adorerais venir avec toi, mais j'ai un rencard pour le boulot, cet après-midi…

— Oh… OK, d'accord…, dis-je, tâchant de ne pas paraître trop déçue lorsque je sentis sa main échapper à la mienne. Pas grave ! Je ne doute pas que je vais trouver de quoi m'amuser. Et puis, tu dois déjà connaître, toi. Tu te serais ennuyé…

— Non, non, ne dis pas ça ! J'aurais adoré te faire visiter Paris, me rassura-t-il, avant de regarder sa montre. Et si tu m'attendais à l'hôtel ? Je t'appelle après ma réunion, et on se fera une sortie, OK ? Je ne devrais pas en avoir pour longtemps.

— Eh, c'est bon, je te dis : je m'en sortirai toute seule. Je suis une grande fille, tu sais ?

Ma tentative de faire sourire Sean se solda par un échec cuisant.

— Je te retrouve à l'hôtel ce soir, OK ? finis-je par lui dire. On dînera ensemble. Comme ça, on ne se presse ni l'un, ni l'autre cet après-midi.

— Tu es sûre ?

— On ne peut plus sûre.

— Bon… D'accord, alors, capitula Sean, même s'il ne semblait toujours pas convaincu. Prends ça, par contre, poursuivit-il en me tendant la carte. Ce serait con que tu te perdes…

— Eh, je t'ai dit que ça irait, mon grand ! Allez, file, s'il te plaît ! l'encourageai-je en lui prenant la carte.

— OK, OK… On se voit tout à l'heure, alors.

J'acquiesçai et l'observai tandis qu'il partait en direction du métro. Cela me faisait tout drôle de me retrouver toute seule. Sean et moi avions passé tant de temps ensemble, ces derniers jours, que ne plus l'avoir à mes côtés me donnait vraiment l'impression d'un vide étrange.

Avant de descendre dans le métro, je ne pus m'empêcher de m'arrêter devant l'une des boutiques de chocolats qui jalonnaient les Champs-Élysées : de toute ma vie, je crois que je n'en avais jamais vu de pareille. Il y en avait là de toutes les couleurs et de toutes les formes : truffes, pâte d'amande, pralinés, ganaches diverses, sculptures improbables. C'était sûrement ici que se donnaient rendez-vous les âmes des chocoaddicts vertueux après leur mort…

Je laissai mon regard courir de la vitrine jusqu'à l'intérieur du magasin, et soudain, mes yeux s'arrêtèrent net sur une friandise bien plus exquise que ce que le meilleur chocolatier parisien aurait jamais pu m'offrir : M. Johnny Depp en personne était là, qui achetait une boîte de chocolats, de toute évidence hors de prix !

Alors que je restai plantée là à l'observer à travers la fenêtre, je sentis que je ne pouvais m'empêcher d'avoir sur le visage un rictus extatique… Et puis quoi ? Johnny Depp, bon sang ! Juste là, à trois mètres de moi ! Et qui achetait du chocolat ! Je le regardai régler son achat, puis, pétrifiée, le vis se diriger vers la sortie, dans ma direction.

— Ohé, moussaillon ! lançai-je sans réfléchir lorsqu'il posa le pied sur le trottoir.

« Ohé, moussaillon » ? Je suis sous acide ou quoi ?

Il se retourna.

Bon sang, il était aussi beau en vrai que sur grand écran ! Ses yeux couleur chocolat noir fouillèrent les alentours, et je sentis mes jambes prêtes à se dérober sous moi.

— Ça devait être des gamins un peu facétieux, lançai-je en regardant par-dessus mon épaule, faisant mine de chercher partout le responsable de cette interpellation absurde.

Je lui adressai un sourire et, à ma grande surprise, il en esquissa un demi.

— Ce ne serait pas la première fois, dit-il, sa voix aussi suave à mes oreilles que tous les chocolats du quartier l'auraient été sous ma langue. Les gosses imaginaires sont de vilains farceurs.

Je lui souris bêtement.

— Alors comme ça, vous achetez du chocolat ? lui lançai-je au moment où il se retournait, s'apprêtant à partir.

Il s'arrêta et fit volte-face.

— Hmm, oui. Je fais ça de temps à autre. Vous devriez tenter l'expérience : c'est l'un des meilleurs chocolatiers de Paris.

S'il pensait se débarrasser de moi aussi facilement, il se fourrait le doigt dans l'œil.

— Je trouve juste amusant de vous voir acheter du chocolat, vous qui avez… enfin… joué dans… *Le Chocolat*. Vous vous souvenez ?

Johnny haussa un sourcil interrogateur, et je manquai de décéder à l'instant même, là, sur les Champs-Élysées.

— Hmmm… Oui, j'en ai un vague souvenir.

— Sans oublier que vous avez quand même incarné Willy Wonka ! Ce serait quand même un peu foufou de ne pas y voir un autre rapport chocolatier !

« Foufou » ? « Rapport chocolatier » ? OK, Scarlett, après la chocolaterie, tu passes t'acheter une corde…

Johnny esquissa un nouveau sourire.

Ou s'agissait-il d'un rictus gêné ?

OK, non, il se foutait de ma gueule…

— De fait, ce serait un peu… foufou, acquiesça-t-il, l'air soudain sérieux. Vous êtes d'une perspicacité assez remarquable… Mais vous savez, choses folles s'il en est : j'ai également joué le créateur de Peter Pan, sans pour autant pouvoir voler, un spationaute, sans pour autant avoir eu la chance de partir dans l'espace ; un homme avec des ciseaux à la place des mains et un barbier sanguinaire, et pourtant, je ne sais pas couper les cheveux, et je n'ai tué personne. Oh ! Et comme vous le sous-entendiez tout à l'heure, j'ai également incarné un pirate et… vous savez quoi ?

Il revint sur ses pas, puis, une fois à ma hauteur, se pencha vers moi jusqu'à ce que son visage fût à quelques centimètres à peine du mien.

— Vous n'êtes jamais monté sur un bateau ? murmurai-je, le souffle coupé.

Il était si proche de moi que je pouvais sentir l'odeur de son après-rasage, délicatement appliqué sur sa peau ô combien parfaite… *OK, j'ai trouvé le cadeau que je vais offrir à David pour la Saint-Valentin…*, pensai-je en me demandant combien il serait malvenu de demander à Johnny de quelle marque il s'agissait.

— Exactement. En revanche…, me murmura-t-il alors à l'oreille. Lorsque j'ai joué Don Juan, le plus fantastique amant de tous les temps…

Sans terminer sa phrase, il se redressa légèrement et m'adressa un clin d'œil. Alors, comme il avait réussi à me faire taire pendant plusieurs secondes, il saisit sa chance au vol et fuit sur les Champs-Élysées aussi rapidement que lui permettaient ses jambes de vieux loup de mer.

Il me fallut un certain temps pour me remettre du clin d'œil de Johnny, et, plus généralement, de ma rencontre avec lui : je veux dire, il y avait tout de même peu de chances pour que je tombe sur lui devant la boutique d'un chocolatier ? Je savais qu'il avait une maison à Paris et une petite amie française, mais c'était dingue quand même ! Quoi qu'il en soit, lorsque j'eus suffisamment recouvré mes esprits pour que mon cerveau puisse ordonner à mes jambes de bouger, je quittai la devanture de la chocolaterie pour me lancer dans une expédition touristique qui, je l'espérais, me permettrait de reprendre la pleine possession de mes moyens. Pour cela, en touriste appliquée, j'allais tenter de voir un maximum de choses en un minimum de temps. J'étais venue à Paris avec mon lycée quand j'avais quinze ans, et si, à l'époque, nous étions une vingtaine d'adolescents à nous balader dans la capitale française, aujourd'hui, j'étais livrée à moi-même.

Ainsi, je visitai le musée d'Orsay, m'émerveillant devant les toiles gigantesques de Monet accrochées aux murs de l'ancienne gare parisienne. Je me rendis également à Notre-Dame où, sept ans après, je contemplai de nouveau l'intérieur saisissant de l'immense cathédrale gothique, comprenant sans mal comment elle avait pu inspirer Victor Hugo et les réalisateurs des dizaines d'adaptations cinématographiques ayant mis en scène son célèbre bossu. À Montmartre, je déambulai parmi les artistes de rue qui peignaient les portraits des touristes amassés autour d'eux, puis pensai furtivement à Sean, me demandant s'il avait quelque talent artistique. Peut-être croquerait-il ma silhouette comme Léo dessine celle de Kate dans *Titanic*... Ce qui ajouterait un nouvel instant-ciné à ma collection toujours grandissante. Presque immédiatement, je me rappelai quelle scène succédait à celle-ci, et m'efforçai de tirer un trait sur ce programme : j'avais déjà suffisamment de problèmes comme ça avec David. Cela dit, rien ne m'empêcherait d'aller avec Sean au *Moulin Rouge* : là-bas, au moins, nous n'aurions pas à chanter, à jouer les trapézistes ou je ne sais quoi d'autre pour récolter quelques instants-ciné...

Je terminai mon excursion par la visite du saint Graal des touristes : la Tour Eiffel.

Alors que je me tenais sous la titanesque structure de fer, je me rendis compte que même si nous étions en fin d'après-midi en plein mois de février, les environs grouillaient littéralement de monde. Partout se promenaient des groupes de touristes, des familles entières et des couples... Beaucoup, beaucoup de couples...

J'avais encore oublié que c'était la Saint-Valentin, aujourd'hui... Et quoi de plus romantique que Paris le jour de la Saint-Valentin ?

Je m'efforçai de penser à David : il devait probablement être rentré à la maison, et devait déjà s'être lancé dans de passionnants projets de bricolage...

Mais... le fait est que mon esprit refusait catégoriquement de m'obéir, et que le visage de Sean ne cessait de me revenir en tête.

Même si je m'étais amusée cet après-midi, je savais que mon escapade aurait été plus divertissante encore avec lui à mes côtés. Je ressentais cette sensation familière de vide, une sensation dont je n'avais plus aucun mal désormais à deviner l'origine : il me manquait.

J'observai ceux des visiteurs qui, pour accéder au haut de la tour, empruntaient les ascenseurs, et ceux qui gravissaient les interminables escaliers. Je ne comptais pas les rejoindre : à quoi bon atteindre le sommet sans personne avec qui partager la vue ?

Aussi, je me retournai et repris le chemin du métro… avant de m'arrêter soudainement : une idée venait de germer dans mon esprit.

Une idée qui allait me permettre de faire mon choix…

Quel qu'il soit.

Chapitre 22

À l'hôtel, je demandai au réceptionniste quelques feuilles de papier avant de me rendre à l'étage. En passant, je frappai à la porte de Sean histoire de voir s'il était rentré, mais n'obtins aucune réponse.

Une fois dans ma chambre, je me dégottai un crayon, m'assis à un bureau, et réfléchis quelques instants à la rédaction d'une note.

Il me fallut gaspiller trois feuilles avant de trouver la bonne formulation.

« Retrouve-moi ce soir au sommet de la Tour Eiffel – Saint-Valentin.

Je t'embrasse, Scarlett. »

J'avais préféré signer de mon nom : après tout, nous n'étions pas dans un film, et avec ma chance, je risquais de finir au sommet de la tour avec Pierre, le gardien de nuit.

Je m'octroyai une toilette rapide, et passai une tenue à la fois plus chaude et, ma foi, plus romantique : en somme, une combinaison aussi facile à dégotter qu'une crème glacée amincissante.

J'essayais de me souvenir de ce que portait Meg Ryan dans *Nuits blanches à Seattle*, mais mis à part l'ours en peluche, tout était un peu flou... Qui plus est, la scène n'avait pas lieu en haut de la Tour Eiffel, mais au sommet de l'Empire State Building. *Elle et lui* n'allait pas m'aider beaucoup plus, vu que Deborah Kerr avait un accident avant même d'entrer dans le bâtiment... J'optai en définitive pour un élégant pantalon noir, un pull-over rose pastel et mon long manteau noir. Je sublimai le tout en nouant négligemment autour de mon cou une écharpe aux couleurs vives que j'avais achetée quelques heures auparavant à Montmartre. Et quand je dis négligemment, bien entendu, il me fallut au moins huit essais avant de paraître correctement négligée.

Lorsque je fus enfin prête, je sortis furtivement de ma chambre – au cas où Sean serait rentré entre-temps –, et, avec autant de discrétion que possible, glissai le mot sous sa porte. Je filai ensuite à vive allure à la première station de métro, puis fis route vers la Tour Eiffel.

Lorsque j'arrivai, il faisait nuit noire, et, émerveillée, je contemplai aussitôt la tour qui, illuminée, se dessinait dans l'obscurité.

Même à cette heure tardive, il était nécessaire de faire la queue pour emprunter les ascenseurs. Je rejoignis tout de même une file d'attente, priant pour que Sean ne découvre pas la note trop vite.

Une fois arrivée en tête de queue, je payai mon ticket et me joignis à un groupe de touristes avec qui je montai au premier, au deuxième, puis, enfin, à l'étage le plus élevé de l'édifice. Désireuse de savourer la vue, je m'approchai de la barrière, puis regardai ma montre : il était 18 h 45...

À 19 h 50, j'avais déjà fait cinq fois le tour de l'étage. Le panorama aérien du Paris nocturne est, à n'en pas douter, époustouflant, se faisant presque plus saisissant que le spectacle offert par l'illumination de la tour elle-même, mais je commençai à me sentir embarrassée d'être seule à l'admirer.

Plus tôt dans la journée, les ascenseurs avaient été empruntés par autant de touristes isolés que de familles entières, mais, maintenant, la plupart des visiteurs étaient des couples qui, main dans la main, s'échangeaient amoureusement regards chargés de tendresse et baisers passionnés. J'aurais eu du mal à leur en vouloir : après tout, nous étions le soir de la Saint-Valentin. Pour autant, j'avais l'impression de tenir la chandelle pour trente personnes…

Allez, Sean, dépêche-toi…, espérai-je en secret, scrutant une énième fois la ville à travers les grillages de protection. Je frissonnai… Cette histoire ne paraissait plus aussi exaltante que je l'imaginais. Je me mis à fouiller dans mon sac à la recherche de mon téléphone : peut-être avait-il tenté de m'appeler et n'avais-je rien entendu ? Peut-être le signal était-il capricieux à cette altitude.

Ce n'est qu'après plusieurs minutes de fouille acharnée que je me rappelai avoir mis mon téléphone en charge dans ma chambre d'hôtel. J'avais été tellement occupée à choisir ce que j'allais mettre et ce que j'allais écrire sur la note que j'en avais oublié de le récupérer ! Quelle poisse !

À 21 heures, en plus de mourir de faim, je commençais à me sentir frigorifiée et me réfugiai donc comme je le pus au centre de la tour, sur l'un des bancs dominés par les immenses poutres de fer.

S'il n'arrive pas dans la demi-heure, je file boire un café, me promis-je en repensant à la cafétéria située au deuxième étage.

Je n'osai pas encore partir… Il fallait que je sache s'il viendrait.

Deux tasses de café et sept « Vous pourriez nous prendre en photo, s'il vous plaît ? » plus tard, Sean n'était toujours pas arrivé.

Je regardai une nouvelle fois ma montre : il était 22 h 20. Le dernier ascenseur menant au sommet partait à 22 h 30. Il ne restait que peu de temps à Sean pour arriver.

J'observai une nouvelle fois la nuit parisienne : les jardins du Champ-de-Mars, le Trocadéro et les ponts qui enjambaient la Seine me semblaient presque familiers désormais, et, en plissant les yeux, je parvenais même à distinguer Montmartre, ainsi que le Sacré-Cœur et ses lumières. Je m'étais trouvée devant cette gigantesque cathédrale romane cet après-midi… Enfin… devant cette « basilique », devrais-je dire ? C'est ce que mon guide touristique m'avait indiqué en tout cas…

Pour que j'en vienne à penser à mon guide touristique, toute cette attente devait véritablement me faire perdre la boule.

Je portai de nouveau mon regard vers l'intérieur de la tour. Non loin de moi, un homme et une femme gloussaient, se susurraient quelques mots à l'oreille… quand le jeune homme mit soudain un genou à terre.

Non, par pitié : tout, mais pas ça… Pas maintenant…

Sans être non plus une experte en la matière, je supposai que la jeune femme avait accepté la proposition, car les deux indésirables étaient à présent scotchés par la bouche.

Je m'éclipsai pour les laisser savourer seuls ce moment.

— Excusez-nous, mademoiselle ! les entendis-je m'interpeller.

Je me retournai.

— Vous parlez anglais ? me demanda le jeune homme.

— Oui, acquiesçai-je.

— Cela vous dérangerait de nous prendre en photo, s'il vous plaît ? Navré de vous le demander, vraiment, mais… Helen vient d'accepter ma demande en mariage, donc…

Ils s'entre-regardèrent, les yeux pétillants d'amour.

— Oh, si vous voulez, oui…

— Il suffit d'appuyer sur ce bouton, ce n'est pas bien compliqué, dit l'homme en me tendant son appareil.

Je le savais, puisque c'était le quatrième couple que je prenais en photo ce soir avec un appareil identique.

— Ouistitiii ! lançai-je, tentant d'avoir l'air aussi enjouée que possible.

Cela dit, ils n'avaient pas besoin de plus d'encouragements que cela pour sourire jusqu'aux oreilles. Je pris la photo et leur rendis l'appareil.

— Merci mille fois ! me remercia Helen, reconnaissante. C'est fantastique ! Grâce à cette photo, on se souviendra de cet instant toute notre vie.

— Vous voulez peut-être qu'on prenne une photo pour vous, maintenant ? me demanda le dénommé Alex en fouillant du regard les alentours.

De toute évidence, il essayait de savoir si j'étais seule.

— Non… Non, merci, répondis-je. J'attends quelqu'un, ajoutai-je en essayant de ne pas avoir l'air trop triste.

— À cette heure-ci ? s'étonna-t-il en regardant sa montre. C'est un peu tard, non ?

— Arrête, Alex…, intervint Helen. Je trouve ça très romantique, moi. C'est comme dans ce film, là… Tu sais, celui avec Meg Ryan ?

— *Quand Harry rencontre Sally* ? suggéra Alex.

— Non, pas celui-là… Celui avec Tom Hanks…

— Hmm…, lâcha Alex, pensif. Oh ! *Vous avez un message* ? Ils jouent tous les deux dedans !

— Non, non… Ah, je l'ai sur le bout de la langue !

— *Nuits blanches à Seattle*, lançai-je d'un ton sec, craignant qu'ils y passent toute la nuit.

— Voilà ! s'exclama Helen, soulagée. Sauf qu'elle est au sommet de l'Empire State Building, dans ce film, non ? Quand elle attend, je veux dire.

— C'est le fils qui attend, en fait. Mais bon, c'est pareil, oui.

— Oh, excellent ! C'est votre mari que vous attendez ?

— Non.

— Votre fiancé ?

— Non plus.

— Votre petit ami ?

— Oui, lui mentis-je. Mon petit ami ! lançai-je, un peu tendue. Et s'il ne se pointe pas rapidement, je crois que je vais lui passer la corde au cou, plutôt que la bague au doigt!

— Je comprends… On est le 14 février…, dit-elle en se tournant amoureusement vers son Alex. Qui ne voudrait pas se trouver dans les bras de l'amour de sa vie le jour de la Saint-Valentin?

Merci de retourner le couteau dans la plaie avec autant de délicatesse, espèce de garce…

— J'espère pour vous qu'il sera là bientôt. Se donner rendez-vous ici, en haut de la Tour… C'est d'un tel romantisme… N'est-ce pas, Alex?

Ce dernier acquiesça, les yeux brillants.

— Plus que cela, ma puce…, murmura-t-il, avant de se retourner vers moi. Vous devez l'aimer comme personne pour l'attendre ici aussi longtemps. J'espère qu'il se montrera à la hauteur.

Il passa son bras à la taille de sa fiancée.

— Allons-y, Helen, dit-il, avant de m'adresser un dernier sourire. Merci pour la photo. J'espère que la soirée sera à la hauteur de vos attentes.

— J'espère aussi, ajouta Helen. On ne devrait jamais abandonner quelqu'un qu'on aime. Au revoir.

Alors que je les regardai s'éloigner, bras dessus, bras dessous, je me sentis affreusement seule.

Comment avais-je pu être aussi bête? J'aurais pu passer la Saint-Valentin à Paris avec un homme qui éprouvait pour moi un amour sincère, qui voulait m'épouser et passer le reste de sa vie avec moi, et, au lieu de cela, j'avais passé ma journée à visiter des boutiques de sacs hors de prix, à faire du tourisme, et à me geler les miches au plus haut du piège à touristes français par excellence. Bon, il y avait tout de même eu la rencontre avec Johnny Depp, mais… Non, même cela, ça ne suffisait pas à qualifier cette journée de réussite.

Qui plus est, si ma vie avait véritablement été celle d'une héroïne de film, je me serais retournée et, lorsque se seraient ouvertes les portes du dernier ascenseur à arriver au sommet, j'aurais aperçu Sean, son visage désolé, qui se serait empressé de m'expliquer qu'il avait été retardé par un événement aussi improbable qu'un braquage de banque ou une alerte à la bombe.

Aussi, apercevant le dernier ascenseur de la journée, je rivai, pleine d'espoir, mon regard sur ses portes…

Et il y avait bien un homme à l'intérieur…

Malheureusement, il s'agissait d'un technicien de surface qui, en dépit de la désolation qui se lisait sur son visage, ne devait pas être désolé pour les mêmes raisons que le Sean de mon fantasme.

Je jetai un dernier regard sur Paris, avant de monter dans l'ascenseur avec l'employé de la tour. Tandis que nous attendions que les derniers visiteurs soient dirigés vers l'ascenseur, j'étudiai l'homme en tenue de travail qui se tenait à mes côtés : la trentaine, déjà dégarni, un œil qui faisait la chasse à l'autre et un bourrelet qui reposait mollement sur le haut de sa ceinture de cuir. Il puait le tabac et… autre chose ; l'après-rasage, peut-être, mais cela tenait davantage de l'encaustique. Il me sourit, et je découvris sa dentition jaunie par la nicotine. Je lui rendis poliment son sourire, puis détournai le regard…, mais pas assez vite pour ne pas remarquer le badge accroché à sa salopette. Un badge qui confirmait mes craintes passées : si jamais mon plan se soldait par un fiasco, je risquais de finir la soirée avec un Français répondant au doux nom de… Pierre.

L'ascenseur me déposa au pied de la Tour Eiffel, et lorsque je m'assis dans une rame de métro quasi déserte, je ne pus m'empêcher de penser au désastre sans précédent qu'avait été cette soirée. J'étais tellement persuadée que Sean me rejoindrait au sommet de la Tour Eiffel que je n'avais pas pensé une seule seconde à ce qui se produirait s'il ne venait pas.

N'avait-il pas vu le petit mot que j'avais glissé sous sa porte ? Et si tel était le cas, comment cela se faisait-il ? N'était-il pas rentré à l'hôtel, ce soir ? Et s'il lui était arrivé quelque chose… S'il avait eu un accident… ou pire ?

Le « pire » étant qu'il soit revenu à l'hôtel, qu'il ait lu mon message, et que je l'aie fait fuir… Peut-être que j'étais allée un peu loin en l'invitant à me rejoindre là-haut ? Peut-être Sean voulait-il que nous ne soyons qu'amis… et rien de plus ?

En arrivant devant l'hôtel, épuisée par le flot incessant de pensées et de scénarios qui assaillait mon esprit, je décidai de rester un temps à l'extérieur pour recouvrer mon calme. Debout sur le trottoir, j'enchaînais les respirations profondes.

La rue de l'hôtel était particulièrement vivante, pleine de bars animés et de restaurants pittoresques. Depuis le trottoir opposé, s'échappaient tintements de verres à vin qui s'entrechoquaient et voix enjouées. Je levai les yeux vers le bistro situé de l'autre côté de la chaussée. L'endroit avait l'air agréable : des nappes de coton rouge et blanc recouvraient des tables au centre desquelles trônaient des bouteilles de vin recouvertes de cire et coiffées d'une bougie. Cela me rappelait quelque chose… Un endroit… mais lequel ? Ah, oui ! Le petit restaurant italien dans lequel j'avais dîné avec Sean le soir de notre arrivée à Glasgow.

Mais ce n'était pas la seule chose qui me rappelait cette soirée : un couple était assis à une table placée près d'une fenêtre. L'homme et la femme papotaient, riaient… comme Sean et moi ce soir-là. D'ailleurs, en y regardant de plus près, je remarquai des ressemblances troublantes entre Sean et cet homme : même corpulence, même couleur de cheveux… et d'yeux. Mais lorsque le serveur s'éloigna de la table et que le couple se leva pour partir, le parallèle avec Glasgow vola en éclats : l'homme déposa un baiser sur la joue de la femme, avant de la prendre dans ses bras.

De façon certaine, Sean n'avait pas agi de la sorte avec moi à Glasgow… En revanche, il ne s'en privait pas ce soir, sous mes propres yeux, avec la femme qui venait de dîner en sa compagnie de l'autre côté de la rue…

Chapitre 23

Je les observai, incrédule, pendant quelques secondes, avant de me retourner et de me ruer dans le hall de l'hôtel. Je n'attendis pas l'ascenseur, gravissant quatre à quatre les marches de l'escalier, avant de sprinter dans le couloir, d'ouvrir la porte de ma chambre, de la claquer derrière moi, puis de m'effondrer sur le lit, haletante.

Tandis que je restais allongée là, les yeux rivés au plafond, je me demandais comment j'avais pu être aussi stupide.

Comment avais-je pu me montrer prétentieuse au point de penser que Sean voudrait me retrouver ce soir ? De toute évidence, il avait mieux à faire. Qui sait ? Tout cela datait peut-être d'avant les recherches que nous avions entamées pour retrouver ma mère… Cette histoire de réunion de travail n'avait été qu'une excuse pour ménager mes sentiments.

J'avais eu raison, moins d'une heure auparavant au sommet de la Tour Eiffel : j'aurais dû passer la journée avec David. Je m'étais montrée aussi bête qu'égoïste. David… C'était lui, l'homme qui m'aimait. L'homme qui voulait vivre avec moi… Pas Sean. Je tendis le bras et m'emparai de mon téléphone, toujours en charge à côté du lit. J'allais appeler immédiatement David et lui dire combien je l'aimais.

Je regardai l'écran de l'appareil… J'avais eu plusieurs appels en absence, et deux SMS non lus m'attendaient.

Le premier était de David qui me remerciait d'un message que je lui avais moi-même envoyé plus tôt. Je n'avais pas été stupide toute la journée, et j'avais quand même pensé à me manifester auprès de mon fiancé pour la Saint-Valentin.

Le deuxième était de Sean, et j'hésitai à l'ouvrir : avais-je besoin de davantage de mensonges et d'excuses ?

Malgré tout, il fallait que je sache… alors, j'ouvris le message.

> *« Où es-tu ? J'ai essayé de t'appeler. Je vais rentrer tard à l'hôtel, j'ai eu un contretemps. J'espère que tu t'es bien amusée. Sean. PS : appelle-moi quand tu rentres, je m'inquiète. »*

Tu parles…, pensai-je, me remémorant le restaurant d'en face. Puis, je me souvins du petit mot que j'avais glissé sous sa porte : il allait le trouver en rentrant ! Si seulement je pouvais le récupérer dans sa chambre avant qu'il tombe dessus ! Au moins, je n'aurais pas l'air ridicule. Si Sean apprenait que je l'avais attendu toute la soirée au sommet de la Tour Eiffel, j'étais bonne pour une vie entière de moqueries !

Je m'assis sur le lit et balayai la pièce du regard.

Hmm… Quel objet suffisamment plat pourrais-je trouver pour le passer sous la porte ? Pas l'ombre d'une règle à l'horizon… ni de radio de mes poumons, forcément…

Je fouillai ma valise : chaussures… trop hautes, peigne… trop court…

Oh ! Je sais !

Je tâtonnai sous ma robe de demoiselle d'honneur, pliée avec précaution, et trouvai ce que je cherchais : j'avais acheté les plaques d'immatriculation à accrocher dans le dos et sur la poitrine de Maddie pour son enterrement de vie de jeune fille, mais une des autres invitées avait dégainé les siennes avant moi. Cela m'avait mise en rogne sur le moment : j'étais tout de même censée être la demoiselle d'honneur en chef ! Cela dit, à présent que les plaques allaient servir une cause plus noble, je fus plus que satisfaite que la garce ait été plus rapide que moi.

Je me faufilai dans le couloir, toquai doucement à la porte de Sean, puis disparus aussitôt dans ma chambre, collant l'oreille à la porte : je devais m'assurer qu'il n'était pas rentré sans que je m'en sois rendu compte. La dernière chose dont j'avais besoin était de tomber nez à nez avec Sean.

Après un peu moins d'une minute, heureuse de n'avoir rien entendu, je me faufilai de nouveau dans le couloir. Je m'assurai ensuite que la voie était libre, puis me mis à genoux, essayant de jeter un coup d'œil sous la porte de la chambre de Sean.

Malheureusement, je n'y voyais strictement rien, pas l'ombre d'un message. J'essayai aussitôt de passer l'une des plaques sous la porte et, à mon grand soulagement, elle était assez fine ! Je commençai à la déplacer lentement de gauche à droite… *J'ai touché quelque chose ! Mon petit mot !*

J'essayai de passer la plaque par-dessus le papier, mais rien n'y fit : celui-ci restait désespérément de l'autre côté de la porte…

— Auriez-vous besoin d'aide ? me lança une voix derrière moi.

Je me figeai, puis, tétanisée, me retournai. Un vieux couple, à l'arrêt devant moi, me regardait, l'air suspicieux. Vêtu élégamment, le couple rentrait sans doute d'une belle soirée.

— Vous avez laissé votre passe à l'intérieur, peut-être, ma petite ? me demanda la vieille dame par-dessus les verres de ses lunettes.

Le néon du couloir auréolait d'un halo mystique ses cheveux blancs noués en chignon sur le haut du crâne.

— Hmm… Non, répondis-je en baissant les yeux vers la plaque que je tenais à la main. En… en fait, c'est la chambre d'un couple d'amis qui vient de se marier, et… on s'était dit que… Enfin, que ce serait drôle qu'ils arrivent pour leur lune de miel et qu'ils trouvent la chambre pleine de plaques d'immatriculation… Sous-entendu « quand c'est la première fois, faut faire gaffe aux accidents », tout ça, tout ça !

Je me relevai d'un bond.

— Oh…, lâcha le vieillard, presque chauve, avant de se racler la gorge. Oh, oui, bien sûr… Bien sûr, nous comprenons. N'est-ce pas Marion ?

La dame me dévisagea, puis se pencha à mon oreille.

— Le fait est, ma chère, que, de nos jours, les jeunes mariés ont souvent un compteur kilométrique trompeur…

— Je vous demande pardon ?

— Disons que j'avais déjà roulé pas mal de bornes avant ma nuit de noces, avoua-t-elle en m'adressant un clin d'œil. Mais bref! L'important, c'est d'y croire, n'est-ce pas? me lança-t-elle en prenant le bras de son mari. Et si nous prétendions que cette nuit était notre nuit de noces, Gilbert? Cela nous changera du train-train habituel, et nous n'aurons pas besoin de nous ennuyer avec le talc et les combinaisons!

Le visage de Gilbert semblait suggérer qu'il approuvait avec enthousiasme l'idée de sa compagne.

Marion se tourna de nouveau vers moi.

— Et puis, le caoutchouc, ça n'irrite pas toujours aux meilleurs endroits, n'est-ce pas?

J'acquiesçai à la hâte.

— Bonne nuit, ma petite. Que la nuit vous comble…, me souhaita-t-elle en m'adressant un nouveau clin d'œil. Pour la mienne, je ne me fais pas de souci.

Bouche bée, je regardai le couple s'éloigner bras dessus bras dessous, se soutenant l'un l'autre, puis secouai la tête pour chasser de mon esprit la vision insoutenable des ébats de ces deux amants octogénaires.

Comme les plaques ne me menaient nulle part, je décidai de retourner dans ma chambre.

Combien de temps me reste-t-il? me demandai-je en arpentant la pièce de long en large. Lorsque je les avais vus, Sean et celle qui l'accompagnait s'apprêtaient à quitter le restaurant. Peut-être qu'ils poursuivaient leur soirée ailleurs ou qu'ils buvaient un verre au bar de l'hôtel. Sans cela, ils seraient déjà rentrés.

Je m'approchai de la fenêtre et jetai un coup d'œil à l'extérieur, espérant y trouver un peu d'inspiration.

Derrière la porte-fenêtre, s'avançait un petit balcon sur lequel je m'aventurai. Je reportai mon regard en direction du bistro, mais ne distinguai rien de particulier, si ce n'était un autre couple qui remontait la rue.

Juste avant de faire marche arrière pour retourner dans ma chambre, je remarquai que le rideau de la chambre de Sean s'échappait par la fenêtre.

Si le rideau peut sortir par la fenêtre, cela signifie que…

Je jaugeai la distance qui séparait les deux balcons et la trouvai raisonnable : en tendant bien la jambe, je devrais éviter la chute.

Non, mais écoute-toi, Scarlett ! Tu devrais éviter la chute ? Tu ne devrais pas te mettre des idées pareilles en tête, surtout !

Pourtant, je ne pouvais me faire à l'idée que Sean découvre ce message. Cela aurait déjà été terrible en soi, après qu'il ne m'eut pas retrouvée ce soir à la Tour Eiffel, mais maintenant que je savais qu'il avait passé la soirée avec une autre femme, la situation m'était devenue insupportable. Je devais absolument récupérer cette note.

Je pris une profonde respiration, me tournai vers le mur, saisis d'une main un tuyau d'écoulement, puis, hésitante, tendis un pied en direction du balcon de Sean.

— Enfin… Merci ! lâchai-je dans un soupir lorsque ma semelle toucha enfin quelque chose d'assez solide pour supporter mon poids.

Voilà… J'étais maintenant à cheval entre deux balcons, une jambe chez Sean et une chez moi, et rassemblai mon courage pour ordonner à mon pied droit d'aller rejoindre le gauche.

Je respirai une nouvelle fois profondément, fermai les yeux et, ne me laissant pas le temps de changer d'avis, balançai ma jambe de l'autre côté.

— Pffiou ! lâchai-je en rouvrant les yeux. Finalement, c'était plus simple que ce à quoi je m'attendais…

J'ouvris avec précaution la porte-fenêtre, puis me faufilai à l'intérieur de la chambre de Sean plongée dans les ténèbres.

Pitié, s'il revient, que je le sache avant qu'il ait eu le temps d'ouvrir la porte…, priai-je, alors que je tentais désespérément de me souvenir où se trouvaient les interrupteurs dans ma chambre.

Il ne me fallut que quelques secondes pour me retrouver les fesses à terre : je venais de trébucher sur le pied d'un lampadaire. Je cherchai à tâtons l'interrupteur, jusqu'à ce que je parvienne enfin à l'allumer, et que la pièce s'illumine.

À la vue du lit, je soupirai, soulagée : il était vide. Je regardai ensuite vers la porte, et distinguai ma note sur le sol. Je me ruai alors vers le bout de papier, et, quand je fus à deux doigts de m'en emparer, que je me sentis pleinement dans le corps du Tom Cruise de *Mission Impossible*, j'entendis que, de l'autre côté de la porte, on passait une carte dans le lecteur d'ouverture…

Merde !

Je regardai partout autour de moi, puis, sans plus y réfléchir, tendis la main vers la poignée qui, dans ma chambre, correspondait à la porte de la salle de bains. Sauf que j'ignorais que ces deux chambres avaient été conçues de façon à se refléter l'une l'autre… et me retrouvai donc dans un placard mural. N'ayant pas le temps de dégotter une autre cachette, je me calai autant que possible à l'intérieur, puis tentai de refermer la porte derrière moi, ce qui, sans poignée, s'avéra particulièrement ardu.

Sean parla d'abord, sans que je puisse comprendre ce qu'il disait, puis j'entendis la voix de la femme.

— Sean, je suis impressionnée, dit-elle. Tu as clairement pris du grade depuis la dernière fois : hôtel plus chic… chambre plus classieuse.

— En effet, dit Sean. L'eau a coulé sous les ponts…

— N'est-ce pas…

Il y eut quelques secondes de silence, puis Sean reprit la parole.

— Attends, je vais te chercher ces dépliants dont je te parlais. Je crois qu'ils sont dans ma valise.

C'est une blague, Sean ? Ta valise est pile entre mes jambes, là, tout de suite !

— Oublie ça, Sean. Tu sais ce qu'on dit : un excès de travail peut s'avérer abrutissant…

À mon grand soulagement, la porte du placard resta fermée. Cependant, au bout de quelques secondes, je me rendis compte qu'il y avait pire à craindre que de voir Sean ouvrir cette fameuse porte : avoir à endurer le feu d'artifice sonore que promettait le silence qui baignait désormais la pièce, si les choses se déroulaient comme je le craignais…

OK, c'est le pire moment de ma vie pour un instant-ciné…, pensai-je, revoyant la scène de *Quatre mariages et un enterrement* pendant laquelle Hugh Grant, coincé dans les toilettes, entend les jeunes époux s'envoyer en l'air sur le lit d'à côté.

Pas d'instant-ciné..., priai-je. *N'importe quand, mais pas maintenant...*

Ma bonne étoile m'avait-elle entendue ? Peut-être, car je perçus de nouveau la voix de Sean...

— Je suis désolé... Je ne peux pas. Vraiment...

— Sean... Allez, chéri... En souvenir du passé...

Sean sembla se débattre.

— Non, Jen ! Je ne peux pas. Je ne peux plus... Il y a quelqu'un d'autre dans ma vie, maintenant.

— Qui ça ? Tu ne m'en as pas parlé pendant le repas.

Oui, Sean, qui donc ? Non, parce qu'à moi non plus, tu ne m'en as jamais parlé ! Cela dit, si ça peut faire fuir cette Jen... Jen ? Ce n'était pas le fameux contact de Sean à New York ?

— Et pourtant, Jen, il y a bien quelqu'un, dit Sean d'une voix si basse que j'eus du mal à l'entendre. Quelqu'un de très important pour moi.

— Tu peux m'expliquer à quoi rimait cette soirée, dans ce cas ? demanda Jen. Tu ne voulais rien d'autre que... dîner ?

— Tout à fait, répondit Sean, d'une voix sincèrement désolée. Je voulais juste qu'on dîne, toi et moi, pour te remercier de ton aide.

— Je vois...

— Je m'excuse de t'avoir mis autre chose en tête, Jen. Je t'assure que ce n'était pas dans mon intention...

Il y eut un bref silence, puis Jen reprit la parole.

— Je n'ai pas entendu parler de toi pendant des années, Sean, et un beau jour, comme ça, tu m'appelles pour me demander un service. Je pensais que c'était une excuse pour me revoir… Qu'est-ce que ça pouvait être d'autre ?

Vu le silence qui s'ensuivit, je suppose que Sean avait dû s'en tenir à hausser les épaules.

Quel enfer d'être coincée là-dedans ! Je ne vois rien de ce qui se passe !

Je pensai d'abord en sortir, puis, me rappelant aussitôt ce que je faisais ici, je pris la décision, plus sûre, de ne rien en faire.

— Je n'ai pas souvenir que tu m'aies contacté, toi non plus, je me trompe ? Tu t'es barrée avec l'autre Amerloque, et tu n'as plus jamais refait surface. Qu'est-ce que tu croyais ? Qu'Oscar allait me donner régulièrement de tes nouvelles ?

C'est une blague ? Jen est la sœur d'Oscar ! La fille qui a brisé le cœur de Sean !

— Il s'appelait Rob, cet Amerloque. Tu le connaissais, non ? C'était ton meilleur ami.

Son meilleur ami ? Mais, c'est terrible ! Sean m'avait dit que c'était un collègue de travail !

— Mon meilleur ami, oui, et tu es partie avec lui.

— En ce qui me concerne, c'est de l'histoire ancienne, Sean. Qui plus est, si tu m'en voulais vraiment autant que tu essaies de me le faire croire, pourquoi est-ce que tu m'aurais appelée pour me demander un service ? Tu savais que je serais à Paris pour la semaine de la mode. Avoue, Sean : tu voulais me revoir.

Ne lui avoue rien du tout, Sean ! le suppliai-je en pensée depuis le placard.

— Je ne savais absolument pas que tu serais ici, lâcha Sean d'un ton calme. Quand j'ai appelé, je te croyais planquée à New York.

— Pourquoi tu m'as appelée, alors ?

— Pour la centième fois : parce que j'avais besoin d'une information et que, malheureusement pour moi, tu étais la seule à pouvoir m'aider.

— Et le dîner, alors ? On n'invite pas quelqu'un à dîner sans raison !

— Je ne t'ai pas invitée à dîner, Jen : tu t'es invitée toute seule, et comme ton aide, aussi inattendue soit-elle, m'a été d'un grand secours, j'ai eu la politesse de ne pas te chasser.

— Tu t'es servi de moi…, l'accusa Jen.

— Non.

— Et où est-elle, alors, cette fille que tu aides ? Je suppose que c'est elle, ce « quelqu'un d'autre dans ta vie » ?

Silence.

— Je me disais bien…, reprit Jen. Dans ce cas, je préfère partir. Je me sens humiliée, Sean… Que tu m'aies laissée monter jusqu'ici, dans ta chambre d'hôtel… J'espère que tu es fier de toi.

— Je te jure que je n'avais aucune intention de te faire du mal, Jen. Par contre, si c'est ce que tu ressens, alors…

Un nouveau silence. Raah, ce que j'aurais aimé voir la fin de la scène !

— Alors quoi, Sean ?

— Alors, j'ai vraiment fait d'une pierre deux coups. Parce que tu vois, Jen, ce que tu ressens maintenant, ce n'est qu'une infime parcelle de l'humiliation que j'ai ressentie quand tu es partie avec le Yankee !

Vas-y, Sean ! Allez ! brûlai-je de hurler.

J'entendis la porte claquer, et le silence envahit les lieux. Aussitôt, je me sentis heureuse pour Sean : il avait définitivement remporté cette bataille.

Pour autant, mon euphorie fut de courte durée, en cela que je repris vite conscience du fait que j'étais toujours enfermée dans le placard. En plus de mourir de chaud, je commençai sérieusement à suffoquer, et des crampes insoutenables assaillaient mes jambes : mine de rien, j'étais toujours à califourchon sur la valise de Sean. Comment est-ce que j'allais bien pouvoir me sortir de cette situation ?

Je réfléchis avec autant de concentration que me le permettait l'inconfort de ma planque…

Si Sean filait se coucher tout de suite, je n'aurais qu'à attendre quelques minutes de plus qu'il se soit endormi… Sauf s'il venait ranger ses vêtements ici avant de se coucher ! Je commençai à paniquer, mais me calmai rapidement : c'était impossible ; les hommes n'accrochent jamais leurs vêtements bien proprement dans une penderie. Ils les laissent traîner sur le dossier d'une chaise, quand ils ne les roulent pas en boule dans un coin.

Maintenant, même s'il n'ouvrait pas son placard et qu'il s'endormait sans me trouver, je n'étais pas tellement mieux lotie, puisque je ne voyais aucun moyen de sortir de la pièce sans me faire remarquer ! Je ne pouvais pas passer par la porte : même si j'arrivais à sortir sans qu'il me voie, je n'avais même pas les clés de ma chambre sur moi…

J'entendis Sean se déplacer dans la pièce, puis marmonner quelques mots qui ressemblaient à « Qu'est-ce que c'est que ça », avant d'entendre un bruissement de papier.

Oh non ! Mon petit mot !

— « Retrouve-moi ce soir au sommet de la Tour Eiffel… », lut-il d'une voix traînante. Oh, Scarlett…, l'entendis-je ajouter à voix basse.

J'écoutai attentivement, mon oreille appuyée contre la porte du placard, mais je n'entendis rien d'autre qu'un nouveau claquement de porte.

Qu'est-ce qu'il est allé faire ? me demandai-je, brûlant de curiosité.

Puis, j'eus ma petite idée sur la question…

J'ouvris sans ménagement la porte de ma planque, et fonçai vers le balcon : depuis la porte-fenêtre ouverte de ma chambre, j'entendais Sean toquer à ma porte.

Avec un peu de chance, vu le silence dans la chambre, il pensera que je dors et s'en ira…, espérai-je, en agrippant de nouveau le tuyau d'écoulement.

Sean frappait toujours à ma porte.

Pffiou… J'enjambai avec vigilance la rambarde du balcon de Sean, posai ma jambe de l'autre côté, et, au moment où je m'apprêtais à ramener ma jambe gauche à la maison avec l'autre, la voix de Robbie Williams s'échappa de ma poche arrière : « Let meee… Entertain you… »

Quelle poisse ! Sean essayait de me joindre sur mon portable !

Je passai rapidement sur mon balcon, puis m'emparai de mon téléphone à l'instant même où Sean apparut sur son balcon. Il regarda son téléphone, puis posa les yeux sur moi.

— Qu'est-ce que tu fais là ? me demanda-t-il. J'étais devant ta porte il y a vingt secondes. J'ai toqué, mais, comme tu ne répondais pas, j'ai pensé que tu n'étais pas dans ta chambre.

— Je n'étais pas dans ma chambre. J'étais juste ici, au téléphone… avec David. Je ne t'ai pas entendu frapper. J'ai dû raccrocher pile quand tu as appelé.

— Oh, je vois. Tout va bien, Scarlett ? Tu as l'air un peu… tendue.

— Je suis tendue.

— Tu as passé une bonne soirée ?

Et c'est parti pour l'enfer…

— Ça… peut aller, répondis-je, hésitante.

— Non, je te demandais parce que, je viens… de trouver ça, annonça-t-il en me montrant le message que j'avais glissé sous sa porte.

— Ah… ça…

— Je suis navré, je viens à peine de rentrer de mon… rendez-vous et de la trouver.

— Pas de souci…, dis-je en haussant les épaules. C'était pour déconner, hein. Un délire… rapport aux instants-ciné, tout ça, tout ça…

— Oh…, réagit Sean, les yeux rivés sur le morceau de papier. Dis, ça pourrait être pas mal qu'on choisisse : ta chambre ou la mienne, parce que là, je me sens un peu crétin de te parler de balcon à balcon.

— J'arrive tout de suite, répliquai-je, surprise que Sean ne m'ait pas raillée à propos de la Tour Eiffel.

Peut-être qu'il attendait d'être sûr que j'y avais bien passé la soirée seule, avant de dégainer.

Décidée, j'empoignai le tuyau d'écoulement et commençai à engager mon acrobatie habituelle jusqu'au balcon de Sean.

— Scarlett ! Qu'est-ce que tu fais !

— Oh… Oui, pardon, lâchai-je, les joues rouges, tandis que je ramenais ma jambe sur mon balcon. Ce serait peut-être plus commode que je passe par ta porte…

Chapitre 24

J'avais filé à l'intérieur de ma chambre, abandonnant Sean sur son balcon, et me trouvais maintenant devant sa porte. Au moment où il l'ouvrit, je me maudissais de m'être montrée aussi idiote, là-bas dehors.

— Qu'est-ce qui t'est passé par la tête, bon sang ? me demanda Sean qui grimaçait encore.

Je passai devant lui en haussant les épaules.

— Je ne sais pas... Sur le coup, c'est ce qui me semblait le plus pratique...

— Si tu le dis... OK..., lança-t-il, incrédule, avant de refermer la porte derrière moi, puis de me montrer la note. Je suis désolé, Scarlett... Si j'avais su où tu passais la soirée, je...

— Tu ?

— J'aurais mis fin à mon dîner et serais venu aussitôt. J'ai essayé de t'appeler, mais tu ne répondais pas.

— Je sais : j'avais oublié mon téléphone dans ma chambre.

Je m'approchai de la fenêtre et observai la rue en contrebas : le bistro baissait son rideau de fer. Je priai pour que personne ne m'ait vue, tout à l'heure, jouer à Spiderman.

— Alors, ta réunion boulot, ça s'est bien passé ? demandai-je d'une voix la plus neutre possible en me retournant vers lui.

— Oui, merci… Tu t'intéresses à mon boulot, maintenant ?

— Oh… Où est-ce que tu es allé ?

— Nulle part de bien mémorable. Et toi ? Ne me dis pas que tu as passé toute la soirée au sommet de la Tour Eiffel ?

— Va savoir…

Moi aussi, je peux esquiver les questions qui me mettent mal à l'aise, Sean.

— Je suis navré, Scarlett. Sincèrement… Je suis désolé.

Pourquoi était-il si agréable et prévenant, ce soir ? La culpabilité, sans doute, puisqu'il me cachait son entrevue avec Jen.

— Tu as mangé ? me demanda-t-il en jetant un coup d'œil au menu du service des chambres.

— Et toi ?

— Je peux savoir à quoi tu joues, Scarlett ? Tu esquives toutes mes questions.

— Et toi, tu ne réponds sincèrement à aucune des miennes.

— Comment ça ?

Sans lui adresser le moindre regard, je quittai la fenêtre et partis m'asseoir à son bureau. Je pris l'un des crayons de l'hôtel, puis me mis à griffonner sur le papier à lettres à en-tête posé devant moi.

— Si je dis « Jen », qu'est-ce que tu me réponds ?

Sean tressaillit.

— Pourquoi est-ce que tu parles d'elle ?

Je parle d'elle, Sean, parce que...

— Je vous ai vus manger au bistro de l'autre côté de la rue.

Sean lança un bref regard en direction de la fenêtre.

— Oh, d'accord... Oui, j'ai dîné avec elle, ce soir. Je voulais la remercier pour les renseignements qu'elle nous a fournis sur ta mère. C'est le fameux contact dont je t'ai parlé.

— Tu ne t'es pas dit que, peut-être, je voudrais la remercier, moi aussi ? lui demandai-je, me retournant vers lui.

Alors là, j'assurais vraiment un max : j'avais presque l'impression d'être Reese Witherspoon à la fin de *La Revanche d'une blonde,* à lui mettre comme ça la pression. Mais étrangement, rabattre le clapet de Sean ne se révéla pas aussi amusant que je le pensais, tant il avait l'air gêné en tentant de se justifier.

— C'est sûr, j'aurais dû t'inviter. Mais..., ajouta-t-il comme s'il venait d'avoir une illumination. Je n'ai pas pu ! J'ai essayé de te joindre pour t'en parler justement, mais je n'ai pas réussi à t'avoir !

Il acquiesça, convaincu par son propre argument, puis sembla se détendre.

Raah, touché, Sean ! Tu m'as eue...

— Hmm, c'est vrai que j'étais injoignable. Et cette Jen, dis-moi, est-ce que c'est... juste une collègue de travail ? le provoquai-je un peu plus.

— Pour tout dire, c'est... Eh ! Attends un peu... Comment tu sais qu'elle s'appelait Jen, au fait, si tu nous as simplement vus dîner depuis la rue ?

— Je… euh… Eh bien…

Coulé…

— Tu nous as entendus parler quand tu étais sur ton balcon, c'est ça ? Je ne pensais pas que nos voix avaient porté à ce point…

Merci de m'offrir une excuse sur un plateau ! Tu es brillant !

— Et pourtant, Sean, c'est bien le cas ! Cela dit, je n'ai pas tout entendu… D'ailleurs, je n'ai vraiment entendu que son nom. J'étais tout de même au téléphone avec David, à ce moment-là.

Sean eut l'air soulagé.

— OK, tant mieux… Enfin, je veux dire, je suis content que nos éclats de voix ne t'aient pas dérangée !

— Pourquoi vous disputiez-vous, d'ailleurs ? lui demandai-je innocemment. Il y a un problème ?

— Non, non, aucun… Pour le repas, au fait, tu ne m'as pas répondu. Tu veux que je te commande quelque chose ? me demanda-t-il, en me montrant le menu.

— Non merci, j'ai grignoté un en-cas en haut de la Tour Eiffel.

Raah, il a fallu que j'en reparle !

— Tu as vraiment dû rester là-haut une éternité…

— Quelque chose comme ça, oui… D'ailleurs, à dire vrai, j'ai effectivement un petit creux.

Je pris le menu de la main de Sean et commençai à l'étudier, soucieuse de changer de sujet au plus vite.

Sean me l'arracha des mains et se mit à genoux devant moi.

— Eh ! J'étais en train de lire ! lâchai-je en tendant le bras pour récupérer le menu.

Sean le tenait à bout de bras, m'empêchant de m'en emparer.

— Je te le rendrai quand tu auras répondu à mes questions, annonça-t-il, plus sérieux que jamais. Pourquoi est-ce que tu m'as invité à te rejoindre là-haut, Scarlett ?

— Je te l'ai dit : il y a un film dans lequel...

— Oublie tes films une seconde, OK ? Est-ce qu'il y a... autre chose ?

Je baissai les yeux vers lui. Les siens étaient braqués sur moi...

— Je ne sais pas, répondis-je, d'un ton presque insolent. Quelle autre raison est-ce qu'il pourrait y avoir ?

Sean ferma les yeux, soupira, puis se releva d'un bond.

— C'est la réponse que j'attendais, Scarlett. Je suis rassuré...

Il avança à son tour jusqu'à la fenêtre, puis le dos tourné, se mit apparemment à observer la rue.

— Peut-être que je ne réponds pas à ta question pour la même raison qui te pousse à me cacher que Jen est ton ex, qui sait ?

Je vis Sean se crisper, avant de se retourner vers moi.

— Tu as entendu un peu plus que son nom, alors...

J'acquiesçai.

— J'ai tout entendu, Sean. Je sais que c'est d'elle que tu m'as parlé à Glasgow. C'est la fille qui t'a brisé le cœur.

— J'ai dit ça, moi ? « Briser le cœur » ? Ça sonne plutôt comme du Oscar...

— Oscar ne m'a jamais parlé de toi et Jen.

— Oh...

— Peu importe, de toute façon, commentai-je en me levant et en le rejoignant près de la fenêtre. Tu fais bien ce que tu veux avec ton ex. Ce ne sont pas mes affaires.

Sean haussa les épaules.

— Je n'avais pas prévu de la voir. Quand je l'ai appelée, je pensais qu'elle était à New York, pas à Paris. J'avais oublié qu'elle serait là pour la semaine de la mode. Pour tout dire, j'aurais préféré ne jamais la revoir de toute ma vie. D'ailleurs, le simple fait de lui reparler au téléphone a été un véritable enfer.

— Pourquoi l'avoir fait, alors ?

Nous étions face à face, et ce fut à mon tour de soutenir son regard.

— Pourquoi est-ce que tu l'as appelée ?

— Pour toi, Scarlett, tu le sais bien. J'ai ravalé ma fierté, et j'ai rappelé mon ex… pour t'aider.

Chaque seconde, nous nous rapprochions l'un de l'autre. J'aurais dû m'éloigner, reculer avant que quelque chose de regrettable se produise, mais j'en étais incapable : le regard intense de Sean me paralysait. Il s'était fiché au plus profond de moi, en des lieux intimes dont jamais je n'aurais dû lui autoriser l'accès.

— Maintenant que je t'ai dit la vérité à propos de Jen, à toi de parler, Scarlett, m'annonça Sean à voix basse sans me quitter du regard une fraction de seconde. Pourquoi est-ce que tu m'as laissé cette note ?

Il sortit le morceau de papier de sa poche, et le brandit entre nous.

— Je voulais savoir si tu viendrais.

— Pourquoi ? Je serais venu si j'avais pu, tu le sais bien. Je ne t'aurais jamais laissée poireauter là-haut toute seule.

— Je sais, mais… Enfin, ce n'est pas de ça dont je parle, Sean, c'est… Raah, je ne sais même pas de quoi je parle, en définitive… Je crois juste que je voulais me prouver quelque chose…

— Laisse-moi te le prouver autrement, dans ce cas…

Sean laissa tomber le message, et nous le regardâmes tous deux planer jusqu'au sol. Puis, à l'unisson, nous levâmes la tête pour plonger chacun notre regard dans celui de l'autre. Sean leva une main et caressa délicatement ma joue. Au contact de sa peau, mes yeux se fermèrent malgré moi… C'était… trop intense.

Recule, Scarlett… Recule, vite ! insista une petite voix dans ma tête. *Recule sinon tu risques de le regretter !*

Sean prenait maintenant mon visage entre ses mains… Mais, je n'avais pas la moindre envie de reculer… Je voulais qu'il m'embrasse. Je voulais découvrir la douceur de ses lèvres, leur saveur…

On frappa à la porte.

Mes yeux s'ouvrirent d'un coup, et nous tournâmes de conserve la tête vers la porte, puis de nouveau l'un vers l'autre.

Sean secoua la tête.

— Ne me regarde pas comme ça : je n'ai pas la moindre idée de qui ça peut être. On n'a rien commandé, n'est-ce pas ?

— Comment tu veux que je le sache ? répondis-je, profondément troublée. Ce n'est pas ma chambre !

Sean jeta un coup d'œil par le judas. Totalement décontenancé, il ouvrit la porte.

— Bonsoir, monsieur, lança un serveur obséquieux qui transportait un plateau chargé de champagne, de chocolats, de biscuits et d'autres pâtisseries.

— Je n'ai rien commandé de tel, commenta Sean, éberlué. Vous avez dû vous tromper de chambre.

Un autre homme suivit le premier dans la pièce : plus élégant, il portait un bouquet de fleurs aussi gigantesque que superbe.

— Veuillez nous excuser pour cette intrusion tardive, monsieur, madame, dit-il en m'adressant un hochement de tête, avant de déposer les fleurs sur la table. Permettez-moi de me présenter : François, directeur d'hébergement, se présenta-t-il en se fendant d'une petite courbette, avant de désigner d'un geste de main le plateau, puis les fleurs. Ceci vous est offert par l'hôtel, avec tous ses compliments. Nous ignorions, à votre arrivée, que vous étiez en lune de miel.

— Mais…

— Ce soir, un couple de personnes âgées nous a dit avoir entendu des bruits étranges venant de notre suite nuptiale. Cela était d'autant plus surprenant que notre suite était alors vacante… Quoi qu'il en soit, le couple nous a prévenus que vous veniez de vous marier, et nous nous sommes dit qu'il serait de bon ton de vous féliciter à notre manière. Bien entendu, vous aurez droit demain matin à un petit déjeuner au champagne avec, une fois encore, les félicitations de notre personnel.

Sean en resta interdit.

Je haussai les épaules.

— Comment… Hmm… Merci, François, mais j'aimerais clarif…

— Ce qu'essaie de vous dire mon mari, François, intervins-je aussi vite que possible, c'est que nous sommes très touchés que vous nous choyiez de la sorte, et que nous vous en sommes extrêmement reconnaissants, à vous et à votre hôtel.

— Tout le plaisir est pour nous, madame. Bon appétit, nous souhaita-t-il en nous adressant une nouvelle courbette, puis en se tournant vers le serveur. Venez, Thomas.

Le serveur suivit docilement François. Ils s'arrêtèrent une dernière fois à l'entrée de la chambre pour nous saluer, avant de fermer délicatement la porte.

Sean dévisagea le plateau posé en face de lui.

— Qu'est-ce qui a pu leur faire croire qu'on venait de se marier ?

— Pas la moindre idée, Sean…, répondis-je, d'un air innocent. Cela dit, « à cheval donné, on ne regarde pas la denture », comme on dit ! Tout ça m'a l'air bien délicieux… On s'y attelle ?

Sean hésita.

Je priai de toutes mes forces pour qu'il ne fasse pas allusion à ce qui venait de se passer, ou, tout du moins, ce qui allait se passer, avant l'arrivée de Thomas et François.

— Tu n'as pas faim ? lui demandai-je, prenant une assiette, puis y plaçant l'un des gâteaux. Allez, Sean : l'interdit a parfois un goût si savoureux, tu sais !

Me rendant compte de ce que je venais de dire, je rougis aussitôt.

— Je crois que tu me l'as bien fait comprendre, tout à l'heure, dit-il en s'approchant de la table sur laquelle il empoigna la bouteille de champagne. Et je suis sûr que ce que tu avais à m'offrir était diablement plus savoureux que tout ce qui peut se trouver sur ce plateau…

Chapitre 25

Une fois que nous eûmes dégusté tous les chocolats, la plupart des pâtisseries et bu le champagne jusqu'à la dernière goutte, Sean et moi restâmes assis sur l'épaisse moquette de la chambre, adossés au pied du lit, légèrement éméchés… En tout cas, moi, je l'étais. Pour Sean, j'en étais moins sûre, mais, comme il souriait davantage qu'à l'accoutumée, je lui diagnostiquai sans trop de risque une possible ébriété.

Nous n'avions fait aucun commentaire sur ce qui s'était passé avant l'arrivée de François et Thomas, et cela me convenait tout à fait : ma vie était suffisamment compliquée pour que Sean y occupe une autre place que celle d'un bon ami.

—Alors, Scarlett…, m'interpella Sean en mettant sa flûte de champagne la tête en bas. Quelle est la suite du programme ?

—Je crois que je ferais mieux de retourner dans ma chambre, répondis-je, sans en avoir la moindre envie.

C'était tout le problème avec Sean : j'aimais tellement être avec lui, que, quelle que soit l'activité qui nous occupait, je ne voulais jamais y mettre fin.

—Je ne sais pas si tu t'en souviens, mais notre avion décolle tôt demain matin.

Je me mis à genoux et me penchai en avant pour récupérer les chaussures dont je m'étais débarrassée lorsque nous avions décidé de nous affaler sur la moquette.

— On a le pied aussi long que l'avant-bras du coude au poignet, tu le savais ? me lança Sean en saisissant mon pied droit. Tiens, on va vérifier…

— Eh, arrête ça ! lâchai-je, priant pour qu'il ne se mette pas à me chatouiller.

— Pourquoi ? Cerise serait-elle chatouilleuse ?

— Non, répondis-je en réussissant à me retourner.

Pour contrer sa citation de *Pretty Woman* à propos de la taille des pieds – même si je doutai qu'elle fût volontaire, venant de Sean –, je décidai d'en dégainer une de *Coup de foudre à Notting Hill*. En préambule, j'étudiai le pied en chaussette de Sean.

— Vous avez de bien grands pieds, monsieur Bond. « Vous savez ce qu'on dit à propos des messieurs à grands pieds » ?

Sean leva un sourcil.

— « Grands pieds, grandes… chaussures », repris-je en libérant mon pied de son emprise.

Sean éclata de rire et se rapprocha de moi.

— Ne pars pas, Scarlett, s'il te plaît… On s'est vraiment amusés, ce week-end. Bon, pas tout le temps… mais pas loin ! Je n'ai vraiment pas envie que ça se termine…

Je souris en repensant à tout ce qui s'était passé depuis notre arrivée en France.

— Qu'est-ce qui te fait sourire comme ça ? me demanda Sean.

— Je te revoyais déguisé en Dingo… Tu avais vraiment la classe !

Sean roula des yeux.

— Et le mot est faible ! Non, mais tu me fais faire de ces trucs, Scarlett… Je te jure ! Personne d'autre n'aurait pu me faire rentrer là-dedans.

— Si j'ai bonne mémoire, tu n'avais pas vraiment le choix, en même temps… C'était soit ça, soit tu traversais le parc complètement trempé.

— Ce que je voulais dire, Scarlett, c'est qu'avec toi, je me découvre de nouvelles limites.

Sean était étendu près de moi, le coude sur la moquette et la tête dans la main. Il se redressa, et son visage se retrouva à deux doigts du mien.

— Je ne suis pas sûre que ce soit forcément une bonne chose…, plaisantai-je, tout en essayant de convaincre mon ventre de ne pas se lancer dans un nouveau numéro de barres asymétriques, comme c'était le cas chaque fois que Sean se rapprochait de moi.

Je tentai aussitôt de me lever pour partir, tâchant d'éteindre au plus vite les braises qui commençaient à se raviver en moi, mais Sean saisit ma main et me força à m'agenouiller de nouveau. Nos visages se touchaient presque.

— Moi, j'en suis certain, Scarlett, murmura-t-il en replaçant derrière mon oreille une mèche de cheveux qui s'était échappée de ma queue de cheval. Crois-moi… C'est une bonne chose…

Nos visages n'étaient plus qu'à quelques millimètres l'un de l'autre… mais, cette fois, je ne tentai pas de résister. Lorsque les lèvres de Sean effleurèrent les miennes, je fermai les yeux, désireuse de me laisser pleinement envahir par ces sensations et ces désirs si longtemps refoulés. Les lèvres de Sean m'abandonnèrent quelques instants, et, alors que je m'apprêtais à ouvrir les yeux pour voir ce qui n'allait pas, je les sentis de nouveau se poser sur les miennes. Cette fois, en revanche, elles se firent plus passionnées, plus avides…

Je sentis ses doigts caresser fermement ma nuque, tandis qu'il tentait de me rapprocher de lui… Je le laissais faire… Je voulais que cela arrive. Je le désirais depuis…

Depuis quand, exactement ? Quand avais-je commencé à ressentir cette attirance pour Sean ? Il y a deux semaines, je pensais que le seul intérêt que je lui trouvais était sa ressemblance avec quelques-uns de mes acteurs favoris, et, aujourd'hui, nous étions à deux doigts de nous enlacer sur la moquette d'une chambre d'hôtel… Rectification : nous étions précisément en train de nous enlacer sur la moquette d'une chambre d'hôtel ! Sean venait en effet de s'allonger sur le sol, et de m'attirer à lui.

Nos lèvres se séparèrent l'espace de quelques secondes.

— Scarlett…, haleta-t-il en dégageant de mon visage mes cheveux de plus en plus en désordre. J'attendais ça depuis si longtemps…

— Ah oui ? lui demandai-je sur un ton égal qui jurait totalement avec la passion de notre étreinte.

Sean n'en fit aucun cas.

— Bien sûr… J'y pensais déjà avant Paris… Avant le mariage… Avant de croiser David… Av…

Je me figeai à l'instant même où j'entendis le prénom de mon fiancé.

Qu'est-ce que je faisais, exactement, à escalader Sean ? Est-ce que je ne m'étais pas dit un peu plus tôt que j'avais été stupide de m'intéresser à quelqu'un d'autre, alors qu'un homme éperdument amoureux m'attendait à la maison ? Et voilà ce que je faisais, à présent ! Il fallait que cela cesse… et tout de suite.

Je me redressai subitement et m'éloignai de Sean, rampant presque à reculons sur la moquette de la chambre.

— Excuse-moi, Sean… Ça n'aurait jamais dû arriver… Je… je n'aurais jamais dû nous laisser faire.

À défaut d'autre chose, je me mis à m'exciter sur ma queue de cheval, domptant mes mèches rebelles : au moins, cela, je pouvais le contrôler sans trop de difficulté.

Sean, les coudes sur la moquette, leva les yeux vers moi.

— Pourquoi ? me demanda-t-il, totalement décontenancé. Je pensais que, toi et moi…, on ressentait la même chose, l'un pour l'autre. Est-ce que j'ai mal interprété ton invitation au sommet de la Tour Eiffel ? Je ne comprends pas… Qu'est-ce qui ne va pas ?

Je me mis à arpenter la pièce de long en large.

— Pour toi ? Rien ! Pour moi, c'est déjà plus complexe : je suis fiancée, Sean ! Je suis censée me marier début avril, bon sang !

Sean s'assit en tailleur sur la moquette, l'air étrangement calme.

— Tu sais probablement ce que je pense de tout ça.

— J'en ai une petite idée, c'est sûr… Mais tu ne sais pas tout, Sean. Difficile pour toi de juger…

— Je ne sais peut-être pas tout, Scarlett, mais ne t'inquiète pas pour moi, je commence à m'y habituer : on fait de nouvelles découvertes tous les jours avec toi. Maintenant, si tu le permets, j'aimerais partager avec toi ma façon de voir les choses.

J'acquiesçai, sachant que je ne pourrais y échapper.

— Bien, allons-y…, commença Sean, avant d'inspirer profondément. Premièrement, avant même de me rencontrer, tu étais déjà bien heureuse de pouvoir fuir ton fiancé quelque temps, à tel point que tu as trouvé fantastique l'idée de t'occuper de la maison d'un couple d'étrangers pendant un mois. Et tout ça sous prétexte de vouloir prouver je ne sais trop quelle théorie sur la corrélation fondamentale entre le cinéma et la réalité ; motivation qui, aux yeux du plus grand nombre, doit paraître particulièrement loufoque.

J'écoutai sans mot dire, m'appliquant à ne surtout pas croiser le regard de Sean.

— Deuxièmement, je n'ai jamais connu une seule future mariée, pas une seule, qui n'ait pas passé son temps à parler de la cérémonie, particulièrement durant la petite dizaine de semaines qui la séparait du grand jour. Si mes souvenirs sont bons, jamais tu n'as mentionné, en ma présence tout du moins, ces festivités, et jamais je ne t'ai vue prendre ne serait-ce qu'une minute pour planifier quoi que ce soit. On est déjà bien, là, non ?

J'ouvris la bouche, prête à rétorquer que c'était tout l'intérêt d'avoir fait appel à un organisateur extérieur, mais Sean ne me laissa pas le temps d'intervenir.

— Et troisièmement, pour une raison qui m'échappe totalement, tout porte à croire que tu t'apprêtes à épouser un homme qui n'a strictement aucun point commun avec toi, qui ne semble pas particulièrement stimuler ta libido, et qui, plus que tout le reste, ne te rend pas plus heureuse que ça.

Sean croisa les bras.

— Alors ? Qu'est-ce que tu penses de tout ça, dis-moi ? Si c'était un mélo, ce ne serait probablement pas ton préféré, je me trompe ?

— OK, je peux parler, maintenant ? lançai-je d'un ton indigné.

Sean acquiesça, puis s'adossa au pied du lit, attendant que l'accusée se défende.

Je m'assis sur la chaise du bureau, me sentant mal à l'aise d'être debout quand Sean était à même le sol. Pour autant, je ne me sentais pas non plus suffisamment confiante pour me mettre à son niveau… Trop dangereux.

— Déjà, Sean, je pensais que tu avais compris pourquoi j'étais venue passer un mois à Londres, et pourquoi le cinéma était aussi important pour moi.

— Eh bien, non, justement, Scarlett, commenta Sean en haussant les épaules. Tu t'es contentée d'expliquer que tu voulais prouver tout ça à ta famille, mais tu n'as jamais vraiment révélé pourquoi tu voulais le faire.

Il avait raison, bien sûr… comme toujours. Dès le premier jour, j'avais caché mes véritables motivations.

— Si tu veux vraiment connaître toute l'histoire, Sean, je te préviens, elle est assez longue.

— Je n'avais pas l'intention de partir, de toute façon. Et toi ?

Je me sentais tout de même trop haute sur cette chaise, et m'agenouillai donc en face de Sean sur la moquette. Cette fois-ci, je pris garde de rester à bonne distance…

Je me mis à lui raconter à quoi ressemblait ma vie quotidienne : mon ennui dans le bureau que je partageais avec mon père, la succursale des Enfers qui nous servait de foyer, à David et à moi, et le fait que le seul moyen que j'avais trouvé pour échapper à cette grisaille et pimenter un peu ma vie était de m'imprégner du romanesque qui caractérisait le quotidien des protagonistes de mélo. J'expliquai ensuite à Sean qu'en plus de prendre en charge la totalité des frais de notre mariage, les parents de David se chargeaient de tous les préparatifs avec l'aide d'un organisateur, et qu'à l'époque de nos fiançailles, j'avais trouvé cela absolument enthousiasmant, à condition de pouvoir choisir ma robe de mariée. Je lui révélai ensuite combien j'avais toujours ressenti un vide dans ma vie, lui faisant comprendre pourquoi cet exil d'un mois m'était apparu si providentiel : enfin, on m'offrait une chance, temporaire, mais tout de même, d'échapper à tout et tout le monde.

— Alors ? lui lançai-je, après avoir terminé le récit larmoyant de ma terrible vie. Tu comprends, maintenant ?

Sean réfléchit quelques secondes.

— Ça éclaircit quelques zones floues, oui.

« Quelques zones floues » ? Toutes les zones floues, oui ! C'est l'histoire de ma vie que je viens de lui raconter !

— Ce que ça n'explique pas, en revanche, c'est pourquoi tu t'apprêtes à épouser David.

— Parce que je l'aime… Ça me semble assez évident.

Sean pencha la tête sur le côté, l'air sceptique.

— Vraiment ?

— Oui, vraiment ! protestai-je.

— Je ne te crois pas.

— C'est pourtant vrai ! rétorquai-je en croisant les bras comme une adolescente boudeuse. Je l'aime.

— Je veux bien accepter… que tu croies l'aimer, proposa Sean en fronçant les sourcils. Mais il y a autre chose, n'est-ce pas ?

— Non.

— Hmmm… Qu'est-ce que ça pourrait être ? marmonna Sean en se relevant.

Ce fut à son tour d'arpenter la pièce de long en large, tel le détective moyen à la fin d'un vieux film en noir et blanc. Pendant ce temps, je l'observai, pleine d'appréhension.

— Arrête un peu, Sean, s'il te plaît…, finis-je par lancer, afin de briser le silence insupportable qui avait envahi la chambre. Pourquoi est-ce que tu veux absolument qu'il y ait autre chose ? Pourquoi est-ce que je ne pourrais pas simplement… aimer David ?

Sean se tourna vers moi, les sourcils levés.

— Je l'ai rencontré, tu te rappelles ?

— Tu es dur… David est un type bien.

— Je n'en doute pas une seule seconde. D'ailleurs, ce n'est pas cela que je remets en cause, Scarlett…, précisa Sean en se frottant le front. Qu'est-ce que ça peut bien être… Qu'est-ce qui m'échappe… et qui rendrait toute cette histoire cohérente ?

Sean, une fois de plus, avait vu juste. Il y avait bien autre chose… mais il pouvait toujours courir : jamais je ne le lui révélerais.

— Je sais ! lâcha-t-il soudain en claquant des doigts et en se retournant vers moi. Scarlett…, m'interpella-t-il en m'adressant un regard accusateur. Ne me dis pas que c'est ça…

— Quoi ? Quoi donc ? lui demandai-je, suspicieuse, tandis qu'il recommençait sa ronde.

— Tu m'as dit que la famille de David possédait une chaîne de cinémas, c'est bien ça ?

J'acquiesçai à contrecœur.

— Toi et ton père, de votre côté, vous êtes dans le pop-corn… Je chauffe ?

— Dans les machines à pop-corn, plus précisément…, le corrigeai-je, espérant peut-être lui faire perdre le fil de sa réflexion.

— Si tu veux… Ce serait tout de même une opportunité commerciale incroyable pour ton père, si tu épousais le fils de cette riche famille propriétaire de tant de salles obscures…

Je feignis l'indifférence.

— Je me trompe, Scarlett ?

Je me levai et allai à la fenêtre. Je ne pouvais me permettre de lui avouer combien il était proche de la vérité.

— Alors, Scarlett ? Est-ce que je me trompe ?

— Non, répondis-je d'un ton sec en me tournant vers lui. Tu as raison. Tu es content ?

Je me retournai vers la fenêtre… puis sentis la main de Sean se poser sur mon épaule.

— Scarlett…, dit-il d'une voix désormais douce et calme, endossant maintenant la tenue du bon flic, après m'avoir torturée avec celle du ripou. Tu ne peux pas épouser quelqu'un sous prétexte qu'il va donner un peu d'élan au commerce de ton père.

— Un peu d'élan ? répétai-je en me retournant pour lui faire face. Si j'épouse David, nous aurons des machines à pop-corn dans tous les cinémas de la chaîne ! Tu te rends compte, Sean ? Non seulement leur groupe est l'un des plus importants du pays, mais il est aussi implanté dans toute l'Europe ! Mon père n'aurait plus à s'en faire jusqu'à la fin de ses jours…

— Et toi, Scarlett ? Tu y penses ? me demanda-t-il en me regardant droit dans les yeux. Comment vas-tu vivre, jusqu'à la fin de tes jours ? Heureuse, tu crois ?

Incapable de lui répondre en le regardant dans les yeux, je baissai la tête… Il fallait qu'il ait l'impression que je lui dise la vérité, que je me montre convaincante.

— Je serai casée et vivrai une relation stable et épanouissante avec un homme qui m'aime et ne me laissera jamais tomber, répondis-je en relevant soudain la tête, l'air déterminé.

— Ce discours sonne tellement faux dans ta bouche…

— Et pourtant, Sean… C'est ce que je veux, déclarai-je, plus solennelle que jamais. Je ne m'attendais pas à ce que tu comprennes, de toute façon… Mon père est parti de zéro, tu le sais, ça ? Il s'est battu toute sa vie pour que l'édifice tienne le coup, tout en ne cessant jamais de s'occuper de moi.

J'oubliai David l'espace de quelques secondes ; chose qu'à mon goût, je n'avais pas faite suffisamment, ces derniers temps.

— Il a sacrifié tant de choses pour moi, toutes ces années… Aujourd'hui, c'est à mon tour de sacrifier quelque chose pour lui.

— Ta liberté ? me demanda Sean en haussant un sourcil.

Je lui lançai un regard aussi glacial que possible.

— Je suppose que ton père ne sait rien de tout ça, reprit-il. Du fait que tu vendes ton âme au nom de son entreprise…

— Non, il n'en sait rien, et je te prierais de ne pas en parler en ces termes. Mon père aime beaucoup David, et il est ravi que je l'épouse. Le concernant, quoi qu'il puisse arriver par la suite, ce ne sera qu'une cerise sur le gâteau. Qui plus est, et contrairement à ce que tu crois peut-être, David n'est pas dupe : bientôt, le contrat qui l'unit à ses fournisseurs actuels de machines arrive à son terme. Il est convaincu lui aussi que cette union lui serait bénéfique.

Sean semblait sceptique.

— Je suis étonnée que l'homme d'affaires émérite que tu es ne cautionne pas cette opération juteuse…

Je croisai les bras et me retournai à demi, dans une attitude de défi manifeste.

Sean secoua la tête.

— Je suis dans le commerce d'entreprises, Scarlett. J'achète et vends des biens… pas des êtres humains.

Je me retournai vers Sean, et, cette fois, le regard glacial que je lui adressai était on ne peut plus sincère.

J'avais les larmes aux yeux, mais j'étais bien décidée à ne pas lui faire l'honneur de les voir couler.

— De fait, Sean, depuis notre rencontre, j'ai bien compris que les êtres humains, ce n'était pas spécialement ton rayon…

Sean se raidit aussitôt, et son visage devint livide.

Il l'avait cherché en m'accusant d'avoir vendu mon âme… et tout le reste.

— Et maintenant, Sean, je vais aller me coucher, avant que l'un de nous deux dise quelque chose que nous risquerions de regretter plus encore que ce qui s'est passé ici ce soir.

Je me dirigeai vers la porte, puis lui jetai un dernier regard.

— Bonne nuit, Sean.

Comme il était tourné vers la fenêtre, je ne pus voir l'expression qui habillait son visage.

— Bonne nuit, Scarlett, dit-il froidement. J'espère que ta conscience ne t'empêchera pas de fermer l'œil…

Chapitre 26

Le lendemain, durant notre voyage jusqu'à Londres, nous ne prononçâmes pas plus de mots que nécessaire, nous contentant d'échanges froidement courtois relatifs à l'organisation du voyage : horaires de vol, trajets en taxi, gestion des bagages, etc.

Lorsque nous arrivâmes enfin à Notting Hill, Sean paya le chauffeur de taxi, puis, sans même me demander si j'avais besoin d'aide, porta ma valise jusque devant ma porte.

— Besoin d'un coup de main pour autre chose ? me demanda-t-il en s'efforçant de ne pas croiser mon regard.

— Non, ça devrait aller, répondis-je, soudain embarrassée. Merci, Sean… Et pas seulement pour la valise… Merci d'être venu avec moi ce week-end, de m'avoir aidée à retrouver ma mère et… Enfin, merci pour tout.

— Pas de problème. Autre chose ?

Il redescendit les quelques marches du perron, puis s'arrêta près de moi, me regardant enfin.

Ne trouvant pas quoi lui dire, je me contentai de lui offrir un sourire en demi-teinte.

— À bientôt, Scarlett, reprit-il, forçant un sourire étriqué.

De toute évidence, cet « à bientôt » tenait moins du « à très vite » que du « à un de ces jours, peut-être ». Aussitôt, la perspective de ne plus revoir Sean de la journée, peut-être même de ma vie, autrement que lorsque nous nous croiserions par hasard devant nos portes respectives, m'emplit d'une profonde tristesse.

Sean gravit d'un bond la volée de marches de son perron, puis disparut chez lui, ses bagages à la main. Démoralisée, je déverrouillai la porte de mon foyer d'emprunt, puis entrai… L'intérieur, pesant, me semblait aussi désert que froid.

Comme je m'y étais préparée, même le hurlement d'Al se tut rapidement. Je ramassai le courrier, puis me rendis dans la cuisine pour me préparer une tasse de thé. Je passai ensuite la majeure partie de l'après-midi et de la soirée à sangloter devant tous les films tire-larmes que j'avais pu dénicher dans la riche collection de Belinda et Harry.

J'ignorai si je pleurais parce que je n'allais plus jamais voir Sean, parce que ce dernier avait mis au jour quelques vérités indigestes sur la réalité de ma vie, ou simplement parce que j'étais fondamentalement incapable de ne pas me vider de mes larmes devant un film à l'eau de rose.

La seule chose dont j'étais sûre, chaque fois que je visionnai le grand final romantique d'un mélo, était que ma vie n'en connaîtrait jamais aucun… et je pleurais comme une madeleine à cette seule pensée.

Le lendemain, j'attendis devant le balcon qui donnait sur Lansdowne Road. J'espérais apercevoir Sean en chemin pour son travail. De cette façon, j'aurais pu sortir

« par hasard » en même temps que lui, et, coïncidence totale, nous serions tombés nez à nez.

À mon grand dam, il avait dû partir tôt ce matin, car, à 11 heures, je ne l'avais toujours pas vu passer.

Assise à la fenêtre, je soupirai. Je détestais cette sensation. Depuis mon arrivée à Notting Hill, ma vie se résumait à une succession d'agréables surprises. J'avais une maison et des gens pour m'accueillir. Mais aujourd'hui, je n'avais personne et me sentais seule. Désespérément seule.

Pendant deux jours, je continuai la même routine : je me levais tôt, puis, prête à sortir, attendais que Sean se montre… et chaque jour, je le manquais. Ensuite, je regardais des films ou, si la déprime m'affligeait trop, les programmes télé, jusqu'à ce que je me dise qu'il était peut-être l'heure pour Sean de rentrer de son travail. Alors, je montais de nouveau la garde, assise, patiente et toujours déçue. Pendant ma surveillance, je laissais tourner en boucle le DVD du *Journal de Bridget Jones*. Une scène en particulier : celle pendant laquelle Bridget fait mine de chanter *All by Myself*, le passage me semblant particulièrement approprié.

Je devais tout de même sortir de temps à autre pour faire quelques courses, et soupçonnais que c'était à ces moments-là que je ratais Sean.

J'ignore pourquoi je m'imposais cette routine pathétique… Après tout, c'est moi qui avais mis un frein à notre relation lorsque nous étions à Paris. Le fait est que je ne supportais pas qu'après tout ce que nous avions vécu ensemble, nous ne puissions pas continuer à être amis. J'avais besoin de le voir, de l'entendre me dire que tout allait bien entre nous.

Mais au bout de trois jours à l'attendre, je ne l'avais toujours pas vu une seule fois.

Je savais que je devais recommencer à sortir – je ne pouvais pas passer le reste de mon séjour à Londres cloîtrée entre ces murs –, mais le fait de savoir que Sean ne serait pas avec moi anéantissait chez moi tout enthousiasme.

Cet après-midi, cependant, je n'avais pas le choix : j'allais devoir sortir plus longtemps aujourd'hui, car j'avais une séance d'essayage pour ma robe de mariée. Une séance à laquelle je ne pouvais pas couper.

Je m'apprêtais à composer le code d'Al sur le boîtier de l'alarme, lorsqu'on sonna à la porte.

Je regardai à travers le judas, et reconnus Oscar et Ursula qui, debout devant la porte, papotaient en ricanant.

— Scarlett ! lança Oscar, enthousiaste au possible, en me serrant dans ses bras à la seconde où la porte s'était ouverte devant lui. Où est-ce que tu te cachais ? Cela faisait des jours qu'on ne t'avait pas vue ! s'exclama-t-il en déposant Delilah par terre. File, toi, et ne fais pas de bêtises sinon papa sera très fâché…

Delilah, vêtue d'une tenue pour chien en laine lilas, trottina jusqu'au salon.

— Sean nous a dit que vous étiez rentrés lundi, déclara Ursula en entrant à son tour. Qu'est-ce que tu as fait de tes journées depuis ton retour ?

— Vous avez vu Sean ? demandai-je aussitôt.

— Oui, il nous a appelés de New York, l'autre jour. Il achète je ne sais trop quelle boîte là-bas, je n'ai pas bien compris. En tout cas, ça a l'air plus compliqué que prévu. Il nous a demandé de tes nouvelles. Quand j'ai répondu que nous ne t'avions pas vue, il m'a demandé si nous comptions te rendre visite.

— J'avoue que je me sens un peu gêné de ne pas l'avoir fait plus tôt, ma chérie, s'excusa Oscar. La vérité, c'est qu'on s'est dit que tu étais dans la nature à chercher de nouveaux instants-ciné, et que tu n'avais pas eu une seconde pour nous appeler.

— Je ne me sens pas très en forme depuis notre retour de Paris, expliquai-je.

C'était un euphémisme, mais cela m'évitait de rentrer dans les détails.

— En tout cas, tu es ravissante aujourd'hui, ma chérie ! Tu t'apprêtais à sortir ?

— Oui, à l'instant.

— Oh ! Pour une grande occasion ?

— Pour tout dire, je vais essayer ma robe de mariée.

— Oh, quelle chance ! s'extasia Ursula. Dans une boutique du coin ?

— Pas très loin d'ici, oui. Dans le magasin d'une des sœurs de mon amie Maddie.

— Et Maddie va t'y retrouver ? demanda Oscar en cherchant alentour.

— Oh, non… Heureusement pour elle, mais malheureusement pour moi, elle est en pleine lune de miel.

— Oh, mince alors ! s'exclama Ursula. Elle va être ta demoiselle d'honneur, au fait ? Comme toi pendant son mariage ?

— Exactement, répondis-je, voyant où les bougres voulaient en venir. Je suis désolée, repris-je en regardant ma montre, mais il va vraiment falloir que je file.

— Et personne ne vient avec toi, alors ? protesta Oscar. Il faut bien que quelqu'un te donne un avis sur ta robe, non ?

Je les regardai à tour de rôle. Ma réplique suivante promettait d'être pathétique à souhait… À l'origine, j'avais prévu de demander à Sean de venir avec moi. Cela m'aurait donné l'occasion de vivre un nouvel instant-ciné… Il existait des dizaines de films dans lesquels la future mariée essayait sa robe, mais je pensais plus particulièrement à *Quatre mariages et un enterrement.* Il suffisait que je pousse Sean à me comparer à une meringue, et le tour était joué… Mais après tout ce qui s'était passé entre nous, il y avait peu de chances qu'une telle chose se produise.

— Il n'y aura que moi et l'organisatrice du mariage, répondis-je, essayant de me montrer enthousiaste, malgré la perspective de passer l'après-midi avec Cruella.

Oscar et Ursula échangèrent un regard, puis ils se retournèrent vers moi.

— Ça te dérangerait qu'on vienne avec toi, dis ? me demanda Oscar. Un magasin plein de robes de mariées, je suis désolé, mais c'est trop tentant…

Je leur adressai un sourire reconnaissant.

— Vous êtes sûrs que ça ne vous dérange pas ?

Ils me flanquèrent soudain et me prirent chacun un bras.

— Cela ne pourrait nous faire plus plaisir, Scarlett, me rassura Ursula. Rien de tel qu'un peu de romantisme et quelques jolies robes pour égayer un jeudi après-midi !

Je me tenais maintenant devant les trois membres du jury.

Oscar, vêtu d'une chemise verte à motifs géométriques et d'un pantalon violet tout droit sorti de l'atelier d'un grand couturier, et Ursula, qui portait une mini-jupe blanche à la mode des années 1960, des collants et des escarpins noirs, étaient assis tous deux sur un canapé de velours en demi-lune disposé au centre de la salle d'essayage.

Les deux compères contrastaient sauvagement avec Cruella – ou Priscilla, si l'on acceptait de se laisser berner par sa carte de visite – vêtue d'une jupe et d'une veste de tailleur grises assorties d'un chemisier à col montant. Ses cheveux gris étaient coiffés en un chignon élégant sur le haut du crâne.

Elle s'éloigna d'Oscar et Ursula, se posta dans un coin de la pièce, et prit des notes dans son classeur… mon « objectif » de mariage, comme elle m'imposait de l'appeler.

— Qu'en pensez-vous ? demandai-je, en me retournant vers eux. Un peu *too much* peut-être ?

Je m'étais toujours persuadée que, le moment venu, je n'aurais aucun mal à choisir ma tenue de mariée : j'opterais pour une robe près du corps aux lignes épurées, sans trop de fioritures. Pourtant, quand, il y a quelques mois, j'étais entrée pour la première fois dans le magasin et que j'y avais vu toutes les robes et les catalogues riches d'innombrables exemples, j'en avais proprement perdu la raison…

Après tout, c'était tout de même ma journée, et cette robe était le seul élément sur lequel j'aurais mon mot à dire ! Pourquoi est-ce que je ne me permettrais pas de choisir quelque chose d'un peu plus… mémorable ?

— C'est… voyant, commenta Oscar en inclinant la tête.

— Tu trouves ? lui demandai-je, avant de me précipiter vers l'un des miroirs disposés contre les murs, devant lequel je me mis à m'observer sous toutes les coutures. Je devrais la prendre un peu moins décolletée ?

— Non, je parlais de la robe tout entière. Je t'imaginais dans quelque chose de plus discret…

— Moi aussi, à l'origine, avouai-je en revenant vers eux. Mais quand j'ai vu cette robe, j'ai eu le sentiment que c'était celle-ci qu'il me fallait. Elle en impose vraiment, je trouve.

— C'est le moins que l'on puisse dire, ma chérie, dit Oscar, les lèvres pincées.

Ursula lui donna un petit coup de coude.

— Je la trouve ravissante, Scarlett. C'est d'un romantisme incroyable de porter une telle robe de nos jours, dit-elle en venant me rejoindre. C'est typiquement le genre de robes de mariées dont rêvent les petites filles pour leur grand jour, commenta-t-elle, l'air nostalgique. Falbalas en tulle filet, un magnifique corsage incrusté de perles, une longue traîne, peut-être, tenue par six superbes demoiselles d'honneur…

De toute évidence, Ursula avait dû fantasmer plus d'une fois cet instant.

— Les falbalas en tulle, c'est gagné, Ursula ! déclarai-je en les faisant danser légèrement. Le corsage incrusté aussi ! Bon, ça fait plus perles de pacotille que perles de culture, mais tout de même ! En revanche, pour les six demoiselles d'honneur et la longue traîne, je vais devoir passer : Maddie sera seule pour m'assister.

Ursula secoua la tête.

— Excuse-moi... Il faut que j'apprenne à moins m'emporter. Sean m'a toujours dit que ma soif de romantisme finirait par me jouer des tours...

— Qu'en pensez-vous ? demanda Oscar à Cruella par-dessus son épaule.

Elle leva lentement les yeux de ses notes et de son agenda électronique.

— C'est... convenable, commenta-t-elle, me toisant par-dessus ses lunettes sans monture.

— Merci pour votre enthousiasme ! lança Oscar en se retournant vers nous, avant de tirer la langue et de mimer une pendaison.

— Elle n'a pas le choix, murmurai-je à l'attention de mes amis en prenant des airs de conspiratrice florentine. C'est la seule chose sur laquelle elle n'a aucun droit de regard. Ça fait partie de l'accord que j'ai passé avec les parents de David : je choisis ma robe ou je refuse qu'ils nous imposent une organisatrice professionnelle.

— En revanche..., nous l'entendîmes ajouter, j'ai plus de réserves concernant le choix de tenue pour votre demoiselle d'honneur. Peut-être pourrions-nous y jeter un coup d'œil quand vous aurez terminé ? Elle se trouve dans la pièce d'à côté.

Je levai les yeux au ciel, puis Oscar, Ursula et moi échangeâmes un regard complice.

— Permets-moi d'intervenir, ma chérie, déclara Oscar en m'adressant un clin d'œil, avant de rejoindre Cruella. Je possède moi-même une boutique de haute couture à Kensington, ma chère, et, en matière de cohérence vestimentaire, je pense avoir plus encore d'expérience que vous… en matière de régime sans glucides ! déclara-t-il après avoir marqué une pause, observant la silhouette osseuse de Cruella.

Je le regardai alors guider poliment Cruella dans la pièce d'à côté.

Ursula me sourit.

— C'est une vraie robe de princesse, Scarlett, me dit-elle d'une voix douce, en en caressant délicatement le tissu. Avec une tenue pareille, ton mariage sera forcément réussi.

Je me regardai de nouveau dans le miroir.

— Tout à l'heure, tu disais que Sean te reprochait d'être trop romantique… Et lui, il lui arrive de l'être, parfois ?

Ursula se tourna à son tour vers le miroir.

— Pourquoi cette question ?

— Non, c'est simplement que j'ai vu tous les livres qu'il avait chez lui…

— Sean a toujours été un lecteur avide…

— C'est sûr, mais parmi tous les ouvrages, j'ai vu défiler des noms d'auteurs comme Jane Austen ou Charlotte Brontë… Il y avait même *L'anthologie des lettres d'amour de nos grands hommes.* Ce n'est pas vraiment le genre de livres que lisent les allergiques au romantisme…

—Oh, c'est ça qui te trouble ! dit Ursula en levant les yeux au ciel. Il est à moi, ce livre. Je l'ai acheté à cause du film *Sex and the City*. Je pense que je n'ai pas besoin de te dire pourquoi !

J'acquiesçai.

—J'ai dû le laisser chez Sean un jour où j'attendais une livraison pour lui. Je me demandais d'ailleurs où il était passé. Je n'imagine pas une seule seconde Sean en tain de lire un livre pareil ! lâcha-t-elle avant de pouffer. Ce n'est pas vraiment sa came…

Je tâchai de ne rien laisser paraître de ma déception.

J'avais donc ma réponse : Sean n'était pas un homme romantique, et il ne le serait probablement jamais.

Ursula dut sentir que quelque chose n'allait pas, car elle reprit presque aussitôt la parole.

—Tu sais, Sean ne se comporte pas comme ça sans raison…, dit-elle avant de jeter un coup d'œil dans la direction de la pièce où avaient disparu Oscar et Cruella, puis de poursuivre à voix basse. Il y a quelques années, il a eu des… petits problèmes avec Jennifer, la sœur d'Oscar.

—Oui, je sais. Sean m'en a parlé.

—Ah oui ? s'étonna Ursula.

—Oui, quand nous étions à Glasgow. Oh, et à Paris aussi.

—Je vois, commenta Ursula, pensive. Bref ! Il a vraiment mal vécu son histoire avec elle, à l'époque, et, depuis, on ne le reconnaît plus.

Je m'apprêtai à lui demander plus de détails, quand Cruella et Oscar refirent leur apparition. En observant mon organisatrice attitrée, je la trouvais quelque peu différente… Que se passait-il ? Avait-elle changé de vêtements ?

Oh ! Non… j'avais trouvé : pour la première fois depuis notre rencontre, elle souriait.

— Tout est rentré dans l'ordre ! fanfaronna Oscar en pirouettant jusqu'au centre de la pièce. Il suffit d'un coup de baguette magique de ce vieil oncle Oscar, et tout finit toujours par s'arranger !

Je me demandai aussitôt si Oscar pouvait jouer de sa baguette dans un tout autre domaine de ma vie qui avait, lui aussi, bien besoin du coup de pouce d'un magicien…

Une fois les essayages terminés, Oscar et Ursula me proposèrent de passer le reste de la journée avec eux.

— C'est pour ça que nous étions venus, à la base : t'inviter pour la soirée. Pas vrai, Ursula ? déclara Oscar qui portait Delilah – avais-je déjà vu ce chien marcher plus de trente secondes ? – et tournait la tête pour s'admirer dans chaque nouvelle vitrine devant laquelle nous passions.

Ursula acquiesça.

— Nous pensions aller au cinéma, ce soir. Je suppose que l'idée doit te séduire, Scarlett, je me trompe ?

Le pari n'était pas trop risqué, et les deux amis le savaient pertinemment.

— Je n'ai pas encore vu le dernier film avec Hugh Grant, si ça vous dit…

— Oh, j'adore Hugh Grant ! s'enthousiasma Ursula. Qu'est-ce que tu en dis, Oscar ? Un peu de Hugh Grant, ce soir, ça te dirait ?

— Ma chérie, voyons…, dit en Oscar en rosissant, je prendrais un peu de Hugh tous les soirs, si je le pouvais…

Le Coronet, situé à la porte de Notting Hill, était probablement le cinéma le plus fabuleux dans lequel j'avais jamais mis les pieds. Son intérieur opulent tapissé de rouge et paré de dorures me rappelait les années les plus glamour d'Hollywood.

— J'adore cet endroit…, soupira Oscar, tandis que nous nous calions confortablement dans nos fauteuils de velours. C'est tellement *glam*, ici…

Je ne le découvris qu'une fois à l'intérieur, mais le *Coronet* était en réalité un théâtre du XIXe siècle transformé en cinéma dans le courant du XXe. Aussi, une fois nos tickets achetés, nous eûmes le choix de nous installer, soit dans la partie basse, soit au balcon.

Nous optâmes pour le balcon et, tandis que la réclame était projetée sur l'écran blanc, j'avais plus l'impression d'attendre le début d'une pièce que le début d'un film.

— C'est vraiment beau, vous ne trouvez pas ? lançai-je. C'est si différent des multiplex habituels.

— J'aurais dû prendre des lunettes de plongée quand j'ai déposé Delilah à la maison, tout à l'heure. Avec ça sur le nez, tu te serais sentie encore plus à ton aise, me dit Oscar, en mimant avec ses doigts deux ronds de lunettes.

— Des lunettes de plongée ? Navrée, mais j… Attends… C'est le cinéma qu'on voit dans *Coup de foudre à Notting Hill* ?

Ursula acquiesça.

— Oui ! Je pensais que tu le reconnaîtrais au premier coup d'œil !

— Je me disais bien que je l'avais déjà vu quelque part ! avouai-je en balayant l'endroit du regard. Bon ! Nous n'avons peut-être pas de lunettes de plongée pour rejouer la scène, mais Hugh Grant va nous rejoindre d'ici quelques minutes, alors ça devrait suffire !

Les lumières de la salle s'éteignirent peu à peu, et les rideaux s'écartèrent, révélant l'immense écran de cinéma. Aussitôt, je me sentis chez moi. Ici, deux heures durant, je n'avais à me soucier que de la vie d'un autre, et pouvais oublier la mienne, si complexe et pesante.

Comme tous les films où avait joué Hugh, j'appréciai celui-là. La seule chose qui aurait pu le rendre meilleur aurait été la présence de Sean plutôt que d'Oscar sur le fauteuil voisin.

Il faut que tu arrêtes avec lui, Scarlett…, me raisonnai-je, tandis que défilait le générique de fin. *Tu as fait ton choix. Assume et vis ta vie…*

— On va manger un bout ? proposa Ursula lorsque nous fûmes dehors. Il y a un charmant restaurant indien, un peu plus haut dans la rue. Oscar et moi y mangeons souvent après une séance.

— Oui, pourquoi pas ? acceptai-je, terrifiée à l'idée de rentrer dans la maison déserte qui m'attendait. C'est une super idée. Laissez-moi juste le temps de vérifier si j'ai assez d'argent sur moi. Si ce n'est pas le cas, il faudra que je m'arrête à un distributeur sur le chemin.

Je tendis la main vers mon sac, mais n'entrai en contact avec rien d'autre que ma hanche.

— Mon sac ! m'exclamai-je. Mince ! J'ai dû le laisser dans la salle… Attendez-moi une minute, je reviens tout de suite.

Je rejoignis nos places en hâte, mais mon sac ne s'y trouvait plus. Je tâtonnai sous le fauteuil, fouillai les places alentour au cas où quelqu'un l'aurait percuté par mégarde en quittant la salle, mais ne le trouvai nulle part.

— Madame ? entendis-je une voix m'interpeller depuis le rez-de-chaussée. C'est à vous ?

Je me penchai au balcon, et aperçus une ouvreuse qui brandissait un sac. *Mon sac.*

— Oui ! C'est le mien ! J'arrive tout de suite ! lançai-je, avant de me ruer vers la sortie, de dévaler l'escalier, puis de trotter jusqu'à l'ouvreuse. Merci ! J'ai cru que je l'avais perdu…

— Vous avez de la chance, c'est un beau sac. Gucci ?

— C'est un faux, en fait…, avouai-je.

En m'approchant, je me rendis compte qu'elle était plus âgée que je ne l'avais cru.

— Je sais. J'ai l'œil.

— Oh ? Comment est-ce que vous faites pour repérer les contrefaçons ? Quand je l'ai acheté sur eBay, il y a deux mois, je me suis dit qu'il ferait illusion, même sous des yeux experts.

— Tout est dans le logo, me révéla-t-elle en désignant du doigt la boucle sur le devant du sac. Vous voyez, juste ici ? Il y a…

Au moment où je m'étais approchée d'elle pour récupérer le sac, sa voix avait commencé à faiblir.

— Il y a ? Qu'est-ce qu'il y a ? lui demandai-je.

Mais elle continuait à me dévisager. C'était affreusement perturbant : cette femme était là, devant moi, et je ne décelai plus dans son regard qu'un égarement passager.

Je n'aurais jamais dû acheter un faux sur eBay… Avec la chance que j'ai, c'est un agent de police infiltré, et je vais finir au poste…

Mais la femme, au lieu de me passer les menottes, détourna soudain le regard, puis déglutit, visiblement troublée.

— Tenez… Votre sac, murmura-t-elle presque.

Une mèche de cheveux noirs glissa sur son visage.

Je tendis une main vers mon sac et, au moment où j'approchai de la sienne, l'effleurai par mégarde… Aussitôt, une sorte d'électrochoc envahit subitement mon avant-bras, puis se propagea dans mon corps tout entier, telle une déferlante émotionnelle d'une intensité sans pareille.

Je rivai aussitôt mes yeux sur elle, et malgré la lumière poussive de la salle, me rendis compte que ses yeux étaient du même vert intense que les miens.

Elle me rendit mon regard stupéfait.

Je baissai alors les yeux vers son badge… il m'indiquait que « Rose était à mon entière disposition ».

J'ouvris la bouche pour parler, mais rien n'en sortit. J'avais l'impression d'être prisonnière d'un de ces cauchemars terrifiants pendant lesquels votre corps refuse catégoriquement de vous obéir… J'avais de si nombreuses questions à poser à cette femme… mais j'en étais incapable.

Aussi, elle prit l'initiative de parler la première…

— Scarlett…, c'est toi ?

— Maman ?

Chapitre 27

Nous nous faisions face dans la salle déserte, incapables de détacher nos regards l'une de l'autre.

— Scarlett ? répéta-t-elle. C'est bien toi ?

J'acquiesçai, toujours incapable d'articuler le moindre mot.

— Je… je n'y crois pas. Mon bébé…

À ces mots, je fus prise d'une émotion d'une telle intensité que je fondis en larmes.

— Scarlett, tu es encore là ? entendis-je crier Ursula. Ah, te voici ! dit-elle en approchant à grands pas. On se demandait où tu é… Eh ! Mais que se passe-t-il, ma chérie ?

Ursula nous regarda, Rose et moi.

— Ursula, je…, hésitai-je, tant cela sonnait improbable dans ma tête. Je te… présente ma… ma mère.

— Ta… Mais… Sean nous a dit que tu ne l'avais pas retr… Non ! Tu veux dire que vous venez de… de… de vous… Enfin… Là ? Juste là, à l'instant ? Dans la salle de ciné ?

J'acquiesçai.

— Mais c'est… à peine croyable…

— N'est-ce pas ? murmura ma mère, aussi bien pour elle que pour moi.

Pour tout dire, je n'arrivais pas encore à voir cette femme comme cette mère que j'attendais depuis si longtemps. Aussi, pour l'heure, je décidai de la voir comme « Rose »... Juste « Rose », comme c'était inscrit sur son badge.

— Vous devez avoir tellement de choses à vous dire... Je vais vous l...

— Non ! Non, Ursula..., la retins-je, paniquée.

À présent que j'étais en face de ma mère, je n'avais pas la moindre idée de ce que j'allais bien pouvoir lui dire.

— Mais..., protesta Ursula, gênée.

— Scarlett... Je termine le travail dans une demi-heure, m'informa Rose d'une voix douce. Peut-être que nous pourrions aller quelque part... pour prendre un café, par exemple ?

J'acquiesçai une fois de plus, toujours incapable de m'adresser directement à elle.

— Il y a un petit café un peu plus haut dans la rue. *Kelly's*. Tu le connais peut-être ?

Je secouai négativement la tête.

— Moi, oui, intervint Ursula. Je l'y emmènerai.

— On s'y retrouve dans pas longtemps, alors, Scarlett ? conclut Rose avec un sourire un peu crispé.

Une fois encore, je me contentai d'acquiescer. J'étais à ce point troublée que mes jambes – mon corps tout entier, même – étaient incapables de répondre aux invectives de mon cerveau, si bien qu'Ursula dut me faire pivoter, puis me tirer par le bras pour que nous puissions sortir du cinéma.

— Ne pose pas de questions ! lança-t-elle à Oscar avant qu'il ait eu le temps de dire quoi que ce soit. Je te dirai tout dans une minute. Allez ! On part par là !

Elle me prit la main, me guida le long de la rue, puis me poussa à l'intérieur du premier pub venu.

— Ce n'est pas... un café, ici, constatai-je mollement après avoir étudié les lieux d'un regard à moitié absent.

— Je sais, mais tu vas avoir besoin d'un petit remontant si tu veux pouvoir papoter un minimum avec ta mère.

— Sa quoi ? demanda Oscar stupéfait. Mais, je croyais que...

— Scarlett aussi, il y a encore dix minutes. Commandons vite quelque chose : je file au bar, et toi, Oscar, tu nous trouves des places.

Ce dernier regarda autour de lui, puis se dirigea au fond du pub où il avait aperçu une petite table d'angle à trois places.

— Par ici ! m'appela-t-il en me faisant signe de le rejoindre.

Lorsqu'il vit que je ne parvenais pas à faire le moindre pas sans aide, il revint vers moi, puis me guida jusqu'à nos places.

Nous nous assîmes et attendîmes Ursula.

— Tu veux qu'on en parle ? demanda Oscar après deux minutes d'un silence total.

Je les observai : lui, sa chemise vert flashy et son jean violet. *Il n'y a qu'Oscar et un juge de chaise de Wimbledon pour oser une telle combinaison*, pensai-je, admirative. Un avis partagé, puisqu'un homme attablé près de nous lança vers Oscar un regard approbateur.

— J'aimerais bien, Oscar... Mais je n'ai pas la moindre idée de quoi dire.

Ursula arriva avec nos boissons.

— Pour toi, Oscar, j'ai pris comme d'habitude, dit-elle en déposant devant lui un cocktail chamarré dont les ombrelles et les touilleurs aux couleurs criardes, par je ne sais quelle magie oscarienne, se mariaient à merveille avec son look.

— Et pour toi, Scarlett, un cognac.

— Je ne bois pas de cognac, protestai-je.

— Ce soir, si : tu viens de vivre un vrai tsunami émotionnel, alors descends-moi ça. Tu me remercieras plus tard.

Je commençai à siroter le cognac, toujours à demi-absente, pendant qu'Ursula expliquait à Oscar ce qui s'était passé dans la salle de cinéma.

— C'est à peine croyable ! s'extasia Oscar, estomaqué. Tu imagines ? Si Sean ne nous avait pas appelés pour aller prendre des nouvelles de Scarlett, elle ne serait peut-être jamais tombée sur sa mère !

— N'est-ce pas ? Sans compter que c'est lui qui a suggéré l'idée de la sortie ciné... Enfin, bref ! Contentons-nous de nous en réjouir !

N'en pouvant plus de siroter l'eau-de-vie ambrée, je levai mon verre, jetai la tête en arrière, et terminai ma boisson en deux généreuses gorgées.

Oscar et Ursula s'arrêtèrent subitement de parler, et tournèrent vers moi des yeux ronds.

— Ben merde, alors..., lâcha Oscar stupéfait. Jolie descente, ma fille.

— Ça s'éternisait…, déclarai-je d'une voix rauque, la gorge brûlée par l'alcool.

— Ça va mieux ? demanda Ursula, après quelques secondes de silence. Tu es avec nous, maintenant ?

J'acquiesçai.

— Alors ? Tu sais ce que tu vas dire à ta mère quand tu la verras ?

— Non. Aucune idée, répondis-je, le plus sincèrement du monde. Je ne la connais pas, et elle ne me connaît pas non plus. Qu'est-ce que vous voulez qu'on se dise ? Peut-être… peut-être que je ne devrais pas y aller.

— Je suis sûre que vous trouverez de quoi discuter, me rassura Ursula en posant sur la mienne une main bienveillante. Ce que je donnerais pour pouvoir reparler ne serait-ce que cinq minutes avec ma mère…

J'étais tellement déboussolée et centrée sur ce qui venait de m'arriver, que j'en avais totalement oublié la mère d'Ursula et Sean.

— Tu as tout à fait raison, Ursula. J'ai eu une chance incroyable. Mais la différence, Ursula, c'est que votre mère n'a jamais fait le choix de vous abandonner. Son départ… sa mort, ce n'était pas une fuite…

— Cette femme n'en reste pas moins ta mère, Scarlett, intervint Oscar. Je n'arrête pas de me plaindre de l'ingérence de la mienne dans ma vie, mais, honnêtement, je ne me passerais d'elle pour rien au monde.

J'acquiesçai.

— Merci de vos conseils, tous les deux. Vous avez raison, c'est évident… Je verrai bien ce qui se passera quand j'y serai. Après tout, qu'est-ce que j'ai à perdre ?

Ursula et Oscar finirent rapidement leur verre, puis nous quittâmes le pub et rejoignîmes, quelques dizaines de mètres plus loin, *Kelly's*, le fameux café dans lequel je devais retrouver ma mère. Je ne l'aurais pas qualifié de gargote, mais avec ses chaises en plastiques colorés et ses toiles cirées bon marché, il n'en était pas loin.

— Ça va aller ? me demanda Ursula, tandis que nous campions devant la porte. Si tu veux, on peut rentrer et l'attendre avec toi.

— Non, ça ira, merci. Je vais profiter de l'attente pour réfléchir à ce que je vais bien pouvoir lui dire.

Ursula me prit dans ses bras.

— Bonne chance, Scarlett. J'espère de tout cœur que ça se passera bien.

Oscar l'imita.

— Si tu as des doutes à son propos, regarde ses chaussures, me conseilla-t-il le plus sérieusement du monde. Une paire de chaussures en dit long sur la personnalité de son propriétaire.

— OK, Oscar, je n'y manquerai pas. Merci.

J'ouvris la porte du café, et une clochette tintinnabula, annonçant mon arrivée.

— Je vous appellerai tout à l'heure pour vous tenir au courant, leur promis-je.

— Oui, par pitié ! Et pendant ce temps, on va croiser tout ce qu'on peut pour toi ! me lança Ursula d'un ton encourageant au possible. Même nos yeux !

Je leur adressai un dernier sourire crispé, expirai profondément, puis entrai dans le café. Je me trouvai une table dans un coin, près de la fenêtre, et m'y installai.

Une serveuse entre deux âges portant une tenue marron sous un tablier blanc à fanfreluches vint à ma rencontre.

— Bonsoir, qu'est-ce que je vous sers ?

— Une tasse de thé avec un nuage de lait, s'il vous plaît. Sans sucre… En fait, si ! Du sucre, s'il vous plaît.

Je me sentais toujours sous le choc : peut-être qu'une boisson chaude bien sucrée me rasséréneraient davantage que mon verre de cognac.

— OK…, acquiesça la serveuse d'une voix traînante en me toisant du regard. Autre chose ?

— Non, pas pour l'instant, merci… Oh, si ! Si vous aviez du lait écrémé, ce serait super !

— Du lait écrémé… OK, répéta la serveuse en griffonnant sur son bloc-notes. Je vais voir si on a ça. Je reviens tout de suite.

Elle repartit vers le comptoir, puis adressa quelques mots à un homme qui, à en croire son tablier blanc – tout du moins, il avait dû l'être avant d'être maculé de taches de nourriture –, devait être le cuisinier.

Je m'adossai à ma chaise, puis observai rapidement la clientèle du bar.

La faune ici était variée : les plus jeunes, avachis à l'une des tables, s'appliquaient à ingurgiter suffisamment des cinq grands groupes d'aliments indispensables à leur métabolisme, soit les chips, la caféine, le ketchup, le sel et le sucre. La plupart des autres clients étaient bien plus âgés, mais, apparemment, ils semblaient tout aussi convaincus qu'il n'y avait rien de tel pour rester en bonne santé que de manger des produits frits. Enfin, se trouvaient là quelques intrus qui, comme moi, se contentaient d'une tasse de thé. Ceux qui étaient seuls semblaient particulièrement tristes et affligés, et j'espérai, seule à ma table, ne pas leur ressembler.

Les murs blancs défraîchis étaient recouverts de vieilles photos en noir et blanc : je jetai un coup d'œil à la plus proche de moi, et reconnus Cary Grant. Avec cette classe éternelle qui n'appartient qu'à lui, il me décocha un sourire charmeur.

Je me rendis alors compte que toutes les photos étaient des portraits de vedettes du grand écran : Marilyn Monroe et Charlie Chaplin côtoyaient ainsi Clark Gable, Rita Hayworth et… Qui était-ce, ici ? Je plissais les yeux pour voir qui se cachait au fond de la salle. Ah oui ! Ginger Rogers, Fred Astaire et Gene Kelly. Peut-être le café avait-il choisi son nom en l'honneur de ce dernier.

Je pris le menu plastifié posé sur la toile cirée noire et blanche, et y jetai un coup d'œil rapide. Heureusement pour moi, une photo accompagnait la description de chaque plat, probablement pour vous épargner l'effort de lire cette dernière. Autre singularité, tous les plats portaient des noms en rapport avec Hollywood… Probablement pour susciter un peu plus d'envie chez les clients que ne le promettaient les clichés.

Était-ce pour la décoration et le menu ciné que ma mère venait ici ?

Lorsque la serveuse revint vers moi avec mon thé, je reposai le menu sur la table. Je fus surprise d'avoir droit à une théière, là où je m'étais attendue à un gobelet en plastique et une soucoupe.

— Vous désirez autre chose ? me demanda la serveuse, espérant que je lui réponde par l'affirmative. Je vous ai vue regarder le menu.

— Non, pas pour le moment, merci… Peut-être plus tard, ajoutai-je, quand je la vis grimacer de déception. J'attends quelqu'un.

— Okidoki, dit-elle, avant de s'éloigner. Je repasserai plus tard.

Je tournai la tête et regardai par la fenêtre. Il ne me manquait plus qu'une rose rouge à la boutonnière, et le tableau du rendez-vous d'inconnus au bar du coin était parfait. Cela dit, Rose n'aurait pas besoin de ça pour me reconnaître : j'étais son portrait tout craché avec vingt ans de moins.

Je repensai à ce qui s'était passé au cinéma, un peu moins d'une heure auparavant. Quelle était la probabilité pour qu'une chose pareille se produise ? J'avais passé des jours entiers à traquer ma mère à Londres, puis à Paris, alors qu'elle était là depuis le début… à Notting Hill.

Sean ! pensai-je soudain. Il fallait que je le prévienne ! Il serait si content pour moi… Et puis, cela me donnerait une raison valable de lui reparler. *Je l'appelle tout de suite ! Je ne sais pas quelle heure il est à New York, mais…*

— Bonsoir, Scarlett.

Je levai les yeux : Rose se tenait debout en face de moi.

— Je peux m'asseoir ? me demanda-t-elle.

— Oui… Bien sûr.

Je l'observai, tandis qu'elle retirait son imperméable, le rangeait avec application sur le dossier de la chaise, puis lissait sa jupe avant de s'asseoir. Ses genoux se touchaient, et ses jambes élégantes, légèrement de biais par rapport à la chaise, étaient croisées aux chevilles.

Je pris beaucoup de plaisir à observer la classe discrète qui se dégageait de ses mouvements lents et gracieux. En lieu et place de sa tenue d'ouvreuse, elle portait désormais une jupe verte qui épousait ses formes sans vulgarité et un cardigan vert clair. Ses cheveux, coiffés tout à l'heure en chignon, tombaient joliment sur ses fines épaules.

La serveuse réapparut.

— Salut, Rose. Comme d'habitude ?

Rose acquiesça.

— S'il te plaît, Greta. Tu veux quelque chose, Scarlett ?

Je fis « non » de la tête.

— Non, non... Merci, ça va pour l'instant.

À la vérité, ça n'allait pas du tout, dévorée que j'étais par une sensation de malaise, d'appréhension et de curiosité mêlées, à tel point, d'ailleurs, que la tête commençait à m'en tourner.

Dès que Greta se fut éloignée, Rose reprit la parole.

— Je suppose que, toi aussi, tu ne t'es pas encore remise de ce qui s'est passé tout à l'heure ?

J'acquiesçai.

— Quand tu t'es avancée vers moi pour récupérer ton sac, j'ai su que c'était toi... Comment, je n'en sais rien, mais...

J'acquiesçai de nouveau. C'était idiot, mais je ne savais pas quoi lui répondre.

— Ça fait longtemps que tu travailles ici ? lui demandai-je, trouvant aussitôt ma question d'une niaiserie infinie.

Je mourais d'envie d'apprendre des dizaines de choses à son sujet, et celle-là n'en faisait définitivement pas partie.

— Non, pas vraiment... C'est temporaire. Le temps que je trouve quelque chose qui me conviendra plus.

— Oh.

— Et toi, Scarlett ? Tu travailles, peut-être ?

— Je travaille avec mon père, dégainai-je sans réfléchir. On gère une petite entreprise.

Rose se figea quelques secondes.

— Bien... très bien, commenta-t-elle, ses joues rosies par la gêne. Comment va ton père ?

— Bien.

OK, Scarlett : ça pourrait valoir le coup de réfléchir avant de parler ! Il y a une minute, je ne savais pas quoi dire, et maintenant, sans crier gare, je lui parle de mon père !

— Je suis contente de l'apprendre. Votre entreprise, aurait-elle quoi que ce soit à voir avec le pop-corn, par hasard ?

— Oui... Pourquoi donc ?

— Ton père a longtemps parlé de monter ce genre de business. C'était déjà le cas quand nous étions ensemble. Je suis heureuse qu'il y soit parvenu. Et tu travailles avec lui, donc ?

— Oui, nous sommes copropriétaires. C'est lui qui en détient la plus grosse part, mais nous avons tous les deux notre mot à dire quand d'importantes décisions se présentent.

— Très bien. C'est une bonne chose.

Greta refit son apparition.

— L'une d'entre vous voudrait manger quelque chose ? nous demanda-t-elle, après avoir posé un mug de café devant Rose.

— Pour tout dire, je meurs de faim… Et toi, Scarlett ?

— Oui, je veux bien manger un morceau, répondis-je en reprenant le menu, puis en cherchant quelque chose de sucré, le cognac et le thé n'étant pas parvenus à calmer mes tremblements. Je vais prendre une part de tarte aux pommes chaude, s'il vous plaît.

— Avec ou sans crème glacée ? me demanda Greta.

— Avec, si vous avez de la vanille… Et je pourrais l'avoir à part, s'il vous plaît, plutôt que sur la tarte ? Sinon, elle fond tout de suite, expliquai-je à Rose qui m'observait avec intérêt. Si vous n'avez pas de glace à la vanille, je prendrai simplement de la chantilly, précisai-je en me retournant vers Greta. Mais seulement si elle est maison. Si c'est en bombe, alors laissez…

— OK…, soupira Greta en levant un sourcil. Tarte aux pommes avec glace à la vanille… mais, si nous n'avons pas vanille, vous prenez de la chantilly, c'est bien ça ?

— Si elle est maison.

— Et je la mets à part, pas sur la tarte.

— La crème glacée, oui.

— Pas la chantilly ?

— La chantilly, sur la tarte, ça ne pose pas de problème. Si elle est maison, j'entends.

— Quoi donc ? La tarte ?

— Non, la chantilly.

— OK…, acquiesça Greta lentement en se grattant le front. Et si nous n'avons ni glace à la vanille, ni chantilly ?

— Dans ce cas, je vous prendrai un beignet à la confiture.

Greta se tourna vers Rose, cette dernière visiblement amusée par ma façon de commander.

— Donnez-moi la même chose qu'elle, sourit-elle.

Greta leva les yeux au ciel, puis partit en direction de la cuisine.

— *Quand Harry rencontre Sally*, je me trompe ? me demanda Rose. C'est pour ça que tu as commandé ta tarte de cette façon ?

J'acquiesçai.

— Sally sait exactement ce qu'elle veut et n'est pas du genre à transiger. Quand je commande de la nourriture, c'est pareil… Je suis comme ça. Tant qu'on y est, bien vu le « Donnez-moi la même chose qu'elle ». C'est dans le film aussi.

Rose me sourit.

— Oui, c'est pour ça que je l'ai utilisée.

— Oh, je suis désolée ! m'excusai-je en rougissant. Je n'avais pas remarqué que tu l'avais fait exprès.

— Tu t'intéresses au cinéma ? me demanda Rose dont les yeux pétillaient déjà d'intérêt.

— J'adore le cinéma.

— Moi aussi.

— Je sais, papa me l'a dit.

Je fermai les yeux… *Mais quelle gourde !*

Rose sembla surprise.

— Tom t'a parlé de moi ? Je me demandais s'il le ferait un jour…

— C'est arrivé il y a peu de temps. Il ne m'avait jamais rien dit jusque-là…

— Et qu'est-ce qui l'a encouragé récemment ? me demanda Rose avant de se pincer les lèvres. Excuse-moi, ce ne sont pas mes affaires. Tu préfères peut-être garder tout ça pour toi.

Je haussai les épaules.

— Non, ne t'inquiète pas.

Je me demandai si je devais lui avouer la véritable raison de ma venue à Londres, et décidai finalement de m'en garder.

— Pourquoi est-ce que tu nous as quittés ? lui demandai-je subitement, sans même savoir d'où sortait cette question qui, de façon certaine, n'avait pas demandé à mon cerveau la permission de sortir.

Rose soupira longuement.

— Je savais que tu me poserais cette question un jour, Scarlett, et, malgré cela, j'ai toujours su que je ne trouverais jamais de réponse susceptible de te satisfaire.

Je me tournai vers la fenêtre et observai les véhicules qui défilaient en face de moi. J'aurais dû me douter qu'elle ne me répondrait pas.

— Tu as bien grandi, poursuivit-elle. Tu es une très belle jeune femme, et tu m'as l'air d'une bonne personne. De toute évidence, ton père t'a bien élevée… Et sans personne pour l'y aider… Enfin, je suppose. Est-ce qu'il se serait… remarié, par hasard ?

Je fis « non » de la tête, puis détachai mon regard de la rue.

— Non, il ne s'est pas remarié. Papa s'est débrouillé seul… Personne d'autre ne s'est occupé de moi.

Je pensai aussitôt à mon père, essayant d'imaginer ce qu'il ressentirait s'il savait que Rose et moi étions en train de discuter, puis me retournai vers ma mère.

— Il m'a nourri, a joué avec moi, a changé mes couches… Il m'a écoutée avec attention lorsque j'ai lu mes premiers mots, m'a aidée pour mes examens. Il a même confectionné mon costume pour une pièce de théâtre de l'école… et à la main, parce que la machine était tombée en rade. Il m'a laissée tremper de larmes l'épaule de sa chemise quand mon premier petit ami m'a larguée, et il est même venu avec moi pour acheter mon premier soutien-gorge. Oui, c'est peu de le dire, c'est mon père qui m'a élevée… Pas toi.

Je pris une profonde respiration pour recouvrer mon calme. Vider mon sac ainsi m'avait donné des palpitations telles que j'avais l'impression que mon cœur allait jaillir de mon thorax et s'écraser devant moi sur la table.

— Je suis désolée, Scarlett, s'excusa Rose, totalement décontenancée par ma tirade. Je n'ai jamais cessé de penser à vous, si cela peut te consoler ne serait-ce qu'un peu…

— Eh bien, tu sais quoi ? Ça ne me console pas du tout.

Rose baissa les yeux vers la toile cirée, tandis que je me tournai de nouveau vers la fenêtre. Je ne pouvais plus observer les voitures au-dehors : il s'était mis à pleuvoir, et la vitre constellée de gouttes floutait les couleurs des phares, si bien que j'avais l'impression d'observer l'intérieur d'un kaléidoscope.

— Alors ? lui demandai-je en me retournant vers elle au bout de quelques secondes. Où étais-tu, toi, pendant tout ce temps ?

J'étais lancée : la vanne des réflexions, des émotions et des interrogations que j'avais gardées en réserve depuis plus de vingt ans venait de s'ouvrir, et il allait falloir un barrage à toute épreuve pour endiguer la déferlante qui s'annonçait.

— Tu t'éclatais à Londres ? À New York, peut-être ? À Paris ?

Rose parut surprise.

— Comment sais-tu que j'ai habité dans toutes ces villes ?

— Je… J'ai cité des noms au hasard.

— Scarlett… C'est une très, très longue histoire…

— Et nous avons toute la nuit… À moins que tu aies quelque chose de mieux à faire ? lançai-je en la défiant du regard.

— Non… Non, je n'ai rien de mieux à faire.

— Qui plus est… j'ai une bonne nouvelle, déclarai-je en regardant par-dessus son épaule.

— Ah oui ? s'étonna Rose, troublée.

— Oui… Nous allons pouvoir déguster une délicieuse tarte aux pommes pendant ton long, très long récit, dis-je, tandis que Greta déposait deux grandes assiettes de tarte aux pommes coiffée, pour chacune, d'une belle couche de chantilly, et accompagnée d'une boule de glace à la vanille. Maintenant, si Greta a pu s'en sortir avec ma commande, je suis sûre que, toi, tu vas parfaitement réussir à m'expliquer pourquoi tu nous as abandonnés, il y a plus de vingt ans, maintenant. N'est-ce pas, Rose ?

Chapitre 28

Quand Rose eut fini de m'expliquer de quoi avaient été faites les vingt dernières années de sa vie, sa crème glacée avait largement eu le temps de fondre, et ce, sans l'aide d'une part de tarte aux pommes bien chaude.

Au lieu de la vie exaltante à laquelle je m'étais attendue, faite d'emplois dans la mode à Londres, New York et Paris, j'eus droit au récit d'une vie chaotique, apprenant que Rose avait enchaîné sans relâche les relations désastreuses. Ce n'était pas sa carrière qui avait poussé ma mère à voyager, mais plutôt les hommes qu'elle avait rencontrés.

— En résumé, Scarlett, ma vie a été un vrai parcours de montagnes russes. Je caressais un temps les étoiles au bras d'un millionnaire, me réveillant chaque matin pour exercer un métier glamour à souhait, et une minute plus tard, je finissais dans les affres du désespoir, parfois, même, de la misère, dont je tentais tant bien que mal de m'extirper. En ce moment, je vis justement une de ces périodes de détresse. C'est la raison pour laquelle j'ai pris cet emploi au cinéma.

— Au moins, tu as eu une vie un minimum excitante, je me trompe ? Tu n'as pas l'air de t'être ennuyée !

Rose partit d'un rire amer.

— Ah, ça, non ! De fait, je ne me suis pas ennuyée… Cela dit, si je pouvais remonter le temps, est-ce que je ferais le même choix de vie ? Je n'en suis pas si sûre…

— Comment ça, si tu pouvais remonter le temps ? Est-ce que tu veux dire qu'au vu de tout ce que tu as vécu, tu ne déciderais plus de nous abandonner ?

Rose secoua la tête.

— Je n'en sais rien, Scarlett. Vraiment… Les choses étaient très différentes à l'époque. Ton père n'a probablement plus rien à voir avec l'homme que j'ai connu à l'époque.

— Qu'est-ce que tu veux dire ?

Depuis l'autre côté de la table, Rose riva son regard dans le mien. Cela faisait maintenant plusieurs minutes que Greta avait débarrassé nos assiettes, et ne restaient plus devant nous que deux tasses vides aux lointaines senteurs de café. De ce que je comprenais des regards qu'ils échangeaient, Greta et Charlie – l'homme au tablier – espéraient fermer pour la nuit.

— Scarlett… Est-ce que tu es vraiment prête à rester ici pour m'entendre critiquer ton père ? J'en doute. De toute évidence, tu ne vas pas être d'accord avec moi, et la dernière chose dont j'ai envie, c'est que nous nous quittions fâchées.

— Je ne dirai rien pour le défendre, je te le promets. Je vais rester là sans broncher, à écouter ta version de l'histoire. J'ai trop envie de comprendre pourquoi tu es partie…

Rose balaya du regard le café désert.

— Peut-être devrions-nous aller ailleurs, dans ce cas, qu'en dis-tu ? Je pense qu'ils prient pour nous voir partir.

— Très bien, acquiesçai-je. Mais tu me promets de tout me raconter, d'accord ? Tu me dois bien ça, tu ne crois pas ?

Rose acquiesça.

— Oui. Je te raconterai tout.

Nous nous levâmes pour payer, et j'insistai pour régler ma part de l'addition, malgré la proposition de Rose.

Il m'était encore inconcevable de pouvoir appeler cette femme autrement que « Rose ». L'imaginer comme ma mère m'était encore trop douloureux.

— Voudrais-tu aller quelque part en particulier ? me demanda Rose une fois que nous fûmes sur le trottoir. Si tu veux, j'habite à quelques stations de métro d'ici.

— Allons chez moi, plutôt, proposai-je. C'est au coin de la rue, et la pluie se calme. On devrait s'en sortir sans finir trempées.

Nous parlâmes peu durant notre trajet jusqu'à Lansdowne Road. De temps à autre, simplement, l'une de nous commentait la météo ou un objet insolite dans la vitrine de l'une des nombreuses boutiques d'antiquité de la rue. Lorsque nous quittâmes Portobello Road pour faire route vers la maison, Rose afficha un air surpris.

— Tu vis par ici ? Soit le pop-corn rapporte gros de nos jours, soit tu t'es trouvé un bon parti !

— Ni l'un, ni l'autre, malheureusement.

Ce n'était pas si vrai que cela, puisque David avait un portefeuille bien fourni ; cela dit, ce n'était pas à cause de lui que je vivais ici en ce moment.

— Je surveille la maison d'un couple d'amis, lui expliquai-je, optant pour l'explication la plus simple.

Lorsque nous arrivâmes à la maison, je constatai que le salon de Sean était allumé, et fus soudainement prise d'un nouvel accès d'espoir. Mais, très vite, je me rappelai que cette lumière avait été allumée tous les soirs depuis notre retour de Paris. Sean devait posséder l'un de ces dispositifs automatiques d'allumage nocturne…

J'ouvris la porte de la maison de Belinda et Harry, et me ruai vers le boîtier d'Al pour nous éviter son hurlement strident.

— Dis donc ! C'est vraiment superbe, ici…, s'exclama Rose en balayant le salon du regard. Tu dois vraiment t'y sentir comme un coq en pâte. Tu restes combien de temps ?

— Encore deux semaines, à peu de chose près, répondis-je, tout en essayant de me souvenir depuis combien de temps j'étais ici.

La poisse… La moitié de mes vacances est déjà partie en fumée…

— Tu veux un café ? lui demandai-je en me dirigeant vers la cuisine. Ou quelque chose de plus costaud, peut-être ?

— Un café, ce sera parfait. Mais si tu veux un peu d'alcool, ne t'en empêche pas p…

— Non, non. Je vais prendre un café, moi aussi.

Je n'arrive déjà pas à faire passer le goût du cognac, alors…

— Je suis prête, annonçai-je, une fois que, le café préparé, nous fûmes installées sur l'un des canapés en cuir du salon.

Rose but une gorgée de son café, puis le posa délicatement sur un dessous de verre, sur la table basse. Elle s'adossa ensuite au canapé, puis me regarda longuement.

— Scarlett… Je crois que ton père et moi avons toujours été un… brin trop différents. Il était l'élément calme, stable et sensible de notre couple. Moi, j'étais plus extravertie, plus… impulsive, d'aucuns diraient.

Elle marqua une courte pause.

— Lorsque nous ne faisions que flirter, cela ne posait pas de problème : c'était même ce qui donnait à notre relation une fraîcheur chaque jour renouvelée. Je t'avouerais aussi qu'à l'époque, ton père était… eh bien, à tomber par terre, Scarlett ! Je lui avais toujours trouvé un petit côté Harrison Ford.

J'essayai désespérément de situer cette ressemblance, et mes échecs répétés me firent sincèrement sourire.

— Au début des années 1980, Harrison Ford, c'était un peu le tombeur par excellence… C'était la folie *Star Wars*, à l'époque.

J'acquiesçai.

— Oui, je connais bien.

Cela dit, j'avais beau bien connaître, il m'était tout bonnement impossible d'imaginer mon père en autre chose qu'en lui-même… Et encore moins en Indiana Jones.

— Mais, bref ! Nous avons fini par nous marier. Au départ, tout se passait plutôt bien : nos journées n'étaient pas spécialement différentes de celles qui avaient précédé la cérémonie. La seule chose, c'était qu'à cette période, nous avons commencé à devoir prendre nos finances plus au sérieux, et à assumer factures, remboursements de crédits, et j'en passe ; une chose que ton père prenait nettement plus au sérieux que moi. Pour être tout à fait honnête, heureusement que lui s'en est occupé... Tom voulait toujours que nous fassions attention à notre argent : que nous réduisions nos frais, que nous épargnions s'il venait à nous arriver une tuile, et tout un tas d'autres choses de ce genre. Moi, tout ce que je voulais, c'était que nous continuions à vivre comme nous le faisions auparavant ; que nous profitions de la vie tant que nous étions encore jeunes. Comme tu peux l'imaginer, cette divergence fondamentale de perspective a souvent mis de l'eau dans le gaz entre nous.

J'acquiesçai : jusqu'ici, cela collait parfaitement avec ce que mon père m'avait raconté.

— Cela étant, j'aimerais que tu te souviennes toujours de ce que je vais te dire là, Scarlett, malgré nos disputes à propos de l'argent, nous nous aimions toujours profondément.

Elle marqua une nouvelle pause, les yeux dans le vide.

— Près d'un an après notre mariage, je suis tombée enceinte, ce qui, et j'en suis désolée, a fait passer Tom en mode « serrage de ceinture absolu ». Nous devions à présent économiser pour le bébé, en vue du jour où j'arrêterais de travailler, pour les futurs achats de couches, pour le lit de bébé, pour le landau... En bref, je n'étais en droit d'effectuer un achat avant de l'avoir justifié à ses yeux et d'avoir obtenu son accord. Chaque piécette devait avoir un suivi strict et un objectif de dépense précis. Et cela, Scarlett, m'a rendue... complètement dingue...

J'avais du mal à lui jeter la pierre : je l'aurais probablement vécu de la même façon. David était terrible à ce niveau-là, mais, au moins, j'avais mon propre salaire à dépenser.

— Et puis, tu es née, et, pendant quelque temps, tout a changé. J'étais totalement gaga de toi… Et c'est à prendre au pied de la lettre. Vraiment, je ne pourrais pas le décrire autrement. Pour moi : tu étais la chose – si je puis me permettre – la plus importante de ma vie… Tu dois me croire…

— Qu'est-ce qui a fait que tout a basculé, alors ? lui demandai-je, moi qui m'étais montrée très discrète jusque-là.

Rose secoua la tête.

— Honnêtement, je ne suis pas sûre de pouvoir te le dire avec certitude. Avec le recul, je pense avoir traversé une période d'hyperémotivité postnatale. Il faut que tu saches qu'à l'époque, nous n'étions pas aussi bien informés qu'aujourd'hui sur la question… Alors oui, on savait ce que c'était que le *baby-blues*, et c'est sûr que si j'étais restée assise à la maison pendant des jours à pleurer toutes les larmes de mon corps, on m'aurait diagnostiqué quelque chose… Mais ça ne s'est pas passé comme ça… Maintenant, je comprends ce qui m'est arrivé, mais ce n'est que parce qu'Internet m'a ouvert les portes de l'information… Bref : ce que j'ai fait est impardonnable, Scarlett, mais ce serait injuste de me tenir pour seule responsable de la situation.

— Pourquoi donc ? Que t'est-il arrivé ? Qu'est-ce qui te rendait fondamentalement si différente de toutes les mamans qui n'ont pas, elles, abandonné leur bébé ?

J'avais posé toutes ces questions d'une seule traite, sur le ton détaché d'une journaliste en train d'interroger Rose sur une histoire qui n'avait rien à voir avec elle-même. Le fait est qu'il s'agissait pour moi de la seule façon de supporter le poids émotionnel de cette discussion : si je n'avais pas marqué de distance de sécurité avec le fond de ce récit, je n'aurais jamais pu le supporter.

Rose baissa les yeux vers ses mains, jointes sur ses genoux.

— Mon hyperémotivité s'est exprimée… dans l'extrême inverse. Jamais je n'ai pleuré, voire pleurniché pendant des heures. Non, j'étais si euphorique à l'idée d'être devenue mère que je ne pensais qu'à une chose : sortir et célébrer l'événement comme il se devait ! Le problème, ici, est que je voulais continuer à sortir, comme si je ne voulais pas voir disparaître celle que j'avais toujours été. Je voulais rester moi, et non devenir « la mère de quelqu'un ».

Elle leva les yeux vers moi.

— Tu comprendras, le jour où cela t'arrivera, Scarlett. D'abord, tu es madame O'Brien, puis tu deviens « la mère du bébé O'Brien », avant, subitement, de n'être plus que « la mère de Scarlett ». Tu commences à oublier qui tu es vraiment… à t'oublier. Plus personne ou presque ne t'appelle par ton prénom…

— C'est pour ça que tu nous as quittés ? lui demandai-je, sans avoir été le moins du monde impressionnée par ses excuses qu'alors, j'aurais volontiers qualifiées de « minables ».

Qui plus est, si j'étais convaincue qu'elle me disait la vérité, j'avais l'impression que quelque chose clochait. Qu'il manquait quelque chose à son récit.

— En partie… Je crains de ne pas avoir encore terminé.

Rose me dévisagea comme si elle se demandait s'il fallait ou non qu'elle en dise plus.

— Tu m'as promis que tu me dirais tout, lui rappelai-je sans hésitation.

— C'est vrai. Tu as raison.

Elle prit une profonde respiration.

— Eh bien, cette sensation insupportable a gagné en intensité au fil des jours, si bien que j'ai fini par me sentir totalement prisonnière de ma vie. Je crois vraiment qu'il faut le vivre pour comprendre combien c'est angoissant, insupportable… invivable, Scarlett. Parfois, j'avais presque l'impression de suffoquer, comme si je ne sais quelle créature du destin vampirisait mon énergie vitale… Aussi, je n'aspirais plus qu'à une chose : fuir tout cela quelque temps.

Désolée, mais je vois tout à fait ce que tu veux dire…

— Or, la seule façon que j'avais de m'en échapper, c'était le cinéma. D'ailleurs, ce qui est, si ce n'est amusant, notable en tout cas, est que, ton père et moi, nous étions justement rencontrés dans un cinéma. Nous adorions aller voir des films ensemble ! Mais après cette période troublée, ton père ne voulait plus m'y accompagner, ce, même lorsque nous avions la possibilité d'engager une nourrice. Pour lui, le cinéma me farcissait l'esprit de tout un tas de niaiseries, et c'étaient les films que j'allais voir qui me rendaient dépressive, et non tout le reste. Selon lui, ils me donnaient une vision biaisée et irréaliste de ce qu'était la vie.

Voilà qui m'est tout aussi familier…

— Et puis, un jour, tout a basculé… Alors que ton père était au travail, j'ai quitté la maison pour me rendre à une projection en cours de matinée. Malheureusement pour moi, il est rentré plus tôt ce jour-là et t'a retrouvée dans les bras d'une voisine. À mon retour, il est devenu fou furieux. Il m'a accusée de te négliger, et m'a jugée incapable d'être pour toi une mère convenable.

Rose interrompit son récit pour respirer une fois de plus profondément. De toute évidence, cette partie de l'histoire n'était pas pour elle la plus évidente.

— Il m'a dit que si j'estimais que la vie était à ce point plus belle dans les films que je ne pouvais m'empêcher de façon pathologique d'aller voir, alors je devrais peut-être aller essayer d'y vivre.

Ce fut à mon tour de prendre une profonde inspiration…

Non… Papa n'a pas pu lui dire une chose pareille… Si?

— Il s'est ensuite calmé un peu, et m'a suggéré de prendre un peu de temps pour moi, loin de tout, pour réfléchir à ce que j'attendais vraiment de la vie. Il devait probablement penser que cette retraite me permettrait de purger mon esprit de ces… niaiseries, comme il disait.

— Et est-ce que ça a marché? demandai-je, sachant pertinemment quelle serait sa réponse.

— Tu as déjà la réponse à ta question, Scarlett…

— Mais comment est-ce que tu as pu m'abandonner? Je n'étais qu'un bébé, bon sang!

Au vu de ma situation actuelle, j'avais bien conscience de l'hypocrisie de ma réaction, mais c'était différent : je n'avais abandonné que David à Stratford, là où Rose avait abandonné un mari et un enfant de six mois.

— Ce n'était pas dans mon intention, au début. Je pensais que ton père voulait que je t'emmène avec moi, mais il a insisté pour que tu restes avec lui. Il t'aimait déjà tellement, à l'époque, qu'il ne devait pas pouvoir supporter l'idée de te perdre. De plus, je pense qu'il devait te considérer comme la garantie que je reviendrais un jour à la maison.

— Ce que tu n'as jamais fait…

— Jamais. Mais crois-moi, Scarlett : le jour de mon départ, j'ignorais qu'il serait définitif. J'avais juste vu ça comme une retraite provisoire qui me permettrait de me remettre les idées en place. Comme je te le disais tout à l'heure, je déraisonnais… Je pensais sincèrement qu'à mon retour, je serais une meilleure personne… une meilleure mère.

— Que s'est-il passé alors ? demandai-je, insensible à son excuse. Qu'est-ce que le monde avait à t'offrir de si incroyable pour que tu nous raies de ton esprit ?

— Jamais je ne vous ai oubliés, Scarlett. Jamais…

Je me contentai de river mon regard sur elle, attendant une réponse.

— J'ai rencontré quelqu'un d'autre, avoua-t-elle d'une voix calme.

— C'est ça, ton excuse ? tonnai-je en me levant d'un bond. Tu as rencontré quelqu'un d'autre ? Tu as abandonné ta famille parce que tu t'es fait embobiner par un type au zinc d'un bar ?

— C'est un point de vue un peu réducteur, Scarlett. Assieds-toi, je te prie…, tenta-t-elle de me calmer en désignant d'une main le canapé. J'essaie de t'expliquer ce qui s'est passé.

Rageuse, je me rassis.

— Tu m'as dit que tu voulais tout savoir, n'est-ce pas ? s'enquit Rose d'une voix douce.

— Très bien ! lançai-je d'un ton sec en me laissant tomber contre les coussins derrière moi, les bras croisés. Je t'écoute !

Rose but une gorgée de café avant de poursuivre, comme si elle pensait que quelques secondes de répit m'aideraient à me calmer.

— J'ai rencontré cet homme, non dans un café, mais, ironie du sort, dans un cinéma. Il était venu seul, et moi aussi. Il était tellement différent de ton père… C'était presque son exact opposé.

Rose sembla se perdre dans ses pensées.

— Au début, il ne s'est rien passé : nous étions simplement bons amis. Mais il est vite devenu évident que nous attendions plus de notre relation… et ce qui devait arriver arriva.

Je n'aimais pas ça. Cela m'était bien trop familier…

— Il vivait à l'étranger, en France pour être exacte, sur la Côte d'Azur. Il m'a demandé de venir y vivre avec lui, et j'ai accepté. J'avais l'impression d'avoir découvert mon âme sœur…, avoua-t-elle, avant de sortir soudain de ses rêveries. Scarlett, tu dois certainement avoir vécu ça, par le passé… Rencontrer quelqu'un qui te fait te sentir incroyablement heureuse de vivre ; quelqu'un dont tu ne peux être séparée sans te sentir terriblement seule et triste. Au bout de quelque temps, ces sentiments deviennent si intenses, que tu ne peux pas imaginer que cette personne puisse ne plus faire partie de ta vie.

Je vois exactement ce que tu veux dire…

— J'ai donc choisi d'être lâche… et j'ai quitté le pays sans prévenir personne.

— Et papa et moi, alors ? Tu y as pensé ? lui demandai-je, sentant ma rage poindre de nouveau.

— J'ai écrit une lettre à ton père quelques semaines plus tard, l'informant d'où je me trouvais et de ce que je faisais. Je lui ai aussi dit que je viendrais te chercher dès que je serais convenablement installée en France avec Jacques.

— Mais…

— Je sais, je ne suis jamais revenue. Pas de sitôt, en tout cas. Six mois, très exactement… Quand Jacques m'a plaquée pour partir avec une autre. Ça a été la première fois où j'ai été abandonnée au profit d'un modèle plus jeune… J'ai essayé de me faire une vie en France, mais je ne parlais presque pas français et ma recherche d'emplois s'en ressentait. Je n'avais pas d'autre choix que de rentrer. J'ai travaillé quelque temps dans des bars, et je dois dire que ce genre de jobs m'a sauvé la mise plus d'une fois. Cela dit, ma situation n'était pas encore assez stable pour que je puisse m'occuper d'un enfant en bas âge. Aussi ai-je décidé que je ne rappellerais Tom pour vous revoir que lorsque ma vie serait plus équilibrée. Je ne m'attendais pas à ce qu'il accepte qu'on se remette en ménage ou quoi que ce soit, mais j'avais désespérément besoin de te voir. Or, je me disais qu'avec un bon travail et une maison accueillante, j'aurais plus de chance d'obtenir ta garde ou, tout du moins, avoir la permission de te prendre avec moi de façon régulière.

— Et que s'est-il passé, finalement ?

— Je n'ai jamais réussi à m'en sortir… Enfin, si, en quelque sorte, mais c'était une fois encore grâce un homme. Riche, lui aussi. Il habitait à Londres… C'est terrible à dire, Scarlett, mais ma vie était si misérable, que dès que j'ai aperçu une porte de sortie, je l'ai empruntée sans attendre.

— Aux dépens des membres de ta famille, rétorquai-je, insensible.

Rose acquiesça, l'air effondrée.

— Aucun des hommes que j'ai rencontrés n'était disposé à accueillir un enfant, encore moins s'il n'était pas de lui. Lorsque cette relation toucha à sa fin – ce qui fut le cas de toutes les suivantes –, tu devais avoir deux ans.

— On a déménagé à cette époque. À Stratford.

— Oh, c'est là que vous étiez partis ? J'ai essayé de vous retrouver, mais personne n'a voulu me le dire. Dès que j'essayais de m'informer auprès de la famille de Tom, je me faisais envoyer paître.

Je n'émettrai aucun commentaire…

— Et c'est comme ça que ça s'est terminé : je n'avais pas d'autre choix que de poursuivre ma vie de mon côté. Mais crois-moi, Scarlett : jamais je n'ai voulu que cela se passe ainsi. Jamais je n'ai voulu t'abandonner. J'ai toujours cru qu'un jour, je pourrais venir te chercher. Sache que je n'ai jamais cessé de penser à toi ; que je me suis toujours demandé comment tu allais… en particulier le jour de ton anniversaire.

— Qui est ?

— Le 19 mars, bien sûr…

Elle avait raison. Je me levai et commençai à déambuler dans la pièce. Je n'arrivais pas à digérer toute cette histoire : ce soir, en plus d'avoir retrouvé ma mère au hasard d'une séance de cinéma, j'avais découvert pourquoi elle m'avait abandonnée il y avait près de vingt-trois ans. Et le plus indigeste était que tout cela était arrivé pour la même raison qui avait poussé mon père à conseiller à mon fiancé de me laisser partir pour un mois.

Pourquoi avait-il pris le risque de voir tout cela se reproduire ?

— Je me doute que toute cette histoire doit être difficile à entendre pour toi, dit Rose en se levant, puis en avançant vers moi. Crois-moi : te rencontrer ce soir m'a tout autant secouée.

Pensant, horrifiée, qu'elle allait tenter de me prendre dans ses bras, je fis un pas en arrière.

— J'ai juste besoin… d'un peu de temps pour… pour réfléchir à tout ça, Ro… Enfin, mam… La poisse, je ne sais plus…

— Aucun problème, Scarlett. Je comprends. Peut-être préfères-tu que je te laisse ?

J'acquiesçai.

Rose prit un bloc-notes posé sur la table.

— Aurais-tu un crayon ? Je vais te laisser mon numéro. Peut-être que tu voudras me contacter bientôt, lorsque tu te sentiras prête.

— Je… je crois qu'il y en a un dans l'entrée.

Rose partit récupérer le crayon, revint dans le salon, griffonna sur le bloc-notes, puis déposa le tout sur la table basse, juste en face de moi.

— Je t'ai mis le numéro de chez moi et celui de mon portable. Si tu as besoin de parler de quoi que ce soit, surtout, n'hésite pas.

J'acquiesçai de nouveau.

Rose récupéra son manteau et son sac.

— Eh bien… au revoir, Scarlett. J'espère de tout cœur avoir bientôt de tes nouvelles.

— Oui… Au revoir… Au revoir.

— Cela ne me gêne pas que tu m'appelles Rose. J'avais plus l'habitude de Rosie, mais je trouve que Rose me va mieux. Rosie correspond davantage à celle que j'ai été qu'à celle que je suis devenue.

— Très bien… Alors, au revoir, Rose, dis-je, toujours incapable de la regarder en face.

La tête me tournait… C'était trop pour moi.

Rose posa une dernière fois les yeux sur moi et me sourit, avant de quitter le salon, puis l'entrée. J'entendis ses talons claquer contre le sol, puis le « clac » de la porte se refermant derrière elle.

Le plus étrange était que le bruit de ses talons sur le sol avait été exactement le même que celui des miens un peu plus tôt.

La raison en était simple, et je ne m'en rendis compte qu'après coup.

Rose possédait exactement la même paire de chaussures que moi.

CHAPITRE 29

Je dormis peu cette nuit-là. Pas étonnant, en un sens, compte tenu de ce que je venais de vivre.

J'avais appelé Ursula quelques minutes à peine après le départ de Rose, et lui avais tout raconté. Je ne souhaitais pas vraiment parler à qui que ce soit, mais je savais que, sans nouvelles de ma part, Ursula ou Oscar auraient fini par m'appeler. Aussi, m'étais-je rapidement débarrassée du coup de fil, et m'étais posée pour tenter de digérer tout ça.

Il restait encore tant de zones de floues.

Certes, je savais à présent pourquoi ma mère nous avait quittés – j'avais peut-être du mal à trouver ses raisons légitimes, mais, quoi qu'il en soit, j'en savais plus aujourd'hui que je n'en avais jamais su –, mais j'étais troublée par le comportement de mon père. S'il avait forcé, en quelque sorte, la rupture avec ma mère vingt-trois ans plus tôt, pourquoi encourageait-il désormais David à agir comme lui-même l'avait fait par le passé ? Pensait-il vraiment que la foudre ne pouvait pas frapper deux fois au même endroit ?

Je n'en finissais plus de me retourner dans mon lit, imaginant toutes les conséquences possibles de la façon dont j'allais gérer la suite des événements.

En premier lieu, je devais décider si oui ou non, j'allais revoir Rose. Sans grande hésitation, je décidai que je la reverrais. Il y avait encore trop de zones d'ombre dans cette histoire pour que je puisse lui dire au revoir. Qui plus est, si je ne nous voyais pas devenir, comme certains duos mère-fille, les meilleures amies du monde, Rose m'avait tout de même l'air, malgré ses erreurs passées, d'une personne appréciable, et j'avais sincèrement envie d'apprendre à la connaître.

Un jour ou l'autre, j'allais aussi devoir parler de tout cela à mon père, et je n'avais pas la moindre idée de la façon dont il allait réagir quand je mentionnerais Rose. Essaierait-il de m'empêcher de la voir ?

Non pas qu'il lui était possible de m'imposer quoi que ce soit, bien sûr ; je n'étais plus une enfant... Même si j'en avais tout l'air, à dire vrai, emmitouflée dans mes draps, les genoux dans les bras, prostrée comme une petite fille effrayée essayant de fuir les horreurs du monde.

Pour autant, je ne voulais pas briser le moral de mon père avec cette histoire. Émotionnellement, il y avait trop dans la balance... Non, j'attendrais, pour lui en parler et lui poser toutes ces questions qui me brûlaient les lèvres, d'être rentrée de mon séjour à Notting Hill.

Le lendemain matin, j'appelai Rose. Je levai et rabaissai cinq ou six fois le combiné avant de rassembler suffisamment de courage pour composer le numéro.

Je fus surprise de l'entendre répondre à la première sonnerie.

— Scarlett ! Quel plaisir... Je ne m'attendais pas à ce que tu me rappelles si tôt !

— Je me demandais si tu étais libre aujourd'hui. Si tu travailles, je comprendrais que tu ne puisses pas te lib…

— Non, non ! Je suis libre comme l'air. Je ne travaille qu'en soirée, aujourd'hui. Tu voudrais qu'on se revoie, peut-être ?

Une partie de moi espérait qu'elle ne pourrait pas se libérer.

— Oui, voilà. Si ça te convient, bien sûr… Je me suis dit qu'on pourrait se retrouver aux jardins de Kensington… ou ailleurs, si ça ne te convient pas !

— Aux jardins, ce serait parfait. Vers quelle heure, dis-moi ?

— Disons 11 heures, ce n'est pas trop tôt ?

— Non, c'est parfait aussi. Tu vois où se situe la statue de Peter Pan ? On se retrouve là-bas ?

— Oui, Peter Pan, très bien, répondis-je, sans avoir la moindre idée de l'endroit où pouvait se trouver cette statue. À tout à l'heure, alors.

— J'ai hâte d'y être, Scarlett.

Elle raccrocha.

Je soupirai aussitôt, et m'affalai sur les coussins éparpillés sur le canapé.

— Papa…, lançai-je à haute voix au salon désert. Si tu avais conscience de ce que tu as provoqué…

Chapitre 30

J'attendais Rose en face de Peter Pan, assise sur un banc.

J'étais arrivée aux jardins de Kensington suffisamment tôt pour avoir le temps de localiser la statue, mais l'avais trouvée assez vite, la première personne à qui j'avais demandé mon chemin me l'ayant indiquée sans la moindre hésitation.

Pendant que j'attendais, j'observais la sculpture : perché sur une sorte de grande souche, Peter jouait de la flûte, flanqué d'une foule de créatures des bois – fées, lapins et autres –, tandis que Clochette l'observait. Je saluai l'à-propos de la situation : quel personnage pouvait être plus parlant pour moi, à ce moment de ma vie, que le petit garçon qui refuse de grandir ? J'étais assise là en raison d'événements qui avaient eu lieu quand je n'étais qu'une enfant et m'avaient toujours empêchée de m'adapter pleinement à l'âge adulte.

Je regardai ensuite promeneurs et joggers défiler devant moi, mères et nourrices poussant leur landau, et propriétaires canins autorisant leur clebs à uriner sur la barrière qui ceignait la sculpture.

Deux femmes coiffées de casquettes de baseball déboulèrent au pas de course dans ma direction. Au lieu de passer devant moi comme je m'y attendais, elles s'arrêtèrent et s'appuyèrent contre la barrière.

— Allez, c'est parti pour une série de vingt ! lança à l'autre l'une des deux femmes, avant qu'elles se mettent toutes deux à faire des pompes en s'appuyant sur le fer forgé.

Elles en étaient à douze lorsque j'entendis un téléphone sonner.

— Oups ! Pardon, je le coupe tout de suite, s'excusa celle des deux femmes qui, visiblement, se trouvait être la coach personnelle de l'autre.

— Non, non, prenez l'appel, haleta la deuxième. Ça me permettra de récupérer un peu… Et pas de souci : je finirai la série dès que j'aurai repris mon souffle.

La première répondit donc à son téléphone, puis s'éloigna un peu. Sa cliente termina sa série de pompes, puis vint s'asseoir à côté de moi sur le banc. Elle posa ses coudes sur ses genoux, baissa la tête, et fit son possible pour retrouver son souffle.

— Elle ne vous ménage pas, dites donc, lui fis-je remarquer, à moitié par politesse, à moitié pour penser à autre chose qu'à l'arrivée imminente de ma mère.

— Ça reste raisonnable, commenta-t-elle en se redressant. Et puis, c'est pour ça que je la paie. C'est une super coach.

Nous restâmes assises en silence quelques secondes, observant la statue en face de nous.

— C'est fou de penser que toute l'histoire de ce personnage a été écrite par un type assis ici sur un banc, exactement comme nous en ce moment, me fit remarquer ma voisine, les yeux toujours rivés sur la statue.

J'étais tout de même assez surprise : personne ne se parlait vraiment à Londres, et encore moins les gens qui ne faisaient que se croiser.

— C'est vrai... Cela dit, j'avoue que je ne connais l'histoire que parce que j'ai vu *Neverland*.

— Oh... Un film qui ne m'est pas inconnu, dit-elle, avant de marquer une pause. Qu'est-ce que vous en avez pensé ?

— Je l'ai trouvé très touchant, répondis-je, en me rappelant quelques passages du film. En plus, il met en scène deux de mes comédiens préférés... Il partait avec un avantage. D'ailleurs, j'ai rencontré l'un des deux, il y a peu.

— Vraiment ?

— Oui. Johnny Depp.

— Et comment l'avez-vous trouvé, en vrai ?

— Très... cool.

— « Cool », ça lui va bien, oui. Je dirais même plus : *très* cool.

— Oh, vous l'avez déjà rencontré, vous aussi ?

J'étais assez étonnée – agacée ? – que ma voisine de banc ne soit pas plus impressionnée que cela par le fait que j'avais rencontré une star hollywoodienne.

— À quelques reprises, oui.

— Kate ! lança la coach à ma voisine. Dépêchez-vous, sans quoi votre rythme cardiaque va redescendre sous votre cap idéal d'entraînement.

Ma voisine de banc se retourna vers moi.

— Contente que vous ayez aimé le film, dit-elle en se levant, avant de relever sa casquette et de m'adresser un clin d'œil. Et tous les autres dans lesquels j'ai joué.

Stupéfaite, je restai là, assise sur le banc, à regarder Kate Winslet et sa coach personnelle s'éloigner au pas de course, puis s'enfoncer dans les jardins de Kensington.

Rose apparut quelques secondes plus tard sur le même chemin, et me rejoignit en hâtant le pas. Débarrassée de sa tenue de travail, elle s'était, cette fois encore, faite très élégante. Elle portait un pantalon noir, des bottes de cuir et un manteau de laine rouge. Elle ne sembla pas reconnaître plus que moi la célébrité casquettée qui la dépassa en trottant.

— Je suis navrée. Je ne suis pas trop en retard ? me demanda-t-elle en arrivant à ma hauteur.

— Non, non, répondis-je en me levant pour l'accueillir. Je n'étais pas sûre de bien savoir où était la statue de Peter Pan, alors j'ai préféré arriver tôt. Cela dit, j'ai eu de quoi me faire patienter…

— Tant mieux, commenta Rose, avant de lever les yeux vers la statue. Tu sais, je te lisais souvent *Peter Pan*, lorsque tu étais bébé. Je savais bien que tu étais trop jeune pour comprendre quoi que ce soit, mais j'avais tellement aimé cette histoire quand j'étais enfant que je brûlais de te la transmettre.

Elle me regarda fixement, mais, comme je ne savais quoi lui répondre, je restai silencieuse.

— Tu veux marcher un peu, Scarlett ? À moins que tu préfères aller prendre un café ?

— Je veux bien qu'on marche un peu, oui.

Nous commençâmes donc notre balade, abordant en premier lieu les sujets les moins risqués comme la météo, l'actualité et l'impression que nous laissaient les passants. Nous nous aventurâmes ensuite sur le terrain plus glissant de ma vie, et je lui parlai de David et de Maddie, avant de lui en dire un peu plus long sur mon travail.

Ce qui nous amena à reparler de mon père.

— Lui as-tu dit que tu m'avais retrouvée ? me demanda Rose, regardant droit devant elle.

— Non, pas encore.

— Tu as l'intention de le faire ?

Nous venions d'arriver devant la fontaine commémorative de Diana. Je m'arrêtai et observai les touristes qui prenaient le monument en photo, et les passants qui y contemplaient simplement leur reflet.

— Je ne sais pas. Peut-être.

— Quelle sera sa réaction, à ton avis ?

Je me tournai vers Rose.

— Aucune idée. Je ne m'attends pas à ce qu'il le prenne bien, en tout cas.

— Tu penses que cela posera un problème ? Entre vous, j'entends ?

Je haussai les épaules.

— Pendant quelque temps, peut-être. Mais il est rare que papa reste braqué très longtemps. Une fois qu'il se sera fait à l'idée, tout finira par rentrer dans l'ordre.

— Et à quelle idée devra-t-il se résigner ?

— L'idée que toi et moi, nous nous côtoyions. Enfin, si on continue à se voir… par la suite.

— Cela te plairait, Scarlett, que l'on continue à se voir ?

Rose semblait prête à exploser, tant elle s'efforçait à refréner le sourire qui ne demandait qu'à illuminer son visage.

— Je crois, oui… Oui. Oui, ça me plairait.

Ne me serre pas dans tes bras. Pitié, pitié, pitié…

À mon grand soulagement, elle n'en fit rien, se contentant de libérer enfin de ses chaînes un sourire rayonnant.

— Oh, Scarlett, j'espérais tant que tu répondrais cela !

— Ça ne veut pas dire que je t'ai pardonné de nous avoir abandonnés, ajoutai-je, comme si elle avait besoin que je le lui rappelle.

— Bien sûr. Cela va sans dire… Oh, je suis tellement heureuse, Scarlett ! Heureuse, aussi, de t'avoir apporté ceci, me dit-elle en me tendant un grand sac que j'avais remarqué un peu auparavant, mais à propos duquel je n'avais pas eu envie de poser la moindre question. Ne l'ouvre pas maintenant. Tu regarderas ce que c'est une fois chez toi.

Le sac était très lourd, et je jetai un coup d'œil furtif à l'intérieur.

— Qu'est-ce que c'est ?

Le sac cachait une de ces grandes boîtes ornées munies d'un couvercle aux coins cuivrés et de poignées, du genre de celles qui servent à ranger les souvenirs de mariage ou les vieilles photos.

— Ce sont des choses que j'ai gardées pour toi, toutes ces années. Non…, insista-t-elle quand je tentai de soulever le couvercle. Je préfère que tu l'ouvres tout à l'heure, quand tu seras chez toi, s'il te plaît.

— Si tu veux, mais je suis vraiment curieuse de savoir ce que c'est, maintenant.

— Ce n'est pas grand-chose, honnêtement. Nous allons prendre un verre ? proposa-t-elle pour changer de sujet. J'ai l'impression qu'il y a un petit café ouvert, un peu plus loin.

Nous passâmes l'heure suivante au café à papoter et à profiter de boissons chaudes. Pour être tout à fait honnête, ce fut un moment très agréable. Rose était de bonne compagnie, et je pense que je l'aurais appréciée, même si elle n'avait pas été ma mère. D'ailleurs, en réalité, je pense que cela aurait été plus facile, si elle ne l'avait pas été.

Je l'observai en train de boire son cappuccino.

— Qu'y a-t-il ? me demanda-t-elle, remarquant l'insistance de mon regard.

— Non, rien d'important, répondis-je en détournant les yeux.

— Tu sais, Scarlett, je crois que si nous voulons que ça marche entre nous, nous n'avons pas d'autre choix que de nous montrer totalement honnêtes l'une envers l'autre. Qu'en penses-tu ?

J'acquiesçai à contrecœur.

— Oui… Oui, bien sûr, tu as raison.

— Alors ?

Je respirai profondément.

— Je me disais que si tu m'étais totalement étrangère, tout cela serait bien plus facile.

— Tu veux dire que tu aurais plus de facilité à m'apprécier ?

— Je crois, oui…

— Dans ce cas…, pourquoi ne pas me considérer comme telle pour le moment ? Comme… une amie et rien de plus ?

— Tu es sûre ?

Elle acquiesça.

— Et continue de m'appeler Rose, si cela te met plus à l'aise, d'accord ?

— Je pense que ça m'aidera, oui.

Rose s'adossa à son siège et leva sa tasse de café.

— Je crois que cela mérite un toast, tu ne crois pas ? À ton amitié naissante avec une étrangère rencontrée dans une salle de cinéma !

Je levai aussitôt ma tasse de thé.

— À l'amitié, oui… Rien de plus, rien de moins.

Après que Rose et moi nous fûmes séparées dans les jardins de Kensington, et qu'elle m'eut promis de me rappeler le lendemain pour que nous fixions notre prochain rendez-vous, je rentrai aussitôt à la maison.

Une fois arrivée, je gravissais les marches et entrai chez Belinda et Harry sans même jeter un regard à la maison de Sean. Je m'occupai rapidement de l'alarme, jetai mon manteau sur la chaise de l'entrée, puis me ruai dans le salon pour ouvrir la boîte de Rose.

J'ignore ce que j'espérais y trouver – quelques vieux carnets, peut-être, ou une paire de chaussons de bébé –, ce que je sais, en revanche, c'est que ce que j'y découvris, après avoir retiré le couvercle, me coupa littéralement le souffle.

À l'intérieur se trouvait tout un tas de petits cadeaux, chacun enveloppé dans du papier cadeau aux motifs colorés. Sur l'un d'eux, un lapin sautillait, sur un autre apparaissaient des chiffres ; sur celui-ci des autocollants, sur celui-là des fleurs. Tous étaient petits, mais superbement empaquetés, noués avec de magnifiques rubans.

Un petit mot était placé au-dessus, que j'ouvris aussitôt…

« Scarlett, ma petite,

Si je n'ai été présente à aucun de tes anniversaires, sache que je n'ai jamais cessé de penser à toi, et encore moins, tous les ans, à cette date si particulière.
Chaque année depuis mon départ, le jour de ton anniversaire, je t'ai acheté un petit cadeau, l'ai emballé, puis l'ai déposé dans ce sac.
Et chaque année, à mesure qu'il se remplissait, je perdais un peu plus l'espoir que tu les ouvrirais un jour.
Mais aujourd'hui, la chance vient de m'être offerte de te les remettre enfin. J'espère que tu comprendras que, si je n'ai pas été là en personne en ces jours si importants, jamais je n'ai oublié ma petite fille.

Je t'embrasse fort,
Maman »

Je lus la lettre une seconde fois avant de la replacer dans la boîte, et, lorsque je pris le paquet recouvert du papier rose sur lequel sautillait le petit lapin, je me rendis compte que mes mains tremblaient. Un message était inscrit sur l'étiquette du cadeau :

« Pour ton premier anniversaire. »

J'hésitai. Je savais qu'en ouvrant cette boîte, j'allais découvrir bien plus qu'un simple cadeau.

Le plus délicatement possible, je retirai le papier qui enveloppait la boîte. À l'intérieur se trouvait un petit ours en peluche rouge. Il portait un petit collier sur lequel était inscrit :

« Je suis l'ours Scarlett ! Cajole-moi ! »

Je gardai un moment l'ours près de mon visage, les yeux fermés, puis l'assis ensuite avec une grande douceur à mes côtés pour que nous vivions ensemble le reste de cette « soirée d'ouverture ».

« Tu as deux ans ! » annonçait le deuxième cadeau. Il y avait à l'intérieur un livre en tissu intitulé *L'Abécédaire de Boucle d'or*. Sur la couverture, la célèbre blondinette m'adressait un sourire radieux, ses bouclettes étincelantes cascadant sur le haut de son gilet bleu-gris.

Suivirent plusieurs jouets, tous de grande qualité, destinés aux jeunes enfants, puis d'autres livres, un jeu en bois et une poupée qui ressemblait à s'y méprendre à Boucle d'or, encore elle. Je découvris ensuite les cadeaux qui m'avaient attendue à mon adolescence : des cassettes et des CD de musique qu'étrangement, j'avais effectivement écoutés durant cette période. Vinrent ensuite des bijoux et une petite boîte pour les ranger, un sac à main, quelques livres de plus, des boucles d'oreilles et un bracelet. Enfin, je trouvai une trousse de maquillage perlée, un superbe cadre photo et une magnifique écharpe en soie. Quand j'en arrivai au dernier paquet, je le gardai un moment dans mes mains, le tenant avec une infinie précaution. Ces dernières minutes, j'avais eu l'impression de voyager dans le temps, de voir ma vie défiler devant moi à la vitesse de la lumière.

Pour tout avouer, chaque cadeau d'anniversaire que m'avait offert ma mère aurait plus que fait mouche si je l'avais ouvert à l'âge indiqué sur le paquet. Elle avait réalisé, je ne savais trop comment, un sans-faute troublant.

Je retirai le papier du dernier cadeau avec autant de délicatesse que pour les précédents, essayant de le déchirer le moins possible : à l'intérieur se trouvait un petit écrin de velours rouge. Avec douceur, j'en soulevai le couvercle et découvris un médaillon en forme de cœur. Au vu de l'usure – caractéristique – du métal, je sus immédiatement que j'avais sous les yeux un bijou ancien. Lorsque je le soulevai pour examiner ses superbes gravures florales, je le trouvai étonnamment lourd.

Plaqué contre le couvercle se trouvait un message que je récupérai précautionneusement.

« Ma chère Scarlett,

Comme ma grand-mère des décennies avant moi, j'ai porté ce pendentif le jour de mon mariage. J'ignore pourquoi je choisis de te le remettre cette année, mais, étrangement, j'ai la sensation que c'est le bon moment. Joyeux 23e anniversaire, ma chérie. J'espère de tout cœur que cette année sera celle que choisira l'amour, le véritable amour, pour venir t'envoûter.

Je t'embrasse fort, Maman »

Je gardai le médaillon dans le creux de ma main quelques secondes de plus, repliai la note, puis la rangeai dans l'écrin, avant d'en refermer le couvercle.

Je le posai ensuite à la suite des vingt-deux autres cadeaux placés en demi-cercle sur le sol en face de moi. Chacun reposait sur le papier d'emballage, replié avec soin, qui l'avait accueilli pendant ces longues années.

Je posai le regard sur le premier d'entre eux, puis les observai tour à tour, avant d'en revenir au premier. Je ramassai le petit ourson rouge et le plaçai de nouveau devant mon visage… avant de fondre en larmes.

Je pleurai probablement une bonne vingtaine de minutes, avant de pouvoir me ressaisir. Avec autant de précautions que possible – compte tenu de mon état d'alors –, je rangeai les cadeaux dans la boîte, avant de me ruer dans la salle de bains où je me débarrassai de mon mascara saboté par les larmes. Je descendis ensuite au rez-de-chaussée, attrapai mon manteau et sortis de la maison.

Tandis que je filai le long du trottoir, je farfouillai dans mon sac à la recherche d'une petite note. Dès que je l'eus trouvée, j'y jetai un coup d'œil rapide et la fourrai dans une poche de mon manteau.

Au bout de quelques minutes, je m'enfonçai dans les entrailles de la station « Porte de Notting Hill », puis, arrivée devant une carte du réseau, je repérai la bonne ligne, sautai dans une voiture, montai dans l'une des rames, attendis patiemment la bonne station, puis me hâtai au-dehors où je pus de nouveau profiter d'un peu d'air frais.

Je ressortis la note de ma poche, y jetai un nouveau coup d'œil, mais dus demander ma direction à un passant avant de m'enfoncer dans un réseau de ruelles, jusqu'à un immeuble d'habitation.

Je levai les yeux vers la tour grisâtre, puis fonçai à l'intérieur. Il me fallut attendre longtemps dans l'ascenseur d'une lenteur incroyable, avant qu'au-dessus de ma tête s'illumine le chiffre 5, et que les portes s'ouvrent.

Ce n'est qu'après un sprint le long d'un couloir sombre et miteux que je trouvai ce que j'étais venue chercher.

Je respirai profondément, puis toquai à la porte de l'appartement 504.

Quelques secondes plus tard, la porte s'ouvrit, et Rose se tint devant moi, éberluée.

— Scarlett, que fais-tu ici à cette heure ? me demanda-t-elle, l'air inquiet.

Je tentai de parler, mais ne parvins qu'à bredouiller quelque chose d'inintelligible.

— Mais que se passe-t-il, bon sang ? insista Rose, totalement alarmée. Il t'est arrivé quelque chose ?!

Des larmes commencèrent à perler le long de mes joues.

— M... maman..., parvins-je simplement à articuler, avant de me mettre à pleurer à chaudes larmes, assaillie par une vague d'émotion intense.

— Oh, Scarlett..., lâcha Rose qui, une main sur la bouche, éclata à son tour en sanglots. Qu'est-ce qui a changé ?

— Moi..., pleurnichai-je, en me jetant sur elle.

Pour la première fois de ma vie, je pris ma mère dans mes bras.

CHAPITRE 31

Visites de galeries d'art, promenades au parc, repas et, même, quelques films – aussi bien au cinéma que sur le gigantesque écran plasma de Belinda et Harry –, les jours qui suivirent, ma mère et moi passâmes beaucoup de temps ensemble.

— Je change d'horaires de travail, la semaine prochaine, m'annonça ma mère le dimanche, tandis que nous rentrions toutes deux d'une rétrospective Cary Grant.

Nous avions dû voyager longtemps en métro pour rejoindre un cinéma qui ne projetait que des grands classiques. Cela dit, pour avoir la chance de visionner *Elle et lui* et *Indiscrétions* comme ils étaient censés être vus – sur grand écran –, cela en avait amplement valu la peine.

— Je crains que nous ne puissions plus nous voir aussi souvent dans les jours qui viennent. Qui plus est, tu dois commencer à en avoir marre de me voir tous les jours.

— Bien sûr que non ! protestai-je, on ne peut plus sincère.

Ma mère sourit.

— Tu es adorable, Scarlett. Mais, malheureusement, je vais travailler en journée, et je ne serai disponible que le soir. De toute façon, je suppose que tu meurs d'envie de rattraper le temps perdu avec David. Tu dois lui manquer terriblement.

— C'est vrai que j'ai pas mal délaissé David, ces derniers temps… Et puis, j'aimerais le présenter à mes nouveaux amis, ainsi qu'à toi, bien sûr. Finalement, c'est plutôt une bonne nouvelle que tu sois désormais libre en soirée, puisque je compte organiser une petite fête la semaine prochaine. David a un déplacement professionnel à Londres, du coup, il va passer la nuit ici.

— Oh ! Cela me ferait vraiment plaisir de rencontrer ton fiancé ! s'enthousiasma ma mère.

— Je pensais inviter Oscar et Ursula aussi. Ce sont les deux personnes qui étaient avec moi le soir où on s'est rencontrées au cinéma. Ils meurent d'envie de faire ta connaissance dans de meilleures conditions. Qui plus est, ils connaissent, au détail près, toute mon histoire.

Et ma mère également, désormais. Ces derniers jours, je lui avais expliqué non seulement nos recherches, à Sean et à moi, à Londres et Paris, mais également la raison pour laquelle j'étais venue à Notting Hill. Comme je m'y étais attendue, elle avait approuvé avec enthousiasme mon entreprise de convaincre mon entourage qu'il se trompait à propos des films et de la réalité.

— J'attends vraiment cette soirée avec impatience, Scarlett. En tout cas, promets-moi que mon travail en journée ne t'empêchera pas de sortir pour partir à la chasse aux instants-ciné : tu ne vas plus rester bien longtemps à Londres, et, comme j'ai échoué, il faut bien que l'une de nous parvienne à prouver à ton père qu'il a tort…

— Ne t'inquiète pas, maman, la rassurai-je. Je suis sûre que j'y arriverai.

Convaincre mes proches était une chose, mais réussir à cuisiner pour la réception qui aurait lieu ce soir même dans la demeure de Belinda et Harry, en était une autre ! Perdue devant les livres de cuisine de madame, je lisais combien de temps il était important de laisser mariner cette préparation-ci, et combien de temps il était nécessaire de remuer celle-là.

De toute évidence, Ursula et Oscar, habitués qu'ils étaient à manger dans les restaurants les plus chics de Londres, ne s'attendaient probablement pas à être invités à une soirée spaghetti bolognaise – ma spécialité –, mais connaissant les deux personnages, je les savais bien trop aimables et courtois pour s'en plaindre. David, lui, serait simplement surpris de savoir que j'avais passé plus de cinq minutes aux fourneaux. Non, la personne que je voulais vraiment séduire et impressionner, c'était ma mère.

Certes, elle ne vivait pas, ces temps-ci, dans un luxe évident, mais de ce qu'elle m'avait raconté de ses voyages autour du monde, j'avais l'impression qu'elle avait déjà goûté, dans sa vie, aux plats les plus subtils et les plus savoureux qui soient.

— Non, mais qu'est-ce que tu racontes, gros nase ? lançai-je au livre de cuisine en haut des pages duquel un cuisinier célèbre m'offrait un sourire insolent de jovialité. Qu'est-ce que c'est que ça, un « braiser-déglacer » ?

On sonna à la porte.

— Raah, bon sang, mais depuis quand on sonne chez les gens à…, commençai-je en tournant la tête vers l'horloge du minuteur. Non, déjà 16 heures, c'est pas vrai !

Mon tablier toujours autour de la taille, je marchai d'un pas courroucé jusqu'à la porte, le livre de cuisine toujours à la main.

— Salut, belle inconnue…, lança le visiteur qui se tenait sur le perron. Ça faisait un bail…

— Sean ! lâchai-je, stupéfaite, manquant de laisser échapper le livre. Qu'est-ce que tu fais ici ?

— Ursula vient de m'apprendre la bonne nouvelle… À propos de ta mère. J'ai eu envie de venir te féliciter, m'expliqua-t-il, avant de dévisager mon tablier. Je peux entrer ?

— Ça dépend.

— De ?

— De si tu sais ce qu'est un « braiser-déglacer »…

Sean fronça les sourcils.

— Je crois que c'est une technique de cuisine… C'est le fait de cuisiner de la nourriture liquide et de se débrouiller pour que ce qui la rend liquide s'évapore. Encore une fois : je crois.

— C'est bon, tu peux entrer, dis-je, le tirant dans la maison avec ma main libre.

— Qu'est-ce que tu fais ? me demanda-t-il en m'emboîtant le pas jusque dans la cuisine.

— Je prépare à manger… Enfin, j'essaie. J'ai des invités, ce soir.

— Oh, je vois…

— Je t'aurais invité, bien sûr, si je n'avais pas cru que tu étais encore à New York ! ajoutai-je aussitôt.

— Je suis rentré hier soir. J'ai dormi jusqu'à ce que je récupère du décalage horaire, et, peu après mon réveil, Ursula m'a appelé et m'a prévenu pour ta mère. Je n'arrive pas à le croire, Scarlett… Elle était là depuis le début.

— Je sais… C'est dingue, non ?

— Et alors, comment ça se passe entre vous ? me demanda Sean en prenant un oignon et en jonglant avec négligemment. Vous vous entendez bien ?

— Maintenant, oui. Tu sais, c'est une très longue histoire, Sean, et j'ai vraiment envie de tout te raconter dans les moindres détails…, affirmai-je, sincère.

De fait, j'avais envie de partager cette histoire avec lui. Qui plus est, à présent qu'il était dans la maison, je n'avais pas la moindre envie qu'il parte…

— Malheureusement, je suis complètement débordée, avec toute cette préparation, et je manque cruellement de temps. Tu penses qu'on peut se voir demain ? lui demandai-je, pleine d'espoir.

— Ou alors, on pourrait faire d'une pierre deux coups : je t'aide à faire la cuisine, pendant que tu me racontes l'histoire de ta mère…

Je lui adressai un sourire reconnaissant.

— Tu sais cuisiner ?

— Je peux essayer, répondit-il en jetant l'oignon sur une planche à découper, avant de remonter ses manches. Ça ne doit pas être bien terrible.

— Pour l'instant, j'ai réussi à allumer le four sans tout faire sauter et… c'est à peu près tout, résumai-je sur un ton désespéré.

Sean se mit au travail et, bien vite, de délicieuses senteurs baignèrent la pièce. De toute évidence, il était plus à l'aise dans une cuisine qu'il avait bien voulu le laisser entendre. J'arpentai la pièce en jouant les commis, et, tandis que je hachais, tranchais et farcissais, je lui racontais ce qui s'était passé entre ma mère et moi.

Lorsque j'en arrivai à l'histoire des cadeaux, j'observai Sean avec attention, curieuse de sa réaction. Il me tournait le dos, occupé qu'il était à remuer quelque chose dans une casserole, mais je le vis marquer une petite pause, avant de se remettre à jouer lentement de la cuillère en bois.

— Tu pourrais me passer ce couteau, s'il te plaît ? lui demandai-je en désignant un couteau posé à côté de lui. Le mien est mal aiguisé.

Sean s'empara du couteau et se retourna vers moi. Lorsque je levai les yeux vers son visage, je constatai que ses yeux scintillaient sous les spots de la cuisine.

— Si tu pouvais couper tes oignons sous l'eau, Scarlett, comme je te l'ai conseillé tout à l'heure, ce serait sympa, lança-t-il en se retournant aussitôt. Ils mettent mes yeux au supplice.

Je me gardai de lui rappeler que j'avais coupé les oignons dix minutes auparavant, et que j'en étais désormais aux champignons et aux carottes.

— Tout se passe bien, donc ? s'enquit Sean, une fois que j'eus fini de lui raconter toute l'histoire.

— Oui. C'est d'ailleurs pour que ma mère puisse rencontrer quelques-uns de mes amis que j'ai décidé d'organiser cette soirée. Enfin, quelques-uns… presque tous, en fait. Il ne manquera que Maddie et Félix. Ils sont en lune de miel.

Sean demeura silencieux, faisant mine de se concentrer sur un passage particulièrement complexe ou intéressant du livre de recettes.

— Dis… Pourquoi est-ce que tu ne resterais pas ce soir ? lui proposai-je en reposant la casserole que j'avais dans la main. Après tout, tu n'es pas loin d'avoir préparé le repas tout seul…

— Ça ne risque pas de fiche en l'air ton organisation ? me demanda-t-il en levant les yeux vers moi.

Je fis « non » de la tête.

— Nous serons cinq, en plus… Autant équilibrer la tablée.

— Qui sera de la partie ?

— Moi, forcément, et ma mère, ainsi qu'Oscar, Ursula et David.

À la mention de David, les épaules de Sean se crispèrent.

— David sera là ?

— Oui. Ma mère voulait le rencontrer.

— Je vois.

— Mais je suis sûre qu'elle sera heureuse de te rencontrer, toi aussi, ajoutai-je rapidement. Je lui ai beaucoup parlé de toi.

— Ah oui ? dit Sean surpris, les yeux brillants d'appréhension.

— Oui. Je lui ai parlé de tout ce que tu avais fait pour m'aider à la retrouver.

— Oh, OK…

Sean se retourna vers le livre.

— Reste, Sean, s'il te plaît, insistai-je en me rapprochant de lui. C'est une soirée importante pour moi… J'aimerais vraiment que tu sois là.

Je posai délicatement ma main sur son épaule.

— Bien sûr que je vais venir, Scarlett, dit-il en se tournant de nouveau vers moi. Si c'est ce que tu veux… alors, je serai là.

— Je le veux, Sean… Oui.

Tandis que nous nous trouvions là, l'un en face de l'autre, les yeux dans les yeux, je dus lutter pour ne pas tendre la main et essuyer du pouce les gouttelettes de sueur qui s'étaient formées sur ses sourcils, car, si je le faisais, je savais que mes doigts voudraient ensuite descendre le long de son nez pour venir caresser sa bouche, puis que mes lèvres insisteraient pour prendre la relève…

J'entendis comme un sifflement de cocotte, et mis quelques secondes à me rendre compte qu'il ne venait pas de moi.

— Sean, la sauce !

Sean se retourna et vit la sauce meurette écumer et dégouliner sur les bords de la casserole.

— Merde ! C'était pas censé bouillir, ça ! jura-t-il, levant haut la casserole. Plus qu'à recommencer…

Nous reprîmes aussitôt le travail, et, durant les minutes qui suivirent, nous ne fûmes déconcentrés par aucun sifflement.

D'aucune sorte.

CHAPITRE 32

— Tu sais ce à quoi je viens de penser, Sean ? lui demandai-je quelques minutes plus tard, une fois que je fus de nouveau en état de lui parler. Tu as tout de Mark Darcy, à t'affairer comme ça dans ma cuisine.

— Je ne suis pas sûr que Mr Darcy soit à l'aise dans une cuisine, déclara Sean, étonné. Pas dans le bouquin de Jane Austen, en tout cas. Il est plutôt du genre à avoir des larbins pour s'occuper de son repas.

— Non, pas le Mr Darcy d'*Orgueil et Préjugés* ! Mark Darcy, dans *Le Journal de Bridget Jones !*

— Oh, OK, une de tes références ciné…

— Ouais ! Ça faisait longtemps que je n'avais pas trouvé d'instant-ciné, et avec tous les efforts que tu viens de fournir dans cette cuisine, tu viens de m'en offrir un !

Sean resta pensif quelques secondes.

— Tu ne m'as pas déjà comparé à lui ? À Mark Darcy ?

Je réfléchis.

— Oh, tu as raison ! Au mariage de Maddie, quand David et toi vous battiez dans la fontaine. J'ai dit que vous m'aviez fait penser à une scène similaire dans le deuxième volet de *Bridget Jones*.

— Et quand j'étais dans le bateau, dans Fantasyland ? Tu en as parlé aussi, non ?

— Non, là, c'était à Daniel Cleaver que je te comparais, le personnage interprété par Hugh Grant.

— Ah, je vois… Enfin, je crois. Et mieux vaut être comparé auquel ?

J'y réfléchis un instant.

— Mark Darcy… Oui, Mark, c'est sûr.

Après tout, nous parlions de Colin Firth, et aucune femme qui l'avait vu sortir du lac dans *Orgueil et Préjugés* ne s'en est jamais vraiment remise.

— Ça n'a pas l'air de couler de source, dis donc. Pourquoi ?

— Difficile à dire… Colin Firth incarne un type un peu guindé, réservé, dans le film… Un peu comme le Mr Darcy de Jane Austen, tiens. Mais en apparence, seulement, parce que tu sens que si tu arrives à lui faire baisser sa garde, tu vas découvrir un homme à la fois passionné et, disons-le, terriblement sexy. Pour Hugh Grant – qui joue Daniel –, c'est différent… Aucune surprise avec lui : sa personnalité est définie dès le début, et il n'offre rien à découvrir, même si l'on se donne la peine de gratter un peu. C'est un mufle, un beau parleur ; un homme à femmes. Ils ont tous les deux du charme, mais… un charme totalement différent.

— Mais, toi, tu préfères Colin, c'est bien ça ?

Durant son interrogatoire, Sean avait quitté la cuisinière et rivé ses yeux sur moi.

— Oui, je crois bien. Pourquoi donc ? Je croyais que tu détestais le cinéma… Pourquoi cet engouement soudain ?

— Oh, pour rien, répondit Sean, mystérieux, s'en retournant à sa casserole. Je me demandais, c'est tout.

Je m'apprêtai à pousser mes questionnements plus avant, lorsque la sonnette retentit de nouveau. C'était d'autant plus surprenant que je n'avais jamais aucune visite, ne connaissant à Notting Hill qu'Ursula, Oscar et Sean. Qui cela pouvait-il bien être ?

Je m'excusai, quittai la cuisine, traversai l'entrée et ouvris la porte sans même prendre le temps – comme j'en avais à présent l'habitude –, de regarder par le judas.

— Surprise ! cria mon père les bras tendus, debout sous le porche.

— Papa ? Mais qu'est-ce que tu fiches ici ?

— C'est comme ça que tu accueilles ton vieux père ?

— Il est venu avec moi, Scarlett, lança David qui venait d'apparaître derrière mon père. J'espère que ça ne te dérange pas ?

— Non… Non, bien sûr que non. C'est juste… une sacrée surprise !

— Une bonne ou une mauvaise ? me demanda mon père.

— Une bonne, bien sûr.

— Tu es une menteuse de premier ordre, ma fille ! Je sais bien que tu détestes les surprises.

— Ça dépend lesquelles…, rétorquai-je, volontairement vague.

Je me demandai dans quel film j'avais déjà entendu un dialogue à peu près similaire… Raah, je l'avais sur le bout de la langue… Mais, bien sûr ! *Coup de foudre à Notting Hill* ! C'est le passage pendant lequel Alec Baldwin se pointe au *Ritz* pour faire une surprise à Julia Roberts.

— Tu comptes nous faire entrer ? demanda David.

— Oui… Oui, bien sûr.

Je reculai, et ils entrèrent ; David avec un nécessaire de voyage, mais mon père, détail plus inquiétant, avec une valise.

— Tu es ici pour combien de temps, papa ? l'interrogeai-je, tandis que me revenait soudain en tête la liste des invités de ce soir.

— Juste pour quelques jours, Scarlett. Je ne suis pas venu à Londres depuis des lustres, et David avait une sorte de réduction qui faisait que pour un billet acheté, il avait le second à moitié prix, alors, on a partagé les frais, et on est tous les deux venus voir comment tu te portais.

Autant le coup de la réduction était totalement plausible, David voyageant souvent, autant j'avais du mal à croire que mon père ait pu quitter le travail… D'autant plus qu'en mon absence, il n'y avait plus personne pour faire tourner la boutique : fait unique dans l'histoire de notre petite entreprise familiale.

David et mon père échangèrent un regard louche, et je compris soudain pourquoi ce dernier père était ici : il ne voulait pas prendre le risque de me voir reproduire les erreurs de ma mère, d'autant moins que la fin de mon séjour approchait… Je supposai d'ailleurs que David était ici pour les mêmes raisons. Ils avaient mis tous deux en place ce petit manège pour garder un œil sur moi. Était-ce à cela que David avait fait référence, à Paris, lorsqu'il m'avait dit avoir donné sa parole à mon père ? Étaient-ils de mèche depuis le début ?

J'étais à deux doigts de leur hurler sans circonvolutions que je n'avais pas besoin de garde-chiourmes, quand

Sean débarqua de la cuisine sans crier gare, son tablier noué autour de la taille.

— Scarlett ? Tu aurais d…

Je me retournai aussitôt vers lui.

— Toi ! entendis-je David hurler derrière moi.

Sean observa calmement les deux personnes en face de lui.

— Plaisir partagé, David, déclara Sean, avant d'oublier David et de se diriger vers mon père. Je ne crois pas avoir eu le plaisir de faire votre connaissance, dit-il en tendant la main.

— Sean, je te présente mon père.

— Monsieur O'Brien, enchanté de vous rencontrer enfin. Scarlett m'a beaucoup parlé de vous.

J'ignorais si Sean se comportait ainsi pour énerver David, mais, si tel était le cas, à en croire la couleur cramoisie de la figure de mon fiancé, force était de constater que cela fonctionnait à merveille.

Surpris, mon père n'en serra pas moins la main de Sean.

— Papa, je te présente Sean, mon voisin.

David émit une sorte de grognement de dédain.

— Ravi de faire ta connaissance, Sean, dit mon père avant de jeter un coup d'œil à David. Tout va bien, mon garçon ? Tu n'as pas l'air dans ton assiette.

— Je crois qu'il est temps pour moi de vous quitter, annonça Sean en dénouant son tablier. J'espère t'avoir été utile, Scarlett.

Il passa le tablier par-dessus sa tête, et se dirigea vers la porte.

David – dont le teint avait repris une couleur plus habituelle – s'effaça sur son passage.

— J'espère que tu ne pars pas à cause de nous, mon vieux, lâcha-t-il d'un air méprisant sur le passage de Sean.

— Oui, Sean, tu n'es pas obligé de partir, le rappelai-je en fusillant David du regard.

— Oh, je pense que si, me dit-il, les yeux rivés sur moi, choisissant de snober David une fois de plus. J'espère que votre soirée se passera bien, Scarlett. En tout cas, je suis sûr que tes invités vont adorer ce que tu t'es échinée à leur préparer.

Il me fit un clin d'œil et se retourna vers la porte.

— Attends un peu, Sean, et je te raccompagnerai comme il se doit… Papa, David, le salon est juste ici, leur indiquai-je d'un doigt pointé vers la porte. Installez-vous. Je vous y retrouve dans une minute. Je vous montrerai où poser vos bagages.

Mon père jeta un coup d'œil dans la direction indiquée, avant de se retourner vers nous.

— D'accodac' ! Ravi de t'avoir rencontré, Sean, le salua mon père en lui adressant un petit hochement de tête.

— Tout le plaisir est pour moi, monsieur O'Brien.

David émit un son qui s'apparentait plus à un grognement qu'autre chose.

— Tu devrais vraiment consulter, David : j'ai l'impression que tes bronchites deviennent chroniques. Laisse courir un peu trop longtemps, et, un de ces quatre, tu vas te réveiller avec une pneumonie.

J'attendis qu'ils soient hors de vue pour filer rejoindre Sean au-dehors.

— Ne pars pas, s'il te plaît…, le suppliai-je de nouveau. La table est immense : il y a encore de la place pour sept. Je suis sûre que David saura se tenir si je lui en touche deux mots.

Sean me sourit.

— Scarlett, sincèrement, vu la situation, je m'attendais à ce que ma présence ce soir soit le cadet de tes soucis.

— Qu'est-ce que tu veux dire ? Oh, tu parles de mon père ? J'ignorais qu'il allait venir aujourd'hui. Si j'en crois ce qu'ils me disent, c'est une surprise…

— Je sais. Je vous ai entendus discuter quand j'étais dans la cuisine. Cela dit, je ne parlais pas de l'arrivée inopinée de ton père, mais de ce que tu allais bien pouvoir dire à ta mère.

— Comment ça ?

— Qu'est-ce que tu vas lui dire pour qu'elle ne vienne pas ? Tu ne comptes pas la faire s'asseoir à la même table que ton père quand même ?

Je mis les mains dans les poches du tablier, et tournai les yeux vers un homme qui taillait une haie de l'autre côté de la rue.

— Scarlett ? m'interpella Sean.

— Il faudra bien qu'ils se revoient un jour, maintenant que ma mère fait de nouveau partie de ma vie, dis-je en me retournant vers lui. Je n'y peux rien si mon père a décidé de débarquer comme ça, à l'improviste.

Sean écarquilla les yeux.

— Mais ils ne se sont pas vus depuis plus de vingt ans ! S'ils se retrouvent ce soir, ça risque d'être un véritable carnage !

— Peut-être… ou peut-être pas. Qui sait ? Cela se passera peut-être très bien.

À la façon dont il se frotta le front, je compris sans mal que Sean ne voyait pas tout cela d'un bon œil.

— Dis-moi, le vin rouge qu'on a fait mariner, tu en as bu combien de verres ? Scarlett, bon sang : appelle ta mère et dis-lui que le dîner est annulé !

— Non. Elle a tellement hâte de rencontrer tout le monde… Je ne peux pas lui faire ça.

— Mais la mettre face à face avec ton père, ça, tu peux ?

Je retirai mon tablier et commençai à le plier.

— Écoute, Sean : s'il y a quelqu'un ou quelque chose à blâmer, ici, ce n'est pas moi, mais le Destin. Il n'y a pas de hasard dans la vie, alors je ne change pas le programme.

— Tu sèmes le vent…

— Encore une fois : peut-être, peut-être pas, dis-je en haussant les épaules. Et toi, alors ? Tu viens ou tu ne viens pas ?

— Hors de question… que je rate le feu d'artifice ! Tu plaisantes ou quoi ? Un combat de gladiateurs depuis la tribune impériale : je prends !

Je ne pus m'empêcher de sourire.

— Je sais que tu penses que je fais une bêtise, mais peut-être que finalement, c'est pour ça que je suis venue à Londres : pour me retrouver avec mes deux parents. Il n'y a pas de…

— … hasard dans la vie. Je le sais bien, et c'est d'ailleurs la deuxième fois que tu joues ta carte en trente secondes. Mais qui sait ? Peut-être que tu es venue à Londres pour une autre raison…

— Et, une fois de plus, peut-être pas… Écoute, Sean : je vais devoir rentrer. Je te dis à tout à l'heure ? Ça te va, 19 h 30 ? Je dirai à ma mère de venir pour 20 heures, comme ça, tout le monde aura eu le temps de parler un peu avec mon père avant l'événement.

— Je pense vraiment que tu fais er…

— Stop, Sean ! l'interrompis-je en levant la main. On se retrouve tout à l'heure ?

Il acquiesça.

— Tu risques de regretter ta décision, Scarlett. Peut-être pas demain, ni le jour d'après, mais bientôt, et pour le restant de tes jours.

Je lançai à Sean un regard suspicieux.

— Tu es sûr que tu ne regardes jamais de films ?

— C'est rare. Pourquoi ?

— Parce que tu as une fâcheuse tendance à me donner l'impression que ma vie en est un, ces derniers temps.

Chapitre 33

Les yeux tournés vers le salon de Belinda et Harry, le cœur empli d'un plein sentiment de satisfaction et de triomphe, j'observai mes invités qui semblaient passer un bon moment.

Tout le monde était arrivé aux alentours de 19 h 30 – à dix minutes près –, et ils se tenaient là, un verre à la main, à papoter amicalement.

Ursula était arrivée vêtue – comme à son habitude – d'une tenue aussi excentrique qu'élégante : une robe à la mode des années 1960 lilas et rose tout droit sortie de la boutique d'Oscar. Ce dernier, qui semblait s'ennuyer à mourir en discutant avec David, portait un costume moutarde sur une chemise noire, et s'était paré d'une superbe cravate rouge à imprimé écossais.

Mon père, lui, avait revêtu son plus beau pantalon et une chemise que je lui avais offerte pour Noël l'an passé. Pour l'instant, il semblait en grande conversation avec Sean – ce qui ne lassait pas de me surprendre.

Après le départ de Sean cet après-midi, j'étais rapidement retournée dans la cuisine pour m'assurer que rien ne brûle ou ne déborde, mais tout avait l'air sous contrôle. Par chance, Sean m'avait préparé toute une série d'indications concernant la durée de cuisson et le thermostat de chaque plat.

Sean… Je le regardai parler avec mon père. Ce soir, il portait une chemise violine – suffisamment déboutonnée pour qu'on puisse apercevoir les premiers des poils qui, je le savais, recouvraient son torse musculeux –, et un pantalon noir qui lui allait si parfaitement – il mettait en valeur tout ce qu'il fallait… – qu'il avait à coup sûr été taillé sur mesure.

— Quand est-ce que ta mère arrive ? me demanda Ursula qui, faisant soudain irruption, m'avait fait sursauter.

— Pardon ? Oh, je… je lui ai dit de venir pour 20 heures, répondis-je en jetant un coup d'œil à ma montre. Elle ne devrait plus tarder.

J'avais prévenu tout le monde de ce qui allait se passer ce soir – hormis mon père, bien entendu –, et jusqu'ici, les réactions n'avaient pas été des plus enthousiastes.

— Tu appréhendes le moment où elle va débarquer ?

— L'angoisse commence tout juste à monter, en fait…

— Enfin ! souffla Oscar qui, aussitôt libéré de David, s'était rué vers nous et se délectait maintenant d'une grande lampée de vin rouge. Navré, ma chérie : je sais que c'est ton homme, mais si je dois entendre ne serait-ce qu'une fois de plus combien il a du mal avec son plancher laminé, je crois que je hurle !

Oscar nous regarda l'une après l'autre.

— Qui est censé arriver à 20 heures ?

— La mère de Scarlett, peut-être ?

— Oh, mais oui, quel idiot ! Je suis désolé, j'avais presque oublié : j'ai le cerveau qui marche au ralenti…, s'excusa Oscar en posant une main sur son front, avant d'avaler une nouvelle gorgée de vin. En tout cas, si tu veux mon avis, ça sent le roussi, ton histoire.

Ursula fusilla Oscar du regard.

— Au fait ! s'exclama-t-elle soudain en se retournant vers moi. Comment est-ce que ça se passe avec elle ? On ne t'a presque pas vue depuis ces fameuses retrouvailles au cinéma.

— Eh bien, extrêmement bien, pour tout dire, répondis-je, aux anges, comme chaque fois que j'avais eu à parler de ma mère, ces derniers jours. On a passé énormément de temps ensemble. On s'est vraiment amusées. Et puis, la retrouver, ça m'a fait réfléchir à pas mal de choses…

— Ah oui ? Lesquelles ? demanda Oscar, intrigué.

— Comme la place déterminante qu'occupent dans ma vie certains de mes proches, et le fait de me satisfaire de ce que j'ai sans courir après des chimères.

Je tournai mon regard vers Sean.

— Il faut savoir rester fidèles à nos proches, c'est certain… commenta Ursula d'une voix douce. Mais n'abandonne jamais tes rêves, Scarlett.

Je la regardai.

— Et si jamais ces rêves ne se réalisaient jamais, Ursula ?

— Si tu arrêtes d'y croire, comment pourrais-tu un jour savoir s'ils étaient ou non inaccessibles ?

Je m'apprêtais à l'interroger plus avant, mais fus interrompue par le cri strident de la sonnette. Dans la pièce, tout le monde se figea, à l'exception de mon père qui continua sa discussion avec Sean jusqu'à ce qu'il se rende compte que la pièce était silencieuse.

— Zen, tout le monde ! dis-je, sur un ton exagérément jovial. Ce n'est que la sonnette, hein !

Tandis que je quittais le salon, je fus envahie par une vague d'angoisse irrépressible, et, lorsque j'ouvris – lentement – la porte d'entrée, un terrible pressentiment m'assaillit.

Peut-être qu'ils avaient raison, tous. Je devais empêcher ma mère de prendre part à ce dîner.

— Bonsoir ! me lança ma mère tout sourires, debout sur le perron, les mains chargées d'une bouteille de vin et d'un bouquet de fleurs. Tout se passe bien ? Je ne suis pas en retard, j'espère ?

Je restai plantée devant elle, cherchant désespérément une excuse pour l'empêcher d'entrer, mais, comme je ne l'arrêtai pas, elle mit un pied dans la maison.

— En fait… Comment dire ? J'ai…, bredouillai-je en refermant la porte derrière elle.

— Qu'y a-t-il, Scarlett ? Tu nous as préparé du gratin de cendres ? me taquina-t-elle gentiment. Cela dit, tu es un peu pâlotte… Tout va bien ?

— Il faut que je te dise quelque chose, maman.

— Oui ? s'inquiéta ma mère. Qu'y a-t-il ?

— Scarlett, où est ton tire-bouchon, s'il te plaît ? me demanda mon père en débarquant du salon. On voudrait ouvrir une…

À la vue de la dernière invitée de notre soirée, il se figea sans pouvoir terminer sa phrase. La bouteille qu'il tenait glissa de ses mains et vint s'écraser sur le sol carrelé. Le verre vola en éclats, et le vin rouge se répandit rapidement à ses pieds, donnant l'impression qu'il se tenait immobile dans une mare de sang.

Alertés par le bruit, tous les convives accoururent, mais mon père ne sembla rien remarquer, abasourdi qu'il était, debout à quelques pas de ma mère. Les couleurs avaient fui son visage, comme le vin la bouteille brisée.

— Bonjour, Tom, le salua ma mère qui s'était remise de sa surprise plus rapidement que mon père.

Je récupérai la bouteille dans sa main, juste au cas où...

— Ça fait un bail...

Mon père ouvrit et ferma la bouche plusieurs fois, telle une carpe échouée sur la rive.

— Commençons par nettoyer tout ça, papa, déclarai-je en m'approchant de lui et en ramassant quelques morceaux de verre brisé. Ensuite, on pourra...

— Qu'est-ce qu'elle fout ici ? tonna soudain mon père lorsqu'il retrouva l'usage de la parole.

Je me figeai. Même lorsque j'étais enfant, j'avais rarement entendu mon père crier.

— Je te jure que si j'avais su que tu viendrais aussi, Tom, répondit ma mère d'une voix calme, je ne serais jamais venue. Il n'était pas dans mon intention de gâcher la soirée de qui que ce soit.

— Tu ne serais jamais venue ? gronda mon père. Toi ? Et depuis quand est-ce que tu te soucies de qui que ce soit d'autre que de toi-même ? Le sort des autres, ça n'avait pas l'air de t'inquiéter tant que ça, il y a vingt ans, quand tu nous as lâchés !

Ma mère se tourna vers les autres invités qui, tous, sous le choc, braquaient les yeux sur elle.

— Laissez-moi juste nettoyer ce vin, dis-je, en tentant de nouveau de m'approcher de mon père, et je vous expliquerai ce…

— Reste où tu es, Scarlett ! Tu en as assez fait pour aujourd'hui, tu ne crois pas ?

Je me retournai vers ma mère.

— Maman ?

— Peut-être vaudrait-il mieux que je vous laisse, Scarlett. Je ne voudrais pas gâcher davantage votre soirée, dit-elle, avant de se tourner vers mon père. De toute évidence, je ne suis pas la bienvenue ici.

Elle fit un pas en direction de la porte.

— Mais…

Je ne savais pas quoi faire. J'avais commis une grave erreur, et, quelle que soit ma réaction, cela ne ferait qu'empirer la situation. Si je tentais d'apaiser l'un de mes parents, il m'accuserait probablement aussitôt d'avoir pris le parti de l'autre.

— Maman, reste, s'il te plaît.

Elle se retourna, la main toujours sur la poignée.

— Je ne peux pas, Scarlett. Ma présence ne ferait qu'attiser les tensions. Je t'appellerai demain, et nous en reparlerons calmement.

Je me contentai d'acquiescer.

— Je m'excuse, lança-t-elle d'une voix désolée en jetant un bref coup d'œil aux convives amassés dans l'entrée. J'espère que je n'ai pas trop fichu votre repas à l'eau. Bonne soirée, tout le monde !

Et puis, elle s'éloigna.

Lorsque la porte se referma derrière elle, mon cœur se serra. Lentement, je me retournai vers mes invités.

De toutes les émotions que je pouvais lire sur leur visage, la plus intense était sans nul doute la colère de mon père qui, debout dans sa mare écarlate, était plus livide encore que tout à l'heure.

— Papa ? l'appelai-je à voix basse. Je suis tellement désolée… Je ne voulais pas que ça se passe comme ça.

Il ne répondit rien et demeura immobile. Je fis un pas vers lui.

— Non ! cria-t-il d'une voix de stentor. Ne t'approche pas de moi !

— Mais, papa…

— Comment as-tu osé, Scarlett ? Après tout ce que nous avons dû affronter ensemble. Après tout ce que je t'ai raconté sur elle… Comment as-tu pu me faire ça ?

Je restai plantée au milieu de l'entrée, écrasée par le regard de mes cinq invités. Celui de mon père était plein de rage, celui d'Oscar de peur, celui d'Ursula de tristesse, et celui de David de pitié. Et lorsque je croisai celui de Sean, je sentis mon corps commencer à trembler.

— Assez ! s'interposa ce dernier en venant se placer entre mon père et moi. C'est terminé… Vous parlerez de ça tous les deux plus tard en privé lorsque vous vous serez calmés, dit-il d'une voix ferme avant de passer en revue les convives. Ursula, tu pourrais trouver de quoi nettoyer le vin, s'il te plaît ? Et toi, Oscar, cela te dérangerait d'emmener M. O'Brien dans le salon et de lui servir un grand verre de whisky ?

Oscar écarquilla les yeux à l'idée de devoir escorter mon père où que ce soit tant ce dernier était hors de lui.

— Scarlett, m'appela Sean en s'approchant de moi, puis en passant son bras autour de mes épaules. Tu trembles. Tu te sens bien ?

— Eh, toi ! hurla une autre voix courroucée, alors que David se ruait vers Sean. Je ne crois pas que Scarlett soit ta fiancée ! Donc si elle tremble et qu'elle a besoin de réconfort, je m'en charge !

— C'est facile de se bouger les miches après la bataille, rétorqua Sean en lâchant mes épaules. Si tu te soucies autant d'elle que tu veux bien le dire, pourquoi est-ce qu'encore une fois, c'est moi qui suis intervenu quand elle en avait besoin ?

Pétrifiée, je les observai les uns après les autres : Ursula en train d'essuyer une flaque de vin aux pieds de mon père ; Oscar qui essayait de convaincre mon père de se mettre au sec, puis de le suivre dans le salon pour prendre un verre, et Sean et David qui se disputaient une fois de plus pour moi.

Puis, tout à coup, presque malgré moi, je m'éloignai d'eux… Je m'emparai de mon manteau posé sur une patère, et ouvris sans bruit la porte d'entrée : aussitôt, un vent froid me glaça les os et s'engouffra à l'intérieur.

Tous les invités arrêtèrent net ce qu'ils faisaient et se tournèrent vers la porte ouverte.

Je devais avoir l'air d'un solennel absolu, ainsi debout devant la porte, le vent affolant ma chevelure ! Aussi, pour parfaire le tableau, j'adoptai une posture théâtrale…

— Vous m'aviez tous dit que cela finirait en désastre, et ça a été bien pire encore. Je n'ai écouté aucun d'entre vous… Je n'écoute jamais personne : je poursuis obstinément ma route en me disant que les choses finiront toujours par s'arranger. Eh bien, félicitations à tous : vous avez eu raison sur toute la ligne, et moi, j'ai fait fausse route…, de façon aussi désastreuse que d'habitude.

Le vent souffla une nouvelle rafale glacée dans mon dos. Je n'avais pas vraiment envie de m'aventurer au-dehors, un soir de février, mais je me voyais mal faire machine arrière, désormais. Pas après la tirade tragique que je venais de leur offrir, en tout cas. Raah, mais pourquoi est-ce que ce genre de ton dramatique n'avait d'effet que dans les films ?

— Maintenant, avant que je ne cause davantage d'ennuis à qui que ce soit, je m'en vais… Je m'en vais quelque part où je ne poserai plus de problèmes à personne.

Je me retournai alors, et, sans un regard en arrière, me ruai au-dehors, claquant la porte derrière moi.

Où est-ce que je vais bien pouvoir m'exiler en plein Notting Hill ? me demandai-je, tandis que je dévalai la rue en essayant tant bien que mal d'enfiler mon manteau.

La réponse s'imposa à moi comme une évidence.

Chapitre 34

Je filai le long de la rue jusqu'à atteindre le grillage noir qui ceignait le jardin, puis, après un rapide coup d'œil alentour, me hissai par-dessus et atterris de l'autre côté, exactement comme je l'avais fait le soir où j'y avais retrouvé Sean.

Je remerciai ma bonne étoile de ne pas porter la robe que j'avais envisagé de mettre un peu plus tôt dans la journée, pour finalement la troquer contre un élégant pantalon noir et un haut à sequins. Sans cela, la manœuvre aurait été bien plus délicate…

Malgré tout, cela ne m'empêcha pas de trébucher et de finir à moitié dans un buisson… heureusement pour moi sans épines. Force était de constater que mes talons aiguilles n'étaient pas particulièrement adaptés en cas d'atterrissage sur terrain meuble.

—Et merde…, marmonnai-je, avant de me relever tant bien que mal et d'épousseter mon pantalon. Si seulement j'avais eu mes clés, je me serais épargnée ce sketch…

Après ma première visite de ce jardin avec Sean, j'avais découvert que Belinda et Harry en avaient la clé. Sauf que, bien entendu, ma sortie de diva ne m'avait pas offert le luxe de récupérer mon trousseau.

D'ailleurs, j'avais déjà de la chance d'avoir pu embarquer mon manteau…

Bon, et maintenant, je fais quoi?

Je m'assis sur le banc qui nous avait accueillis, Sean et moi, quelques semaines auparavant. Je commençai à me sentir vraiment coupable d'avoir filé comme ça, en laissant aux autres le soin de récolter la tempête que j'avais semée. Mais le mal était fait: j'avais agi sur un coup de sang et allais devoir en assumer les conséquences.

Je me demandai ce qui se passait alors à la maison.

J'espère que Sean a pensé à sortir la viande du four! paniquai-je soudain, repensant au repas soigneusement planifié.

Cela dit, avec ce qui venait de se passer, je doutai que qui que ce soit goûte jamais à ces plats, aussi, cela n'avait que peu d'importance… Hormis, bien sûr, si le fait de ne pas arrêter le four mettait le feu à la maison.

— Arrête un peu tes délires, Scarlett, me réprimandai-je. Il y a peut-être des choses plus graves, ce soir, qu'un dîner brûlé…

Pour une fois, j'avais réfléchi en personne raisonnée: ce que j'avais fait ce soir était impardonnable; j'avais mis tout le monde dans une situation plus qu'embarrassante, et je n'en tiendrais pas rigueur à mes invités s'ils ne voulaient plus jamais m'adresser la parole. Mes parents, en particulier.

— Ma pauvre maman…

Je pris mon visage dans mes mains en repensant à l'expression qu'affichait son visage lorsqu'elle avait affronté brièvement le regard de tous les convives qui s'étaient retournés vers elle.

Et mon père. Comment allais-je pouvoir un jour lui expliquer toute cette histoire ?

Je posai ma nuque sur le dossier du banc et plongeai mon regard dans le ciel. La nuit était claire, et les étoiles étincelaient au-dessus… Exactement comme le soir où Sean et moi nous étions retrouvés ici. La seule différence étant que ce jour-là, je me sentais pleine d'optimisme quand je pensais à tout ce qui m'attendait ici. À présent, j'étais triste que mon séjour à Notting Hill touche à sa fin, et je regrettais d'avoir causé tant de tourments à tous ces gens pour n'être finalement parvenue à rien.

Je restai ainsi sur le banc un moment, jusqu'à ce que mes pieds soient congelés et que mes mains, même bien à l'abri de mes poches, aient pu sans honte réclamer leur place au bout des avant-bras du Père Noël.

Quand j'avais claqué la porte un peu plus tôt, j'avais secrètement espéré que quelqu'un se lancerait à ma poursuite, ou qu'au loin, j'entendrais bien vite flotter l'écho de mon nom. Mais non : je ne vis, ni n'entendis personne.

Si j'avais été dans un film, le héros aurait su aussitôt où venir me chercher. Il serait venu me débusquer sur mon petit banc et m'aurait réconfortée en me serrant dans ses gros bras musclés… Personne sur Terre n'aurait su où me trouver… sauf lui.

Et s'ils avaient raison, tous ? Si les choses de la vie n'avaient rien à voir avec celles du cinéma ? Je repensai à tous les instants-ciné de ma liste : chaque fois que j'avais essayé de réorchestrer l'un de ces moments, quelque chose avait mal tourné. Et lorsque j'avais été assez chanceuse pour en vivre un sans tricher, il n'avait jamais eu la saveur de l'original. M'étais-je persuadée de toutes ces similitudes pour continuer à me mentir ? Même après la sortie tragique que j'avais interprétée tout à l'heure à en rendre envieux tous les plus grands réalisateurs d'Hollywood, personne n'était venu me chercher… Je m'étais imaginé que Sean, au moins, aurait eu une vague idée de l'endroit où je me trouvais et serait venu me sauver.

Je lançai un regard plein d'espoir vers la porte, au cas où il aurait été en train de me chercher désespérément à travers le grillage, mais il n'était pas là.

Ce qu'il y avait par contre, c'était un rai de lumière aveuglante qui pointait directement sur mon visage, me forçant à me mettre le bras devant les yeux.

— Tout va bien, mademoiselle ? m'interpella une voix.

Le faisceau était à présent braqué contre le sol, ce qui me permit d'y voir de nouveau quelque chose. Je clignai des yeux et aperçus un jeune policier qui m'observait à travers le grillage.

— Oui, très bien. Merci beaucoup.

— Qu'est-ce que vous faites, assise toute seule dans ce parc ? me demanda-t-il en balayant la zone de sa lampe-torche.

— Rien de particulier, affirmai-je, me triturant les méninges pour trouver quoi lui répondre.

Il tenta d'entrer, mais trouva la porte close.

— Cette porte est fermée. Vous avez les clés, bien entendu ?

— Bien sûr, répondis-je, ne disant rien d'autre que la stricte vérité.

Bon, OK, je ne les ai peut-être pas sur moi, mais…

— Ça vous dérangerait de venir m'ouvrir, dans ce cas ? On a eu quelques cas de vandales qui essayaient de pénétrer illégalement dans ce jardin, donc, il faut que je vérifie vos dires… C'est à cause du film qu'ils ont tourné ici, il y a quelques années. Vous l'avez peut-être vu ? *Coup de foudre à Notting Hill*?

— Oui… Oui, je connais, oui.

Je me levai et me dirigeai le plus lentement possible vers le grillage. Je jouai avec la montre, fouillant dans mes poches en espérant y trouver une clé ; n'importe laquelle.

— C'est un bon film, je trouve, poursuivis-je. Vous l'avez vu, vous ?

— Oui, plusieurs fois. Ma petite amie l'adore. Enfin, je crois qu'elle aime surtout ce bon vieux Hugh Grant. Dès qu'il joue dans un film, je ne peux pas y couper !

— Cela dit, de votre côté, vous aviez quand même de quoi vous faire plaisir avec Julia Roberts, plaisantai-je tout en essayant de gagner un peu plus de temps.

— Oui, ça va, elle est pas mal. Mais je préfère les blondes… Cameron Diaz, vous voyez ? C'est plus mon genre de femmes.

Ma main toucha quelque chose de dur…

Hourra !

— Voici ma clé, annonçai-je, brandissant fièrement la clé de la boîte à bijoux de Belinda.

J'avais farfouillé dans la maison un jour de déprime, et j'avais tordu la minuscule clé en essayant de l'enfoncer dans la serrure de la boîte. Je l'avais mise dans ma poche pour ne pas oublier d'en refaire faire une à l'occasion.

Sauf qu'avec l'histoire de ma mère, cela m'était totalement sorti de la tête.

L'officier regarda la clé d'un air dubitatif.

— Elle me semble un peu petite, non ?

— Non, non, c'est bien la bonne clé. Comment est-ce que j'aurais pu rentrer, sinon ?

— Dans ce cas, je vous saurais gré de m'ouvrir la porte, mademoiselle. Après quoi, je vous laisserai tranquille et continuerai ma ronde.

— Oh… OK.

Pleine d'espoir, j'insérai la minuscule clé dans la serrure, priant pour qu'elle agrippe le mécanisme interne et ouvre la porte. Après tout, il se passait des choses bien plus improbables tous les jours, dans le monde…

Mais pas ce soir.

— Mince, je crois que la serrure est grippée…, dis-je en faisant autant de bruit que possible avec la clé.

Le policier haussa un sourcil.

— Je pense que vous et moi, nous savons que cette clé n'a jamais ouvert cette porte, mademoiselle. Je me trompe ?

Je baissai les yeux et me mis à dessiner d'improbables motifs sur le sol du bout de mon pied.

— Je me permets de vous reposer la question que je vous ai posée tout à l'heure, mademoiselle : que faites-vous assise toute seule dans ce parc ?

— Je vous assure que j'ai une clé, monsieur l'agent, c'est juste que je suis partie de chez moi en trombe, et que je l'ai oubliée à la maison.

— Dans ce cas, mademoiselle, puis-je savoir comment vous êtes entrée là-dedans ?

— Je suis passée par-dessus le grillage, marmonnai-je.

— Je vous demande pardon ?

— Je suis passée par-dessus le grillage.

— Dans ce cas, je vais vous demander de ne plus bouger d'ici, mademoiselle, m'ordonna l'agent, avant de pencher la tête vers son micro-cravate. Bravo Un à Charlie Quatre, besoin d'assistance au parc près de Rosmead.

— Bien reçu, Bravo Un, j'arrive tout de suite, répondit une voix crépitante.

— Écoutez, je ne suis pas ici pour vandaliser le parc ! protestai-je, me voyant déjà menottée et jetée à l'arrière d'un fourgon. Je ne vous mens pas : j'ai vraiment une clé ! J'habite sur Lansdowne Road.

— Pourrais-je avoir votre pièce d'identité, s'il vous plaît, mademoiselle ?

— Oui, bien s…, m'interrompis-je, après m'être rendu compte que je n'avais pas mon sac. Non, je n'ai aucun de mes papiers sur moi.

— Je m'en doutais. Je vais vous demander d'attendre ici sans bouger, s'il vous plaît.

Accablée, je reposai ma tête contre le grillage. Cette soirée allait de mal en pis…

Charlie Quatre arriva bientôt : bien plus âgé que Bravo Un, il m'observa sans rien dire, tandis que je patientais, debout derrière les barreaux. Vu sa dégaine, je m'attendais à ce que, d'une seconde à l'autre, il lâche une phrase du genre : « Bon ! Qu'est-ce que tu nous as trouvé là, petit ? ».

C'est affreux ! J'ai déjà l'impression d'être en cage !

— Bon… Sur quoi tu es tombé, là, petit ? demanda le nouvel arrivant à Bravo Un.

— Cette demoiselle me soutient qu'elle a la clé du parc, sergent, mais elle m'a aussi avoué être entrée ce soir en escaladant le grillage.

— Je vois. C'est vrai, tout ça, mademoiselle ?

— Oui, mais…

— Un instant, mademoiselle, m'interrompit-il en levant une main vers moi. Ce sera bientôt votre tour. Quoi d'autre, petit ?

— Rien, sergent. Je crois qu'on a fait le tour du problème.

— Très bien. Mademoiselle ? Quelque chose à ajouter à la déclaration de mon collègue ?

Il ne faut pas que mon avocat soit présent, avant que je puisse dire quoi que ce soit à des policiers ?

— Pas grand-chose. Monsieur l'agent a raison. Simplement, je voudrais que vous sachiez que si je n'ai pas cette clé sur moi, ni même mes papiers, c'est parce que je suis partie de chez moi sur un coup de tête après une dispute. Je ne suis pas une criminelle.

— C'est tout, mademoiselle ? me demanda le sergent en me toisant du regard à travers le grillage.

J'acquiesçai tristement. N'en avais-je pas assez dit pour qu'on me laisse tranquille ?

— Dans ce cas, mademoiselle, vous ne nous laissez pas le choix. Fais ton boulot, petit.

Bravo Un, soudain penaud, se retourna vers son sergent.

— Le matériel, petit… Tu l'as, n'est-ce pas ?

Les joues de Bravo Un devinrent écarlates, puis le jeune agent haussa les épaules en secouant la tête.

Charlie Quatre roula des yeux et soupira.

— Dans ce cas, je vais devoir improviser…, déclara-t-il en tendant la main vers sa paire de menottes.

Oh non, ce n'est pas vrai ! Ils ne vont quand même pas me menotter au grillage en attendant de nouveaux renforts ?

Mais au lieu de saisir ses menottes, il se contenta de les soulever et de fouiller dans sa poche.

— Bon… Je n'ai rien qui puisse faire l'affaire, annonça-t-il. Vide tes poches, petit, s'il te plaît.

— Sergent ?

— Tes poches. Vide-les. Je cherche un truc pour crocheter la serrure.

L'agent s'exécuta, et plaça tour à tour un mouchoir, un bout de ficelle, un chewing-gum et un préservatif dans la paume ouverte de son supérieur.

Le sergent haussa un sourcil d'étonnement en voyant le dernier objet.

— J'ai fait les scouts, sergent… Vous connaissez la devise : « Scouts, toujours… prêts ! »…

— On en reparlera plus tard. Quoi qu'il en soit, rien de tout ça ne va m'aider à ouvrir cette porte, dit-il, avant de se tourner vers moi. Je suppose que vous n'avez pas d'épingle à cheveux sur vous, mademoiselle ?

— N… non, désolée, répondis-je en tâtant mes cheveux sans conviction.

J'avais les cheveux lâchés, ce soir, pour le repas, et n'avais donc rien de plus sur la tête que ma chevelure.

— Dans ce cas, je vais devoir te demander de retirer ton casque, petit.

— Mais pourquoi, sergent ?

— Pas de ça avec moi, petit. Tu sais très bien pourquoi. Ne me prends pas pour un crétin devant mademoiselle.

Bravo Un retira son casque à contrecœur, puis le sergent ôta aussitôt une épingle fichée dans ses cheveux.

— Voilà qui est mieux…, lâcha-t-il, tandis qu'il introduisait l'épingle dans la serrure.

— C'était une idée de ma copine, se défendit l'agent en se tournant vers moi, pendant que le sergent crochetait la serrure d'une main experte. J'ai une tête vraiment petite pour un homme, du coup, il n'y avait aucun casque à ma taille… Avec l'épingle, l'avantage, c'est qu'il ne me tombe pas sur les yeux, vous comprenez ?

Je hochai la tête, me rendant compte de ce que cette scène avait d'absurde : un agent de police crochetait une serrure à deux mètres de moi, pendant que son collègue me vantait les mérites d'un accessoire de coiffure.

— Et voilà, le travail…, annonça enfin Charlie Quatre en ouvrant la porte. Si vous voulez bien approcher, mademoiselle.

— Vous m'emmenez au poste ? leur demandai-je, anxieuse.

— Vous avez trop regardé *Chips*, mademoiselle, se moqua-t-il en me faisant signe de passer la porte la première. On va simplement vous raccompagner chez vous.

— Mais, je croyais…

— *Coup de foudre à Notting Hill*, c'est ça, le truc ? me demanda le sergent, à présent que j'étais sortie de ma cage.

J'acquiesçai.

— Comment est-ce que vous avez deviné ?

— Vous avez la tête de l'emploi… La femme nostalgique en quête de romantisme… Ça nous arrive deux fois par mois depuis la sortie du film. D'habitude, on retrouve plutôt des couples, ici. Pas vrai, petit ?

L'agent acquiesça.

— À… à vrai dire, je…, bredouillai-je, ennuyée de devoir me lancer dans le récit fastidieux et gênant de ce qui m'avait poussée à me réfugier ici.

— Ne vous embêtez pas à nous expliquer, mademoiselle. Contentez-vous de nous indiquer votre adresse.

Charlie Quatre et Bravo Un m'escortèrent jusqu'à la maison de Belinda et Harry. S'ils ne m'avaient pas arrêtée, flanquée comme je l'étais par deux agents de police, j'avais l'impression d'être une véritable criminelle. Heureusement pour moi, à mon retour à la maison, il ne resterait probablement plus que mon père et David pour m'accueillir, les autres ayant dû déserter l'endroit depuis bien longtemps.

De loin, je constatai que la lumière du salon était encore allumée. Les deux agents s'arrêtèrent sur le trottoir, et je gravis les marches qui menaient sur le perron. Je m'apprêtais à frapper d'une main discrète quand la porte s'ouvrit subitement.

— Scarlett ! s'exclama Sean en bondissant à mes côtés, avant de tirer la porte derrière lui. Où est-ce que tu étais passée, bon sang ? me demanda-t-il en baissant la voix. On était tous morts d'inquiétude !

Son regard fut alors attiré par les deux policiers qui attendaient un peu plus loin.

— Tout va bien ? me demanda Sean, inquiet. Que s'est-il passé ?

— Dois-je en conclure que vous connaissez cette personne, monsieur ? demanda le sergent à Sean. Vous nous confirmez qu'elle habite bien à cette adresse ?

— Oui, oui, elle habite ici, pourquoi donc ?

— C'est tout ce que nous avions besoin de savoir, monsieur. Si vous le permettez, nous la laissons entre vos mains. Toutefois, nous aimerions que vous nous rendiez un petit service, je vous prie.

— Oui ? demanda Sean, interloqué.

— La prochaine fois que votre amie sort, assurez-vous qu'elle a bien ses clés sur elle.

Lorsque les deux policiers se furent suffisamment éloignés, Sean plaça un doigt sur ses lèvres pour m'inviter à être discrète et me tira par le bras jusque dans l'entrée, avant de refermer délicatement la porte derrière nous.

— Qu'est-ce qu'il a voulu dire, Scarlett ? murmura-t-il. Qu'est-ce qui se passe, bon sang ?

— C'est une longue histoire, Sean, répondis-je en jetant quelques brefs regards un peu partout autour de moi. La maison a l'air calme... Tout le monde est parti ? lui demandai-je, toujours à voix basse. Et toi, pourquoi est-ce que tu es encore là ?

— Oscar et Ursula sont partis, oui, mais je ne voulais pas filer avant d'être certain que tu étais rentrée en un seul morceau. Ton père est dans le salon. David et moi avons essayé de l'apaiser un peu, et ça a l'air d'aller.

— Merci, Sean, lui dis-je, on ne peut plus reconnaissante. Tu n'étais pas obligé de rester…

— J'avais envie de rester, rétorqua-t-il en souriant. Pour ta mère, ne t'inquiète pas non plus : Oscar et Ursula l'ont retrouvée dans un bar, à quelques pâtés de maisons, et elle va bien.

— Comment est-ce qu'ils l'ont… Oh, ils ont dû la trouver au *Kelly's* ! Elle va bien, c'est sûr ? Tu ne dis pas ça pour me rassurer ? Qu'est-ce qu'ils t'ont dit ?

— Elle va bien, Scarlett. Elle est un peu secouée, mais une fois que tu lui auras tout expliqué, je suis sûr qu'elle se remettra vite.

Comment Sean faisait-il pour apaiser les pires des situations ?

— Tu as l'air frigorifiée, Scarlett. Monte enfiler quelque chose de plus chaud, OK ? Pendant ce temps, je te prépare un thé. Après ça, tu pourras aller voir ton père. Cinq minutes de plus ou de moins ne changeront rien à son humeur…

J'acquiesçai, plus reconnaissante que jamais.

— Tu es trop bon avec moi, Sean, tu le sais ça ?

— Oui, répondit-il en souriant. Je le sais.

Je commençai à monter l'escalier, mais me retournai soudain.

— Attends… Tu m'as dit que David et toi aviez tenté ensemble d'apaiser mon père ? Ensemble ? Comment… est-ce qu'une chose pareille est possible ?

Sean haussa les épaules.

— Je crois qu'on s'est trouvé un point commun.

— Ah oui ? Lequel ?

— Nous t'aimons tous les deux, Scarlett, répondit-il en levant les yeux vers moi, avant de disparaître dans la cuisine.

Comme j'entendais s'élever depuis le salon la voix de mon père, puis celle de David, je montai les marches quatre à quatre, disséquant la dernière phrase de Sean.

Qu'avait-il voulu dire ? Qu'ils tenaient tous les deux à moi ou… qu'ils m'avaient tous les deux dans la peau ?

Je me frottai le front : c'était bien le moment de me farcir le crâne de nouvelles questions d'une telle importance !

La fin de soirée s'annonçait forte en émotions…

Chapitre 35

Une fois changée et recoiffée, je m'aventurai enfin au rez-de-chaussée. Debout dans l'entrée, j'enchaînais les respirations profondes pour tenter de me calmer. C'est à ce moment-là que David choisit de sortir des toilettes… En m'apercevant, il sursauta.

— Tu as décidé de revenir, finalement ?

— Oui… Et je m'excuse d'être partie comme ça, tout à l'heure… Comment va mon père ?

— Il est un peu sous le choc, mais, vu qu'il est tombé nez à nez avec ta mère, je pense que je peux le comprendre. Cela dit, moi et le contenu de l'armoire à alcool de tes amis avons réussi à le calmer. En revanche, tu vas devoir remplacer deux ou trois bouteilles avant de rentrer à la maison.

— J'y penserai. Merci, David… pour tout. Je sais combien ça a dû être difficile pour toi de passer la soirée ici avec Sean.

— Sean, nous aurons tout le temps d'en reparler plus tard. Et ce sera un gros chapitre. Pour l'heure, tu as du boulot dans le salon.

Je pris David dans mes bras.

— Qu'est-ce que j'ai fait pour mériter ça ? me demanda-t-il, alors qu'il me tenait dans ses bras, l'air hébété.

— Tu me supportes, déjà... et tu te montres incroyablement compréhensif. Tu es trop bon avec moi, David. Tu le sais ?

— Oui, répondit-il. Je le sais.

Je me figeai, prenant aussitôt conscience que j'avais dit exactement la même chose à Sean quelques minutes auparavant.

— Mais tu n'as pas à me remercier pour ça : je t'aime, et je sais que lorsque toute cette histoire sera terminée, notre vie reprendra son cours, comme si de rien n'était. On ne fait que traverser une zone de turbulences...

J'aurais aimé l'interroger sur ce qu'il entendait exactement par « zone de turbulences » quand Sean sortit de la cuisine, deux mugs à la main.

Je parvins à m'extraire rapidement des bras de David.

— Scarlett, m'interpella Sean sans me regarder dans les yeux. J'ai prévenu ton père que tu étais rentrée, et il aimerait te parler quand tu seras prête à le voir.

— Oh, OK..., lâchai-je en jetant un regard anxieux vers le salon.

— Prends ça..., dit-il en me tendant un mug de thé et un autre de café noir. Il pourrait en avoir besoin.

Je pris les deux boissons, et David se rua sur la porte du salon pour me l'ouvrir.

— Bonne chance, ma puce ! m'encouragea-t-il sur mon passage.

C'était bien la première fois que David m'appelait ainsi...

— Merci…

Mon père, assis sur le canapé, zappait sans conviction. Je lançai un regard à Sean.

« Vas-y, Cerise… », lis-je sur ses lèvres, tandis que David refermait la porte derrière moi.

Mon père se leva et me regarda entrer dans la pièce sans dire un mot.

— Je t'ai apporté un café, annonçai-je, lui tendant le mug en gage de réconciliation.

Mon père regarda le mug de café, leva les yeux vers moi, et, l'espace d'une seconde, je paniquai à l'idée qu'il ne l'accepte pas.

— Merci, finit-il par dire en prenant la boisson d'une main, et en éteignant la télé de l'autre.

Il se rassit, et je vins m'installer à côté de lui. Ironie du sort, nous étions exactement dans la même disposition que ma mère et moi quelques jours auparavant.

— Je suis terriblement désolée, papa, commençai-je, après une profonde respiration. J'aurais dû te dire que j'avais retrouvé maman à Londres et que j'avais passé du temps avec elle. C'était vraiment idiot de te le cacher.

Mon père, les yeux rivés sur moi, me regardait par-dessus son mug fumant, avalant plusieurs grandes gorgées de café.

— J'avais juste envie de la connaître un peu plus, avant que tout s'emballe… Parce que, oui, j'étais convaincue que tu deviendrais fou en l'apprenant. D'ailleurs, pour une fois, je crois que j'ai eu raison.

J'esquissai un sourire timide, espérant détendre un peu l'atmosphère. Cela m'inquiétait de voir mon père si silencieux. Ce n'était pas du tout dans ses habitudes.

Satisfaite d'avoir fait le premier pas, je soufflai un peu et me penchai en arrière pour m'adosser aux coussins du canapé… Malheureusement, ils étaient plus loin que je le pensais, et je fus forcée, pour retrouver mon équilibre, de me projeter en avant, faisant danser mon thé dans les airs pour éviter de m'ébouillanter.

Mon père se pencha vers moi, s'empara de mon mug et le déposa sur un dessous de verre, sur la table basse.

— Encore à ton âge, je dois toujours être derrière toi…, déclara-t-il, s'exprimant pour la première fois.

— J'ai l'impression, oui…

Il posa son mug sur la table, à côté du mien.

— Pourquoi, Scarlett ? me demanda-t-il, les yeux luisant d'une tristesse absolue. Pourquoi ne m'as-tu pas dit que tu venais ici pour la trouver ?

— Je n'en avais pas conscience quand je suis partie… C'est arrivé comme ça, sans prévenir.

— Tu veux dire que ce n'est pas pour… retrouver ta mère que tu es venue à Notting Hill ?

— Exactement. Je n'y pensais même pas quand je suis partie. Bien sûr, j'ai beaucoup pensé à elle, les jours qui ont précédé mon départ, mais je ne suis pas venue à Londres pour la retrouver. J'avais… quelque chose à prouver.

— Quoi donc ?

OK, donc, mon plan, c'est de sortir d'un trou pour mieux me fourrer dans un autre la tête la première… Bien joué, Scarlett !

Cela dit, la situation pouvait difficilement empirer, alors…

—J'ai décidé de venir ici pour vous prouver, à toi, Maddie et David, que la vie regorgeait de ces instants dépeints dans les films, et que je ne perds pas mon temps avec une passion absurde.

Mon père lança sa tête en arrière et ferma les yeux.

—Scarlett, par pitié, encore cette histoire ?

—Oui, encore cette histoire, répétai-je en me levant. Et tu sais quoi ? Pour ça aussi, j'ai raison. Depuis que je suis ici, j'ai bien vécu des scènes de…

Je m'arrêtai pour me livrer à un rapide exercice de calcul mental.

—De… d'un nombre de films incalculable ! Alors « oui », la vie est faite d'instants-cinéma, et je l'ai prouvé !

—Avec l'aide de ta mère, je parie…, grommela mon père. Je suppose qu'elle t'a encouragée dans cette voie. Je l'imagine en train de jubiler… Ah, pour sûr, tu as trouvé le truc idéal pour la faire revenir !

Je regardai mon père assis sur le canapé. Son regard rageur s'était perdu quelque part sur le tapis, et j'y voyais brûler une vie entière de rancœur. Puis, soudain, j'eus l'impression de me battre non plus pour moi seule, mais pour ma mère et moi.

—Tu te trompes, figure-toi. Maman n'a rien à voir là-dedans : je ne l'ai retrouvée qu'il y a quelques jours. D'ailleurs, elle m'a avoué la véritable raison qui l'avait poussée à te quitter quand j'avais six mois.

Les yeux de mon père s'éveillèrent tout à coup et se braquèrent sur moi.

—Elle a quoi ? dit-il d'une voix presque inaudible.

— C'est moi qui le lui ai demandé. Je voulais savoir ce qui s'était passé à l'époque dans les moindres détails. Alors ? Est-ce que tu peux m'expliquer pourquoi tu as pris le risque de voir toute l'histoire se reproduire ? Tu voulais que je disparaisse, moi aussi ?

— Scarlett, ma fille, bien sûr que non…, lâcha aussitôt mon père en se levant et en tendant les bras vers moi. C'est… c'est plus compliqué que ça…

— S'il te plaît, papa, donne-m'en un peu plus que ça… J'ai besoin de connaître ta version de l'histoire. J'ai besoin de comprendre… de tout comprendre.

Il acquiesça, me fit signe de me rasseoir, puis, pendant que je m'installais, respira profondément.

— Même s'il est douloureux pour moi de l'avouer Scarlett, tu dois savoir que tu as toujours été exactement comme ta mère… et pas seulement physiquement. J'ai eu beau y mettre toute ma détermination, chaque fois que je posais les yeux sur toi, je la voyais aussi. Et, malheureusement, tu as commencé à prendre la même voie qu'elle… et à commettre les mêmes erreurs.

— Alors, tu as décidé de m'éloigner de toi, comme tu l'avais fait avec elle ? Je ne comprends pas ce que tu attendais de tout ça ?

Mon père secoua la tête.

— Non, Scarlett. Laisse-moi finir. Tu as une vie tranquille et un bon poste… Une belle entreprise, d'ailleurs, devrais-je dire, car tu en es tout autant propriétaire que moi ! Mais, plus important encore, tu as su te trouver un homme aimant et bienveillant qui désire plus que tout t'épouser et passer le reste de sa vie à tes côtés. David est un homme bon. Un type bien. Tu le sais, n'est-ce pas ?

J'acquiesçai.

— Bien sûr, oui.

— Mais, malgré tout, tu n'étais pas satisfaite de ton sort. Je le voyais bien… Peu à peu, tu t'es mise à bougonner sur tout : quelles qu'en soient les raisons, si on t'écoutait, tout allait de travers. Exactement comme pour ta mère à l'époque… Quand j'ai vu que tu marchais sur ses traces, Scarlett, ça m'a terrifié… Aussi, quand David est venu me voir pour me dire qu'il s'inquiétait pour toi, je me suis dit que je devais faire mon possible pour l'aider.

» C'est ce jour-là que je lui ai conseillé de te donner la même chance que j'avais donnée à ta mère plus de vingt ans auparavant. Je savais que c'était risqué, mais, pour ton bien, j'étais convaincu qu'il fallait que nous tentions notre chance.

— Mais pourquoi ? Je ne comprends pas… Tu t'attendais à quoi, après ton premier échec ?

— De fait, ça n'a pas marché pour moi… Mais pour ta mère, si… Demande-lui, et je suis sûr qu'elle t'avouera avoir été chanceuse d'avoir eu cette occasion de fuir loin de moi et de la vie monotone que j'avais à lui offrir…

Je décidai que ce n'était pas le meilleur moment pour parler à mon père de la vie aussi pétillante qu'instable qu'avait eue ma mère après son départ.

— Très bien, mais ce que je ne comprends pas, c'est pourquoi tu as voulu que tout recommence ! Pourquoi as-tu persuadé David de prendre une décision qui a ruiné ta vie ?

— Parce que je t'aime, Scarlett… et qu'il n'y a rien en ce monde qui compte plus à mes yeux que ton bonheur. Or, ce que je sais, c'est que si tu avais épousé David et continué de vivre ta vie comme avant ton départ, tu n'aurais jamais été totalement heureuse. Et David non plus. Tu te serais toujours demandé… « et si ? ». Je sais ce que c'est que de vivre avec quelqu'un comme ça, Scarlett, je l'ai fait longtemps, et je peux t'affirmer que c'est très loin d'être facile.

» Et que dire, si cela avait duré plus longtemps, et que tu t'étais retrouvée dans la même situation que ta mère ? Je ne l'aurais souhaité ni pour toi, ni pour David. Comprends-moi bien, ma Scarlett, je ne regrette absolument pas le temps que nous avons passé ensemble… mais je ne souhaite à personne d'avoir à élever seul un enfant.

Je me sentais terriblement coupable à présent. Je faisais endurer à mon père toute cette souffrance inutile… Après tout ce qu'il avait sacrifié pour moi, voilà comment je le remerciais…

— Qui plus est, Scarlett, je savais, reprit-il en insistant sur ce dernier mot, que si tu partais, tu essaierais de vivre cette vie de rêves qu'on vous vend dans les films, et je priais pour que tu finisses par te rendre compte que ce n'était que de la poudre aux yeux. Si mon plan fonctionnait, tu rentrais à la maison et tu te contentais de ce que tu avais. Tu vivais heureuse avec David, heureuse avec moi… Ce que ta mère n'a jamais réussi à faire.

— Papa…, murmurai-je en me penchant vers lui et en posant les mains sur les siennes. J'ai toujours été heureuse avec toi, et ça, je ne l'ai jamais remis en question. En revanche, tu as raison, je n'étais pas heureuse de ma vie à Stratford. Mais… et si ton plan tournait mal ? Et si, effectivement, j'avais trouvé quelque chose de plus exaltant ici ?

— Scarlett, ma fille, tu es la seule à pouvoir répondre à cette question… Est-ce que, oui ou non, tu as trouvé quelque chose de plus exaltant ici ?

Je réfléchis intensément. Avais-je trouvé ici quelque chose que je n'avais pas à Stratford ? J'avais rencontré de nouveaux amis et avais vécu de nouvelles expériences, certes, mais… cette vie me semblait-elle préférable à la précédente ? J'essayai autant que possible de ne pas penser à Sean.

Je respirai un grand coup.

— Oui. Oui, papa, j'ai trouvé quelque chose ici qui me manquait. Peut-être pas ce vous espériez tous que je trouve quand je suis partie, mais quelque chose qui, de façon certaine, a changé ma vie… Ma mère.

Je me préparai aussitôt à la réaction rageuse de mon père… mais étrangement, elle ne vint pas.

Il se rassit sur le canapé, l'air songeur.

— Est-ce la seule chose, Scarlett ? Ta mère ? N'as-tu rien trouvé d'autre en venant ici ?

— Comment ça ?

— Tu m'as dit toi-même que tu ne l'avais rencontrée qu'il y a quelques jours. Qu'en est-il du reste du temps que tu as passé ici ? Tu as bien rencontré d'autres personnes, vécu d'autres expériences enrichissantes ?

Où voulait-il en venir, au juste ?

Je repris mon mug de thé et, comme si de rien n'était, en bus une gorgée.

Beurk… Froid…

— Je me suis fait quelques nouveaux amis, ici, oui.

— Et ?

— Et, quoi donc ? Qu'est-ce que tu essaies de me dire, papa ?

Mon père se leva et arpenta quelques longues secondes le salon de Belinda et Harry, faisant mine d'étudier les rares œuvres présentes dans la décoration minimaliste de la maison.

— J'ai passé pas mal de temps à parler à Sean et David, ce soir, annonça-t-il en se retournant soudain vers moi.

— Oui, ils me l'ont dit.

— Et tu sais de quoi ils m'ont parlé pendant la majeure partie de leur soirée ?

Je haussai les épaules.

— De foot ?

— Scarlett ! lança mon père en empoignant le dos du canapé. Insolente, va ! Ces deux bougres ont passé la quasi-totalité de leur temps à parler de toi ! Je ne sais pas exactement ce que tu as fait depuis ton arrivée à Londres ; et d'ailleurs, je ne suis pas sûr de vouloir le savoir, ajouta-t-il en levant une main pour m'arrêter, alors que j'ouvrais la bouche pour protester. Mais, ce qui est sûr et que peut comprendre même le dernier des crétins, c'est que ces deux hommes tiennent à toi comme à la prunelle de leurs yeux…

Je pensai aussitôt à David et Sean qui attendaient sagement dans la maison de Belinda et Harry. Ils se haïssaient, et, pourtant, comme Sean me l'avait dit, ce soir, ils avaient mis de côté leurs différends pour me venir en aide.

Mon père se rassit à côté de moi.

— Prends garde, ma fille, sinon quelqu'un risque d'en souffrir.

— Mais je ne veux faire souffrir personne, papa. Ça n'a jamais été mon intention… Et je n'ai pas voulu vous blesser, ni toi ni maman pour ne citer que vous. J'aimerais juste, pour une fois dans ma vie, que mon entourage soit heureux.

— Cela n'empêche pas que, dans la vie, toute action, directe ou indirecte, peut avoir des répercussions tragiques. Avant de faire ton choix, Scarlett, réfléchis bien, je t'en conjure. Fais fonctionner tes méninges, pour une fois…

Je soupirai. Si seulement mon père savait… Si seulement il savait combien, pour sauver David, j'avais mis ma tête à profit depuis mon arrivée à Londres !

— Sean utilise sa tête, lâcha mon père sans crier gare.

Je rivai aussitôt mes yeux sur lui.

— Qu'est-ce que tu veux dire ?

— Il utilise sa tête. Dans son boulot autant que dans sa vie privée. C'est ce que j'ai cru comprendre de lui, en tout cas.

— Et qu'est-ce qui te faire dire ça, exactement ?

— J'ai passé pas mal de temps avec lui, un peu plus tôt dans la soirée. On a parlé affaires…

— Oui, je sais, l'interrompis-je, je vous ai vus parler tous les deux tout à l'heure. Mais qu'est-ce que ça a à voir avec sa vie privée ?

— Tu veux bien me laisser finir, Scarlett ? Donc, nous avons pas mal parlé, et, lorsque tu es partie, il s'est absenté lui aussi. Il a dit qu'il avait « un petit truc dont il devait s'occuper pour le boulot ».

— Mais, je croyais que Sean était resté ici toute la nuit avec toi et David…

— Non, dit mon père en secouant la tête. David est resté seul avec moi durant presque toute ton absence. Sean n'est rentré que peu de temps avant toi.

Sean est sorti ce soir pour aller bosser ? Et moi qui croyais qu'il était resté ici à s'inquiéter pour moi…

— Je ne suis pas surprise, rétorquai-je, faisant mine de n'être pas affectée par la révélation. Sean est très impliqué dans son travail.

Peut-être que David et lui ne sont pas si différents que ça, après tout…

— Moi, je suis surpris, Scarlett. Jusqu'à ce qu'il s'excuse de devoir s'absenter, il n'a parlé que de toi toute la soirée. Chose qui, d'ailleurs, m'avait autant interpellé qu'impressionné. Cela dit, lorsque j'ai découvert ce qu'il était parti faire à ce moment-là, mon opinion à son sujet a rapidement changé…

— Mais qu'est-ce que tu racontes, papa ? demandai-je, sentant naître en moi une gêne étrange.

— Apparemment, Sean est parti retrouver ta mère, ce soir. David m'a dit que tes autres amis l'avaient retrouvée dans un café pas loin d'ici. Durant ton absence, il est parti la rejoindre pour prendre de ses nouvelles.

— Qu'y a-t-il de mal à ça ? lui demandai-je sur un air de défi. Je suis bien contente que quelqu'un d'autre que moi se soit soucié de son bien-être.

Mon père haussa les sourcils et secoua lentement la tête.

— Ma petite Scarlett, tu as encore tant de choses à apprendre…

— Quoi donc ? Qu'est-ce qu'il y a ? l'interrogeai-je en fermant les yeux et en secouant la tête à mon tour. Qu'est-ce que tu essaies encore de me dire, papa ?

— J'essaie de te dire que Sean est un stratège de premier ordre. Je ne doute pas un seul instant de ses sentiments à ton égard, Scarlett, mais pour te conquérir, il s'est arrangé, sans le moindre scrupule, pour que le fiasco de ce soir lui profite. Il détenait enfin une chance de faire bonne figure auprès de moi, auprès de ta mère, et, plus important, auprès de toi, et il ne s'est pas privé de la saisir.

J'en restai bouche bée quelques secondes, essayant de digérer ce que je venais d'entendre. Non, mon père devait se tromper. Sean n'était pas comme ça…

Mais dans ce cas, pourquoi ne m'avait-il pas dit qu'il était allé prendre des nouvelles de ma mère au *Kelly's* ? Et pourquoi m'avait-il annoncé qu'il avait passé la soirée avec David et mon père si ce n'était pas le cas ? Cela jouait contre lui…

— Je ne dis pas que Sean est une mauvaise personne, loin de là, poursuivit mon père, comme je ne répondais pas. D'ailleurs, je dois avouer que je l'apprécie assez. Cela dit, il n'est peut-être pas celui que tu crois voir en lui…

J'acquiesçai lentement.

— Scarlett, tu penses peut-être que la seule chose qui te soit véritablement arrivée depuis ton emménagement à Londres est d'avoir retrouvé ta mère, mais je crois que nous savons tous les deux qu'il s'est passé bien davantage de choses ici que tu ne veux l'accepter. Tu vas devoir réfléchir sérieusement à ta vie, et prendre des décisions capitales. Et pour une fois, ma fille, te réfugier dans une salle de cinéma n'y changera rien.

— Mais comment suis-je censée choisir, papa ? lui demandai-je, désespérée. Comment est-ce que je peux être sûre de prendre la bonne décision ?

— Tu le sauras quand tu la prendras, Scarlett, me dit mon père en serrant fermement ma main entre les siennes. Il se passera quelque chose et, aussitôt, tu le sauras...

Mon père se glissa jusqu'à moi sur le canapé, me prit dans ses bras, et, de nouveau, je me retrouvai dans la peau de cette petite fille qui refusait de grandir.

Chapitre 36

Mon père et moi restâmes enlacés de longues minutes sur le canapé, comme nous le faisions parfois lorsque la vie se faisait difficile, chacun perdu dans ses souvenirs et ses doutes. Finalement, mon père se détacha de moi, s'étira, puis se mit à bâiller.

— La journée a été longue, Scarlett. Je crois que je vais aller me coucher. Qui plus est, Sean et David doivent se demander ce qui se passe : il n'y a plus un bruit ici.

Je me levai du canapé et l'accompagnai jusqu'à la porte du salon.

— Bonne nuit, papa, lui dis-je en déposant un baiser sur sa joue. Et merci.

— Bonne nuit, Scarlett, renchérit-il en posant les yeux sur Sean qui sortait de la cuisine. Dors bien, mon trésor.

Il adressa un signe de tête à Sean.

— Bonsoir, Sean.

Sean acquiesça, et attendit que mon père ait disparu à l'étage pour se tourner vers moi.

— Tu as l'air épuisée, Scarlett. Tu veux une autre tasse de thé ? Ou quelque chose de plus costaud, peut-être ? Je crois que ton père a laissé quelques fonds de bouteille dans le salon.

Sean et David semblaient d'accord pour dire que mon père avait englouti une quantité non négligeable d'alcool, mais au vu de notre discussion, je l'avais trouvé bien sobre et lucide.

— Quelque chose de plus costaud, ce serait bien, oui. La soirée a été éprouvante.

Sean me suivit dans le salon.

— Où est David ? demandai-je, me rendant soudain compte qu'il n'était pas là.

— Il est parti se coucher. Il y a quelques minutes, ajouta-t-il, comme si cela allait m'aider à pardonner à mon fiancé de m'avoir abandonnée. Il a dit qu'il devait se lever tôt demain.

— Oui, c'est vrai. Je crois qu'il a un petit déjeuner d'affaires à Surrey.

Cela dit, je suis étonnée qu'il ne soit pas resté pour voir comment les choses se terminaient ici…, pensai-je en me rasseyant sur le canapé.

— Je vois, commenta Sean en nous servant à chacun un whisky.

Je savais qu'il pensait la même chose que moi de la fuite de David. Il ajouta un peu de la glace dans mon verre, puis me le tendit.

— Ça te va comme ça ou tu veux que je le coupe un peu à l'eau ?

— Non, c'est parfait, répondis-je en prenant le verre en cristal ouvragé.

J'étais contente que ce ne soit pas un cognac, cette fois… Pour tout dire, je ne pensais pas avoir déjà bu autant d'alcool dans une même journée à des fins purement « thérapeutiques ».

Sean vint s'asseoir à côté de moi.

— Tu vois tes futurs beaux-parents demain, c'est ça ? À propos du mariage ?

— Oui. Les parents de David ont une maison à Londres. C'est là-bas que la réception aura lieu ; sous une grande tente.

— La tradition ne veut pas que l'on se marie dans notre ville natale ?

— Normalement oui, mais ce sera une grande réception avec des invités venus du monde entier. Il y aura pas mal de contacts pros de David… Au final, c'est plus simple que tout se passe à Londres.

— Je vois, répéta Sean.

Il but une gorgée de sa boisson, et je l'accompagnai. Le whisky me brûla la gorge, mais au moins, il n'était pas aussi écœurant que le cognac.

Je lâchai un profond soupir.

— Qu'y a-t-il, Cerise ? me demanda Sean en me faisant un clin d'œil. Tu craques ?

J'essayai de sourire. En vain.

— Je suis désolée, c'est juste… que j'ai besoin de réfléchir.

— À propos de ce que t'a dit ton père ?

— En partie.

Je me tournai vers Sean. J'essayai de ne pas trop penser à ce qu'avait raconté mon père. Après tout, il venait à peine de le rencontrer ; il ne le connaissait pas vraiment. Malgré tout, il y avait tout un tas de petites choses qui me turlupinaient. Son boulot était-il si important pour Sean qu'il m'avait fait passer si vite au second plan ? Et même si mon père avait raison, et que

Sean avait simplement menti pour aller voir ma mère, se servait-il de mes parents pour me séduire ? Non, il n'était pas comme ça… Mais dans ce cas, pourquoi ne m'avait-il pas dit qu'il était allé voir ma mère ? C'était à n'y rien comprendre.

— Tu penses pouvoir me fournir un peu plus qu'un « en partie » ? me demanda Sean en inclinant la tête sur le côté. Les deux tiers de l'histoire, par exemple… Voire, si ce n'est pas trop te demander, les trois quarts ?

Je lui souris à demi.

— Désolée, je repensais à ma légendaire foirade de ce soir. Et encore, j'ai été chanceuse : ça aurait pu être bien pire. Mes parents, comme mes amis, sont vraiment d'une tolérance à toute épreuve…

— Je ne te le fais pas dire, acquiesça Sean, avant de reprendre une gorgée de whisky. Et ton père, alors ? Qu'est-ce qu'il t'a dit de beau ?

— À propos de ? lui demandai-je, sentant qu'il cherchait à savoir si mon père m'avait parlé de lui.

— De tout. De ta mère, de la traque aux instants-ciné, et toutes les autres choses que tu peux faire et qui le mettent hors de lui.

— Les instants-ciné, c'est terminé.

— Pourquoi donc ?

— Parce que je ne vois plus aucun intérêt de prouver quoi que ce soit à qui que ce soit à ce sujet. J'ai dit à mon père que j'avais vécu des tas d'instants-ciné, et il était toujours aussi sceptique. Alors, à quoi bon ? Et puis, j'ai peut-être simplement tort à ce sujet. Peut-être que tous ces instants-ciné n'étaient effectivement que des coïncidences.

Sean me lança un regard médusé.

— Je peine à croire ce que je viens d'entendre...

— Pourquoi donc ? J'ai encore le droit de changer d'avis, non ?

Sean haussa les sourcils.

Je soupirai.

— C'est juste qu'après tout ce qui s'est passé depuis mon arrivée ici, ce soir en particulier, je commence à croire que mon père, David et tous ceux qui ont pu me le répéter avaient raison : la vie et le cinéma sont bel et bien deux choses totalement différentes. On a beau tout faire pour, la vie ne sera jamais à l'image des comédies romantiques. Jamais...

Je sirotai une nouvelle gorgée de whisky, tandis que Sean continuait de me regarder, toujours aussi dubitatif.

— Arrête, Scarlett, finit-il par dire. Ce n'est pas toi qui parles, là. Qu'est-ce qui t'es arrivé ? Quand je t'ai rencontrée, tu étais pleine d'espoir et d'optimisme, et maintenant, tu es... totalement...

— Réaliste, l'interrompis-je d'un ton péremptoire. C'est le mot que tu cherches. Si cette expérience m'a appris une chose, c'est bien ça, Sean. Je pensais que j'étais venue à Londres pour prouver à ma famille qu'elle avait tort, mais je sais maintenant pourquoi je me suis exilée ici : pour retrouver ce qui m'a manqué depuis toujours. Ma mère. Je te l'ai déjà dit, Sean : il n'y a pas...

— ... de hasards dans la vie ? Je sais. Tu radotes. Mais qui te dit que le fait d'avoir retrouvé ta mère n'est pas juste la cerise sur le gâteau ? Pourquoi est-ce que ce serait la seule raison de ta venue ici ?

— Je n'ai pas dit que c'était la seule, mais que c'était la plus importante. J'ai aussi appris que j'étais chanceuse d'avoir la vie que je menais à Stratford. Quand j'ai retrouvé ma mère, et qu'elle m'a raconté ce qu'elle avait vécu... les hommes qu'elle avait rencontrés... je me suis rendu compte que l'herbe n'était pas forcément plus verte ailleurs. On peut se bercer un temps d'illusions, mais une fois que l'herbe roussit et meurt, qu'il ne reste plus rien, il faut repartir de zéro : replanter et attendre patiemment que ça repousse.

— Qu'essaies-tu de me dire, Scarlett ? me demanda Sean en reposant son verre sur la table. Que tu préfères une vie gris béton, solide et quasi indestructible, pour ne pas prendre le risque d'être trop bousculée ?

J'acquiesçai.

— N'importe quoi..., lâcha Sean. Je ne te crois pas. Quand tu es arrivée ici, tu cherchais plus qu'un bout de pelouse bien entretenue. Tu espérais trouver une plaine d'herbe grasse et de fleurs sauvages dont tu ne verrais pas la fin...

— Oui, tu as sûrement raison... Mais j'ai changé.

— Non, tu n'as pas changé. Tu as vécu deux ou trois trucs qui t'ont fait voir la vie autrement, et c'est loin d'être une mauvaise chose... Mais je te le dis, la Scarlett rebelle, l'idéaliste, elle se terre encore quelque part... Je le sais. C'est ce que tu es, Scarlett. Cette liberté de pensée et d'envie, ce romantisme, c'est ton oxygène.

Comment faisait Sean pour lire en moi avec autant de lucidité ? C'était insupportable, parfois. Je venais de prendre des décisions capitales et difficiles pour mon avenir, et il fichait tout en l'air avec un aplomb et une justesse insolente.

— Comment est-ce que tu peux savoir ce qui me fait vivre ? lui lançai-je sur un ton hautain. Et que sais-tu du romantisme ? Pas grand-chose si tu hais autant Robbie Williams et Ronan Keating ! Avec toi, tout est blanc ou noir, et, dans la vie, il n'y a surtout pas de place pour le rêve…

Sean resta étrangement silencieux.

Je me demandai si je ne l'avais pas blessé plus que je ne le souhaitais – ce n'aurait pas été la première fois –, et m'apprêtai à m'excuser, lorsqu'il se tourna vers moi.

— C'est… pertinent, Scarlett, admit-il en me regardant droit dans les yeux. Mais est-ce que tu en es si sûre ? Non… J'ai bien peur que tu doives attendre encore un peu avant de te prononcer. Qui te dit que tu es la seule à repenser ta vie, en ce moment ?

Que voulait-il dire ? Mais avant que j'aie le temps de lui poser la question, le téléphone sonna dans l'entrée. Je m'y ruai pour décrocher, craignant que le bruit ne réveille mon père ou David.

Sean m'emboîta le pas.

— Maman ! m'exclamai-je en reconnaissant immédiatement sa voix. Attends une seconde, tu veux bien ?

Je posai ma main sur le combiné.

— Il est temps que j'aille dormir un peu, moi aussi, dit Sean en se dirigeant vers la porte. Je te laisse à ton coup de téléphone. Je pars à Dublin demain pour le boulot, donc je serai absent quelques jours. Tu seras encore là à mon retour ?

J'étais surprise qu'il reparte si vite. Cela dit, il s'agissait de son boulot… Ce n'était peut-être pas si surprenant.

— Oui, je pense. Je dois attendre ici que Belinda et Harry reviennent de Dubaï en fin de semaine prochaine…

— OK… Parce que je ne voudrais pas rater nos adieux…, déclara-t-il, immobile devant la porte.

— Moi non plus…

Pour moi, dire adieu à Sean était proprement impensable… Mais voilà, tôt ou tard, cela finirait bien par arriver.

Sean m'adressa un dernier sourire, puis ferma la porte derrière lui.

— Maman ? dis-je en emportant le téléphone dans le salon, puis en fermant la porte. Je suis tellement contente de t'entendre. Je suis vraiment désolée pour tout à l'heure. Je ne voulais pas que ça se passe comme ça. Je te jure ! Papa est arrivé à l'improviste ! Si j'avais su qu'il venait, je ne t'aurais jamais invitée à dîner, et…

— Du calme, Scarlett, du calme… Je ne t'appelle pas pour avoir des explications, mais pour savoir si tu es rentrée saine et sauve, me rassura ma mère d'une voix douce. Quand Oscar et Ursula m'ont dit que tu étais partie, je me suis inquiétée. Quant aux raisons de ce qui s'est passé ce soir, je suis au courant : Sean m'a tout expliqué. Alors, je t'en prie, ne t'en inquiète plus.

— Je suis tellement désolée, maman…

— Comme je te l'ai dit, nous pourrons en parler calmement quand nous nous reverrons. Au moins, maintenant, je sais que tu vas bien, et je vais pouvoir dormir sur mes deux oreilles. Il est tard…

J'hésitai quelques secondes.

— Je peux juste… te demander quelque chose avant de raccrocher, s'il te plaît ?

— Oui, bien sûr.

— Tu as rencontré Sean, ce soir.

— Oui, je l'ai rencontré.

— Et… qu'est-ce que tu as pensé de lui ?

Ce fut au tour de ma mère de se montrer hésitante.

— Pourquoi donc ?

— Non, comme ça… Comme c'était la première fois que tu le rencontrais, je me demandais, c'est tout…

— Nous nous sommes promis de toujours être honnêtes l'une envers l'autre, Scarlett, tu te souviens ?

— Oui…

— Je l'ai trouvé charmant.

— C'est tout ?

Je l'entendis soupirer.

— OK, très bien : il m'a semblé être un garçon amusant et très intelligent. Je suppose que, si on aime ce genre d'hommes, il est également très séduisant.

J'avais le sentiment que je regretterais aussitôt de poser la question, mais…

— Qu'entends-tu par « ce genre d'hommes » ?

— Je vais être sincère avec toi, Scarlett… Je n'ai rien à redire sur la façon dont il a géré la situation ce soir : il est venu voir si j'allais bien, et, durant toute notre discussion, il s'est montré extrêmement poli et prévenant. Il était particulièrement soucieux de ton bien-être.

— Mais…

— Mais, c'est un bel homme, et il sait ce qu'ont besoin d'entendre les femmes. C'est peut-être quelqu'un d'extrêmement séduisant, mais je crains qu'au fil des jours, il ne change d'attitude, et fasse plus de dégâts qu'autre chose.

— Qu'est-ce qui te fait dire ça ? demandai-je d'une voix timide.

— Parce que ce n'est pas la première fois que je rencontre ce genre d'hommes, Scarlett. Malheureusement... Si tu veux un conseil, et je pense que c'est le cas, tu devrais oublier Sean et te tourner vers David. Il est aimant et fiable.

Mon regard se perdit dans le vide. Jamais je ne me serais attendue à ce que ma mère me tienne ce discours.

— À t'entendre, Sean est une sorte de goujat des temps modernes...

— Je n'ai rien insinué de tel. Je doute simplement qu'il soit aussi fiable que ton David. Sur le long terme, je veux dire. Voilà ce que je pense de Sean, ma chérie.

— Merci, maman... J'avais besoin de ton avis pour clarifier deux, trois trucs dans mon esprit...

— Je suis navrée si ce n'est pas ce que tu voulais entendre, Scarlett...

— Non, je t'en prie, ça va aller... Ça va m'aider... Merci.

M'aider à me poser quelques questions angoissantes de plus...

Chapitre 37

Même si j'avais encore la tête farcie de dizaines de questions et de bribes de conversation, en gravissant l'escalier, je me sentais plus légère, comme si le fait que David et mon père aient appris que j'avais retrouvé ma mère m'avait soulagée d'un lourd fardeau. Pourtant, quand j'ouvris la porte et vis que David m'attendait au lit, ce poids retomba aussitôt sur moi comme une insoutenable chape de plomb.

Le but de ma retraite à Notting Hill n'avait pas été de décider si, oui ou non, j'avais bien envie d'épouser David, mais de me ressaisir en prenant le temps de digérer cette perspective de vie ; de me convaincre que je faisais le bon choix. Et voici que je me tenais devant ma chambre à tout remettre en question...

Qui ne connaissait pas David pouvait se dire qu'il était discret, réservé... fade, peut-être, mais je savais qu'une fois qu'on avait appris à le connaître, il pouvait se montrer terriblement passionné et aimant. C'était ce David-là dont j'étais amoureuse... Celui qu'il ne montrait à personne.

Mais depuis que Sean avait débarqué dans ma vie, je ne pouvais m'empêcher de me demander si mes sentiments pour David ne souffraient pas quelque réserve… Sean était radicalement différent de David. Il était… Comment le décrire ? Ma mère venait de brosser le portrait d'un goujat, d'un beau parleur… voire même d'un homme à femmes. Mais ce n'était pas tout à fait juste… Comme elle l'avait souligné, il était aussi plein d'humour et très intelligent ; séduisant au premier abord, mais peu fiable sur le long terme. Même mon père m'avait prévenue qu'il utilisait sa tête pour obtenir ce qu'il voulait, en affaires, mais aussi dans sa vie personnelle.

Je me remuai les méninges : ces descriptions, surtout celle de ma mère, m'étaient trop familières… Où les avais-je entendues ?

Soudain, je percutai : c'était, presque mot pour mot, comme cela que j'avais décrit un peu plus tôt à Sean les personnages du *Journal de Bridget Jones*, Mark Darcy et Daniel Cleaver !

Or, j'avais avoué à Sean préférer le personnage de Colin Firth à celui de Hugh Grant… Avais-je le même ressenti concernant Sean et David ?

Ça devient ridicule… Il y a une heure à peine, j'ai décidé de ne plus vivre ma vie comme si j'étais une héroïne de film, et je remets déjà le couvert !

J'entrai dans la chambre, puis avançai à tâtons jusqu'à la salle de bains.

Il s'est passé trop de choses ce soir pour que j'essaie de faire le tri, ou, pire, que je prenne des décisions…

Lorsque j'en eus terminé avec la salle de bains, j'essayai de traverser la chambre aussi silencieusement que possible : la dernière chose dont j'avais besoin était que David se réveille et veuille se lancer dans une nouvelle discussion… plus particulièrement à propos de nous deux. Je crois que j'avais assez alimenté ce débat pour ce soir…

Plongée dans l'obscurité presque totale, je me cognai le pied contre la chaise posée devant la coiffeuse et jurai dans ma barbe. Je fouillai les ténèbres à la recherche de la lampe de chevet, puis l'allumai : une lueur diffuse baigna aussitôt la pièce, et je priai pour que David ne se réveillât pas. Heureusement, il se retourna et se remit à ronfler.

En temps normal, lorsque David ronflait, je ne pensais plus qu'à une chose : trouver un moyen qu'il s'arrête, afin de pouvoir enfin me reposer. Mais pas ce soir. Pour tout dire, je ne l'entendais presque pas, et me contentai d'observer rageusement le pied de la chaise criminelle.

Sur son dossier reposaient les vêtements que David mettrait le lendemain. Mais ce n'étaient ni son costume, ni sa chemise blanche qui attirèrent mon attention. Non… Ce furent ses chaussettes, roulées précautionneusement, et, plus encore, son boxer, correctement plié et bien rangé sur la chaise… comme celui de Mark Darcy dans l'appartement de Bridget Jones.

J'observai quelques secondes le boxer de David, puis me tournai vers mon fiancé.

Alors, soudain, tous ces nœuds dans ma tête se défirent de conserve. Tout était devenu clair comme de l'eau de roche : ce que mon père m'avait dit dans le salon, ce que ma mère avait souligné au téléphone. Tout s'expliquait…

Mon père avait sacrifié tant de choses pour m'élever… Aujourd'hui, l'heure était venue de lui rendre la pareille.

Ma mère avait vécu seule tant d'années, seule et misérable, et tout cela parce qu'elle avait traqué des chimères, s'entichant durant sa quête d'hommes peu scrupuleux. Je n'avais aucune envie de finir comme elle…

Aujourd'hui, j'allais faire le bon choix. Mon père m'avait dit que le moment venu, je le sentirais et prendrais la bonne décision. Pour autant, il se trompait sur une chose, car c'est un film qui m'aidait ce soir à prendre ma décision.

— Si Bridget a fait le choix de vivre avec Mark, alors…, murmurai-je dans l'obscurité sans prendre la peine de terminer ma phrase.

Chapitre 38

Tandis que Maddie ajustait une dernière fois ma traîne, et que mon père m'invita à le prendre par le bras, Vivaldi s'éleva dans la nef.

C'est drôle, pensai-je, alors qu'une fois dans l'église, je commençai à marcher vers l'autel, *je n'avais pas souvenir que ma robe avait une traîne comme celle-ci…*

À présent que j'y pensais, je ne portais absolument pas la robe que j'avais choisie pour le grand jour, avec Oscar et Ursula. Cette robe-ci, en soie ivoire, était extrêmement serrée. Je parvenais à peine à respirer, tandis que j'avançais, un sourire un peu crispé sur le visage.

Cela étant, je ne pouvais m'arrêter pour me plaindre, mon père m'escortant vers l'autel à un rythme tel que je ne sentais presque plus le sol sous mes pieds. Était-il si pressé de se débarrasser de moi ?

Nous arrivâmes en face du prêtre – qui ressemblait étrangement à Rowan Atkinson –, et mon père passa rapidement ma main à David. Cela, au moins, suivait correctement le programme…

Le prêtre se dépêcha d'en finir avec le discours habituel d'introduction, et j'attendis que le premier cantique s'élève. Mais rien ne vint.

— Qu'est-ce que tu attends ? me siffla David. Tu ne vas pas me dire que toi, Scarlett O'Brien, tu ne connais pas la réponse à cette question ?

Un groupe apparut en plein milieu de l'assistance, et une partie de moi voulut se mettre à hurler : « Eh ! C'est comme dans *Love Actually* ! ». Je me souvins alors que j'avais arrêté de comptabiliser les instants-ciné, et me contentai d'écouter sans rien dire les premières mesures de... Non, ce n'était pas possible ?

Et pourtant si : soudain, au-dessus de la chaire, il était là... Le seul, l'unique, déployant la paire d'ailes la plus magnifique que j'aie jamais vue : Robbie Williams, qui entonnait *Angels* !

Craignant de saboter mon maquillage je refrénai l'envie de me frotter les yeux. Robbie Williams, à mon mariage, en train de chanter *Angels* ? Impossible... Je balayai l'assistance du regard, mais personne ne semblait plus étonné que cela, comme si le show d'une telle célébrité à un mariage était monnaie courante. Je décidai de ne pas me soucier d'eux et de profiter du spectacle... C'était Robbie, bon sang ! Cela dit, quand *Angels* s'acheva et qu'il chanta *Let Me Entertain You*, puis *Rock DJ*, l'ambiance romantique s'estompa rapidement.

Robbie termina cette dernière chanson, puis disparut au-dessus de la chaire aussi rapidement qu'il était apparu. Je me mis à applaudir à tout rompre, mais, curieusement, personne ne réagit. Embarrassée, je cachai mes mains derrière mon bouquet.

Qu'est-ce qui ne tournait pas rond, chez ces gens ?

Le prêtre reprit l'office, puis il demanda à l'assistance si quelqu'un voulait s'opposer au mariage pour quelque raison que ce soit. J'espérai secrètement entendre la voix de Sean planer à travers la nef jusqu'à mes oreilles, mais, malheureusement, je n'entendis rien d'autre qu'un silence de mort.

Puis, soudain, on entendit une toux forcée, et tout le monde se retourna pour dévisager l'importun.

— Quelqu'un aurait-il une objection ? demanda le prêtre, légèrement inquiet.

Je l'étudiai de plus près, et trouvai qu'il ressemblait de plus en plus à Rowan Atkinson.

— Oui, j'en ai une ! lança depuis l'entrée une voix qui m'était familière.

— Veuillez vous lever, je vous prie, demanda le prêtre, plissant les yeux pour mieux voir le trouble-fête.

Je manquai presque de lâcher mon bouquet : Hugh Grant se tenait debout au dernier rang. J'y croyais à peine... Que faisait-il ici ?

— Vous... voulez vous opposer à ce mariage, monsieur ? l'interrogea le prêtre.

— Oui, répondit Hugh, avec son accent anglais si particulier. Je le veux.

C'est ma réplique, ça, non ?

— Et pour quelle raison, je vous prie ?

Stupéfaite, je gardai les yeux rivés sur Hugh... Qu'est-ce qu'il allait bien pouvoir dire, bon sang ?!

— Je soupçonne la future mariée d'avoir des doutes, déclara-t-il. Je la soupçonne d'aimer un autre homme.

Les yeux de tous les invités se détachèrent aussitôt de Hugh pour se tourner vers moi.

Je me tournai à mon tour, mais vers le père Rowan.

— Est-ce vrai ? me demanda-t-il d'une voix ferme. Aimez-vous un autre homme, Scarlett ?

Haletante, je sentais ma poitrine en détresse s'agiter en vain à la recherche d'oxygène. Je me retournai aussitôt vers David, mais il avait disparu : à sa place, vêtu d'une jaquette et d'un pantalon, se trouvait Colin Firth.

— Alors, Scarlett ? C'est vrai ? me demanda Colin à son tour. Aimes-tu un autre homme plus que moi ?

J'ouvris la bouche pour parler, mais échouai à produire le moindre son. Je scrutai désespérément l'assistance à la recherche d'une branche à laquelle me rattraper, mais ma famille comme mes amis avaient disparu. À leur place se trouvaient, du côté des invités de Mark, Dark Vador et tous les autres personnages célèbres de *Star Wars*, et, du mien, Mickey et tous ses amis de Disneyland.

Paniquée, je cherchai mon père : lui, il m'aiderait. Il était toujours là quand j'en avais besoin. Sauf que là où il se trouvait quelques minutes plus tôt, se tenait maintenant Harrison Ford déguisé en Indiana Jones avec son chapeau d'aventurier et son fameux fouet en cuir.

Je me retournai de nouveau vers Colin. Son regard, comme celui de tous les convives, était braqué sur moi, et tous attendaient ma réponse.

— Oui ! hurlai-je à pleins poumons. Oui, je suis amoureuse d'un autre homme ! Oui ! Oui ! Ouiiiiii !

Je me réveillai subitement et me redressai d'un bond. Le souffle court, j'essuyai la sueur qui trempait mon visage.

— Scarlett ? lança ma mère en entrant à grands pas dans la chambre. Tout va bien ?

Je commençai à me calmer.

— Oui, j'ai… j'ai juste… fait un cauchemar.

Elle s'assit à mes côtés.

— À propos du mariage ? Tu hurlais « Oui ! Ouiii ! », comme si tu étais devenue hystérique devant le prêtre…

— Oui, j'ai rêvé du mariage. C'était… un véritable fiasco…, articulai-je à grand-peine.

Bien sûr, j'excluais de cette dernière remarque le concert privé de Robbie Williams. S'il s'était invité dans beaucoup de mes rêves, le chanteur ne s'était jamais trouvé avec moi dans une église…

— Rien d'étonnant, la veille de ton mariage… Je suis sûre que toutes les futures mariées ont droit à leur rêve absurde, cette nuit-là.

Absurde ? J'aurais dit « terrifiant », personnellement.

— Bon, dit ma mère en regardant sa montre. Ce n'est peut-être pas la peine d'essayer de te rendormir. Dans quelques heures, ce sera l'église…

Elle se rendit à la fenêtre et ouvrit les rideaux. Aussitôt, le soleil baigna la pièce entière… Le jour de mon mariage était arrivé.

À présent que je n'avais plus à me soucier de mon mascara, je bâillai et me frottai les yeux.

— Je veux bien passer sur le beau temps, aujourd'hui, si on m'assure que la cérémonie ne sera pas aussi catastrophique que dans mes films préférés…

Ma mère revint près de moi.

— Les mariages ne se déroulent pas toujours mal dans les films.

— Oh, arrête, maman…, levant une main, prête à compter sur mes doigts. Je pourrais te citer des tonnes d'exemples : *Quatre mariages et un enterrement*, *Just Married (ou presque)*, *Un mariage trop parfait*, *Meilleures ennemies*…

Je cherchai des exemples de films qui pourraient davantage parler à ma mère…

— Tiens, *Le Lauréat* ! Dustin Hoffman part quand même avec la fille de Bancroft, à la fin ! On a vu mieux niveau mariage de rêve, non ?

— Scarlett, dit ma mère en prenant ma main dans la sienne. Comme tu l'as dit, ce sont des films. Ton mariage ne se passera pas sur grand écran, mais dans une véritable église. Tout va bien se passer, crois-moi…

J'acquiesçai et lui souris à demi.

— Dans ce cas, disons que, tant que tout à l'heure, je n'ai pas l'air de la fiancée de Frankenstein, il y a une chance sur deux pour que ce soit un mariage… presque parfait.

Chapitre 39

Voilà, il était là, ce jour rêvé par des millions de femmes à travers le monde : le jour de mon mariage.

Tandis que j'entamais le long processus de métamorphose qui ferait de moi une future mariée de conte de fées, enchaînant séances de manucure, de coiffure et autres choses d'importance, je ruminai ce qui s'était passé ces dernières semaines et qui m'avait menée jusqu'ici.

Après le dîner désastreux qui, d'ailleurs, n'avait jamais eu lieu, tout avait été très calme à Lansdowne Road.

Belinda et Harry avaient décidé de rentrer quelques jours plus tôt de Dubaï, aussi, j'avais dû quitter leur maison prématurément. Ils avaient été tous les deux extrêmement satisfaits de la façon dont je m'étais occupée de chez eux, et, comme l'avait souligné Belinda, des bonnes relations que j'avais entretenues avec leurs voisins. En guise de remerciements, ils m'avaient d'ailleurs rapporté de Dubaï des cadeaux d'une valeur presque indécente.

Le jour de mon départ de Notting Hill, Oscar et Ursula avaient été les deux seuls présents pour me dire au revoir. Sean était encore à Dublin pour son travail, et je n'avais donc pu lui faire mes adieux comme je l'aurais souhaité.

— Sean va être tellement triste d'avoir raté ton départ, m'annonça Ursula prête à fondre en larmes, tandis que je chargeais mes derniers bagages dans le coffre de mon taxi.

C'était un luxe que je m'offrais, mais il m'était déjà suffisamment difficile de devoir me rendre à la gare pour ne pas avoir à lutter en plus dans les couloirs et les rames bondées et suffocantes du métro.

— J'exige des photos de toi dans ta robe de mariée, ma chérie ! ordonna Oscar en me serrant dans ses bras, avant de déposer un baiser sur ma joue. Tu vas être magnifique : je le sais.

— Oh, mais je vais faire encore mieux que ça… Tenez, leur dis-je en tirant deux enveloppes de mon sac. Vos invitations pour le mariage.

J'avais dû me battre bec et ongles pour arracher ces invitations à Cruella. Selon elle, il n'y avait « plus la place pour caser ne serait-ce que deux chihuahuas, alors deux invités »… Mais j'avais fini par triompher, et pouvais maintenant offrir à mes deux amis une place pour le spectacle.

— Oh, ce serait un honneur pour nous de participer à la cérémonie ! N'est-ce pas Oscar ? s'enthousiasma Ursula en ouvrant son enveloppe. Et Sean ? Tu en as glissé une dans sa boîte aux lettres ?

— Je crains que non… Je pense qu'il a eu sa dose de mariages, ces derniers temps. Je ne voudrais pas lui en imposer un de plus…

Oscar me dévisagea.

— Le tien, en particulier, n'est-ce pas ? me demanda-t-il en adressant un regard entendu à Ursula.

— Va savoir…, répondit Ursula.

Je fis mine de ne rien avoir entendu, et les embrassai tous deux une dernière fois. Je me penchai ensuite pour offrir une rapide caresse à Delilah, puis montai à l'arrière du taxi.

Quelques secondes plus tard, je quittai Lansdowne Road et Notting Hill…

Peut-être pour toujours.

À présent que je tenais le bras de mon père – qui, fort heureusement, ne ressemblait ni de près, ni de loin à Harrison Ford dans son costume gris rehaussé d'une élégante cravate bordeaux –, et que nous marchions le long de l'allée interminable de l'église dans laquelle mon mariage avait lieu, je revis Oscar et Ursula pour la première fois depuis mon départ.

Impossible de les rater : Oscar portait une chemise vert pomme sous un costume bleu électrique, et Ursula une robe rouge à pois blancs à la mode des années 1950, assortie d'un chapeau rouge à larges bords retombant presque sur ses épaules.

Quand j'arrivai à leur hauteur, ils me firent signe, et Ursula me murmura : « Bonne chance ».

Contrairement à ma tenue de la nuit passée, je portais aujourd'hui la robe que j'avais choisie avec les deux compères dans la boutique de Cruella. Le corsage brodé, bien que près du corps, me permettait sans mal de respirer, et les dizaines et dizaines de centimètres de tulle flottaient autour de mes jambes, me permettant de me déplacer à mon aise.

Je n'aurais pas aimé courir un marathon dans cette robe, certes, encore moins au vu des talons de quinze centimètres que je portais… ou de la coiffe ornée de diamants qui se maintenait tant bien que mal sur ma chevelure bouclée. Cela dit, avancer au rythme auquel je marchais aujourd'hui, cela ne me posait pas de problème.

Lorsque nous arrivâmes enfin devant le prêtre, j'observai avec attention mon père passer ma main à David. Il recula ensuite, puis partit s'asseoir à côté de ma mère. L'espace d'une seconde, ils se regardèrent, et j'eus la certitude qu'en un autre temps, ils s'étaient tous deux sincèrement aimés. J'étais heureuse que, fût-ce durant une brève seconde, leur bonheur commun les ait réunis.

Le prêtre qui, à mon grand soulagement, ne ressemblait pas le moins du monde à Rowan Atkinson, commença son discours d'un ton assuré et rassurant, et tout se déroula – me semblait-il en tout cas – sans pied de nez à la tradition.

Je ne me sentais pas véritablement euphorique à l'idée d'assister enfin à cette cérémonie, et de m'apprêter à m'unir pour la vie à David, mais, après le chaos de ces dernières semaines, j'étais soulagée de retrouver enfin une vie normale.

Ce sentiment de sécurité, de stabilité en moi, voilà ce que devaient ressentir les gens normaux… Ce n'était pas ce vide que j'avais craint à m'en rendre malade, avant de venir à Londres. Non, ce jour-là, tout ce que je ressentais, c'était une sensation de calme. Je ne me sentais plus avide de cette excitation que j'avais connue à Notting Hill… Plus du tout.

—Aussi, si une personne parmi cette assemblée s'oppose à ce mariage, déclara enfin le prêtre, qu'il parle maintenant ou se taise à jamais.

Comme dans tous les mariages, le silence qui s'ensuivit fut total, l'assemblée attendant – espérant ? – que rien ne se passe, de façon que la cérémonie puisse poursuivre son cours.

Lorsqu'il parut évident que personne ne ferait irruption dans l'église pour me déclarer sa flamme, puis me porter hors de la bâtisse sacrée sur son destrier blanc, le prêtre s'apprêta à poursuivre.

—Attendez, l'interrompit une voix.

Au comble de la surprise, je me rendis compte que cette voix n'était autre que la mienne. J'entendais quelque chose au-dehors, et, s'il continuait sa tirade, je n'arriverais pas à déterminer quoi…

—Juste une seconde, s'il vous plaît.

L'assemblée fut de nouveau plongée dans un profond silence. Et j'entendis alors ce qui m'avait attiré l'oreille : quelqu'un chantait à l'extérieur de l'église. Une vedette qui chantait un air que je ne connaissais que trop bien.

Il fallait que j'en aie le cœur net.

La cérémonie attendrait : je devais savoir ce qui se passait.

Et si ce n'était pas qu'une coïncidence ? Si cette chanson providentielle signifiait ce que je pensais qu'elle signifiait ?

Je me tournai vers David.

Tu es en pleine cérémonie de mariage, Scarlett… Ton mariage…, s'affola une voix dans ma tête.

Mais mon cœur s'exprima à sa place…

— Je reviens tout de suite, David.

— Scarlett ! Tu ne vas quand même pas partir en plein milieu de notre cérémonie de mariage !

Mais il était trop tard. J'avais déjà parcouru la moitié de la distance qui me séparait de la porte.

— Hors de mon chemin, ordonnai-je à Cruella qui tentait de me barrer la route.

— Mademoiselle O'Brien, vous devriez retourner devant le prêtre sans plus vous inquiéter. J'ai réussi à empêcher toute intrusion indésirable à l'intérieur de l'église, et je préférerais que cela en reste là. Vous pouvez y retourner, je m'occupe de tout.

— Hors de mon chemin, et tout de suite, sinon je vous déplace moi-même !

Elle fit aussitôt un pas de côté.

— Et si vous ne voulez pas que je sape votre réputation dans tout Londres, je vous conseille d'empêcher ces gens-ci, dis-je en désignant mon père, David et Maddie qui accouraient dans ma direction, de sortir de cette église, l'espace de quelques minutes.

Je bondis au bas des quelques marches qui terminaient l'allée centrale, et ouvris brusquement les lourdes portes de bois. Aussitôt, la musique s'intensifia : un lecteur CD, seul, était posé sur l'une des marches de l'église et jouait *When You Say Nothing At All* de Ronan Keating.

Le thème principal de *Coup de foudre à Notting Hill*… Celui qu'on entend lorsque Hugh et Julia sont assis ensemble sur le banc, dans le jardin…

Cette même chanson dont nous avions parlé, Sean et moi, lorsque nous étions assis sur ce même banc, le soir de notre rencontre…

Tout à coup, je pris conscience que deux paires d'yeux étaient braquées sur moi. Soudain, l'un des deux intrus adressa à l'autre un signe de tête, et les deux hommes avancèrent dans ma direction… Ils portaient combinaisons, lunettes et chapeaux noirs…

— Je me présente, mademoiselle, lâcha le plus petit des deux, retirant son chapeau. Mon nom est Dermot, et voici mon frère Finlay.

Finlay m'adressa un bref hochement de tête.

— Je suppose que vous êtes la jeune femme dont on nous a parlé ?

J'écarquillai les yeux, totalement décontenancée par ce qui se passait ici.

— Scarlett ? ajouta-t-il.

— Oui, c'est bien moi… Mais qui êtes-vous ? Que se passe-t-il, au juste ?

— Vous le saurez en temps voulu, mademoiselle, répondit Dermot. Tout d'abord, nous tenons à nous excuser d'avoir débarqué aujourd'hui de manière si impolie.

Il m'adressa un regard navré et rajusta sa cravate.

— J'espère que vous accepterez également de présenter nos excuses à la femme qui se trouve à l'intérieur et avec laquelle nous avons eu, disons… une légère altercation il y a quelques minutes.

— Qui ça ? Cruella ? Une grande bonne femme avec un chignon grisonnant ?

Dermot acquiesça.

— C'est elle, oui.

— Oh, ne vous en faites pas pour elle. Elle s'en remettra : elle a de la ressource.

— Je n'en doute pas : Finlay est resté inconscient plus d'une minute.

Je me tournai vers Finlay qui avoua d'un hochement de tête.

— Oh… Je suis vraiment désolée pour vous, Finlay.

Soudain, les portes de l'église s'ouvrirent bruyamment, et, n'ayant pu être retenus plus longtemps, David, mon père et Maddie se ruèrent dans ma direction.

— Scarlett ! Qu'est-ce que c'est que ce délire, bon sang ? me demanda David en lançant un regard dédaigneux à Dermot et Finlay.

— Eh bien tu vois, David, je me posais exactement la même question, lui dis-je, impatiente de comprendre de quoi il retournait. Veuillez poursuivre, Dermot, je vous prie. Je suis sûre que tout le monde saura se tenir… N'est-ce pas ? ajoutai-je en me retournant vers les nouveaux arrivants.

Tout le monde acquiesça sans mot dire : cela devait se lire sur mon visage, que je n'allais pas aimer qu'on me vole dans les plumes.

Dermot dévisagea l'assistance avec nervosité.

— Bref… Comme je m'apprêtais à vous le dire, nous nous excusons non seulement pour notre arrivée impromptue, mais également pour notre retard.

— Votre retard ?

— Oui… D'environ seize heures, à une ou deux près.

— En retard de seize heures ? Mais qu'est-ce que vous racontez ? Je n'y comprends strictement rien !

Dermot se racla la gorge et parut quelque peu embarrassé.

— Nous aurions dû nous présenter à votre domicile hier soir. Enfin, Finlay et sa dame… C'est eux qui avaient été embauchés.

— Embauchés ? Mais pour quoi, bon sang ?

— Pour faire notre boulot, mademoiselle. Vous ne comprenez pas ? me demanda-t-il en retirant ses lunettes et en m'adressant un clin d'œil.

Devant le regard noir de David, il remit ses lunettes et poursuivit.

— Finlay et sa femme ont été embauchés pour se pointer déguisés en Scarlett O'Hara et en Rhett Butler, les personnages d'*Autant en emporte le vent*. Finlay fait un Rhett Butler d'enfer… Pas vrai, Fin ?

L'intéressé rougit timidement sous son chapeau noir.

— Malheureusement, pour des raisons indépendantes de notre volonté – en gros, notre chère Scarlett a dû être transportée en urgence à l'hôpital à cause d'une crise d'appendicite –, Rhett et Scarlett n'ont pu se présenter hier à l'heure et à l'endroit donné.

Finlay se contenta d'acquiescer, et Dermot prit la parole à sa place.

— Elle va bien : nous l'avons déposée à l'hôpital à temps. Le problème, c'est que nous n'aurons plus de Scarlett O'Hara disponible avant plusieurs semaines, et ça, ça va mettre un sacré coup au business… Et aux finances, aussi…

Il me toisa du regard.

— Vous, à tout hasard, ça vous intéresserait de jouer les Scarlett pour nous pendant quelque temps ? Vous ressemblez pas mal à l'original, et vous portez bien la robe.

Je lissai brièvement le tulle de ma robe.

— C'est très aimable à vous, merci. Cela dit, non, ça ne m'intéresse pas. Et puis, je ne sais même pas de quoi vous parlez… Pour quel type de prestation vous a-t-on engagés ?

— Nous, annonça fièrement Dermot en sortant une carte de visite de sa poche, proposons le meilleur service londonien de correspondances à Londres. Nous offrons à notre illustre clientèle pas moins de trente méthodes de livraisons de messages. Nous n'échouons jamais, et délivrons sans faille les plis qui nous sont confiés.

— Oh, lâchai-je, jetant un coup d'œil à la carte de Dermot. Je comprends, vous chantez dans les anniversaires, ce genre de choses, c'est ça ?

Dermot et Finlay écarquillèrent les yeux, visiblement outrés.

— Mademoiselle, répliqua Dermot en retirant son chapeau et en le plaçant contre son cœur. Nous avons quelques raisons de nous enorgueillir d'être bien plus que cela…

Finlay lui donna une petite tape d'encouragement dans le dos, afin qu'il puisse répéter sans trop de souffrance les mots qui l'avaient tant affecté.

— Nous faisons plus que chanter… durant des anniversaires, cracha-t-il presque. Qui plus est, sachez, mademoiselle, que jamais… jamais, nous ne chantons. Jamais !

— Par pitié, ne me dites pas que vous êtes stripteaseurs ? leur demandai-je, consternée.

Finlay était une perche maigrelette aux cheveux noirs légèrement huileux, et Dermot un nabot grassouillet avec trop de cheveux sur les tempes pour déterminer la couleur qu'ils avaient quand, plus nombreux, ils habitaient son crâne. En résumé, ni l'un ni l'autre n'avait véritablement un look d'Apollon.

— Allons bon ! Certainement pas ! Nous, annonça Dermot en bombant le torse, sommes les seules, les uniques, Cinégrammes de Londres ! Nous délivrons messages et colis, déguisés en personnages de films. Et, comme je vous l'ai dit un peu plus tôt, jamais un seul des messages que l'on nous a confiés ne s'est perdu en route ! Et c'est pourquoi, poursuivit-il en se retournant vers Cruella qui faisait son apparition aux portes de l'église, même un rottweiller, qu'il porte ou non des lunettes Chanel, ne saurait nous empêcher de faire notre travail, à savoir vous délivrer le message qui vous est destiné avant sa date d'expiration, soit aujourd'hui même à midi.

— Très bien…, approuvai-je, soulagée de savoir que Dermot et Finlay ne finiraient pas en caleçon, voire pire, devant l'église. Oh ! Mais, je viens de comprendre ! Vous êtes déguisés en Blues Brothers, c'est ça ?

— Oui, répondit Dermot, visiblement satisfait que je les aie reconnus. Nous avons dû changer de costumes au dernier moment compte tenu des fâcheux événements dont je vous parlais tout à l'heure. Or, comme nous n'avons pu joindre M. Bond, nous avons dû prendre une décision sans lui. Les Blues Brothers comptent parmi nos personnages les plus…

Je l'interrompis aussitôt.

— Attendez un peu ! C'est de Sean Bond dont vous parlez ? C'est lui qui vous a engagés pour me porter un message ?

— Oui, mademoiselle. C'est bien lui… D'ailleurs, nous ferions bien de nous y mettre, car nous commençons à digresser légèrement.

Il bomba de nouveau le torse, rajusta sa cravate, puis esquissa un sourire nerveux.

Je me contentai de l'observer. Maintenant que je savais que c'était Sean qui les avait engagés, tout ce que je voulais, c'était qu'ils crachent le morceau. Qu'avait préparé Sean ? Je me tournai vers David… La rage se lisait dans son regard.

Je remarquai qu'Oscar, Ursula et une poignée d'autres invités nous avaient rejoints au-dehors, curieux de savoir ce qui se passait.

Dermot fouilla dans sa poche à la recherche d'un bout de papier, y jeta un bref coup d'œil, puis le fourra de nouveau dans sa veste.

— Bon, maintenant, nous devons vous demander comment vous allez…

— Pardon ?

— Comment… est-ce… que… vous… allez ? répéta Dermot lentement, comme si j'étais dure de la feuille.

— Là… tout de suite… maintenant ? répondis-je sur le même ton. Extrêmement troublée…

— En colère ?

— Non.

— Un peu quand même ?

— Non.

— Agacée ?

— Non, mais ça risque de ne pas tarder, si vous n'accouchez pas très vite.

— Très bien ! Dans ce cas, nous pouvons vous remettre ceci… Finlay ?

Dermot tendit la main et Finlay, qui tirait au même moment une enveloppe rouge de sa poche, la lui passa. Dermot me la transmit en souriant de toutes ses dents.

— M. Bond nous avait stipulé que si la chanson ne vous avait pas rendue folle de rage, nous devions vous remettre ceci.

— De quoi s'agit-il ? demandai-je en retournant l'enveloppe.

— Notre déontologie nous interdit de nous mêler des affaires de nos clients, mademoiselle. On nous a simplement demandé de vous remettre cette lettre si la musique ne vous énervait pas spécialement… Heureusement que vous aimez Ronan Keating, en tout cas ! Si vous aviez été fan de trash metal, on serait peut-être au poste à l'heure qu'il est !

Dermot et Finlay pouffèrent comme deux gamins.

— OK…, lâchai-je en regardant l'enveloppe. Je dois l'ouvrir maintenant ?

— Je suppose. Nous en tout cas, on aimerait bien, hein… Pas vrai, Finlay ? demanda-t-il au muet. C'est la première fois qu'on nous file un job pareil.

Finlay acquiesça.

— Je pense qu'il vaut mieux que je l'ouvre tout de suite, déclarai-je en me tournant vers l'assistance. Personne ne s'y oppose ?

Tout le monde acquiesça avec enthousiasme, à l'exception de David qui se tenait immobile au milieu de la foule réunie désormais autour de moi.

J'ouvris doucement l'enveloppe.

À l'intérieur se trouvaient une carte postale et, au-dessous, un ticket. Je ne regardai pas immédiatement le recto de la carte, car, sous mes yeux, se trouvaient les mots, manuscrits à l'encre noire, que Sean m'avait adressés…

« Si c'est réciproque,
Rejoins-moi demain au sommet du London Eye.
Je t'y attendrai jusqu'à midi.

Je t'embrasse, S. »

Je lus la carte à haute voix.

— Comment ça, « au sommet du London Eye » ? me demanda mon père qui lançait là ses premiers mots. Pourquoi Sean veut-il te retrouver là-haut ? Et qu'entend-il par « sommet » ? C'est une grande roue ! Ce truc tourne tout le temps, non ?

— C'est comme dans le film, c'est ça, Scarlett ? *Elle et lui* ?

— Je pensais que c'était dans *Nuits blanches à Seattle*, commenta Maddie. Meg Ryan essaie d'y rejoindre Tom Hanks au sommet de l'Empire State Building.

— C'est dans les deux, en fait, intervint Dermot. *Nuits blanches à Seattle* n'est qu'un remake d'*Elle et lui*.

Tout le monde se tourna vers lui, et il se mit aussitôt à rougir.

— Je n'y peux rien si ma petite amie regarde ce genre de films…, expliqua-t-il avant de prendre une voix exagérément masculine. Moi, je suis plus Schwarzie, voyez ?

Tout le monde l'oublia aussitôt, et la carte fut de nouveau au centre de l'attention.

Je secouai la tête.

— C'est de la folie… Je n'arrive même pas à croire que je suis à l'extérieur de l'église en train de lire cette carte. Rentrons et continuons la cérémonie… Je n'aurais jamais dû vous pousser tous à sortir… Je m'excuse.

Je me tournai vers l'endroit où David se trouvait quelques secondes auparavant, mais il n'y était plus.

— Où est David ? demandai-je, en regardant partout autour de moi, l'air affolée.

Je sentis une main se poser sur mon épaule.

— Il est rentré à l'intérieur, Scarlett, me dit mon père d'une voix douce. Je pense qu'il en avait assez entendu.

Je levai les yeux vers l'église et me sentis soudain mal à l'aise.

Pauvre David… Qu'est-ce que je lui fais subir le jour de notre mariage ?

— Es-tu sûre de ce que tu fais, Scarlett ? me demanda mon père d'une voix toujours aussi calme. Tu es sûre que ce que tu veux… c'est retourner à l'intérieur de cette église et épouser David ? Cette invitation, et la façon dont elle t'a été portée, poursuivit-il en regardant

Dermot et Finlay, c'est tout à fait le genre de coups de théâtre romantiques qui ponctuent les films que tu affectionnes tant... La seule différence, c'est que cette fois-ci, c'est bien réel. Es-tu sûre que tu ne voudrais pas... que cette histoire se termine autrement?

— Je... je ne sais pas.

— Que ressens-tu pour Sean ? me demanda ma mère, apparaissant soudain à mes côtés. Est-ce que tu l'aimes ?

Je baissai les yeux.

— Oui... Oui, je crois. Mais c'est compliqué...

Je sentis le regard de chaque personne ici peser sur moi, comme si tout le monde me hurlait d'en dire plus.

— C'est comme ça, OK?

— De toute évidence, poursuivit ma mère, ce garçon est fou de toi, Scarlett, pour se donner tant de mal...

— Il y a peu, tu me mettais en garde contre lui, maman, dis-je en me tournant vers elle. Tu le comparais à Daniel Cleaver.

Ma mère sembla ne pas comprendre.

— Je crois que c'est un personnage du *Journal de Bridget Jones*, suggéra Dermot.

Tout le monde se retourna de nouveau vers lui.

— Je sais bien, merci beaucoup monsieur, dit ma mère avant de se détourner de lui. Scarlett, quelle importance ?

Tout ça devient vraiment trop compliqué...

— Oublie ce que j'ai dit, tu veux ? Retiens juste que c'est bien plus logique pour moi d'épouser Mark... David, pardon ! David...

— Et pourquoi donc, Scarlett ? me demanda Maddie. Si c'est Sean que tu aimes, à quoi bon aller au bout de cette cérémonie ? Que préfères-tu gâcher : une journée ou ta vie entière ? Pourquoi est-ce que tu hésites ?

— Parce que…, répondis-je avec un sens grandiose de l'à-propos.

— Je vais te dire, Scarlett : j'ai su que ça se finirait comme ça dès que je t'ai vu avec Sean pendant mon mariage.

— C'est Sean, le type que tu as ramené au mariage de Maddie ? s'étonna mon père.

— Oui, pourquoi ? demandai-je, ne saisissant pas la pertinence de l'intervention.

— Parce que David m'a parlé du sombre crétin que tu avais ramené à Paris, en m'expliquant qu'il t'avait collé au train toute la soirée. Il me l'a décrit comme le dernier des losers…

— Pas étonnant. Il le hait viscéralement.

— Non sans raison, cela dit ; je le comprends aujourd'hui. En revanche, Sean n'a rien d'un loser, déclara soudain mon père, prenant sa défense. Encore moins d'un crétin. C'est même un type très intelligent, et un homme d'affaires émérite. Non, vraiment, c'est un bon gamin.

— Comment est-ce que tu sais tout cela, Tom ? lui demanda ma mère. Tu as une opinion très précise de ce garçon pour quelqu'un qui, comme moi, ne l'a rencontré qu'une fois.

Mon père soupira.

— Écoute, Scarlett… Sean m'avait demandé de ne pas t'en parler, mais maintenant que ça pourrait peser de façon certaine dans la balance, je pense que je me dois de le faire : Sean m'a proposé d'investir dans notre entreprise. Il a acheté une chaîne de cinémas aux États-Unis, et il aimerait que nous équipions chaque complexe non seulement en machines à pop-corn, mais aussi en distributeurs de friandises.

— Je te demande pardon ? lui demandai-je, digérant lentement l'information. Mais ça veut dire…

— Que nous n'aurons plus jamais à nous soucier de trouver du travail, Scarlett… Plus jamais.

— Mais…

J'étais trop émue pour finir ma phrase.

Si nous exportons nos machines aux États-Unis, Sean… nous n'aurons plus besoin de la chaîne de David…

— Il semble s'inquiéter bien davantage de ton bien-être que tu sembles le croire, Scarlett, commenta Maddie d'un air entendu. On n'achète pas une chaîne entière de cinémas pour n'importe qui…

Je secouai la tête.

— Il ne l'a pas fait pour moi… C'est juste un investissement. Il y a de l'argent en jeu, c'est sûr, sinon, Sean ne se serait jamais lancé dans l'aventure.

— Puis-je me permettre de donner mon avis ? demanda très courtoisement une voix fraîchement arrivée.

C'était Ursula qui s'avançait pour se joindre à notre petit comité.

— Je n'ai rien dit jusqu'à présent, car, étant la sœur de Sean, tout le monde m'aurait accusée d'être partiale, mais, Scarlett, c'est Sean qui a fait en sorte que ta mère et toi soyez de nouveau réunies.

Je levai aussitôt les yeux vers Ursula.

— Non, c'est faux. Nous nous sommes retrouvées par hasard au cinéma… Tu le sais bien, tu étais là.

— C'est ce que j'ai cru, moi aussi, ce soir-là. Mais c'est Sean qui nous a encouragés à venir prendre de tes nouvelles, Sean qui nous a suggéré de te proposer une sortie, et Sean, encore lui, qui a insisté pour que nous t'amenions précisément dans ce cinéma.

Je me tournai vers Oscar qui acquiesça aussitôt.

— Scarlett, tu sais que Sean et moi ne sommes pas les meilleurs amis du monde, admit-il, mais Ursula a raison. Sean a insisté pour que nous t'emmenions au *Coronet*. Il nous a dit que c'était un clin d'œil à *Coup de foudre à Notting Hill*, et que ça t'aiderait dans ta quête d'instants-ciné, mais, la vérité, c'est qu'il avait réussi à localiser ta mère. Il a découvert qu'elle travaillait dans ce cinéma et est allé jusqu'à se renseigner sur ses horaires pour que vous soyez sûres de tomber nez à nez l'une avec l'autre.

Je lançai un regard décontenancé à Oscar et Ursula pendant quelques secondes, avant de me retourner vers ma mère, vers mon père et, enfin, vers Maddie qui, tous, me renvoyaient la même expression.

— Je… je ne sais pas quoi dire… Je… ne sais pas quoi faire…, bégayai-je, avant de me tourner une fois de plus vers ma mère. Maman, qu'est-ce que tu en penses ?

Elle réfléchit un court instant.

— Oublie ce que je t'ai dit au téléphone, Scarlett. Je pense que Sean a dépensé, plus que des sommes colossales, une énergie intellectuelle démesurée pour essayer de te conquérir. Or, il est peu probable que tu trouves beaucoup d'hommes capables à la fois de l'un et de l'autre. Crois-moi : j'en ai cherché assez longtemps. Qui plus est, tout porte à croire que sans lui, je ne serais pas ici aujourd'hui. Quoi qu'il en soit, tu es la seule à pouvoir prendre cette décision.

— Papa ? demandai-je, me tournant vers mon père.

— Scarlett, quel que soit ton choix, tu as tout mon soutien, et même plus encore, aujourd'hui et pour toujours. Et je ne te demande qu'une seule chose en retour : oublie tes films ne serait-ce que le temps de prendre cette décision-ci : il n'y a rien de plus réel que ce que tu es en train de vivre. Prends la situation au sérieux… Je t'en prie.

— Justement, je la prends très au sérieux, papa. C'est exactement ce que j'essaie de t'expliquer depuis le début. Durant le mois que j'ai passé à Notting Hill, j'ai vécu des moments qui m'ont fait voir les choses autrement, mais lorsque j'ai essayé de te l'expliquer, tu n'as pas voulu m'écouter… La vie et le cinéma ne sont pas si éloignés l'un de l'autre… mais d'une façon toute différente de ce que je pensais avant de partir. Oublions le côté mielleux du cinéma que tu détestes tant, tu as raison sur ce point, mais une chose est sûre : vivre avec l'espoir de connaître des moments aussi intenses que ce qu'on voit dans les films est peut-être la seule façon d'accéder au bonheur dans la vie… la vraie vie.

— Pourquoi s'arrêter, alors ? cria quelqu'un derrière nous.

Je me tournai et vis David, debout en haut des marches de l'église.

— Pourquoi s'arrêter en si bon chemin ? Que dirais-tu de vivre une nouvelle scène de film ici même ? Là, tout de suite ?

— David, je…

— Peut-être devrions-nous rentrer, tout le monde ! lança mon père, tâchant de réunir les témoins de la scène. David, je pense que Scarlett et toi avez des choses à vous dire. En privé.

— Mais, je vous en prie, restez ! cria David d'une voix tendue. Vous avez entendu tout le reste, alors pourquoi vous priver de la suite ? Qui plus est, ajouta-t-il en me regardant directement dans les yeux, ça rendra la séquence encore plus dramatique : tout ce que Scarlett affectionne ! Comédie, coups de théâtre ! C'est ton cocktail favori, ça, pas vrai, Scarlett ?

Nous avions beau être en plein mois d'avril, je sentis un frisson me parcourir l'échine, tandis que j'observais David crier sa tirade du haut des marches. Jamais je n'avais voulu le blesser. Jamais je n'avais voulu que toute cette histoire se finisse ainsi.

Tout le monde autour de nous s'immobilisa, et je rivai mon regard dans le sien. Du coin de l'œil, je vis Dermot et Finlay retirer leur chapeau.

— Je vais te rendre tout ça bien plus facile, Scarlett, me dit David en me regardant depuis son estrade. Tu te souviens, Scarlett, du jour où nous avons engagé une organisatrice indépendante pour orchestrer le plus beau jour de notre vie ? Tu imaginais déjà te retrouver avec ta petite Jennifer Lopez attitrée, tu t'en souviens, n'est-ce pas ?

Comme il attendait une réponse de ma part, j'acquiesçai.

— Finalement, tu t'es retrouvée avec un clone de... Ah, comment l'appelles-tu, déjà ? Cruella d'Enfer, c'est ça ?

J'acquiesçai hystériquement, essayant de survivre au regard furieux de Cruella perchée sur une pierre tombale non loin des marches.

— Eh bien, figure-toi que cette partie de notre mariage va se passer exactement comme dans le film. Tu te souviens de ce qui se passe dans le film, n'est-ce pas, Scarlett ? La partie qui se passe juste avant les vœux ?

Je levai les yeux vers David, soutenant son regard noir, et hochai tristement la tête.

— Oui ? Ah, parfait ! Et donc, comme le futur marié du film, Scarlett, je vais te rendre tout ça d'une simplicité enfantine, et t'épargner la torture cornélienne de devoir choisir entre Sean et moi. Et tu sais pourquoi, Scarlett ? Parce que moi, David, ton fiancé, je ne veux plus t'épouser !

Devant l'église, l'assemblée entière retint son souffle.

— Je refuse d'épouser une femme en qui je ne peux avoir totalement confiance. Je refuse d'épouser une femme qui ne voit en moi que la doublure de son prince charmant. Et, plus important encore..., poursuivit-il, sa voix jusqu'ici inébranlable commençant à tressauter. Je refuse d'épouser une femme aussi éperdument amoureuse d'un autre homme.

Je fis un pas vers lui, mais il leva une main pour m'arrêter.

— Non, Scarlett. Tu as eu ce que tu voulais : tu voulais vivre comme l'héroïne d'un mélo, eh bien, tu as gagné. Je viens de t'offrir tout le spectaculaire de la dernière scène d'*Un mariage trop parfait*. Cela dit, je gage que tu ne t'attendais pas une seule seconde à ce que ce soit la future mariée qui se fasse plaquer à l'église…

— David, s'il te plaît, arrête…, l'implorai-je en le voyant descendre les marches, désireux qu'il était de mettre un terme au plus vite à la situation infernale dans laquelle je l'avais mis.

Je me ruai alors vers lui, et, en bas des marches, lui attrapai le bras.

— David, attends…

— Pars le rejoindre, Scarlett, me murmura-t-il. Il ne te mérite pas, mais si c'est ce que tu souhaites, pars le rejoindre. Peut-être que tu as encore une chance de vivre ce dénouement de conte de fées dont tu as toujours rêvé… Peu importe que ce ne soit pas avec moi.

Je le regardai ensuite quitter le cimetière de l'église, héler rapidement un taxi, puis disparaître dans la nuée de véhicules qui grouillaient dans les rues de Londres.

Je me retournai vers les autres qui, tous, ne perdaient pas une seconde de la scène qui se déroulait sous leurs yeux, puis baissai les yeux vers l'enveloppe que je tenais toujours dans la main : cette fois-ci, je regardai la photo au recto.

— C'est impossible…, murmurai-je pour moi seule. Comment a-t-il su ?

La carte postale était l'une de celles que l'on trouvait à la sortie des galeries d'art et qui représentaient l'une des œuvres exposées. Celle-ci représentait un tableau sur lequel était peinte une future mariée le jour de la cérémonie… *La Mariée*…

C'était le tableau exposé dans la galerie d'art où m'avait traînée Maddie. Celui que Julia Roberts offre à Hugh Grant dans *Coup de foudre à Notting Hill*… La chanson jouée un peu plus tôt était tirée du même long-métrage. Ronan la chante durant le film, pendant la scène où les protagonistes sont assis sur le banc au clair de lune, comme Sean et moi l'avions été.

Notting Hill… C'était aussi là que j'avais rencontré Sean pour la première fois… Dans cette librairie, la même que celle où se rencontrent Hugh et Julia.

Et à présent, Sean m'offrait à son tour ce tableau… Si je n'avais pas su le peu de cas que faisait Sean de ce genre de films, j'aurais juré qu'il connaissait celui-là aussi bien que moi ! Pire que cela : il les détestait, d'ailleurs… N'est-ce pas ?

Je retournai la carte et la lus une deuxième fois…

— J'ai compris ! m'exclamai-je, horrifiée par ce dont je venais de prendre conscience. Où sont Dermot et Finlay ?

Replaçant leur chapeau sur leur tête, ils s'approchèrent tous deux.

— Vous étiez censés me livrer cette carte hier, n'est-ce pas ? demandai-je à Dermot.

— De fait, mademoiselle, mais comme je vous l'ai expliq…

— Mais la carte stipule que je dois l'y retrouver « demain »… Cela veut dire… qu'il s'y trouve en ce moment même ! Là, maintenant, il m'attend en haut du London Eye !

Je cherchai du regard l'horloge de l'église.

— Quelle heure est-il ? lâchai-je à l'assemblée, incapable de trouver le cadran.

Tous les convives regardèrent leur montre.

— Onze heures trente, répondit Maddie avant tout le monde. Il est encore là-bas, si tu veux aller le rejoindre. C'est ce que tu veux, Scarlett ? Tu veux aller rejoindre Sean ?

— Oui, répondis-je, comme si j'avais besoin de l'articuler pour me convaincre que j'avais enfin pris ma décision. Je le veux, Maddie. Je vais partir retrouver Sean et vivre enfin le *happy end* dont j'ai toujours rêvé, déclarai-je, avant de la prendre dans mes bras. Est-ce que quelqu'un sait comment on se rend au London Eye depuis l'église ? criai-je à l'assistance.

— On va vous déposer, mademoiselle, proposa Dermot. On est garés au coin de la rue.

— C'est gentil, mais ce serait trop vous demander.

— Oh, ne vous en faites pas : j'ai été chauffeur de taxi. Les rues de Londres, les ruelles, les raccourcis n'ont pas de secret pour moi… Tout est cartographié là-dedans, dit-il en se tapotant fièrement la tempe. Et puis, ça nous fera plaisir de vous rendre service, mademoiselle. Pas vrai, Finlay ? Après tout, c'est notre faute si l'invitation vous est parvenue si tardivement. C'est le moins que l'on puisse faire.

— Vous êtes sûrs que cela ne vous dérange pas ? insistai-je en me tournant vers Finlay qui fit aussitôt « non » de la tête.

— Allez ! C'est parti, mon kiki ! lança Dermot qui filait déjà. Pas de temps à perdre !

J'emboîtai le pas aux Blues Brothers, agrippant l'enveloppe et le ticket comme s'ils faisaient partie de moi.

— Je vous aime tous ! hurlai-je à l'intention de mes parents, de Maddie, d'Ursula et d'Oscar, tandis qu'ils nous suivaient à pas plus modéré jusqu'à la voiture proche.

— Et je t'aime aussi, Sean…, murmurai-je en baissant de nouveau les yeux vers la carte postale. Attends-moi, s'il te plaît… Je t'en supplie.

Chapitre 40

Dermot devait probablement se rêver héros de films d'action, car nous filions à tout berzingue dans les rues de Londres à bord d'une réplique parfaite des voitures de police américaine.

Lorsqu'ils avaient parlé d'une voiture garée au coin de la rue, je m'étais imaginé une voiture tout à fait banale, et non un véhicule tout droit sorti des *Blues Brothers*. Quoi qu'il en soit, Dermot et Finlay étaient du genre à prendre leur rôle très au sérieux, et je remerciai le destin qu'ils ne se soient pas pointés aujourd'hui déguisés en Scarlett et Rhett : de fait, une voiture de maître de la guerre civile américaine ne nous aurait jamais permis de sillonner la ville aussi rapidement que la « Bluesmobile ».

Pour autant, le genre de véhicules qui nous menait à destination importa soudain beaucoup moins lorsque nous arrivâmes aux inévitables bouchons qui paralysaient le centre de Londres. Tandis que j'angoissais à l'arrière de la voiture de police, désespérant de nous voir gagner chaque seconde quelques centimètres de plus, je me rendis soudain compte de la tenue que je portais.

— Je n'y crois pas ! Je suis encore en robe de mariée ! paniquai-je.

Finlay arrêta la B.O. des *Blues Brothers* qui passait en boucle depuis notre départ, et Dermot me regarda dans son rétroviseur.

— C'est vrai, mais elle vous va drôlement bien !

— Je sais, mais je ne vais quand même pas courir dans les bras de Sean vêtue de la robe dans laquelle j'étais censée épouser un autre homme !

— C'est vrai que vu comme ça, ça paraît tout de suite plus problématique…

— Qu'est-ce que je suis censée faire ? Impossible de me changer maintenant : je n'ai ni le temps, ni ce qu'il faut sous la main.

Je me penchai entre les deux sièges avant et observai les bouchons à travers le pare-brise.

— Et ces voitures qui ne bougent pas d'un pouce !

J'avais l'impression de revivre la course contre la montre de Glasgow, le jour où Sean et moi avions chevauché des porte-pizzas pour nous rendre au mariage *Star Wars*. La seule différence, c'était que la future mariée, c'était moi, et que je venais de fuir l'église…

Bon, OK, je délirais encore à propos d'un film – avec Julia Roberts qui plus est –, mais je n'avais pas le temps de m'attarder là-dessus, car la voiture s'arrêta net à quelques mètres d'une église.

Tandis que nous attendions impatiemment de pouvoir redémarrer, je me rendis compte qu'un autre mariage avait lieu aujourd'hui, les cloches de l'église résonnant joyeusement jusqu'à nos oreilles.

J'espère que votre mariage est plus réussi que le mien…, pensai-je en m'adossant à la banquette.

Un peu plus loin, un homme en jaquette marchait dans notre direction, et je me demandai s'il s'agissait du futur marié qui faisait les cent pas. Lorsqu'il s'arrêta près de notre voiture, je fus prise d'un mauvais pressentiment…

Soudain, il posa la main sur la poignée et ouvrit ma portière.

— Tu es en avance, lâcha-t-il en inspectant la voiture du regard. Les demoiselles d'honneur ne sont même pas encore arrivées. Je m'appelle Max au fait, l'un des témoins de Graham. On ne s'est encore jamais rencontrés, toi et moi.

Il me tendit la main.

— Je… je ne suis pas la future mariée, déclarai-je, angoissée, en essayant de fermer la portière.

— Allez, déconne pas, Teresa… Tu flippes un peu, c'est tout. C'est normal. Par contre, je ne savais pas que c'était un mariage *Blues Brothers*…, constata-t-il en découvrant Dermot et Finlay à l'avant du véhicule. C'est une bonne idée, d'ailleurs… Alors, c'est lequel l'heureux papa ?

— Mais puisque je vous dis que je ne suis pas la future mariée ! insistai-je, parvenant enfin à lui faire lâcher la portière. Je ne suis pas Teresa, et, croyez-moi sur parole, ce mariage-ci n'est pas le mien !

Je claquai aussitôt la portière.

— Il faut qu'on déguerpisse, Dermot… Je t'en supplie ! l'implorai-je en me jetant en arrière devant le visage de Max écrasé contre la vitre arrière.

— Notre Dame de l'Accélération Bénie, ne me laissez pas tomber ! supplia Dermot en redémarrant la voiture.

— C'est une réplique de film, expliqua Finlay dont j'entendais la voix pour la première fois. Il a attendu toute sa vie une occasion de la sortir, celle-là !

Heureusement, une large brèche venait de s'ouvrir devant nous entre les véhicules, et Dermot put abandonner l'église loin derrière, laissant Max sur le carreau, totalement médusé.

— Raah ! m'exclamai-je, les mains sur les tempes. J'aurais dû me douter que ça finirait mal ! Tout ce que j'entreprends finit mal, de toute façon…

— Et j'ai peur que ça ne fasse qu'empirer, déclara Dermot en voyant les véhicules s'entasser devant nous. Jamais on ne pourra traverser Londres à cette heure-ci…

Finlay se retourna vers moi.

— Vous ne pourriez pas l'appeler et lui dire que vous êtes en chemin ? me demanda-t-il d'une voix compatissante.

Je le regardai, incrédule, surprise qu'il ait prononcé une nouvelle phrase. Je l'avais imaginé du genre plutôt renfermé… Je baissai ensuite les yeux vers ma robe, et levai les mains.

— Tout ce que j'ai sur moi, c'est ça, déclarai-je en brandissant la carte et le ticket. Je n'ai pas mon téléphone, et, comme je ne connais pas son numéro, je ne peux même pas emprunter le portable de quelqu'un d'autre.

— Finlay, je pense que tu n'as pas saisi l'essence de la situation. Trouverais-tu romantique que Scarlett appelle Sean et lui dise : « Je suis en chemin, hein, c'est juste qu'on est coincés dans les bouchons ! » ?

— Au moins, ça détendrait un peu l'atmosphère, annonça Finlay, sans conviction.

— Non, réagit Dermot. Il faut que Scarlett coure vers Sean avec rien de plus qu'une petite poignée de secondes devant elle, cavalant pleine de l'espoir viscéral d'arriver à temps, avant que son âme sœur, ne la voyant pas arriver, décide de tourner le dos et de disparaître de sa vie à jamais…

Finlay et moi nous tournâmes subitement vers Dermot.

— Non seulement tu regardes trop de films, mais en plus, tu as définitivement passé trop d'années à te déguiser en personnages de cinéma, lui reprocha Finlay. Soyons réalistes : Scarlett n'arrivera jamais là-bas à temps. Nous ne sommes pas dans un film, Dermot. Tout ça, c'est la vie, la vraie. Dans ces bouchons, là, ce ne sont pas des reproductions de voitures en plastique. Je m'excuse, mais il n'y aura pas de *happy end*, cette fois-ci.

— OK, on arrête tout ! lançai-je, la main sur la poignée. Je sors de cette voiture. S'il faut que je coure, je courrai, même dans cette robe ridicule. Il est hors de question que je n'arrive pas au London Eye avant midi. J'aurai droit à mon *happy end*, et je vais vous le prouver !

Je sortis de la voiture.

— Merci à tous les deux de m'avoir autant rapprochée de ma destination, lançai-je en leur adressant un sourire reconnaissant, tandis que Finlay baissait sa vitre. Est-ce que je pourrais vous demander une dernière faveur, s'il vous plaît ?

— Mais oui, bien sûr ! s'exclama Dermot. Que voulez-vous ?

— Vous auriez de la monnaie pour le métro ?

Je dévalai la rue au pas de course, mes chaussures incommodes et particulièrement inconfortables au pied, jusqu'à la première station de métro, puis m'enfonçai dans les profondeurs du réseau souterrain où je m'achetai rapidement un ticket.

J'essayai autant que possible de ne pas me soucier des regards hallucinés des passants qui, dans les escaliers mécaniques ou les couloirs, me hurlaient à qui mieux mieux des : « En retard à l'église ? », ou encore : « Alors, on s'est fait plaquer devant l'autel ? ». J'eus même droit à un : « Allez, mariée, montre-nous tes fesseuh ! Allez, mariée, montre-nous ton... » – etc. – collégial de la part d'un groupe de supporters d'Arsenal de retour d'un match.

La rame me parut cahoter des heures le long de la Bakerloo Line : chaque fois qu'elle s'arrêtait à une station, je tentai de jeter un coup d'œil à la montre d'un inconnu. Lorsqu'elle arriva enfin à Embankment, je me ruai au plus vite au-dehors. Là, je découvris au bord de la Tamise le London Eye, cette roue gigantesque à côté de laquelle les bâtiments alentour paraissaient minuscules.

Courant aussi vite que je le pouvais, je traversai le Golden Jubilee Bridge, soulevant mes jupons de tulle telle une femme du XIXe encombrée d'une crinoline. Je regardai Big Ben qui s'élevait au-dessus de toits lointains : 11 h 58.

Je fusai jusqu'au chemin qui longeait la rive sud de la Tamise et, déterminée, doublai une harde de touristes qui prenaient des photos, des enfants en patins à roulettes et, même, un couple de joggers un peu mous. Alors que j'arrivais au niveau d'un café dont la terrasse attendait, pleine d'espoir sous le soleil d'avril, les passants assoiffés, je m'arrêtai subitement.

Lentement, je me retournai vers l'intérieur du café… Avais-je rêvé ou était-ce bien lui qui était installé à l'une des tables de la terrasse ? Je fronçai les yeux.

Puis, lentement, comme s'il avait senti que je l'observais – pourtant, je n'avais rien de bien voyant, là, debout, dans ma robe de mariée avec traîne, un diadème brinquebalant sur la tête et ma jupe remontée aux genoux –, Hugh Grant se retourna et m'observa à son tour.

Il adressa quelques mots rapides à l'homme qui était assis en face de lui, puis ils se retournèrent tous deux dans ma direction. L'interlocuteur de Hugh m'était lui aussi familier avec ses cheveux poivre et sel et ses lunettes. Alors, je compris tout à coup que je n'étais pas seulement en train d'observer Hugh Grant en train de boire un café en plein milieu de Londres, mais Hugh Grant en train de boire un café en plein milieu de Londres avec Richard Curtis.

Je restai plantée là quelques secondes… Deux de mes célébrités favorites de tous les temps se tenaient à quelques mètres de moi… Il fallait que j'y aille, je n'avais pas le choix. Il fallait que…

Big Ben carillonna… Bientôt, ses cloches sonneraient midi. Aussitôt, je redescendis sur Terre, et me rappelai la raison pour laquelle j'étais ici.

Non, Scarlett…, pensai-je. *Pas cette fois… Sean est plus important que le cinéma.*

— Mettez ça dans un de vos films ! leur criai-je alors, avant de relever un peu plus ma jupe, et de me lancer à l'assaut des dernières centaines de mètres qui me séparaient de la grande roue. À chaque nouvelle note de Big Ben, j'étais plus proche de Sean, et, lorsque la dernière retentit, lorsqu'il fut enfin midi, je me tenais devant de la gigantesque attraction.

Haletante, debout sous la structure titanesque, je scrutai les cabines vitrées qui tournoyaient lentement, à la recherche du moindre signe témoignant de la présence de Sean. Malheureusement, la plupart étaient trop éloignées pour que je puisse y distinguer quoi que ce soit.

Alors, mes yeux se posèrent sur la file d'attente.

Je serpentai au travers des tourniquets, avant de m'arrêter au bout de quelques mètres : des passants rejoignaient la file chaque seconde ; si je m'aventurais dans cette file d'attente, je n'apercevrais jamais Sean, et n'arriverais jamais à sauter dans une cabine avant qu'il décampe…

— Excusez-moi ! lançai-je, en me frayant un passage dans la file que je remontai comme un saumon impatient de frayer. C'est une urgence ! Merci ! ajoutai-je un peu plus loin. Merci ! Urgence ! Désolée ! Faut que je passe ! Urgence, voyez ?

— Eh ben alors, ma fille, lâcha un homme sur mon passage, on a perdu son fiancé ?

J'accédai enfin au guichet.

— Je suis sincèrement désolée de m'être imposée comme ça, m'excusai-je auprès de l'employée qui s'occupait des entrées. Il n'y a rien de plus important pour moi que de pouvoir monter dans cette roue : quelqu'un m'y attend.

Je m'attendais à des remontrances ou, au moins, un petit regard qui voulait dire : « On m'en a fait des belles pour griller quelques places dans la file, mais le coup de la robe de mariée, c'est une première... », mais, au lieu de cela, la jeune femme m'adressa un large sourire.

— Scarlett, c'est bien ça ?

— Oui... Oui, c'est moi.

— On vous attend depuis ce matin. Il a commencé à tourner à 9 heures...

Je levai les yeux vers la capsule qu'elle me désignait du doigt et aperçus enfin Sean : il portait un élégant costume noir et une chemise blanche impeccable déboutonnée au col. La tête penchée contre la vitre de la capsule, il avait l'air totalement désespéré.

Puis, ses yeux se tournèrent dans notre direction, et son expression changea du tout au tout : son visage se fendit d'un sourire rayonnant, puis plus radieux encore une fois que sa capsule fut arrivée au niveau du sol.

— Dépêchez-vous, mademoiselle, me lança l'employée. Préparez-vous à sauter dans la cabine, parce que si vous la ratez, vous allez devoir poireauter là une demi-heure de plus.

Hors de question que je laisse filer ma chance. Je bondis aussitôt sur la plate-forme depuis laquelle les clients montaient à bord des cabines lorsqu'elles passaient lentement près d'eux. Les personnes y grimpaient à quinze, voire à vingt, mais lorsque je vis celle de Sean, il était seul à l'intérieur.

— En voiture, mademoiselle, me lança un autre employé en m'aidant à monter. Et bon voyage ! dit-il en adressant un clin d'œil à Sean qui se tenait debout contre le fond de la capsule.

La cabine était décorée d'innombrables fleurs.

Un bouquet de roses et de lys reposait dans un magnifique vase en verre filiforme. Comment Sean savait-il qu'il s'agissait de mes fleurs préférées ? Le lui avais-je dit un jour sans trop y prêter attention ?

Le vase trônait au centre d'une petite table, à côté d'un seau de glace où une bouteille de champagne attendait patiemment qu'on vide son contenu dans deux flûtes vides.

Je baissai les yeux, et me mis soudain à contempler le sol de la cabine dont le moindre centimètre avait été recouvert de pétales de roses rouges et de roses carnées. C'était sans nul doute le décor le plus romantique que j'avais jamais vu…

— Oh, Sean…, murmurai-je en m'approchant de lui. C'est magnifique… Je suis tellement désolée d'avoir mis autant de temps à arriver ! Mais c'est la faute des Blues Brothers : ils ne sont arrivés qu'aujourd'hui, et quand ils se sont montrés, tadaaa ! entonnai-je en lui montrant ma robe de mariée. J'étais déjà à l'église ! Par contre, Sean, je t'assure : dès qu'ils ont lancé la chanson et qu'ils m'ont dit que c'était toi qui les avais engagés, j'ai su qu'il fallait que je vienne te rejoindre ici. Et puis, le tableau, Sean, c'était tellement romantique, tellement… inattendu… Comment est-ce que tu as su pour cette toile ?

Sean ne répondit pas, mais leva une main pour m'empêcher d'avancer.

— Qu'y a-t-il ? Il y a un problème ?

Sean se baissa, récupéra des fiches de papier blanc, se releva, puis me montra la première. De cette façon, il se mit à communiquer silencieusement avec moi en utilisant les répliques de mes films favoris inscrites sur les cartons… Il s'était contenté de changer quelques mots pour que les phrases collent parfaitement à notre histoire.

À la manière de la scène de *Love Actually* dont je lui avais parlé…

« Mon silence est plus parlant que mes mots… »

Je lui souris, et il passa à la carte suivante.

« Dans l'esprit de *Love Actually* (ainsi que des Bee Gees, puis, plus récemment, des Boyzone, si tu écoutes bien les paroles), j'aimerais te dire mes sentiments… en "MOTS". »

Je lui adressai un hochement de tête enthousiaste. Je n'arrivais pas à croire qu'il avait fait tout cela pour moi…

« Tout d'abord, ne t'excuse pas pour ton retard, car l'amour, c'est ne jamais avoir à dire qu'on est désolé. »

Comment savait-il que j'allais être en retard ? En tout cas, là, il était allé piocher une des répliques cultes de *Love Story*…

Sans rien dire, je le regardai retourner une nouvelle carte.

« La première fois que je t'ai vue, Scarlett, franchement, ma chère, tu étais le cadet de mes soucis. Je me suis même dit : "De toutes les librairies de toutes les villes du monde, il a fallu qu'elle entre dans la mienne". »

Je pouffais devant l'assemblage des phrases cultes d'*Autant en emporte le vent* et de *Casablanca*, puis lus la carte suivante.

« Et puis, je me suis dit : “Personne n’est parfait !”, et j’ai décidé de te donner une chance, en me disant que c’était peut-être le début d’une belle amitié. »

La deuxième partie de la phrase était clairement de *Casablanca*, encore une fois, mais je mis un peu plus de temps à identifier la première… avant de reconnaître enfin les derniers mots de *Certains l’aiment chaud*, avec Marilyn Monroe. Sean avait bien fait ses devoirs !

« Très vite, j’ai su que nous étions faits pour être ensemble. Je l’ai su la première fois que j’ai touché ta main. C’était… magique. »

— Oh, Sean…

Je savais qu’il faisait référence à l’instant « magique » décrit dans *Nuits blanches à Seattle*.

Sean lâcha la carte qui vint se perdre parmi les pétales de rose, tandis que j’essayais de retenir les larmes qui désespéraient de rouler le long de mes joues pour la rejoindre. Si cela continuait, je risquais de pleurer comme je n’avais jamais pleuré devant le plus sentimental des mélos.

« Et même si je savais que nous aurions toujours le souvenir de Paris, je savais que tu en voudrais plus ; que tu voudrais le conte de fées tout entier. »

Je souris aux références de *Casablanca* et du « conte de fées » de *Pretty Woman*.

« Je t’ai demandé de venir me rejoindre ici, sur le London Eye, parce que quand je me suis rendu compte que je voulais passer le reste de ma vie avec toi, j’ai voulu, non seulement, que le reste de ma vie commence le plus tôt possible, mais qu’il commence aussi d’une manière inoubliable. »

J'acquiesçai, touchée par la façon dont il avait modifié la réplique de *Quand Harry rencontre Sally*.

« Enfin, Scarlett, j'aimerais que tu m'excuses de n'être qu'un type que tu as rencontré dans une librairie ; un type qui se tient maintenant debout devant la femme la plus belle sur laquelle se soient jamais posés ses yeux, et qui lui demande de l'aimer. »

Sean avait remanié à sa sauce la scène finale de *Coup de foudre à Notting Hill*, dans la librairie.

« Parce que je t'aime, Scarlett. Telle que tu es. Tu me complètes… et j'espère que je te complète, moi aussi. »

Sean posa la dernière carte sur laquelle j'avais lu un mélange « seannesque » des citations du *Journal de Bridget Jones* et de *Jerry Maguire*. Puis, enfin, lentement, il leva la tête et plongea son regard dans le mien.

Je me ruai vers lui.

— Je peux parler, maintenant ? lui demandai-je, le souffle court.

Il acquiesça.

— C'est sans aucun doute la chose la plus romantique qu'un homme ait jamais faite pour moi, Sean. Et moi aussi, je t'aime… Et je crois que ça a toujours été le cas…

Depuis mon arrivée dans la cabine, Sean avait gardé un soupçon d'inquiétude dans le regard. Désormais, un sentiment de soulagement et de joie mêlés illuminait ses yeux : j'avais enfin prononcé les mots qu'il désespérait d'entendre depuis si longtemps.

Debout devant lui, je posai une main délicate sur sa joue. Avec la même douceur, il la prit dans la sienne et en baisa tendrement la paume.

Il m'attira ensuite vers lui, puis me prit dans ses bras jusqu'à ce qu'il n'y eût plus rien entre nous que notre amour.

Sean me contempla une éternité avant de m'embrasser, mais lorsqu'il le fit, mon cœur sut aussitôt ce qu'il n'avait fait que soupçonner jusque-là. D'ailleurs, il battait si fort que, sans doute aucun, une délégation entière de gymnastes devait être en représentation au fond de mes entrailles…

Lorsqu'il nous parut enfin supportable de pouvoir nous séparer, je regardai Sean, tandis qu'il me serrait dans ses bras.

— Une chose m'échappe encore, Sean… Depuis notre rencontre, tu m'as prouvé un millier de fois que tu étais l'homme le moins romantique au monde. D'où est-ce que tu as sorti toutes ces répliques, si tu n'as jamais vu les films correspondants ?

— Je les ai regardés… pour toi, répondit Sean qui articulait ses premiers mots depuis mon entrée dans la cabine. J'ai commencé pendant mon voyage à New York, et je n'arrête plus depuis.

Je secouai la tête, me demandant si je n'avais pas rêvé, sans pour autant réussir à le quitter des yeux.

— Je voulais te prouver combien tu comptais pour moi, Scarlett. La roue et les cartes, c'était ma manière à moi de te le dire. Je savais que tu serais sensible au fait que je me montre romantique… Et un simple bouquet de fleurs, ça n'aurait pas été à la hauteur… Je t'aurais acheté le vrai tableau, tu sais, si j'avais pu, mais je crains que même mon portefeuille ait ses limites.

Je me hissai sur la pointe des pieds et déposai un nouveau baiser sur ses lèvres.

— Je ne doute pas une seule seconde que tu l'aurais fait… Mais ce n'était pas la peine, Sean : les cartes, les fleurs et tout le reste. Je suis touchée, bien sûr, plus que ça même… Mais tu n'avais pas besoin de ça.

— Je pense que si, insista Sean. Il fallait que je sois sûr d'être ton Mark Darcy et non ton Daniel Cleaver.

Je lui souris.

— Oh, Sean, tu es bien plus à mes yeux que l'un ou l'autre de ces types. Et je te le répète, mais tu n'avais pas besoin d'en faire autant… Et tu sais pourquoi ?

Sean fit « non » de la tête.

— Parce que, Sean, après tout ce que nous avons vécu ensemble ces dernières semaines, et pour citer à mon tour *Jerry Maguire*…, déclarai-je en lui souriant. « Tu m'as eue » avec… Ronan Keating.

Sean esquissa un sourire timide, et, incapable qu'il fut de le retenir plus longtemps, il m'offrit bientôt l'un de ces sourires contagieux qu'il savait que j'aimais tant.

Je lui souris en retour et me penchai en avant pour l'embrasser de nouveau, mais il m'en empêcha, son visage d'un sérieux aussi soudain qu'absolu.

— Il y a autre chose, Scarlett… Quelque chose d'extrêmement important qu'il faut absolument que je te dise…

— OK, lui dis-je, me demandant de quoi il s'agissait.

Sean se racla la gorge, puis, à mon grand étonnement, je l'entendis parler d'une voix incroyablement proche de celle de Sean Connery.

— Je m'appelle Bond. Sean Bond, lâcha-t-il, imperturbable. Scarlett, je suis dangereusement vôtre. J'ai obtenu le permis de vous aimer jusqu'à la fin de vos jours, si vous me le permettez.

J'essayai de lui répondre avec autant d'aplomb.

— Sean, je te couvrirai de bons baisers de Russie jusqu'à ce que tu meures un autre jour.

Il réfléchit une seconde.

— Qu'est-ce que tu dirais, bientôt, d'une petite… nuit blanche à Notting Hill ? me suggéra-t-il en souriant.

Nos masques impassibles volèrent alors en éclats, et, dans les bras l'un de l'autre, nous nous abandonnâmes au fou rire, heureux et amoureux.

Et, tandis qu'en contrebas, le reste du monde s'affairait à sa ronde quotidienne, Sean et moi restâmes tendrement enlacés, les yeux rêveurs perdus dans les cieux londoniens, sachant que cette fois, à l'heure du générique, le *happy end* était pour nous…

Remerciements

Merci à mon incroyable agent, Hannah, d'avoir pris le risque de me faire confiance, ainsi qu'à mon éditrice, Caroline, et à toute l'équipe de Sphere pour son soutien.
Merci également à toutes les filles du RKMB[1] qui ont lu ce texte, ont apprécié son humour et n'ont cessé d'en demander davantage. Sans vous, je ne serais pas là à rédiger ce message. Je tiens tout particulièrement à remercier Karen, Carol et toutes celles qui se souviennent de « l'hôtel, de la BMW et de la falaise… »
Merci, aussi, à ma famille : ma mère et mon père qui, en me faisant fille unique, m'ont poussée à cultiver mon imaginaire !
Et, enfin, merci à Jim, Rosie et Tom : vous êtes mon tout, et je vous aime.

1. *Ronan Keating Message Board* (forum)

Achevé d'imprimer en novembre 2019
Par CPI Brodard & Taupin à La Flèche
N° d'impression : 3036092
Dépôt légal : janvier 2020
Imprimé en France
81123252-1